Les meilleures NOUVELLES de HENRY JAMES

Édition établie par Bernardo Toro

Nouvelles traductions d'Isabelle Barat,
Ariane Dudych, Annette Grimaux, Jean-Marcel Morlat,
Pierre-Antoine Pellerin, Christine Blanchard Rodrigues,
Guillaume Tanguy et Julie Wolkenstein

Préfaces de Virginia Woolf et de Philippe Sollers

ÉDITIONS
RUE SAINT AMBROISE

Les histoires de fantômes de Henry James

Virginia Woolf

Traduction d'Isabelle Barat

Les histoires dans lesquelles Henry James se sert du surnaturel avec efficacité sont celles où telle ou telle qualité inhérente à un personnage ou à une situation ne prend tout son sens que libérée des faits. Son évolution dans le monde de l'invisible doit se faire en relation étroite avec ce qui prend place en notre monde. Nous devons être amenés à sentir que l'apparition correspond si exactement à la crise passionnelle ou de conscience qui l'a provoquée que cette histoire, en dehors de ses qualités d'histoire de fantômes, possède le charme supplémentaire d'être symbolique. Ainsi, le fantôme de Sir Edmund Orme apparaît à la dame qui l'a naguère éconduit au moment où la fille de celle-ci semble sur le point de se fiancer. L'apparition est le produit de sa conscience coupable, mais elle est plus que cela. Elle est la gardienne des droits des amants. Elle s'accorde parfaitement aux faits qui la précèdent ; elle les complète. L'usage du surnaturel instaure une harmonie qui, autrement, resterait inaudible. Nous entendons la première note tout près, puis, dans l'instant suivant, la seconde résonne au loin.

Les fantômes de Henry James n'ont rien de commun avec les fantômes violents d'autrefois — capitaines de navire sanglants, chevaux blancs, dames sans-tête dans les noires allées et les landes déchiquetées par les vents. Ils prennent source à l'intérieur de nous. Ils sont présents chaque fois que le sens submerge nos possibilités de l'exprimer ; chaque fois que l'ordinaire paraît manipulé par l'étrange. Les éléments surprenants qui subsistent, les éléments effrayants qui perdurent — ce sont là les émotions dont l'auteur s'empare, auxquelles il donne corps, qu'il rend rassurantes et engageantes. Comment, toutefois, la peur peut-elle nous saisir ? Ainsi qu'un gentleman le remarque après avoir aperçu le fantôme de Sir Edmund Orme pour la première fois : « J'étais prêt à déclarer que les fantômes sont beaucoup moins inquiétants et bien plus divertissants qu'on veut bien souvent le croire. » Si les beaux esprits raffinés ne sont pas de ce monde, c'est seulement parce qu'ils sont trop délicats pour lui. Ils ont emporté avec eux leurs habits, leurs belles manières, leur éducation, leurs cartons à chapeaux, leurs valets et leurs femmes de chambre. Ils demeurent toujours un peu mondains. Il peut nous arriver de nous sentir gauches en leur présence, il nous est impossible, néanmoins, d'avoir peur. Que nous importe, en ce cas, de lire quelques pages du « Tour d'Écrou » une heure avant d'aller au lit ? Ayant apprécié un divertissement exquis, nous en conserverons, si nous devons en croire les autres histoires, cette délicieuse musique dans nos oreilles et nous n'en dormirons que plus profondément.

C'est peut-être le silence qui nous impressionne le plus, tout d'abord. Tout dans le domaine est si profondément tranquille. Le pépiement des oiseaux à l'aube, les cris lointains des enfants, les bruits de pas légers dans la distance le font frissonner sans le briser. Le silence s'accumule. Il nous accable. Il nous rend étrangement inquiets vis-à-vis du bruit. Le jardin et la maison succombent sous le poids du silence. « Je peux entendre de nouveau, tandis que j'écris cela, la densité du silence dans lequel les bruits du crépuscule basculaient. Les corbeaux cessaient de croasser dans le ciel doré et l'heure hostile, perdait, l'espace d'une minute indicible, toute voix. [...] Une obscénité indicible est remontée vers la surface. Elle tente de s'insinuer à l'intérieur. Elle tente de s'en prendre à quelque chose. Ces exquis petits êtres innocemment endormis doivent à tout prix être protégés. Pourtant l'horreur s'intensifie. [...] C'est Quint qui rôde autour de nous dans le noir ; c'est lui qui est ici, dans ce coin et, de nouveau, là, dans ce coin. C'est lui qui doit être repoussé et qui, en dépit de tous nos efforts, revient toujours. Se pourrait-il que nous ayons peur ? Toutefois, ce n'est pas un homme aux cheveux rouges et au visage blême qui nous effraie. Nous avons peur de quelque chose à l'intérieur de nous-mêmes peut-être. Bref, nous allumons la lampe. Si, à la lumière de la lampe, nous examinons l'histoire en toute tranquillité, nous remarquons la maîtrise du récit, comment chaque phrase s'étire, chaque image prend forme, comment le monde intérieur s'enrichit de la solidité du monde extérieur, comment la beauté et l'obscénité tressées ensemble s'immiscent dans les profondeurs — nous devons pourtant reconnaître que quelque chose demeure inexpliqué. Nous devons reconnaître que Henry James a gagné. Ce vénérable gentleman, courtois, mondain, sentimental est capable de susciter en nous la peur du noir.

Extrait de l'article « Les histoires de fantômes de Henry James » paru dans la revue *The Times Literary Supplement* en 1921.

Le secret

Philippe Sollers

Ce texte dont parle James dans ses *Carnets*, en 1896 ; ce texte où il se donne comme projet d'occuper la situation d'un narrateur frustré et déçu face à l'image incompréhensible que représente pour lui un romancier qu'il est lui-même d'une autre manière et qui s'appellera dans la fiction Hugh Vereker (et rien ne nous empêche de voir dans ce nom l'écho synthétique de l'expression anglaise : *very care*, attention extrême) ; ce texte central parmi ses livres dont il assure le seuil et l'explication suspendue à travers la mise en scène compliquée de la narration ; ce texte où il est plus manifeste que jamais que les êtres vivants évoqués par une écriture sont des modifications et des rôles de l'absence pleine qui les écrit ou plutôt, comme le précise James par ailleurs, des « réflecteurs » de cette absence active et insaisissable ; ce texte existe et nous pouvons le lire sous le titre : « The Figure in the Carpet », c'est-à-dire « L'Image » ou encore « Le Motif dans le tapis »[1]. Centrale, cette nouvelle l'est à plus d'un titre. Entre les études proprement critiques de James (qui prennent la forme, on le sait, de longues préfaces à ses romans, préfaces qui ont de leur côté comme origine embryonnaire le creuset biographique et visionnaire des *Carnets*), entre ces études et le grand ensemble enchevêtré de ses livres (lesquels composent la trame et le tapis de sa vie) ; à mi-chemin, donc, entre ces deux écritures qui paraissent s'exclure mutuellement, prend place le texte

1 « La Figure dans le tapis » dans la présente édition.

bref, la *nouvelle*, qui les rassemble et les accomplit dans une figure médiatrice, celle de l'*énigme*. Si le roman expose sans analyser, si la critique analyse sans exposer, la nouvelle sera le nœud où analyse et exposition se composeront en un mixte de fiction et d'explication, c'est-à-dire qu'en elle l'algèbre critique sera à tout moment sensible sous la fiction qui, par ailleurs, la révèle. James, pendant toute sa vie, a rappelé avec force la seule importance du *texte* — c'est-à-dire, dans notre culture, de l'organisme le plus négligé qui soit en raison, dit-il « de notre méfiance collective, si marquée, à l'égard de tout ce qui se rapproche d'un jugement serré et analytique ». Il n'y a pas de doute qu'il ressentait très violemment, dans la société où il vivait et où, par bien des côtés, nous vivons encore, l'absence de toute lecture *réelle* et par conséquent l'annulation pratique de l'écriture comme de la publication et de la réception de l'écrit. Cette méfiance collective, cette répugnance, ce tabou, nous avons donc encore aujourd'hui à les dénoncer même si, à plus d'un signe annonciateur, nous pouvons voir monter vers nous ce « corps textuel » en dehors duquel il n'est pas de point de vue rigoureux sur la littérature. Déjà, vers 1920, les formalistes russes s'attachaient à reconnaître les fonctions pratiques de cette question de plus en plus urgente pour notre pensée. C'est ainsi que Bernard Eickhenbaum écrit dans son essai sur la *Théorie de la prose* : « La nouvelle rappelle le problème qui consiste à poser une équation à une inconnue ; le roman est un problème à règles diverses que l'on résout à l'aide d'équations à plusieurs inconnues, les constructions intermédiaires étant plus importantes que la réponse finale. La nouvelle est une énigme, le roman correspond à la charade ou au rébus. » « On construit la nouvelle sur la base d'une contradiction, d'un manque de coïncidence, d'une erreur, d'un contraste, etc. Mais cela ne suffit pas. Tout dans la nouvelle tend vers la conclusion. » D'autre part, Bernard Tomachevski, dans sa *Thématique* note que : « Le retard de l'exposition est habituellement introduit comme un ensemble complexe de secrets. Sont possibles

les combinaisons suivantes : le lecteur sait, les personnages ne savent pas ; une partie des personnages sait, une autre ne sait pas ; le lecteur et une partie des personnages ne savent pas ; personne ne sait, la vérité est découverte par hasard ; les personnages savent, le lecteur ne sait pas. »

La nouvelle, comme énigme, est donc une figure partielle qui se détache sur le fond romanesque et critique. C'est elle qui manifeste le plus concrètement l'imbrication des versants producteur et réflexif du langage. C'est donc en elle — et James, de même que Poe, le comprend admirablement — que la littérature elle-même pourra désigner, par un redoublement qui lui appartient en propre, son secret comme tel. Autrement dit le secret que porte constitutivement en elle la littérature pourra devenir *figure du secret* dans le texte traité au plus près de sa structure formelle. Et en effet, que propose explicitement « L'Image dans le tapis » ? Une énigme capitale, telle que la vie et la mort des organismes qui l'approchent semblent en dépendre, un secret « littéraire » sans doute, mais fondamental, qui justifie l'existence des individus et de l'univers, un « amas d'or et de pierreries », écrit James. Cependant, il s'agit d'une énigme sans solution, d'un secret qui reste inaccessible au narrateur fictif comme au lecteur réel, alors qu'il est en possession, à l'intérieur du récit, du romancier et du couple qui l'a découvert. Nous avons donc l'ensemble suivant :

X écrit le secret et meurt.

A (narrateur) cherche le secret en vain, vit tout en ne vivant pas, est réduit au rôle de spectateur (c'est également nous en tant que lecteur).

B découvre le secret, se marie avec C, lui transmet le secret, ils meurent l'un après l'autre sans avoir parlé.

A' a épousé C après la mort de B, mais apprend seulement par A, après la mort de C, qu'il y a un secret et se trouve dès lors dans la même position que lui (et que nous) : « victimes d'un désir inapaisé ».

Le cercle se boucle lorsque la situation initiale est reformée (« il y a un secret à chercher dans ce qui est écrit ») et en même temps modifiée puisque le secret « littéraire » est désormais un secret « d'amour » (la femme le tient de son premier mari, mais ne l'a pas transmis au second) ainsi que l'avait d'ailleurs suggéré X à A.
Par une série de transformations intérieures — mais nous sentons bien, en lisant, que cette transformation continue affecte une figure unique dont ce qu'il est convenu d'appeler les « personnages » ne sont que les reflets et les « réflecteurs » — le texte nous indique très précisément que *dans* le tissu même, fascinant, de la narration (fascinant, puisqu'il produit ces figures fondamentales que sont le langage, la sexualité et la mort) se trouve le secret dont le mot *secret* n'est que la figure. En somme, tout se passe comme s'il y avait et n'y avait pas de secret. Certes, celui-ci pourrait être révélé à tout moment dans le texte lui-même, mais d'autre part le récit n'existe que dans la mesure où il n'y a pas de révélation. Autrement dit nous devons comprendre que X + A + B + C + A', c'est-à-dire la somme de ceux qui savent et de ceux qui ne savent pas, constitue le secret lui-même, c'est-à-dire non pas le secret d'un autre texte (du texte dont il est question dans le texte) mais du texte que nous avons sous les yeux, et qui, par conséquent, nous comprend aussi comme réflecteur. Le secret du texte, de tout texte, est donc de changer son lecteur en figure du secret. Finalement la solution du problème qui nous est exposé n'est pas autre chose que l'exposition même de ce problème, et la résolution n'intervient que lorsque, nous reconnaissant comme cette figure, nous passons ainsi dans le tapis du texte pour en devenir l'image, signant ainsi de notre mort comme lecteur, l'écriture elle-même comme irréductibilité simultanée de la figure et du fond. « Tout l'ensemble de mes efforts lucides, dit Vereker, n'est pas autre chose — chacune de mes pages et de mes lignes, chacun de mes mots. Ce qu'il y a à trouver est aussi concret que l'oiseau dans la cage, que l'appât de l'hameçon, que le

bout de fromage dans la souricière. C'est ce qui compose chaque ligne, choisit chaque mot, met un point sur tous les *i*, trace toutes les virgules. » S'agit-il pour autant, demande naïvement le narrateur, d'un sens « ésotérique » ? Mais, répond Vereker, impatienté, il n'y a que les journaux pour parler de sens « ésotérique » : une telle expression grossièrement métaphorique ne veut strictement rien dire. Par le bavardage dont elle est l'indice (ainsi en est-il de tout ce qui veut réduire le texte à un sens transcendant, à une « vérité » extérieure et dissiper ses mots) elle prouve que l'on est aussi loin que possible du secret. Celui-ci, d'autre part, s'il indique une littéralité absolue, n'est pas pour autant une pure et simple tautologie. En fait, il implique plutôt une transformation simultanée du lecteur et du texte, cette transformation dépendant seulement de nous (il n'y a pas de « sens » en dehors de nous). L'erreur du narrateur impuissant (du lecteur dans sa généralité) c'est de voir dans le secret une chose parmi d'autres, de même qu'il voit en ce qui écrit l'*écrivain* et non ce qui est à l'œuvre dans l'écrivain ; des livres, leurs personnages, leur histoire, et non *ce qui est écrit* dans les livres : il confond incessamment fiction et réalité et, faisant de la fiction une réalité, échappe à la réalité de la fiction comme telle. Au contraire B, le lecteur qui découvre l'énigme du texte, c'est-à-dire (puisqu'on parle du « mot de l'énigme ») celui qui a pris le texte au mot, traite la question comme un « joueur d'échecs », il voyage dans ce but, associe l'union avec une femme à ce but, vit dans ce but — de même que l'auteur n'existe que dans ce but. On pourrait dire par conséquent que le lecteur de l'énigme passe dans l'écriture à condition de « l'écrire », c'est-à-dire d'y sacrifier sa vie, cette vie désormais « vécue de toutes parts », comme dit James dans ses *Carnets*, et que porte, sans doute, selon une autre de ses expressions, « le fluide sacré de la fiction ».

« C'est la question elle-même qui... a bondi sur lui tout d'un coup comme une tigresse hors de la jungle », est-il dit du lecteur de l'énigme. James a écrit, nous le savons, un autre texte : « La Bête dans la jungle » où, là encore, les figures humaines de l'écriture n'ont d'autre rapport que celui, énigmatique, qu'exige d'eux un dehors menaçant, un fond sur lequel elles se détachent provisoirement (le temps de la narration) avant de s'anéantir. L'anéantissement retardé, les ruses qu'emploie le secret pour rester suspendu et en vie, l'absence du bondissement de la bête (du secret caché, de la mort dissimulée, du souvenir oublié) constituent le récit lui-même, et là est en effet le « sujet » de la littérature, ce sujet qui est à la fois celui qui sait et qui ne sait pas, qui est mort et qui cependant continue de vivre, un fantôme mais aussi le seul « personnage » réel. Nous pouvons donc penser qu'il y a un autre côté du texte, mais que cet autre côté recouvre ce côté-ci, que l'envers et l'endroit, ici, coïncident *indirectement* dans le jeu dont, écrit James, « l'enjeu était d'une nature particulière et la roulette notre esprit en mouvement... ». L'image dans le tapis, l'image dans la jungle ; la bête dans le tapis, l'image dans la jungle — ou encore : la mort dans le monde, le sens dans le texte ; le sens dans le monde, la mort dans le texte.

1966.

La Figure dans le tapis

Traduction de Julie Wolkenstein

I

J'avais fait quelques petites choses et gagné quelques pennies — j'avais peut-être même déjà eu le temps de commencer à me dire que mes employeurs sous-estimaient ma finesse ; mais quand je mesure le bout de chemin parcouru (habitude un peu névrotique, car il n'est pas encore très long), je considère que tout a vraiment commencé pour moi le soir où George Corvick, à bout de souffle et de nerfs, est passé me voir pour me demander un service. Il avait fait plus de choses que moi, et gagné plus de pennies, même si, à mon avis, il manquait parfois l'occasion de se montrer brillant. Mais, ce soir-là, tout ce que j'ai pu lui déclarer, c'est qu'il n'en manquait jamais aucune d'être gentil avec moi. J'entrai quasiment en transe en l'entendant me proposer de concocter pour *Au Milieu*, l'organe qui publiait nos élucubrations et qui devait son nom au fait qu'il paraissait en milieu de semaine, un article qu'il s'était personnellement engagé à écrire sur l'objet, ligoté par une grosse ficelle, qu'il posa sur ma table. Je sautai sur ce qui était la chance de ma vie — ou du moins du premier chapitre de ma vie — et n'écoutai que d'une oreille mon ami m'expliquer pourquoi il faisait appel à moi. La meilleure explication, n'était-ce pas que j'étais évidemment apte à remplir cette mission ? J'avais déjà écrit sur Hugh Vereker, mais jamais une ligne dans *Au Milieu*, où on me recrutait principalement pour parler des autrices ou des poètes de second rang. C'était son nouveau roman, un exemplaire réservé à la presse avant sa parution, et, que sa renommée en sorte ou non grandie, je voyais très clairement ce qu'il pouvait apporter à la mienne. En outre, même si j'avais toujours lu ses livres dès que je pouvais me les procurer, j'avais cette fois une raison particulière d'être pressé de le lire : j'avais accepté une invitation à Bridges pour le dimanche suivant, et le mot de Lady Jane précisait que Mr. Vereker serait des nôtres. J'étais encore assez jeune pour être émoustillé à la perspective de rencontrer un homme aussi célèbre, et assez ingénu pour croire qu'en une telle circonstance je serais tenu d'exhiber ma connaissance de son « tout dernier » roman.

Corvick, qui avait promis d'en faire la critique, n'avait même pas eu le temps de le lire ; il s'était effondré en apprenant une nouvelle qui l'obligeait — du moins en avait-il précipitamment jugé ainsi — à attraper le train de nuit pour Paris. Il avait reçu un télégramme de Gwendolen Erme en réponse à la lettre où il lui proposait de voler à son secours. J'avais déjà entendu parler de Gwendolen Erme ; je ne l'avais jamais vue, mais je m'étais fait mon opinion, à savoir, en gros, que Corvick l'épouserait si seulement la mère de la jeune fille consentait à mourir. Cette dame semblait à présent disposée à lui faire cette faveur ; on avait commis une épouvantable erreur en lui prescrivant un changement de climat, ou une « cure » à l'étranger, après quoi elle avait fait brusquement une attaque sur le chemin du retour. Sa fille, en proie au désarroi et à l'angoisse, pressée de la ramener à la maison mais hésitant à courir ce risque, avait accepté l'aide de notre ami, et j'étais secrètement d'avis que Mrs. Erme, dès qu'elle le verrait, se rétablirait. Son avis à lui ne pouvait guère être qualifié de secret ; quoi qu'il en soit, il différait sensiblement du mien. Il m'avait montré la photographie de Gwendolen en me faisant remarquer qu'elle n'était pas jolie, mais terriblement intéressante ; elle avait publié, à dix-neuf ans, un roman en trois volumes, *For intérieur*, dont il avait fait, dans *Au Milieu*, un compte rendu vraiment éblouissant. Il fut touché de me voir si enthousiaste et m'assura que la revue en question ne le serait pas moins ; puis, pour finir, avant de refermer ma porte, il me dit : « Naturellement, tu feras ça bien, hein. » Voyant mon air un peu distrait, il ajouta : « Je veux dire : ne fais pas l'idiot. »

« L'idiot… à propos de Vereker ! Mais ne l'ai-je pas toujours trouvé terriblement brillant ?

« Eh bien, si ça, ce n'est pas idiot ? Qu'est-ce que ça peut bien vouloir dire, « terriblement brillant » ? Nom d'un chien, tâche de le *pénétrer* ! Pas question qu'il fasse les frais de notre arrangement. Parle de lui, tu vois, si tu y arrives, comme je l'aurais fait, *moi*. »

Je réfléchis un instant. « Tu veux dire, comme du plus grand de tous, et de loin… ce genre de choses ? »

Corvick poussa une sorte de grognement. « Oh, tu sais, j'évite ce genre de palmarès ; c'est trop facile ! Mais lui, il me donne un plaisir si rare, l'impression d'un… » il hésita un peu « … d'un je ne sais quoi. »

Je réfléchis de nouveau. « Excuse-moi, mais quelle impression exactement ? »

« Mon vieux, c'est justement ce que je veux que tu dises, *toi* ! »

Avant même qu'il ait claqué la porte, j'avais commencé, le livre à la main, à m'employer à le dire. Je passai la moitié de la nuit avec Vereker ; Corvick n'aurait pu en faire davantage. Il était terriblement brillant, je n'en démordais pas, mais il n'était absolument pas le plus grand de tous. Je m'abstins de le mesurer à d'autres, de toute façon ; je me flattai de n'avoir pas cédé, à cette occasion, à la facilité. « C'est parfait », m'assura-t-on chaleureusement au bureau ; et lorsque le numéro parut, je me dis que c'était une bonne base pour rencontrer le grand homme. Cela me remplit de confiance en moi pendant un jour ou deux — après quoi je perdis confiance. J'avais imaginé le plaisir qu'il prendrait à le lire, mais si Corvick n'en était pas satisfait, comment Vereker lui-même pourrait-il l'être ? Je me dis qu'en vérité l'ardeur du fan était parfois encore plus outrancière que la soif d'éloges de l'auteur. Quoi qu'il en soit, Corvick m'écrivit de Paris avec une certaine mauvaise humeur. Mrs. Erme se rétablissait, et je n'avais pas du tout réussi à formuler ce dont Vereker lui donnait l'impression.

II

Mon séjour à Bridges eut pour effet de me pousser à approfondir la question. Hugh Vereker, tel que je l'y découvris, était d'un abord si dépourvu d'aspérités que je rougis du manque d'imagination qui avait présidé à mes scrupules puérils. S'il était si avenant, ce n'était pas parce qu'il avait lu ma critique ; en fait, le dimanche matin, j'acquis la conviction qu'il ne l'avait pas lue, bien qu'*Au Milieu* ait paru trois jours avant et fleurisse, comme je pus m'en assurer, au milieu du touffu parterre de magazines qui donnait à l'une des tables en simili or l'air d'un kiosque de gare. Sa personne m'avait tant impressionné que je souhaitais vraiment qu'il le lise et, à cette fin, je remédiai d'un geste discret au manque de visibilité regrettable du journal. Je crains même d'avoir guetté le résultat de ma manigance, mais je guettai en vain jusqu'à ce qu'il soit l'heure de déjeuner.

Lorsque, plus tard, au cours de la promenade que nous fîmes tous ensemble, je marchai pendant une demi-heure, non sans, peut-être, l'avoir également manigancé, aux côtés du grand homme, son amabilité me rendit encore plus désireux de ne pas le laisser ignorer combien j'avais su lui faire honneur. Non pas qu'il semble avoir soif d'honneurs ; au contraire, je n'avais pas encore surpris dans ses propos le moindre grincement d'amertume : une note que ma brève expérience avait déjà entraîné mes oreilles à reconnaître. Ces derniers temps, sa réputation avait grandi, et cela faisait plaisir, comme on avait coutume d'écrire dans *Au Milieu*, de voir combien ça « libérait sa parole ». Bien sûr, il n'était pas connu du grand public, mais je me dis que sa bonne humeur tenait entre autres à ce que son succès ne soit pas de cet ordre. Il était néanmoins devenu, pour ainsi dire, à la mode ; du moins les critiques avaient-ils piqué un sprint et l'avaient-ils rattrapé. Nous avions fini par comprendre à quel point il était brillant, et il avait été obligé de s'accommoder de la perte de son mystère. J'étais très tenté, en marchant à côté de lui, de lui faire savoir que j'étais pour beaucoup dans ce dévoilement ; et vint un moment où je l'aurais sans doute fait, si une des dames qui nous accompagnaient, s'arrangeant alors pour marcher près de lui, du côté opposé, n'avait pas attiré son attention de manière beaucoup plus égoïste. C'était bien contrariant : j'eus presque le sentiment que c'était avec moi qu'elle se montrait impolie.

Pour ma part, j'avais été sur le point de lâcher une ou deux phrases sur l'art de choisir ses mots ; mais je me félicitai par la suite d'avoir gardé le silence, car lorsqu'à notre retour nous nous réunîmes autour d'un thé, j'aperçus Lady Jane, qui n'était pas venue se promener avec nous, brandissant *Au Milieu* à bout de bras. Elle avait eu tout le temps de le lire ; elle était enchantée de ce qu'elle y avait trouvé, et je compris — car ce qu'on blâmerait chez un homme, on peut souvent en savoir gré à une femme — qu'elle allait bel et bien me rendre le service que j'avais été incapable de me rendre à moi-même. « Voici quelques jolies petites vérités qu'il était bon de dire », l'entendis-je déclarer en fourrant le journal sous le nez de deux personnes assises près la cheminée, qui le regardèrent d'un air assez perplexe. Elle le récupéra dès qu'elle vit réapparaître Hugh Vereker, qui, après notre promenade, était monté se changer. « Je sais que vous ne lisez pas ce genre de choses, en général, mais cette fois, ça vaut vraiment la peine. Vous ne l'avez *pas* vu ? Il le faut, vraiment. L'auteur vous a réellement *pénétré*, il a pénétré ce que *moi* je ressens toujours, vous savez… » Lady Jane tenta de donner à son regard une expression manifestement destinée à donner une idée de ce qu'elle ressentait toujours ; mais elle ajouta qu'elle ne saurait pas le formuler. Le journaliste le formulait de manière saisissante. « Regardez seulement ici, et ici, les passages que j'ai relevés, voyez combien il sait le mettre en évidence. » Elle avait littéralement souligné les morceaux les plus brillants de ma prose, et si je trouvais cela assez amusant, Vereker, de son côté, devait sans doute éprouver la même chose. Il en donna la meilleure des preuves lorsque Lady Jane voulut nous en lire à tous des extraits à haute voix. En tout cas, j'appréciai la manière dont il l'empêcha de le faire en lui arrachant gentiment le journal qu'elle serrait contre elle. Il l'emporterait pour le lire quand il monterait s'habiller pour dîner. Ce qu'il fit une demi-heure plus tard : je le vis dans sa main lorsqu'il se retira dans sa chambre. C'est alors que, pensant lui faire plaisir, je signalai à Lady Jane que j'étais l'auteur de l'article. Cela lui fit plaisir, il me semble, mais pas tout à fait autant que je m'y attendais. Si l'auteur n'était « que moi », la chose ne semblait plus tout à fait aussi exceptionnelle. N'avais-je pas terni le lustre de l'article, au lieu d'augmenter le mien ? Cette dame était sujette aux plus extraordinaires sautes d'humeur. Cela m'était égal ; la seule réaction qui m'importait était celle qu'aurait Vereker, là-haut, assis dans sa chambre, au coin du feu.

Pendant le dîner, je guettai les signes de ce qu'il avait ressenti, m'efforçai d'imaginer que ses yeux brillaient plus joyeusement ; mais, à ma grande déception, Lady Jane ne me donna aucune occasion de m'en assurer. J'avais espéré qu'elle l'apostropherait triomphalement depuis l'autre bout de la table, exigerait publiquement qu'il reconnaisse qu'elle avait raison. Nous étions très nombreux : de nouveaux invités nous avaient rejoints pour la soirée, mais je n'avais jamais vu une tablée assez grande pour priver Lady Jane d'un triomphe. À vrai dire, j'étais justement en train de me dire que cette table à rallonges allait m'en priver, *moi*, lorsque ma voisine, une sainte femme — c'était Miss Poyle, la sœur du pasteur, une femme joviale et brute de décoffrage — eut l'heureuse initiative et la remarquable hardiesse de s'adresser directement à Vereker, qui était assis de l'autre côté, mais pas juste en face d'elle, de sorte que lorsqu'il lui répondit ils durent tous les deux se pencher en avant. Elle lui demanda, cette âme candide, ce qu'il pensait du « panégyrique » recommandé par Lady Jane, qu'elle avait lu — sans toutefois faire le rapprochement avec son voisin de droite ; et, comme je tendais l'oreille pour saisir sa réponse, je l'entendis, à ma plus grande stupéfaction, répliquer gaiement, la bouche pleine de pain : « Mouais… le baratin habituel ! » J'avais croisé le regard de Vereker à l'instant où il lui répondait, mais la surprise de Miss Poyle fit heureusement diversion en dissimulant la mienne. « Voulez-vous dire qu'il ne vous rend pas justice ? », dit cette femme merveilleuse.

Vereker éclata de rire, et je réussis heureusement à faire pareil. « L'article est charmant », nous lança-t-il.

Miss Poyle projeta son menton en avant, s'inclinant presque jusqu'au milieu de la nappe. « Oh, c'est que vous êtes si profond ! », s'obstina-t-elle.

« Aussi profond que l'océan ! Non, tout ce que je veux dire, c'est que l'auteur ne voit pas… » Mais, à ce moment précis, on lui tendit un plat par-dessus l'épaule et nous dûmes attendre qu'il ait fini de se servir.

« Ne voit pas quoi ? » poursuivit ma voisine.

« Ne voit rien. »

« Ça alors… Faut-il être assez stupide ! »

« Pas du tout. Vereker se remit à rire. Personne ne voit rien. »

Sa voisine de table, assise plus loin de nous, attira alors son attention et Miss Poyle se renfonça dans son siège pour s'adresser à moi. « Personne ne voit rien ! » déclara-t-elle d'un ton enjoué ; à quoi je répondis que je m'étais souvent fait la même remarque, mais que je la mettais en quelque sorte sur le compte de ma prodigieuse clairvoyance. Je ne lui dis pas que j'étais l'auteur de l'article, et je notai que Lady Jane, tout occupée par d'autres convives, en bout de table, n'avait pas entendu les propos de Vereker.

Après le dîner, je préférai l'éviter, car j'avoue qu'il m'avait paru d'une prétention impitoyable, et que cette découverte me peinait. « Le baratin habituel » : ma perspicace petite critique ! Qu'un ou deux bémols glissés dans un éloge puissent l'irriter à ce point ! Je l'avais pris pour quelqu'un de placide, et il l'était, à coup sûr ; en surface ; mais une surface épaisse, en verre poli, qui dissimulait une vanité de pacotille. J'étais vraiment froissé, et la seule chose qui me consolait, c'était que si personne ne voyait rien, George Corvick était largement aussi loin que moi d'y arriver. Mais cette consolation ne suffit pas, après que les dames se furent retirées, pour que je me dirige comme il convenait — c'est-à-dire sanglé dans une veste à pois, et fredonnant un petit air — vers le fumoir. Je m'apprêtai, passablement abattu, à aller me mettre au lit. Mais je tombai nez à nez dans le couloir sur Mr. Vereker, qui était une fois de plus monté se changer, et sortait de sa chambre. *Lui*, il fredonnait un petit air et arborait une veste à pois et, dès qu'il me vit, il redoubla de gaieté.

« Mon jeune ami », s'exclama-t-il, « Comme je suis content de vous mettre la main dessus ! Je crains de vous avoir blessé bien involontairement quand j'ai parlé avec Miss Poyle, au diner. Lady Jane ne m'a dit qu'il y a une demi-heure que vous étiez l'auteur de cette notule, dans *Au Milieu*. »

Je me récriai en l'assurant que je n'avais rien de cassé ; mais il me suivit jusqu'à ma porte, la main sur mon épaule, comme pour vérifier gentiment que je n'avais pas de fracture ; et en m'entendant dire que j'étais monté me mettre au lit, il me demanda la permission de pénétrer dans ma chambre et de m'expliquer en quelques mots seulement pourquoi il avait émis des réserves sur mes commentaires. De toute évidence, il redoutait sincèrement de m'avoir vexé et, devant tant de sollicitude, mon état d'esprit changea soudain du tout au tout. Mon pauvre petit article se volatilisa, et même ses meilleurs passages s'évanouirent, éclipsés par l'éclat de sa présence. Je le revois encore, debout sur la carpette de ma chambre, dans la lumière des flammes et sa veste à pois, son fin visage ouvert illuminé par le désir de ménager ma jeunesse. J'ignore ce qu'il avait prévu de dire, mais je crois qu'en voyant mon soulagement il fut touché, stimulé, prêt à laisser ses lèvres prononcer des mots qui venaient du plus profond de son être. C'est ainsi qu'il me confia alors des choses que, je le compris après-coup, il n'avait jamais dites à personne. J'ai toujours rendu justice à la généreuse impulsion qui l'avait poussé à parler ; il éprouvait simplement des remords pour avoir infligé sans s'en rendre compte une rebuffade à un homme de lettres en situation d'infériorité, à un homme de lettres, qui plus est, qui le portait justement aux nues. Pour réparer ce tort, il me parla absolument d'égal à égal, et d'un sujet que nous aimions tous deux plus que tout. Le moment, le lieu et le caractère improvisé de la scène en accrurent encore l'impact : il n'aurait rien pu trouver de plus intensément efficace.

III

« Je ne sais pas vraiment comment vous l'expliquer », dit-il, « mais c'est justement parce que votre compte-rendu de mon livre était d'une intelligence piquante, c'est précisément votre exceptionnelle acuité qui m'ont donné ce sentiment… qui ne date pas d'hier, croyez-moi bien… sentiment qui m'a poussé, sur le moment, à parler à cette brave dame d'une manière qui vous a naturellement indigné. Je ne lis pas les critiques, à moins qu'on ne me les mette sous le nez, comme aujourd'hui : ce sont toujours vos meilleurs amis qui s'en chargent ! Mais je les lisais de temps en temps… il y a dix ans. Je dois dire qu'elles étaient en général nettement plus bêtes à l'époque ; en tout cas, j'étais toujours frappé par le fait qu'elles passaient à côté de mon petit objectif avec une infaillibilité admirable, qu'elles me donnent une claque amicale dans le dos ou un coup de pied dans les tibias. Depuis, chaque fois qu'il m'est arrivé d'y jeter un coup d'œil, j'ai constaté qu'elles continuaient à tirer n'importe comment : je veux dire, à passer délicieusement à côté. *Vous* passez à côté, mon cher ami, avec une assurance inimitable ; le fait que vous soyez terriblement brillant et que votre article soit terriblement fin ne fait pas l'ombre d'une différence. C'est vraiment vous, la jeune garde, Vereker se mit à rire, qui me donnez le plus le sentiment d'avoir échoué ! »

Je buvais ses paroles avec un intérêt grandissant. « *Vous*, échouer... Grand Dieu ! Mais alors, que peut bien être votre « petit objectif » ? »

« Faut-il que je vous le *dise*, après toutes ces années de dur labeur ? »

Cette question, au-delà de son exagération facétieuse, contenait une sorte de reproche amical qui me fit, moi le jeune chercheur passionnément épris de vérité, rougir jusqu'à la racine des cheveux. Aujourd'hui, je n'y vois pas plus clair qu'alors, même si je me suis, en un sens, habitué à mon aveuglement ; mais, sur le moment, le ton enjoué de Vereker me donna l'impression, et la lui donna probablement, que j'étais le dernier des imbéciles. J'étais sur le point de m'écrier : « D'accord, ne me dites rien : pour sauver mon honneur et celui de ma profession, ne me dites rien ! », lorsqu'il poursuivit, comme s'il avait lu dans mes pensées et avait sa petite idée sur les chances que nous avions de nous racheter un jour. « Quand je parle de mon petit objectif, je veux dire... comment le formuler ?... la chose précise *pour* laquelle j'ai écrit tous mes livres. Tous les écrivains n'ont-ils pas une chose précise de ce genre, la chose qui motive tous leurs efforts, la chose sans laquelle, s'ils ne s'efforçaient pas d'y parvenir, ils n'écriraient pas du tout, la quintessence même de leur passion, l'aspect de leur travail où, à leurs yeux, brûle le plus intensément la flamme de l'art ? Voilà ce que *c'est* ! »

Je réfléchis un moment : c'est-à-dire que continuais à suivre sa pensée, mais à une distance respectueuse, un peu essoufflé. J'étais fasciné : à peu de frais, me direz-vous ; mais je n'avais pas l'intention, après

tout, de baisser ma garde. « Vous en faites une belle description, d'accord, mais qui n'éclaire pas vraiment ce que vous décrivez. »
« Je vous promets que ce serait clair, si vous arriviez seulement à l'apercevoir. » Je compris que le simple plaisir de converser avec moi s'était mué en une émotion intense qui submergeait mon interlocuteur au même degré que moi. « En tout cas », enchaîna-t-il, « c'est vrai pour moi : il y a dans mon œuvre une idée sans laquelle je ne me serais pas donné tout ce mal. C'est le plus fin, le plus parfait des desseins, et sa mise en œuvre a été, selon moi, un triomphe de patience et d'ingéniosité. Je devrais laisser à d'autres le soin de le dire ; mais le fait que personne ne le dise est précisément ce dont nous discutons. Mon petit stratagème se déploie de livre en livre et tout le reste, par comparaison, n'est que vain ornement. La construction de mes livres, leur style, leur consistance finiront peut-être un jour par révéler, aux yeux du lecteur initié, tout ce qu'il signifie. C'est naturellement ça que les critiques doivent chercher. Je dirais même plus », ajouta mon invité en souriant « c'est ce que les critiques doivent trouver. »
C'était apparemment notre devoir, en effet. « Vous appelez ça un petit stratagème ? »
« Uniquement par fausse modestie. En vérité, c'est un plan magnifique. »
« Et vous maintenez que vous avez mis ce plan à exécution ? »
« La manière dont je l'ai mis à exécution est la seule chose, dans ma vie, dont je tire un peu de fierté. »
Je marquai une pause. « Vous ne trouvez pas que vous devriez… rien qu'un peu… mettre les critiques sur la voie ? »
« Les mettre sur la voie ? Qu'ai-je fait d'autre, chaque fois que j'ai pris la plume ? Je me suis époumoné à leur hurler mon dessein au visage, leur beau visage inexpressif ! » Sur quoi Vereker se remit à rire et posa la main sur mon épaule pour m'assurer qu'il ne faisait pas allusion à la mine que je faisais.

« Mais vous parlez de « lecteur initié ». C'est donc bien, n'est-ce pas, qu'il *faut* être initié. »

« Qu'est-ce qu'un critique est censé être d'autre, que diable ? » Je crains d'avoir de nouveau rougi ; mais je parai le coup en répétant que sa manière d'exposer son précieux filon n'offrait aucune prise à un homme ordinaire. « C'est juste parce que vous ne l'avez jamais entrevu », répliqua-t-il. « Sinon, vous n'auriez bientôt plus pu voir que cela. Pour moi, c'est aussi tangible que le marbre de cette cheminée. En outre, un critique n'est *pas* un homme ordinaire : si c'était le cas, dites-moi, qu'irait-il faire dans le jardin du voisin ? Vous-même n'êtes pas du tout un homme ordinaire, et votre véritable raison d'être, à vous tous, c'est que vous êtes de petits démons de subtilité. Si la grande affaire de ma vie est un secret, c'est bien involontaire — elle l'est devenue dans ces circonstances étonnantes. Non seulement je n'ai jamais pris la moindre précaution pour qu'elle reste secrète, mais je n'ai même jamais rêvé qu'il lui arrive une chose pareille. Si j'avais pu le prévoir à l'avance, je n'aurais pas eu le courage de poursuivre. En réalité, je n'en ai pris conscience que peu à peu et, en attendant, j'avais accompli mon œuvre. »

« Et maintenant, vous l'aimez ? » risquai-je.

« Mon œuvre ? »

« Votre secret. Ça revient au même. »

« Si vous avez compris ça », répondit Vereker, « ça prouve que vous êtes aussi brillant que je le disais ! » Cela m'encouragea à observer que ça lui ferait manifestement de la peine s'il était éventé, et il admit qu'en effet c'était devenu la grande distraction de sa vie. « C'est tout juste si je ne vis plus que pour voir s'il sera jamais découvert. » Il me défia d'un air espiègle ; une lueur sembla briller tout au fond de ses yeux. « Mais je n'ai pas de souci à me faire... il ne le sera pas ! »

« Vous me mettez dans un état d'excitation tel que je n'en ai jamais connu, déclarai-je ; Vous me rendez bien décidé à trouver ou à mourir. » Puis je demandai : « Est-ce une sorte de message ésotérique ? »

Son visage se ferma : il me tendit la main comme pour me dire bonne nuit. « Ah, mon cher ami, on ne peut pas le décrire dans votre pauvre jargon journalistique ! »
Je savais bien qu'il pouvait se montrer terriblement susceptible, mais notre conversation m'avait donné l'impression de lui mettre les nerfs à vif. J'étais frustré : je retins sa main. « Alors je n'utiliserai pas cette formule », dis-je, « dans l'article où je finirai par révéler ce que j'aurai découvert, même si je dois admettre que j'aurai le plus grand mal à l'éviter. Mais, en attendant, juste pour accélérer cet accouchement difficile, vous ne pouvez pas me donner un indice, entre amis ? » Je me sentais beaucoup plus à l'aise.
« Tout ce que je me suis efforcé de faire, en toute conscience, est là pour vous donner un indice : chaque page, chaque ligne, chaque lettre. La chose est aussi concrète qu'un oiseau dans une cage, un appât sur un hameçon, un morceau de fromage dans une tapette à souris. Elle est enfoncée dans chacun de mes livres comme votre pied est enfoncé dans votre chaussure. Elle détermine chaque ligne, le choix de chaque mot, elle met un point sur chaque « i », chaque virgule à sa place. »
Je me grattai la tête. « Est-ce quelque chose qui relève du style ou de la pensée ? De la forme ou du fond ? »
Il me serra de nouveau la main d'un air indulgent et je sentis combien mes questions étaient grossières, et mes catégories pitoyables. « Bonne nuit, mon cher enfant… ne vous tracassez pas avec ça. Ce qui compte, c'est que vous aimiez me lire. »
« Et quelques informations risqueraient de me gâcher le plaisir ? » J'essayai toujours de le retenir.
Il hésita. « Voyons, le cœur qu'il y a dans votre corps : est-ce qu'il relève de la forme ou du fond ? La chose dont je prétends que personne ne l'a jamais mentionnée dans mon œuvre est l'organe qui donne la vie. »
« Je vois… c'est une idée *au sujet* de la vie, une sorte de philosophie. À moins que ce ne soit, ajoutai-je avec l'espoir ardent que cette

idée serait peut-être encore meilleure, une manière de jouer avec les mots, une recherche qui a trait à la langue. Peut-être que c'est une préférence pour la lettre « P » ! pris-je le risque de lâcher avec trivialité : Papa, patates, pruneaux... ce genre de chose ? » Il me traita avec toute l'indulgence requise : il se contenta de répondre que je m'étais trompé de lettre. Mais j'avais cessé de l'amuser ; je voyais bien qu'il commençait à s'ennuyer. Il y avait pourtant autre chose qu'il me fallait absolument savoir. « Seriez-vous capable, stylo en main, de l'énoncer vous-même en termes simples : de le nommer, de l'exprimer, de le formuler ? »

« Oh » il poussa un soupir presque fougueux, « si seulement j'étais, stylo en main, un type comme *vous* ! »

« Vous auriez beaucoup de chance, à n'en pas douter. Mais pourquoi mépriser les types comme nous sous prétexte que nous n'arrivons pas à faire ce que vous n'arrivez pas à faire vous-même ? »

« Ce que je n'arrive pas à faire ? Il écarquilla les yeux. Ne l'ai-je pas fait, dans mes vingt livres ? Je le fais à ma manière, poursuivit-il. Allez-y, *vous*, et continuez à ne pas le faire, à votre manière. »

« Notre manière est diaboliquement difficile », répondis-je sans conviction.

« La mienne aussi. Nous avons chacun choisi la nôtre. Personne ne nous y oblige. Vous ne voulez pas descendre au fumoir ? »

« Non. J'ai besoin de réfléchir à tout ça. »

« Alors vous me direz demain matin que vous m'avez mis à nu ? »

« Je vais voir ce que je peux faire ; la nuit porte conseil. Mais juste encore un mot », ajoutai-je. Nous étions sortis de ma chambre : je fis encore quelques pas avec lui dans le couloir. « Cette extraordinaire « intention générale », comme vous l'appelez — car c'est la description la plus frappante que j'ai réussi à vous soutirer — c'est donc, en gros, une sorte de trésor caché ? »

Son visage s'illumina. « Oui, appelez-le comme ça, même s'il ne m'appartient peut-être pas de le faire moi-même. »

« N'importe quoi ! » répliquai-je en riant. « Vous savez bien que vous en êtes monstrueusement fier. »

« Ma foi, je n'avais pas l'intention de vous le dire ; mais *oui*, cela remplit mon âme de joie. »

« Vous voulez dire que c'est d'une beauté si rare, si extraordinaire ? »

Il marqua de nouveau une pause. « C'est la plus belle chose du monde ! » Nous nous étions arrêtés et, sur ces mots, il prit congé ; mais une fois arrivé au bout du corridor, tandis que je le regardais s'éloigner avec une sorte de concupiscence, il se retourna et surprit ma mine déconcertée. Il réagit en secouant la tête et en agitant le doigt d'un air sérieux et même, dirais-je, inquiet : « Laissez tomber… laissez tomber ! »

Ce n'était pas un défi : c'était un conseil paternel. Si j'avais eu un de ses livres sous la main, j'aurais renouvelé mon récent acte de foi : j'aurais passé la moitié de la nuit avec lui. À trois heures du matin, incapable de dormir, et me rappelant d'autre part que Lady Jane prétendait ne pouvoir se passer de lui, je descendis furtivement à la bibliothèque avec ma bougie. J'eus beau chercher, je ne trouvai pas une seule ligne de sa prose dans la maison.

IV

De retour à Londres, je rassemblai fébrilement tous ses livres ; je les pris un par un, dans l'ordre chronologique, et braquai ma lampe dessus pour essayer de voir à travers. J'y passai un mois qui me rendit fou, et au cours duquel se produisirent plusieurs choses. L'une d'elles, la dernière, mais autant la mentionner tout de suite, c'est que je suivis le conseil de Vereker : je renonçai à ma ridicule tentative. Mon entreprise ne m'avait vraiment rien rapporté ; elle s'était soldée par une perte sèche. Au fond, comme il l'avait lui-même souligné, j'avais toujours aimé le lire ; et maintenant, les nouvelles informations dont je disposais et ma vaine obsession avaient tout simplement gâté cet amour. Non seulement j'échouai à débusquer son intention générale, mais je voyais m'échapper les intentions secondaires qui m'avaient autrefois réjoui. Ses livres avaient même perdu tout leur charme à mes yeux ; j'étais si exaspéré par ma recherche qu'ils ne m'inspiraient plus que de l'indifférence. Au lieu de me donner plus de plaisir, ils me devinrent moins précieux ; car, me voyant incapable de suivre la piste indiquée par leur auteur, je mis naturellement un point d'honneur à ne pas faire un usage professionnel de ce que j'en savais. Je ne *savais* rien : personne ne savait rien. C'était humiliant, mais je pouvais le supporter : ils m'étaient simplement devenus un sujet d'énervement. Ils finirent même par m'ennuyer, et j'expliquai mon égarement — avec une certaine perversité, je le reconnais — par le fait que Vereker s'était moqué de moi. Son trésor caché était une mauvaise blague, son intention générale une vaste pose.

Mais l'évènement le plus important, c'est que je confiai à George Corvick ce qui m'était arrivé, et que mes révélations produisirent sur lui un effet considérable. Il avait fini par rentrer, ainsi, malheureusement, que Mrs. Erme, et, pour l'instant, il n'était pas question, que je sache, de mariage. Il fut considérablement excité par ce que je lui racontai de mon séjour à Bridges ; cela confirmait si parfaitement l'impression qu'il avait depuis le début, à savoir qu'il y avait dans l'œuvre de Vereker quelque chose d'invisible. Lorsque je lui fis remarquer que les caractères d'imprimerie avaient précisément été inventés pour être visibles, il m'accusa immédiatement d'être dépité parce que j'avais perdu la partie. Nos relations avaient toujours ceci d'agréable que nous nous parlions franchement. La chose que Vereker m'avait suggérée était exactement la chose dont lui, Corvick, avait voulu que je parle dans mon article. Lorsque je finis par insinuer que, maintenant que je l'avais mis sur la piste, il serait assurément en mesure d'en parler lui-même, il reconnut volontiers qu'avant d'y arriver il avait besoin de mieux comprendre. Ce qu'il aurait dit, s'il avait écrit l'article sur son dernier livre, c'était qu'il y avait évidemment, dans les profondeurs de son art, quelque chose *à comprendre*. Je n'y avais même pas fait allusion : pas étonnant que l'écrivain ne se soit pas senti flatté ! Je demandai à Corvick à quoi exactement il pensait arriver, avec sa subtilité hors du commun, et, visiblement exalté, il répliqua : « Ce n'est pas accessible au commun des mortels… ce n'est pas accessible au commun des mortels ! » Il tenait le bon bout ; il tirerait dessus de toutes ses forces, et tout le reste viendrait avec. Il pompa jusqu'à la dernière goutte les étranges confidences que Vereker m'avait faites et, me déclarant le plus heureux des mortels, formula une demi-douzaine de questions qu'il me maudit de ne pas avoir eu l'idée de poser. Mais en même temps, il ne voulait pas que je lui en dise trop : ça risquait de gâcher son plaisir de voir surgir la chose. Lors de cette entrevue, je n'avais pas encore complètement échoué à prendre *mon* plaisir, mais je voyais mon échec se profiler, et Corvick voyait que je le voyais. Quant à moi, je voyais bien que l'une des premières choses qu'il ferait serait de courir raconter mon histoire à Gwendolen.

Le lendemain même du jour où je lui avais tout dit, j'eus la surprise de recevoir un mot de Hugh Vereker, qui s'était souvenu de notre rencontre à Bridges, comme il me l'écrivait, en tombant, dans un magazine, sur un article signé de moi. « J'étais ravi de le lire », disait-il, « et il m'a rappelé la conversation animée que nous avons eue devant la cheminée de votre chambre. Ce qui a eu pour effet de me faire mesurer combien je m'étais montré téméraire en vous encombrant d'une information que vous pourriez considérer comme un fardeau. Maintenant que la tension est retombée, je n'arrive pas à imaginer comment une telle émotion, si contraire à mes habitudes, a pu me submerger. Je n'avais jamais exposé, avec quelque impudeur que ce soit, l'existence de mon petit secret, et je ne sortirai plus jamais de cette clandestinité. J'ai malencontreusement été beaucoup trop explicite avec vous, ça ne faisait pas partie de mon jeu ; de sorte que ce jeu… je veux dire, le plaisir que je prends à y jouer… en est considérablement altéré. Bref, si vous êtes capable de comprendre ça, j'ai pour ainsi dire cassé mon jouet. Je ne veux vraiment donner à personne ce que vous, jeunes gens pleins de brio, appelez, je crois, un tuyau. Je sais que c'est une préoccupation bien égoïste, et je vous la confie pour que vous en fassiez ce que bon vous semble. Si vous voulez me faire plaisir, ne répétez à personne ce que je vous ai révélé. Prenez-moi pour un fou : c'est votre droit ; mais ne dites à personne pourquoi. »

Le résultat de ce message fut que, dès le lendemain, aussi tôt dans la matinée que je pouvais me le permettre, je courus sonner à la porte de Mr. Vereker. Il habitait à cette époque une de ces vieilles maisons bourgeoises de Kensington Square. Il me reçut immédiatement et, à peine entré chez lui, je vis que j'avais toujours le don de déclencher son hilarité. Il éclata de rire en voyant mon visage, sur lequel se lisait sans doute mon agitation. J'avais commis une indiscrétion : j'étais plein de remords. « J'en *ai parlé* à quelqu'un », dis-je en haletant, « et je suis certain que cette personne l'a déjà répété à quelqu'un d'autre ! Et c'est une femme, par-dessus le marché ! »

« La personne à qui vous l'avez dit ? »

« Non, l'autre personne. Je suis absolument sûr qu'il le lui a dit, à elle. »

« Grand bien lui fasse, à elle — ou grand bien *me* fasse ! Une femme ne trouvera jamais. »

« Non, mais elle va en parler partout : elle va faire exactement ce que vous voulez éviter. »

Vereker réfléchit un moment, mais il n'était pas aussi déconcerté que je l'avais craint : il se disait que, si le mal était fait, il n'avait à s'en prendre qu'à lui-même. « Ça n'a pas d'importance... Ne vous inquiétez pas. »

« Je ferai de mon mieux, je vous le promets, pour que votre confidence ne s'ébruite pas davantage. »

« Parfait ; faites ce que vous pouvez. »

« En attendant, poursuivis-je, le fait que George Corvick, lui, soit en possession du tuyau, peut vraiment aboutir à quelque chose. »

« Ça, ce serait un grand jour. »

Je lui parlai du brio de Corvick, de son admiration pour lui, de l'intérêt passionné qu'il avait pris à mon histoire ; et sans m'appesantir sur le fait que lui et moi n'étions pas du même avis, je précisai que mon ami était déjà convaincu qu'il voyait plus clair dans ce cas particulier que la plupart des gens. Il était tout aussi excité que je l'avais été, à Bridges. De plus, il était amoureux de cette demoiselle : peut-être qu'en s'y mettant ensemble ils résoudraient l'énigme.

Cela parut ébranler Vereker. « Vous voulez dire qu'ils vont se marier ? »

« Je dirais que ça en prend le chemin. »

« Ça pourrait les aider, admit-il, mais il faut que nous leur laissions le temps ! »

Je lui racontai comment j'étais revenu à la charge et lui confiai les difficultés que j'avais rencontrées ; sur quoi il me répéta le conseil qu'il m'avait déjà donné : « Laissez tomber, laissez tomber ! » De toute évidence, il considérait que je n'avais pas l'outillage intellectuel pour une telle aventure. Je restai une demi-heure, et il se montra des mieux disposé, mais je ne pouvais m'empêcher de voir en lui un homme sujet aux sautes d'humeur. Il avait été d'humeur à s'épancher auprès de moi, il avait été d'humeur à le regretter, et à présent il était d'humeur à s'en moquer. Cette inconséquence foncière renforça ma conviction que, quoi qu'il dise au sujet de son tuyau, il ne valait pas grand-chose. Je réussis néanmoins à lui soutirer quelques réponses de plus, bien qu'il s'y prêtât avec une impatience manifeste. Pour sa part, incontestablement, la chose qu'aucun de nous n'arrivait à voir était d'une présence évidente. C'était quelque chose, supposai-je, qui touchait au schéma initial, quelque chose comme une figure complexe dans un tapis persan. Il valida vigoureusement cette image lorsque je l'utilisai, et lui-même en utilisa une autre : « C'est le fil même, dit-il, où sont enfilées toutes mes perles ! » Ce qui l'avait poussé à m'écrire ce mot, c'est qu'il ne voulait vraiment pas nous aider le moins du monde : notre lourdeur d'esprit était, à sa manière, trop parfaite pour qu'on y touche. Il s'était accoutumé à compter dessus, et si le sortilège devait être rompu, il le serait par quelque force indépendante de sa volonté. Je garde de cette dernière rencontre — car je ne devais plus jamais lui reparler — le souvenir d'un homme décidé à garder son jouet pour lui tout seul. Je me demandai en m'en allant d'où il tenait, *lui*, son tuyau.

V

Lorsque je parlai à George Corvick de l'avertissement que j'avais reçu, il me fit comprendre qu'il se sentirait quasiment insulté qu'on le soupçonne, si peu que ce soit, de manquer de tact. Il en avait immédiatement parlé à Gwendolen, mais la réaction passionnée de Gwendolen suffisait à garantir sa discrétion. Ils allaient maintenant se consacrer entièrement à cette quête, et elle leur serait une occupation trop précieuse pour qu'ils aillent se répandre auprès du grand public. Ils semblaient avoir instinctivement mordu à la haute idée que se faisait Vereker d'un divertissement. Néanmoins, leur orgueil intellectuel n'était pas assez grand pour les rendre indifférents à toute lumière supplémentaire que je pourrais jeter sur l'aventure qu'ils vivaient ensemble. Ils avaient vraiment un « tempérament artistique », et j'étais frappé par la capacité de mon collègue à s'exciter sur un sujet artistique. Qu'il dise « la littérature » ou qu'il dise « la vie », ce n'était qu'une seule et même chose. Je croyais maintenant comprendre que ses propos exprimaient aussi le point de vue de Gwendolen à qui, dès que Mrs. Erme fut suffisamment rétablie pour lui laisser un peu de temps libre, il tint à me présenter. Je me souviens de ce dimanche d'août où nous allâmes la voir dans une maison exigüe de Chelsea, et je me souviens avoir de nouveau envié Corvick de posséder une amie qui mêlerait ses lumières aux siennes. Il pouvait lui dire des choses que je ne pourrais jamais lui dire à lui. Elle n'avait vraiment aucun sens de l'humour et, avec sa manière coquette de pencher la tête de côté, elle était de ces gens qui vous donnent envie, comme on dit, de les secouer, mais qui ont appris le hongrois tout seuls. Peut-être qu'elle avait avec Corvick des conversations en hongrois ; étonnamment, avec moi, ce fut tout juste si elle prononça quelques mots en anglais. Corvick, après coup, me dit que je l'avais refroidie en paraissant si peu disposé à leur rendre service en leur donnant des détails sur ce que Vereker m'avait dit. Je reconnus que j'estimai avoir fait le tour de la question : n'en avais-je pas déjà conclu que ses révélations étaient vaines et ne mèneraient à rien ? L'importance qu'ils leur accordaient m'agaçait et ne faisait qu'envenimer mes doutes.

Ce que je dis là peut paraître dur, et ce qui se passait sans doute, c'est que je me sentais humilié de voir d'autres personnes profondément séduites par une expérience qui ne m'avait valu que des contrariétés. J'étais condamné à rester dehors dans le froid tandis qu'eux, au coin du feu, sous la lampe, se lançaient dans une chasse dont c'était moi qui avais sonné l'hallali. Ils suivaient le même chemin que moi, mais plus méthodiquement, et à deux : ils relisaient tout Vereker depuis le début. Ils n'étaient pas pressés, Corvick disait qu'ils avaient la vie devant eux et que leur fascination ne ferait que croître ; ils le reprendraient, page après page, comme ils reprendraient un classique, l'inhaleraient lentement et le laisseraient les imprégner entièrement. Je pense qu'ils n'auraient pas été dans un tel état de tension s'ils n'avaient pas été amoureux : la signification cachée du pauvre Vereker donnait d'infinies occasions à leurs jeunes têtes de se rapprocher et de prolonger ce contact. Cela dit, Corvick était particulièrement doué pour affronter ce genre de problème, il y trouvait de quoi aiguiser son exceptionnelle patience, patience dont, s'il avait vécu plus longtemps, il aurait donné des preuves encore plus frappantes et, espérons-le, plus fécondes. Lui, au moins, il était, pour reprendre les termes de Vereker, un petit démon de subtilité. Nous avions commencé par nous disputer, mais je compris vite que, sans que j'aie besoin de remuer le petit doigt, son extase connaîtrait de mauvaises passes. Il suivrait comme moi de fausses pistes : il applaudirait au jaillissement d'une flamme qu'il verrait s'éteindre, soufflée sitôt la page tournée. Il ressemblait trait pour trait, lui dis-je, à ces maniaques qui embrassent une folle théorie sur la signification cachée de l'œuvre de Shakespeare. Il me répondit que si Shakespeare lui-même nous avait donné sa parole qu'il y avait une signification cachée dans son œuvre, il l'aurait cru immédiatement. Notre situation était complètement différente : nous n'avions que la parole de Monsieur M'as-tu-vu. Je lui répondis que j'étais stupéfait de le voir accorder tant de prix à la seule parole de Mr. Vereker. Sur quoi il me demanda si j'accusais Mr. Vereker d'avoir menti. Je n'étais sans doute pas prêt, en prononçant ces mots maladroits, à aller aussi loin, mais je maintins que, jusqu'à preuve du contraire, je n'y verrais qu'une folle affabulation. Je ne dis pas, je l'avoue — je ne le savais pas encore vraiment — tout ce que je pensais. Dans mon for intérieur, comme aurait dit Miss Erme, j'étais anxieux, j'étais plein d'espoir. Au fond, si je me sentais si mal à l'aise — car la curiosité que je m'étais habitué à éprouver n'était pas tout à fait éteinte — c'est que j'étais tenaillé par l'intuition que Corvick finirait probablement par arriver à quelque chose. Pour justifier sa crédulité, il insista sur le fait que cela faisait longtemps qu'en étudiant ce génie il avait senti des traces, des soupçons d'il ne savait quoi, les échos indistincts et furtifs d'une musique secrète. C'était précisément ce qui comptait, ce qui l'ensorcelait : que cela s'ajuste si parfaitement à ce que je lui avais raconté.

Si je retournai à plusieurs reprises dans la petite maison de Chelsea, je dois admettre que c'était autant pour avoir des nouvelles de Vereker que de la maladie de Mrs. Erme. Je me figurais les heures qu'y passait Corvick comme s'il y disputait une partie d'échecs, silencieux, le visage fermé, sous la lampe qui éclairait ces journées d'hiver, penché sur l'échiquier et les pièces qu'il déplaçait. À mesure que mon imagination le complétait, le tableau finit par m'obséder. De l'autre côté de la table se tenait une forme plus spectrale, la silhouette indistincte d'un adversaire affable mais un peu las de son invincibilité — un adversaire carré dans son fauteuil, les mains dans les poches, un sourire éclairant son fin visage ouvert. Juste derrière Corvick, il y avait une jeune fille que j'avais d'abord trouvé pâle, émaciée, mais ensuite, à force de la regarder, plutôt séduisante, qui s'appuyait sur son épaule et guettait ses déplacements. Il prendrait une pièce, la laisserait un moment en suspens au-dessus d'une des petites cases, puis la remettrait à sa place en poussant un long soupir de découragement. La demoiselle ferait alors un mouvement imperceptible mais inquiet et jetterait un regard très sévère, très appuyé, très étrange, à leur partenaire fantomatique. Je leur avais demandé, au tout début de cette affaire, s'ils n'auraient pas plus de chances de réussir en entrant directement en contact avec lui. La situation était certainement assez particulière pour que je me sente autorisé à les lui présenter. Corvick avait immédiatement répliqué qu'il n'avait aucune envie de s'approcher de l'autel avant d'être prêt à y célébrer le sacrifice. Il partageait entièrement le point de vue de notre ami, c'était une partie de chasse où étaient engagés à la fois son plaisir et son honneur : il abattrait la proie avec son propre fusil. Lorsque je lui demandai si Miss Erme avait la gâchette aussi facile, il hésita avant de me répondre : « Non, j'ai honte d'admettre qu'elle veut lui tendre un piège. Elle donnerait tout pour le rencontrer ; elle dit qu'elle a besoin d'un autre tuyau. Ça la rend vraiment malade. Mais elle doit respecter les règles du jeu : il *ne faut pas* qu'elle le voie ! » ajouta-t-il avec emphase. Je me demandai s'ils ne s'étaient pas même un peu querellés à ce sujet : un soupçon renforcé par la manière dont il s'écriait régulièrement devant moi : « Tu sais, elle est si incroyablement… si merveilleusement littéraire ! » Je me souviens qu'il me dit un jour qu'elle ressentait les choses en italiques et pensait en majuscules. « Oh, quand je l'aurai débusqué », dit-il aussi, « alors, tu vois, j'irai frapper à sa porte. Directement, tu peux me croire. Je l'entendrai me dire, en personne : « Vous avez vu juste, mon garçon ; vous y êtes arrivé, cette fois ! » Il me déclarera vainqueur : il me décernera la palme des critiques. »

En attendant, il évitait, c'est vrai, les occasions que la vie londonienne pouvait lui offrir de rencontrer l'éminent romancier ; un risque, cependant, qui disparut lorsque Vereker quitta l'Angleterre pour une durée indéterminée, comme l'annonça la presse : il allait dans le sud pour des raisons liées à la santé fragile qui obligeait depuis longtemps sa femme à vivre retirée du monde. Un an — plus d'un an — s'était écoulé depuis ce qui s'était produit à Bridges, mais je ne l'avais plus jamais revu. Je pense qu'au fond j'avais un peu honte de moi : j'étais horrifié qu'il sache que, même si j'étais irrémédiablement passé à côté de son objectif, j'acquérais rapidement la réputation d'être un fin critique. Ce scrupule m'obligeait à certaines contorsions ; il m'éloignait de chez Lady Jane, il m'amena même à décliner, lorsqu'en dépit de mes mauvaises manières elle fut assez bonne pour me faire de nouveau signe, une invitation dans sa magnifique maison de campagne. Une fois, je l'aperçus en compagnie de Vereker à un concert, et eux aussi m'avaient certainement vu, mais je m'enfuis avant qu'ils ne m'abordent. J'eus l'impression, ce jour-là, en pataugeant sous la pluie, que je n'aurais pas pu agir autrement ; mais je me souviens m'être dit à moi-même que c'était dur, et même cruel. Non seulement j'avais renoncé à ses livres, mais j'avais renoncé à l'homme lui-même : les livres, comme leur auteur, tout m'était également gâché. Je savais aussi lequel de ces renoncements me coûtait le plus. Je m'étais entiché de l'homme bien plus que je ne m'étais jamais entiché de ses livres.

VI

Six mois après que notre ami eut quitté l'Angleterre, George Corvick, qui vivait de sa plume, accepta un contrat qui lui imposait

une assez longue absence et un voyage assez pénible, et dont je fus très surpris qu'il l'ait signé. Son beau-frère avait pris la direction d'un grand journal de province, et le grand journal de province, dans un beau moment de folle audace, avait eu l'idée de dépêcher un « envoyé spécial » en Inde. C'était devenu une mode, dans la « presse londonienne », d'avoir des envoyés spéciaux, et le journal en question avait dû se dire qu'il en avait assez de passer pour un pauvre cousin de province. Corvick n'avait pas, je le savais, le trait épais qui convient aux reportages, mais c'était tant pis pour son beau-frère, et le fait qu'une tâche particulière ne soit pas dans ses cordes était précisément susceptible de la lui faire accepter. Il était décidé à se montrer plus royaliste que le roi ; il évita soigneusement toute pudibonderie, il outragea délicieusement le bon goût. Personne ne s'en aperçut : il n'enfreignait que ses propres principes. En plus de ses frais, on lui assurait un salaire confortable, et j'eus l'occasion de l'aider, pour publier ensuite le gros bouquin habituel, à passer un contrat acceptable avec le gros éditeur habituel. Je devinai facilement que son désir manifeste de se faire un peu d'argent n'était pas sans rapport avec la perspective d'épouser Gwendolen Erme. J'étais conscient que les réticences de sa mère tenaient largement à son manque de moyens et de talents lucratifs, mais il se trouve que, la dernière fois que je le vis, lorsque je fis une allusion à sa séparation d'avec notre demoiselle, il s'exclama avec une emphase qui me surprit : « Je ne suis absolument pas fiancé avec elle, tu sais ! »
« Pas officiellement », répondis-je, « parce que sa mère ne t'aime pas. Mais j'ai toujours tenu pour acquis que vous étiez secrètement engagés. »
« Eh bien, *nous l'étions*. Mais nous ne le sommes plus. » Il ne dit rien d'autre, sinon quelques mots au sujet de Mrs. Erme qui s'était remise sur pied de la manière la plus extraordinaire : remarque dont la morale, je suppose, était que les engagements secrets ne servaient pas à grand-chose sans la caution des médecins. Je pris la liberté d'aller

plus loin dans mes déductions : la fille, d'une manière ou d'une autre, avait dû l'éconduire. Bon, si par hasard il s'était mis à éprouver de la jalousie, il ne pouvait certainement pas être jaloux de moi. Si tel était le cas, non seulement ça n'aurait eu aucun sens, mais il ne serait pas parti si loin en nous laissant justement seuls ensemble. Cela faisait un certain temps, au moment de son départ, que nous ne nous étions permis aucune allusion au trésor caché, et j'avais tiré de son silence, que je m'étais simplement contenté d'imiter, une conclusion bien arrêtée. Il s'était découragé, son ardeur l'avait quitté, comme elle m'avait quitté : c'était du moins l'apparence à laquelle il me laissait me fier. Il ne pouvait pas en dire plus ; il ne pourrait affronter ma réaction triomphale s'il l'avait admis explicitement. Il n'avait rien à craindre, le pauvre chéri, car j'avais perdu, à ce moment-là, toute envie de triompher. En fait, je me trouvais magnanime de ne pas lui reprocher sa défaite, car ma conviction qu'il avait abandonné la partie me faisait mesurer comme jamais auparavant combien, finalement, je dépendais de lui. Si Corvick avait échoué, je ne saurais jamais rien ; personne ne pourrait m'aider, à part *lui*. Mon désir de savoir ne s'était nullement estompé ; peu à peu, non seulement ma curiosité avait recommencé à me faire souffrir, mais elle s'était mise à me torturer constamment, de jour comme de nuit. Il y a sûrement des gens qui trouvent ce genre de torture à peine plus normale que les convulsions d'un dément ; mais, après tout, je ne vois même pas l'intérêt de mentionner leur avis à ce sujet. Quoi qu'il en soit, aux yeux des quelques personnes, normales ou pas, que concerne mon histoire, la littérature était un jeu d'adresse, et l'adresse c'était le courage, et le courage c'était l'honneur, et l'honneur c'était la passion, c'était la vie. Les mises que nous jouions étaient d'une substance particulière et, au lieu d'une roulette, c'était notre cerveau qui tournoyait, mais nous restions assis autour du tapis vert avec la même concentration que des joueurs invétérés à Monte-Carlo. Gwendolen Erme, avec son visage pâle et son regard fixe, ressemblait d'ailleurs énormément aux dames diaphanes qu'on croise dans ces temples du hasard. C'est durant l'absence de Corvick qu'elle m'inspira cette analogie frappante. C'était extravagant, j'en conviens, cette façon qu'elle avait de vouer sa vie à l'art d'écrire. Elle était visiblement dévorée par cette passion et, en sa présence, je me sentais presque tiède. Je relus *For intérieur* : c'était un désert dans lequel elle s'était égarée, mais dans le sable duquel elle avait aussi creusé un trou merveilleux — une cavité d'où Corvick avait encore plus brillamment réussi à l'extirper.

Début mars, je reçus d'elle un télégramme qui eut pour effet de me précipiter à Chelsea, où la première chose qu'elle me dit fut : « Il l'a trouvée, il l'a trouvée ! »

Elle était tellement bouleversée, c'était flagrant, qu'elle devait forcément parler de la grande chose. « L'idée de Vereker ? »

« Son intention générale. George m'a envoyé une dépêche de Bombay. »

Elle me montra le message ; il était aussi emphatique que succinct. « Eureka. Énorme. » C'était tout : il avait fait l'économie de la signature. Je partageai l'émotion de Gwendolen, mais j'étais déçu. « Il ne dit pas de quoi il s'agit. »

« Comment pourrait-il… dans une dépêche ? Il l'écrira plus tard. »

« Mais comment est-il sûr ? »

« Sûr que c'est bien ça ? Oh, je suis certaine que lorsqu'on le voit, on sait. *Vera incessu patuit dea !* »

« C'est vous, Miss Erme, qui êtes vraiment « divine » de m'annoncer une telle nouvelle ! » — me laissai-je aller, dans mon enthousiasme. « Mais c'est étrange d'aller trouver notre déesse dans le temple de Vishnou ! Ça m'étonne que George ait réussi à s'y remettre, submergé comme il l'était par des impressions si différentes et si puissantes ! »

« Il ne s'y est pas remis, je le sais ; c'est la chose elle-même, strictement laissée de côté pendant six mois, qui s'est tout simplement jetée sur lui, comme une tigresse qui surgit de la jungle. Il n'avait pas emporté

un seul livre — exprès ; d'ailleurs il n'en avait pas besoin, il en connaît chaque page par cœur, comme moi. Elles ont toutes travaillé en lui, en même temps, et un jour, quelque part, alors qu'il n'y pensait pas, elles se sont agencées, magnifiquement enchevêtrées, pour former la bonne combinaison. La figure dans le tapis est apparue. Il savait que ça devait se passer comme ça et c'est la vraie raison — vous ne l'aviez absolument pas compris, mais je suppose que je peux bien vous le dire, maintenant — pour laquelle il est parti et pour laquelle j'ai consenti à son départ. Nous savions que son dépaysement aurait cet effet : le fait de se changer les idées, et de décor, aurait l'effet escompté, agirait comme un coup de baguette magique. Nous avions parfaitement, admirablement anticipé. Il avait toutes les pièces en tête, et il a suffi d'une secousse, provoquée par une expérience inédite et intense, pour qu'elles le foudroient. » Elle-même était foudroyée — elle était littéralement, physiquement incandescente. Je bredouillai quelque chose au sujet des associations d'idées inconscientes, et elle poursuivit :
« Il va rentrer directement à la maison : ça va le faire revenir. »
« Vous voulez dire, pour voir Vereker ? »
« Pour voir Vereker, et pour me voir, *moi*. Vous imaginez tout ce qu'il aura à me dire ! »
J'hésitai. « Sur les Indes ? »
« Sur le temps qu'il fait ! Non : sur Vereker... sur la figure dans le tapis. »
« Mais, comme vous le disiez, il nous l'écrira sûrement dans une lettre. »
Elle prit un air inspiré, et je me rappelai que Corvick m'avait dit, longtemps avant, qu'elle avait un visage intéressant. « Peut-être que ça ne peut pas tenir dans une lettre, si c'est « énorme ». »
« Peut-être pas, si c'est une énorme ânerie. Si la chose qu'il a trouvée ne peut pas tenir dans une lettre, c'est qu'il n'a pas trouvé *la bonne*. Vereker m'a dit lui-même très précisément que la « figure » *pouvait* tenir dans une lettre. »

« Eh bien, j'ai envoyé une dépêche à George il y a une heure... Quatre mots », dit Gwendolen.

« C'est indiscret de vous demander lesquels ? »

Elle hésita longuement, mais finit par les dire. « Mon ange, écris-moi. »

« Parfait ! » m'exclamai-je. « Pour plus de sûreté... je vais en faire autant. »

VII

Toutefois, je n'écrivis pas exactement les mêmes mots : je remplaçai « mon ange » par autre chose ; et il s'avéra ensuite que le terme que j'avais utilisé était plus pertinent, car lorsque nous finîmes par avoir des nouvelles de notre voyageur, il ne fit que nous titiller davantage. Il se glorifiait de son triomphe, il qualifiait sa découverte de prodigieuse ; mais son enthousiasme contribuait encore à nous la dissimuler : il ne donnerait pas de détails avant d'avoir soumis sa théorie à l'autorité suprême. Il avait laissé tomber son reportage, il avait laissé tomber son livre, il avait tout laissé tomber devant l'urgente nécessité de se précipiter à Rapallo, sur la côte génoise, où séjournait Vereker. Je lui écrivis une lettre qu'il devait trouver à Aden : je l'y conjurai de mettre fin au suspense. Je sus qu'il avait eu ma lettre lorsqu'il m'expédia un télégramme, que je reçus après plusieurs jours usants, sans qu'il ait jamais réagi à la dépêche laconique que je lui avais envoyée à Bombay, et qui était manifestement conçu pour répondre à mes deux courriers. Ces quelques mots étaient rédigés en français dans un registre familier, le français au goût du jour dont Corvick se servait souvent pour montrer qu'il n'était pas bégueule. Cela produisait sur certains l'effet inverse, mais son message pouvait raisonnablement être reformulé ainsi : « Prends patience, je veux voir la tête que tu feras quand ça te tombera dessus ! » « Tellement envie de voir ta tête ! » : c'était tout ce que j'avais sur quoi me reposer. On ne peut vraiment pas dire que je me sois reposé là-dessus, car je crois me souvenir qu'à ce moment-là je passais mon temps à faire la navette entre la petite maison de Chelsea et la mienne. Nous étions, Gwendolen et moi, aussi impatients l'un que l'autre, mais je continuais d'espérer qu'elle pourrait m'éclairer davantage. Nous dépensâmes tous deux, durant cette période, une somme d'argent non négligeable, compte tenu de nos moyens, en télégrammes et en taxis, et je m'attendais à ce que nous ayons des nouvelles de Rapallo aussitôt après la jonction du découvreur et du découvert. Cette attente parut durer une éternité, mais un jour, en fin d'après-midi, j'entendis le fracas d'un fiacre qui se ruait vers ma porte à une vitesse folle, à la perspective d'un généreux pourboire. Mon sang ne fit qu'un tour et je bondis donc jusqu'à la fenêtre d'où je vis une jeune dame, debout sur le marchepied de la voiture, qui levait vers ma maison un regard empressé. Dès qu'elle m'aperçut, elle brandit une feuille de papier d'un geste qui me poussa à dévaler aussitôt l'escalier, un geste comme on en voit dans les mélodrames, lorsqu'on y brandit des mouchoirs ou des notifications de grâce au pied de l'échafaud.

« Viens de voir Vereker. Pas une fausse note. M'a serré dans ses bras. Me garde ici un mois. » Voilà tout ce que contenait le papier qu'elle me donna à lire tandis que le cocher, juché sur son perchoir, arborait un large sourire. Tout excité, je le payai généreusement, et Gwendolen, tout excitée elle-même, me laissa faire ; puis, lorsqu'il s'éloigna, nous nous mîmes à marcher et à discuter. Dieu sait combien nous avions déjà eu ce genre de discussions, mais celle-là constituait un progrès considérable. Nous imaginions toute la scène, à Rapallo, où il avait sans doute envoyé un message et mentionné mon nom pour demander la permission de passer le voir ; c'est-à-dire que *je* m'imaginais la scène, ayant plus d'éléments que ma compagne que je sentais suspendue à mes lèvres chaque fois que nous marquions un arrêt devant des vitrines que nous ne regardions pas. Nous étions sûrs d'une chose : s'il s'attardait pour compléter ses informations, nous recevrions au moins une lettre de lui qui nous aiderait à supporter le peu de temps qu'il nous restait à patienter. Nous comprenions qu'il prolonge son séjour, mais je crois que nous devinions chacun l'exaspération de l'autre. La lettre que nous étions sûrs de recevoir finit par arriver ; elle était adressée à Gwendolen et je passai la voir aussitôt pour lui éviter de se donner la peine de me l'apporter. Elle ne me la lut pas en entier, ce qui était bien normal ; mais elle m'en confia l'essentiel, qui se résumait à cette déclaration extraordinaire : il lui dirait, après leur mariage, tout ce qu'elle voulait savoir.

« Et seulement *après*, lorsque je serai sa femme… pas avant », expliqua-t-elle. « Ça revient exactement à me dire, n'est-ce pas, que je dois l'épouser sur-le-champ ! » Elle me sourit tandis que la déception me faisait rougir, la perspective d'un nouveau délai m'empêchant, sur le moment, de mesurer ma surprise. Cela voulait clairement dire qu'à moi aussi il imposerait quelque condition pénible. Soudain, tandis qu'elle ajoutait d'autres détails sur sa lettre, je me rappelai ce qu'il m'avait dit avant de partir. Corvick écrivait qu'il avait trouvé Mr. Vereker follement intéressant et, depuis qu'il était en possession de son secret, il se sentait puissamment enivré. Le trésor caché regorgeait d'or et de pierres précieuses. Maintenant qu'il le voyait, c'était comme s'il ne cessait de grandir et grandir encore sous ses yeux ; c'était, toutes époques et toutes langues confondues, l'une des plus magnifiques fleurs de la littérature. Rien, pour être plus précis, une fois que vous le regardiez en face, ne pouvait se montrer plus parfaitement *réalisé*. Une fois que c'était apparu, c'était apparu, c'était là, avec une splendeur qui vous faisait honte ; et rien ne pouvait expliquer (sinon la vulgarité profonde d'une époque où personne n'avait ni goût ni intégrité, où tout était privé de sens) qu'il ait pu passer inaperçu. C'était grandiose, mais si simple, c'était simple, mais si grandiose, et arriver à en prendre connaissance était une expérience tout à fait unique. Il laissait entendre que le charme d'une telle expérience, le désir de la savourer, dans toute sa nouveauté, jusqu'à la dernière goutte, était ce qui le retenait si près de sa source. Gwendolen, franchement radieuse tandis qu'elle me jetait ces quelques miettes, montrait un enthousiasme plein d'espoir, plus fondé que le mien. Cela me fit revenir au sujet de son mariage, me poussa à lui demander si ce qu'elle voulait dire, en m'annonçant à l'instant une nouvelle aussi surprenante pour moi, c'était qu'elle était fiancée.

« Bien sûr, que je le suis ! » répondit-elle. « Vous ne le saviez pas ? » Elle parut stupéfaite, mais pas autant que moi, car Corvick m'avait affirmé exactement le contraire. Je ne lui en dis rien, de toute manière ; je lui rappelai seulement combien elle, et même Corvick, s'étaient peu confiés à moi sur ce sujet et que, en outre, je n'ignorais pas le veto opposé par sa mère. Au fond, j'étais troublé par la discordance de leurs deux récits ; mais au bout d'un moment, je me dis que c'était celui de Corvick qui m'inspirait le moins de doutes. J'en fus réduit à me demander si la fille ne venait pas d'improviser cette histoire de fiançailles — qu'elle en ait rafistolé une ancienne ou bâclé une nouvelle — pour obtenir ce qu'elle désirait. Elle devait avoir usé de moyens que je ne possédais pas, mais je vis légèrement plus clair dans son jeu lorsqu'elle me répondit : « Ce qu'il y avait, c'est que nous nous sentions naturellement tenus de ne rien faire du vivant de Maman. »

« Mais maintenant vous pensez que vous allez juste vous passer du consentement de Maman ? »

« Oh, on n'en viendra peut-être pas là ! » Je me demandais où on allait en venir, mais elle poursuivit : « La pauvre chérie, il faudrait lui faire avaler la pilule. En fait, vous savez », ajouta-t-elle en riant, « il le *faudra* vraiment ! » : une sentence dont, pour toutes les personnes concernées, je reconnus parfaitement la nécessité.

VIII

Il ne m'était jamais rien arrivé de plus fâcheux que de me rendre compte, avant le retour de Corvick en Angleterre, que je ne serais pas là pour le faire passer aux aveux. Je reçus brusquement des nouvelles alarmantes de la santé de mon petit frère et je dus me rendre en Allemagne où, bien que je le lui aie déconseillé, il était parti étudier à Munich, dans l'atelier, il est vrai, d'un grand maître, l'art de la peinture à l'huile. La proche parente qui lui versait une pension avait menacé de lui couper les vivres si, sous un prétexte spécieux, il se risquait à chercher à Paris un meilleur professeur — Paris étant curieusement, pour une tante de Cheltenham, une école du vice, un abîme. J'avais alors déploré ce préjugé, et le préjudice subi était maintenant évident : d'abord parce que ça n'avait pas empêché le pauvre garçon, qui était intelligent, mais fragile et imprudent, d'attraper une congestion pulmonaire, et ensuite parce que cet incident me condamnait à m'éloigner davantage de Londres. Je crains d'avoir surtout songé, durant ces semaines angoissantes, que si seulement nous avions été à Paris, j'aurais pu rentrer en vitesse voir Corvick. C'était en vérité hors de question, à tous points de vue : mon frère, dont la guérison nous occupa beaucoup tous les deux, resta alité trois mois, pendant lesquels je ne le quittai pas, et au bout desquels nous dûmes affronter le fait qu'il lui était rigoureusement interdit de rentrer en Angleterre. Il lui fallait absolument un climat plus tempéré, et il n'était pas en état de voyager seul. Je l'emmenai à Merano et y passai l'été avec lui, à essayer de lui montrer par mon exemple comment se remettre au travail, et à remâcher une rage qui n'avait rien à voir et que j'essayais de *ne pas* lui montrer.

Toute cette affaire se révéla n'être que le premier d'une série de phénomènes si étrangement entrelacés que, considérés dans leur ensemble — c'était ainsi qu'il me fallait les considérer — ils formaient la meilleure illustration, à mes yeux, de la manière dont le destin, pour le bien de son âme sans aucun doute, se joue parfois de l'avidité d'un homme. Ces incidents eurent évidemment des conséquences plus graves que la légère conséquence qui nous intéresse — même si j'estime que cette conséquence doit aussi être traitée avec un certain respect. En tout cas, c'est essentiellement sous ce jour, je l'avoue, que le désastre qui résulta de mon exil m'apparaît aujourd'hui. Mais dès le début, en vérité, mon avidité, comme je l'ai appelée, me poussa à considérer que cette attente n'était en rien adoucie par la lettre contrariante que Corvick m'écrivit avant de rentrer de Rapallo. Elle n'eut pas du tout l'effet apaisant que, j'en suis à présent réduit à m'en dire certain, il avait voulu qu'elle produise, et la suite des événements ne fut pas de nature à pallier ses manques. Il avait sur le champ commencé à rédiger, pour une revue trimestrielle, un grand texte de référence sur l'œuvre de Vereker, et cette analyse exhaustive, la seule à compter, la seule à exister, devait présenter sous un jour nouveau, devait révéler — oh, en toute simplicité ! — la vérité insoupçonnée. Autrement dit, il y dessinerait la figure dans le tapis avec toutes ses circonvolutions, en reproduirait toutes les nuances. Le résultat, selon mon ami, serait le plus grand portrait littéraire jamais peint, et tout ce qu'il me demandait, c'était d'avoir la gentillesse de ne pas le déranger avec mes questions jusqu'à ce qu'il m'expose son chef-d'œuvre. Il me faisait l'honneur de déclarer que, mis à part son génial modèle, qui nous toisait de sa hauteur indifférente, j'étais, d'entre tous les lecteurs avertis, celui à qui il destinait particulièrement son travail. C'était la raison pour laquelle il fallait que je sois un gentil garçon et que je n'essaie pas de jeter un coup d'œil derrière le rideau avant que le spectacle ne soit prêt : il me plairait d'autant plus si je restais bien sage.

Je fis mon possible pour rester bien sage, mais je ne pus m'empêcher de sursauter en voyant dans le *Times*, alors que j'étais à Munich depuis une semaine ou deux et avant, à ma connaissance, le retour de Corvick à Londres, l'annonce de la mort soudaine de la pauvre Mrs. Erme. J'écrivis immédiatement à Gwendolen pour lui demander des détails, et elle me répondit que sa mère avait succombé à une faiblesse cardiaque dont elle souffrait depuis longtemps. Elle ne disait pas, mais je pris la liberté de déduire de sa lettre, que, concernant son mariage et aussi sa fébrilité, qui n'avait d'égale que la mienne, c'était une solution plus rapide qu'on ne pouvait l'espérer, et plus radicale que d'attendre de faire passer la pilule à la vieille dame. En toute honnêteté, j'admets en vérité qu'à cette époque — car elle me donnait régulièrement de ses nouvelles — je déduisais de drôles de choses de ce qu'elle m'écrivait, et d'encore plus extraordinaires de ce qu'elle taisait. En écrivant ceci, je revisite cette période de ma vie, et je me rappelle cette impression extrêmement bizarre d'avoir été, depuis des mois, et sans le vouloir, une sorte de spectateur contraint. Toute mon existence s'était réfugiée dans mes yeux, que les péripéties, en s'enchaînant, semblaient s'être ingéniées à garder ouverts. Il y avait des jours où je songeais à écrire à Hugh Vereker, juste pour le supplier d'être charitable avec moi. Mais je me disais, encore plus profondément, que je n'étais pas tombé si bas — en outre, il m'aurait dit à juste titre de me mêler de mes affaires. La mort de Mrs. Erme ramena aussitôt Corvick à Londres, et un mois ne s'était pas écoulé qu'il se maria « en toute simplicité » — avec la même simplicité, crus-je comprendre, qu'il disait vouloir, dans son article, présenter sa trouvaille — avec la demoiselle qu'il avait aimée puis abandonnée. J'utilise ce dernier mot, dois-je dire par parenthèse, parce que, par la suite, je crus de plus en plus fermement qu'au moment de son départ pour les Indes, et au moment où il annonça, depuis Bombay, la grande nouvelle, il n'avait jamais été question entre eux de vraies fiançailles. Qu'il n'y en avait pas le jour où elle m'avait affirmé exactement le contraire. En revanche, il l'avait sûrement demandée en mariage le jour-même de son retour. L'heureux couple descendit à Torquay pour y passer sa lune de miel, et là, dans un moment d'imprudence, le pauvre Corvick eut l'idée d'emmener sa jeune épouse faire une promenade en voiture à cheval.

Il était un conducteur tout à fait inexpérimenté : je l'avais compris longtemps auparavant, une fois où nous avions fait ensemble un tour en dogcart. Il jucha sa compagne sur un dogcart pour aller galoper dans les collines du Devonshire et, au sommet d'une des plus attrayantes, il tira sur les rênes du cheval, qui, il est vrai, s'était emballé, avec une telle violence que les occupants de la voiture furent projetés en avant et qu'il fit une horrible chute sur la tête. Il mourut sur le coup ; Gwendolen s'en sortit indemne.

Je ne m'étendrai pas sur cette tragédie absolue, sur ce que la perte de mon meilleur ami signifiait pour moi, et j'achèverai brièvement de raconter comment ma patience fut mise à rude épreuve en avouant franchement que, dans le post-scriptum de la toute première lettre que je lui écrivis après avoir appris l'horrible nouvelle, je demandai à Mrs. Corvick si son mari n'avait pas au moins eu le temps de finir son grand article sur Vereker. Elle me répondit aussi vite que je lui avais écrit : l'article, qu'il avait à peine commencé à rédiger, n'était qu'un désolant fragment. Elle expliquait que notre ami, encore à l'étranger, venait de s'y mettre lorsqu'il avait été interrompu par la mort de sa mère et qu'ensuite, à son retour, il n'avait pas pu reprendre son travail à cause des tracas consécutifs à ce grand malheur qui les avaient submergés. Il n'en avait écrit que les premières pages ; elles étaient saisissantes, elles étaient prometteuses, mais elles ne dévoilaient pas l'idole. Cette grandiose prouesse intellectuelle devait en être l'apothéose. Elle ne dit rien de plus, rien qui puisse m'éclairer et me donner accès à ce qu'elle savait, elle — savoir dont j'imaginais qu'elle avait fait des prodiges pour l'acquérir. C'était, par-dessus tout, ce que je voulais savoir : est-ce qu'*elle* avait vu l'idole dévoilée ? Y avait-il eu une cérémonie privée, réservée à une seule spectatrice en émoi ? Qu'est-ce qui, hormis cette cérémonie, justifiait leurs noces ? Je me gardai pour l'instant d'insister, même si, lorsque je songeais à tout ce que nous nous étions dit à ce propos en l'absence de Corvick, la réserve qu'elle manifestait à présent me surprenait.

Ce fut donc bien plus tard, depuis Merano, que je risquai une nouvelle tentative, la risquai avec une certaine appréhension, car elle persistait, dans ses lettres, à ne rien me dire. « Avez-vous su, durant les quelques jours qu'a duré votre bonheur avant qu'il ne se brise », écrivis-je, « ce que nous désirions entendre ? » Dire « nous », c'était une manière de glisser une petite allusion, et elle me montra qu'elle savait comprendre une petite allusion ; « J'ai tout appris », répondit-elle, « et j'ai l'intention de garder ça pour moi ! »

IX

Il était impossible de ne pas ressentir une profonde compassion à son égard et, de retour en Angleterre, je lui témoignai toute la gentillesse dont j'étais capable. La mort de sa mère lui avait assuré des revenus suffisants, et elle avait déménagé pour aller vivre dans un quartier mieux situé. Mais elle avait subi une perte immense et un coup du sort impitoyable ; en outre, il ne me serait jamais venu à l'esprit de supposer qu'elle finirait par trouver dans la possession d'un tuyau professionnel, d'un savoir-faire littéraire de seconde main, une compensation à son chagrin. Mais, curieusement, je ne pus m'empêcher de croire apercevoir, après l'avoir revue plusieurs fois, une bizarrerie de ce genre. Je m'empresse d'ajouter qu'il y avait beaucoup d'autres choses que je ne pouvais m'empêcher de croire, ou du moins d'imaginer ; et, comme je n'en ai jamais eu vraiment le cœur net, eh bien, au point où j'en suis, j'accorde à sa mémoire le bénéfice du doute. Dévastée et solitaire, extrêmement talentueuse — et devenue, à présent qu'elle était en grand deuil, que sa grâce était moins juvénile et sa tristesse stoïque, d'une beauté indiscutable — elle menait apparemment une vie d'une dignité et d'une élégance remarquables. J'avais d'abord trouvé moyen de me convaincre que je triompherais bientôt du refus qu'elle m'avait opposé, une semaine après le drame, dans sa réponse à une lettre dont je voyais bien qu'elle avait pu la trouver prématurée. Oui, son refus m'avait fait un certain

choc — oui, plus j'y pensais, plus il me perturbait, même si je tâchais de le justifier (et y parvenais parfois) en lui prêtant des sentiments élevés, des scrupules superstitieux, un sens aigu de la loyauté. Mais oui, dans le même temps, il donnait un prix encore plus exorbitant au secret de Vereker, quelque précieux que ce mystère ait paru auparavant. Autant faire cet aveu lamentable : l'attitude inattendue de Mrs. Corvick acheva d'enfoncer le clou qui m'assujettissait à mon idée fixe, et d'en faire l'obsession qui me taraudera toujours.
Mais cela ne fit que m'aider à me montrer d'autant plus rusé, d'autant plus habile, et à différer le moment de renouveler ma requête. En attendant, j'eus le temps de me livrer à des tas de spéculations, et l'une d'elles me fascinait profondément. Corvick avait attendu, pour livrer son information à sa jeune amie, qu'ait cédé la dernière barrière qui faisait obstacle à leur intimité : alors seulement il avait sorti son chat à neuf queues. Gwendolen envisageait-elle d'utiliser le même truc, de ne libérer cet animal qu'une fois engagée de nouveau dans une relation de ce genre ? Fallait-il impérativement, pour pouvoir tracer ou décrire la figure dans le tapis, être mari et femme — goûter à l'union suprême des amants ? Je me rappelai, et ce souvenir ajouta à ma perplexité, qu'à Kensington Square, lorsque j'avais mentionné que Corvick avait sans doute tout dit à la fille qu'il aimait, Vereker avait laissé échapper quelques mots qui confirmaient cette hypothèse. Il n'y avait peut-être pas grand-chose à en tirer, mais assez pour que je me demande s'il fallait que j'épouse Mrs. Corvick pour obtenir ce que je voulais. Étais-je prêt à payer ce prix pour qu'elle me fasse bénéficier de son savoir ? Ah, c'est comme ça qu'on devient fou ! me disais-je tout de même, dans cette période compliquée. Pendant ce temps, je pouvais voir le flambeau qu'elle refusait de me passer et qui brillait, hors de portée, dans l'intimité de sa mémoire — diffusant dans son regard un éclat qui illuminait sa maison solitaire. Au bout de six mois, je fus tout à fait convaincu qu'elle trouvait une compensation dans cette source de chaleur. Nous

avions parlé, encore et encore, de l'homme qui nous avait réunis : de son talent, de sa personnalité, de son charme particulier, de la belle carrière qu'il aurait certainement faite, de sa mort atroce, et même de sa détermination évidente à rédiger cette grandiose analyse qui aurait dû être le summum du portrait littéraire, l'équivalent, en quelque sorte, dans l'art de la critique, d'un tableau de Van Dyke ou de Velasquez. Elle m'avait fait comprendre à de multiples reprises qu'elle avait la langue liée, par entêtement, par dévotion, et qu'elle ne romprait jamais le silence puisque la « bonne personne », ce sont ses mots, n'avait pas eu la possibilité de le briser lui-même. Mais mon heure finit par arriver. Un soir où j'étais resté avec elle plus longtemps que d'habitude, je lui posai fermement la main sur le bras. « Alors, pour finir, qu'est-ce que *c'est* ? »

Elle m'avait vu venir et elle était prête. Elle secoua la tête longuement, lentement et sans un bruit : c'était un non, qu'elle me fit seulement la grâce de ne pas formuler à haute voix. Mais cette grâce n'enlevait rien au fait qu'elle m'opposait ainsi le plus fort, le plus pur, le plus glacial des « Jamais ! » J'avais déjà, dans ma vie, essuyé des refus que j'avais dû prendre en pleine figure. J'accusai le coup et je pris conscience que la violence du choc m'avait fait monter les larmes aux yeux. Nous restâmes donc un moment assis à nous regarder ; après quoi je me levai lentement, en me demandant si elle accepterait un jour de m'épouser ; mais ce n'est pas ce que je lui dis. Je déclarai, tout en époussetant mon chapeau : « Me voici donc fixé. Il n'y a pas de secret ! »

Elle esquissa un sourire distant, plein d'une pitié dédaigneuse ; puis elle parla sur un ton que je n'oublierai jamais : « C'est toute ma *vie* ! » Comme je m'apprêtai à sortir, elle ajouta : « Vous l'avez insulté ! »

« Vous voulez dire Vereker ? »

« Je veux dire le Mort ! »

Une fois dans la rue, je dus admettre que son accusation était justifiée. Oui, c'était toute sa vie — je l'admettais aussi ; cependant, il y eut dans sa vie, le temps passant, place pour d'autres centres d'intérêt. Un an et demi après la mort de Corvick, elle publia en un seul volume son deuxième roman, *Sous emprise*, sur lequel je me jetai dans l'espoir d'y trouver quelque écho révélateur ou quelque clin d'œil. Tout ce que j'y trouvai était un livre bien meilleur que sa première performance, preuve, à mon avis, qu'elle avait été mieux entourée. C'était un tissage assez sophistiqué, un tapis qui avait sa propre figure ; mais pas la figure que je cherchais. Lorsque j'en envoyai un compte rendu à *Au Milieu*, la rédaction me fit cette réponse étonnante qu'une notice était déjà sous presse. Lorsque le numéro sortit, j'identifiai sans hésiter l'auteur de cet article, que je trouvai assez grossièrement outré, comme étant Drayton Deane, qui avait été plus ou moins, autrefois, ami avec Corvick, mais qui n'avait fait la connaissance de sa veuve que depuis quelques semaines. J'avais eu l'un des premiers exemplaires du livre, mais Deane, apparemment, avait eu le sien plus tôt que moi. N'empêche : il avait eu la main beaucoup plus lourde que Corvick en réalisant le glaçage de ce pain d'épices — à force d'étaler ses garnitures à la truelle, il en avait mis partout.

X

Six mois plus tard, paraissait *Le Droit de passage*, la dernière chance, même si nous ne le savions pas encore, qui nous était donnée de nous racheter. La sortie du livre, entièrement écrit durant le séjour de Vereker à l'étranger, avait été annoncée, à longueur de pages, par les inepties habituelles. Je me flattai cette fois d'avoir été le tout premier à en recevoir un exemplaire, que j'apportai aussitôt à Mrs. Corvick. C'était le seul usage que je pouvais en faire ; je laissai le soin d'écrire l'éloge qu'en publierait inévitablement *Au Milieu* à quelque esprit plus astucieux, et moins exaspéré. « Mais je l'ai déjà, me dit Gwendolen. Drayton Deane a eu la bonté de me l'apporter hier, et je viens de le finir. »

« Hier ? Comment l'a-t-il obtenu si rapidement ? »

« Il obtient tout si rapidement ! Il va en publier la critique dans *Au Milieu*. »

« Lui — Drayton Deane — écrire une critique sur Vereker ? » Je ne pouvais en croire mes oreilles.

« Pourquoi pas ? Une parfaite ignorance en vaut une autre. »

Je me crispai, mais je me contentai de dire : « C'est vous qui devriez écrire cette critique ! »

« Je n'écris pas de critiques », répondit-elle en riant. « On en écrit sur moi ! »

À ce moment précis, la porte s'ouvrit brutalement. « Ah, tiens, voici notre critique ! » C'était Drayton Deane, avec ses longues jambes et son grand front : il était venu voir ce qu'elle pensait du *Droit de passage*, et pour apporter des nouvelles qui tombaient vraiment à point nommé. Les journaux du soir venaient de publier une dépêche de dernière minute sur l'auteur du livre, qui avait été victime quelques jours plus tôt, à Rome, d'une attaque de paludisme. Au début, on avait jugé son état sans gravité mais, à la suite de complications, la maladie avait pris une tournure qui pouvait inspirer de l'inquiétude. Inquiétude qui, en vérité, aux dernières nouvelles, s'était confirmée. Je fus frappé, en apprenant ces nouvelles, par l'indifférence totale que Mrs. Corvick, tout en manifestant combien elles la préoccupaient, ne réussissait pas vraiment à dissimuler : cela me permit de mesurer à quel point elle pouvait désormais se passer de lui. Si elle pouvait s'en passer, c'est qu'elle était en possession d'un savoir que rien ne pourrait plus détruire et que rien ne pourrait plus modifier. La figure dans le tapis pouvait bien dessiner une ou deux boucles inédites, mais le verdict avait été virtuellement prononcé. L'écrivain pouvait bien descendre dans sa tombe : elle était la personne au monde — comme s'il avait fait d'elle sa principale héritière — qui avait le moins besoin qu'il reste en vie. Cela me rappela que j'avais remarqué, à un certain moment — après la mort de Corvick — qu'elle n'éprouvait plus aucun désir de le rencontrer. Elle avait obtenu ce qu'elle voulait sans en passer par là. J'avais acquis la certitude que, si elle ne l'avait pas obtenu, elle se serait efforcée de le sonder personnellement, sans que la retiennent les considérations d'un ordre supérieur, plus concevables chez un homme que chez une femme, qui m'en avaient, pour ma part, dissuadé. Mais, je m'empresse de le préciser, j'étais, pour ma part, et en dépit de cette comparaison désobligeante pour elle entre nos deux attitudes, plutôt ambivalent. En songeant que Vereker était peut-être, en ce moment-même, en train de mourir, je me sentis submergé par une vague d'angoisse — le sentiment poignant que je dépendais encore absurdement de lui. Ma seule consolation était d'avoir fait preuve, à contrecœur, d'une délicatesse qui avait mis entre nous les Alpes et les Apennins, mais la certitude que cette occasion allait m'échapper me fit penser que je pourrais, en désespoir de cause, finir par aller le voir. Bien sûr, je n'aurais vraiment jamais rien fait de ce genre. Je m'attardai cinq minutes durant lesquelles mes camarades discutèrent de son nouveau livre, et lorsque Drayton Deane me demanda ce que j'en pensais, je répondis, en me levant, que je détestais Hugh Vereker et n'arrivais tout simplement pas à le lire. Je pris congé en ayant l'intime conviction que, sitôt la porte refermée sur moi, Deane me cataloguerait comme un horrible dilettante. Son hôtesse serait d'accord avec lui, *sur ce point* en tout cas.

Je continue à retracer encore plus brièvement la série noire qui nous fut infligée. Trois semaines plus tard, Vereker mourut et, moins d'un an après, ce fut le tour de sa femme. Je n'avais jamais vu cette pauvre dame, mais j'avais bêtement supposé que, si elle lui survivait assez longtemps pour que je la contacte sans offenser la bienséance, je pourrais l'approcher et lui soumettre ma piètre et vacillante requête. Savait-elle, et, si elle savait, parlerait-elle ? Il y avait fort à parier que, pour plusieurs raisons, elle n'aurait rien à dire ; mais lorsqu'elle m'échappa pour de bon, je compris que, décidément, le renoncement était mon lot. J'étais définitivement enfermé dans mon obsession — mes geôliers étaient partis avec la clef. Tel un captif dans son donjon, je n'ai qu'une conscience confuse du temps qui s'écoula ensuite avant que Mrs. Corvick n'épouse Drayton Deane. J'avais prévu, derrière mes barreaux, le dénouement de cette affaire, même s'il n'y eut là aucune hâte indécente, et si nos liens s'étaient sans aucun doute relâchés. Ils étaient tous les deux si « terriblement intellectuels » que les gens les trouvèrent bien assortis, mais je mesurai mieux que quiconque les trésors de compréhension que l'épouse apporterait à cette union. Aucun mariage entre gens de lettres — c'est ainsi que les journaux qualifièrent cette alliance — n'avait vu promise aussi résolument bien dotée. Je me mis, avec l'impatience de rigueur, à attendre le fruit de cette union — le fruit, je veux dire, dont les premiers symptômes seraient particulièrement perceptibles chez le marié. Tenant pour acquise la splendeur du cadeau de mariage qu'apportait la partie adverse, je m'attendais à le voir faire étalage de l'accroissement de ses moyens. Je savais ce qu'avaient été ses moyens : son article sur *Le Droit de passage* en donnait une idée précise. Comme il était à présent exactement dans la situation qui m'était non moins exactement refusée, je guettai, mois après mois, dans les périodiques où j'avais le plus de chances de l'y trouver, l'important message que le pauvre Corvick avait été incapable de délivrer, tâche qui incombait à son successeur. La veuve, une fois remariée, devait avoir, devant l'âtre où le feu brûlait de nouveau, rompu le silence que seule une veuve remariée pouvait briser, et Deane devait s'être enflammé au contact de ce savoir qui avait, en son temps, enflammé Corvick, puis Gwendolen. Eh bien, il était certainement plein de flamme, mais cette flambée ne devait apparemment pas embraser le grand public. Je parcourus ces périodiques en vain : Drayton Deane les remplissait de pages exubérantes, mais il faisait attendre celle que je traquais avec le plus de fébrilité. Il écrivait sur des milliers de sujets, mais jamais sur Vereker. Il s'était fait une spécialité d'exprimer des vérités devant lesquelles les autres, soit « se dégonflaient », pour reprendre ses termes, soit passaient sans les voir, mais il ne formula jamais la seule vérité qui me semblait, à cette époque, devoir être dite. Je croisai le jeune couple dans ce milieu des gens de lettres, comme l'appelaient les journaux : j'ai suffisamment laissé entendre que c'était exclusivement dans ce milieu que nous étions tous faits pour évoluer. Gwendolen le fréquenta plus que jamais à l'occasion de la sortie de son troisième roman, et je m'y fis définitivement remarquer en soutenant que cet ouvrage était inférieur au précédent. Était-il moins bon parce qu'elle était moins bien entourée ? Si son secret, comme elle me l'avait dit, était sa vie — comme en témoignaient son rayonnement grandissant, et une conscience manifeste d'être supérieure, qui, habilement corrigée par les faveurs qu'elle distribuait gentiment, lui donnait un air distingué — il n'avait pourtant pas d'influence directe sur son travail. Cela suffisait — tout suffisait —à le rendre encore plus désirable ; simplement nimbé d'un mystère plus pur et plus subtil.

XI

C'était donc son mari que je ne quittai plus des yeux : je lui tournais autour d'une manière qui aurait pu le mettre mal à l'aise. J'allais même jusqu'à lui faire la conversation. Savait-il ? Avait-il été rétribué comme il convenait ? — la question me trottait dans la tête. Bien sûr, qu'il savait ; sinon, il ne me rendrait pas si bizarrement mes regards. Sa femme lui avait dit ce que je voulais et il s'amusait gentiment de mon impuissance. Cela ne le faisait pas rire — il n'était pas du genre à rire : sa méthode consistait à opposer à mon irritation, pour m'obliger à découvrir carrément mes batteries, des platitudes aussi vastes que son grand front dégarni. À chaque fois que je quittais ces deux immenses déserts, qui semblaient se compléter géographiquement et signifier, à eux deux, combien Drayton Deane manquait de saveur et de style, j'en étais de plus en plus convaincu.

Il n'avait tout simplement pas les compétences nécessaires pour exploiter ce qu'il savait ; il était littéralement incapable de reprendre le travail là où Corvick l'avait laissé. J'allai même plus loin — c'était la seule lueur de bonheur qui me restait. Je me persuadai que ce travail ne lui disait rien. Il n'était pas intéressé, il s'en fichait. Oui, cela me consolait un peu de songer qu'il était trop stupide pour jouir de ce qui me manquait. Il était tout aussi stupide qu'avant de savoir, et cela grandit encore à mes yeux l'aura glorieuse qui nimbait le mystère. Néanmoins, je devais bien sûr me rappeler que sa femme avait sans doute fixé ses conditions et son prix. Je devais surtout me souvenir que, avec la mort de Vereker, la principale motivation avait disparu. On pouvait continuer à lui rendre tous les hommages possibles — mais on ne pouvait plus obtenir son approbation. Qui d'autre que lui faisait autorité ?

Le couple eut deux enfants, mais la naissance du second coûta la vie à sa mère. Passé le premier choc, je crus entrevoir l'ombre d'une dernière chance. Je me jetai sur cette idée, mais j'attendis un certain temps, pour ne pas paraître grossier, et l'occasion qui finit par se présenter se révéla payante. Sa femme était morte depuis un an lorsque je croisai Drayton Deane dans le fumoir d'un petit club dont nous étions tous deux membres mais où — peut-être parce que je n'y allais pas souvent — je ne l'avais pas vu depuis des mois. La pièce était vide, le moment favorable. Pour en finir une fois pour toutes, je décidai de le laisser faire ce que, j'en étais sûr, il désirait depuis longtemps : me montrer sa supériorité.

« Moi qui ai connu votre défunte épouse bien avant vous », me lançai-je, « je vous demande instamment de me laisser vous dire le fond de ma pensée. Je suis prêt à accepter tout ce que vous voudrez, à condition que vous me révéliez l'information qu'elle tenait de George Corvick — l'information, comme vous le savez, qui lui venait directement, pauvre garçon, et ce fut l'un des plus beaux moments de sa vie, de Hugh Vereker. »

Il me jeta un regard aussi vide que celui d'un crâne phrénologique. « L'information... ? »
« Le secret de Vereker, mon cher ami — l'intention générale qu'il y avait dans ses livres : le fil auquel étaient enfilées ses perles, le trésor caché, la figure dans le tapis. »
Il se mit à rougir : je pouvais voir les bosses de son crâne afficher chacune leur numéro. « Il y avait une intention générale dans les livres de Vereker ? »
Cette fois, c'est moi qui ouvris de grands yeux. « Vous ne voulez pas dire que vous ne le savez pas ? » Je crus un moment qu'il se moquait de moi. « Mrs. Deane le savait ; elle le tenait, comme je vous l'ai dit, directement de Corvick qui, après avoir longuement cherché, avait, pour la plus grande satisfaction de Vereker lui-même, trouvé l'entrée de la grotte. Où est l'entrée ? Après leur mariage, il l'a dit à celle — et à elle seule — qui, dans les mêmes circonstances, vous l'a sûrement dit à vous. Me suis-je trompé en tenant pour acquis qu'elle vous avait confié, comme l'un des plus grands privilèges de la relation que vous aviez avec elle, le savoir dont elle était, depuis la mort de Corvick, l'unique dépositaire ? Tout ce que je sais, c'est que ce savoir est infiniment précieux, et ce que je veux que vous compreniez, c'est que si, à votre tour, vous me le confiez, vous me ferez une faveur dont je vous serai éternellement reconnaissant. »
Il avait fini par devenir cramoisi ; je crois bien qu'il avait commencé par croire que j'avais perdu l'esprit. Petit à petit, il comprit où je voulais en venir ; de mon côté, je le scrutai, mon étonnement allant croissant. Il dit enfin : « Je ne sais pas de quoi vous parlez. »
Il ne faisait pas semblant : c'était absurde, mais vrai.
« Elle ne vous a *pas dit*... ? »
« Rien qui concerne Hugh Vereker. »
J'étais abasourdi ; la pièce se mit à tourner. La chose avait trop de prix pour qu'elle la lui révèle ! « Parole d'honneur ? »
« Parole d'honneur. Mais que diable vous arrive-t-il ? » maugréa-t-il.

« Je suis stupéfait… je suis déçu. Je voulais vous l'extorquer. »

« Je ne l'ai pas ! » répondit-il avec un rire gêné. « Et même si je l'avais… »

« Si vous l'aviez, vous me le donneriez… oh, oui, par simple compassion. Mais je vous crois. Je vois… je vois ! » poursuivis-je, mesurant, devant ce complet retournement de situation, combien je m'étais trompé, comme j'avais mal interprété l'attitude de ce pauvre homme. Ce que je voyais, même si je ne pouvais pas le dire, c'était que son épouse ne l'avait pas jugé digne d'être éclairé. Je trouvais cela bizarre, de la part d'une femme qui l'avait jugé digne d'être son mari. Je finis par conclure qu'elle ne l'avait probablement pas épousé pour son intelligence. Elle l'avait épousé pour une autre raison.

Il était relativement éclairé à présent, mais il était encore plus sidéré, encore plus déconcerté : il réfléchit un moment, comparant ce que je venais de lui raconter et ce qu'il s'efforçait de se rappeler. Le résultat de ses méditations fut qu'il finit par dire, d'un air totalement piteux :

« C'est la première fois que j'entends parler de ce que vous évoquez. Je pense que vous devez faire erreur et que Mrs. Drayton Deane n'a jamais eu connaissance de quoi que ce soit d'inavoué, et encore moins d'inavouable, concernant Hugh Vereker. Elle aurait certainement désiré — si cela avait un rapport avec son œuvre littéraire — que quelqu'un s'en serve. »

« On s'en est servi. Elle s'en est servie elle-même. Elle m'a dit, de sa propre bouche, que c'était toute sa « vie ».

Je n'avais pas plus tôt prononcé ces mots que je les regrettai ; il devint si pâle que j'eus l'impression de lui avoir donné un coup.

« Ah, sa « vie »… ! » murmura-t-il en se détournant soudain.

Pris d'un remords sincère, je posai ma main sur son épaule. « Je vous prie de m'excuser : je me suis trompé. Vous ne savez pas ce que je pensais que vous saviez. Vous auriez pu, si j'avais vu juste, me rendre un service ; et j'avais des raisons de supposer que vous seriez en mesure de me satisfaire. »

« Des raisons ? » demanda-t-il. « Quelles raisons ? »
Je le dévisageai ; j'hésitai ; je réfléchis. « Venez vous asseoir avec moi, et je vous le dirai. » Je l'attirai sur un sofa, j'allumai un autre cigare et, en commençant par le moment unique où Vereker était descendu de son Olympe, je lui racontai l'extraordinaire enchaînement de circonstances qui, malgré l'étincelle originelle, m'avait laissé jusqu'à ce jour dans le noir. Je lui dis, en un mot, exactement ce que j'ai écrit ici. Il m'écouta avec une attention grandissante, et je pris conscience, à ma grande surprise, devant ses exclamations et ses questions, qu'après tout il n'aurait pas été indigne de la confiance à son épouse. Confronté si brutalement à son manque de confiance, il était à présent bouleversé ; mais je vis le choc initial s'estomper peu à peu et céder la place à une vague d'étonnement et de curiosité — vague promise, j'étais bien placé pour le savoir, à déferler pour finir avec une fureur identique à celle qui me submergeait. Je dirais qu'aujourd'hui, tous deux victimes d'un désir inassouvi, nous sommes logés exactement à la même enseigne. L'état de ce pauvre homme m'est presque une consolation ; il y a même des moments où j'ai l'impression qu'il me tient vraiment lieu de vengeance.

Un jour de rêve

Traduction d'Ariane Dudych

Mr. Herbert Moore, homme d'un certain renom dans le monde scientifique, veuf et sans enfants, ayant enfin reconnu que ses habitudes sédentaires le rendaient incapable de gérer ses affaires domestiques, avait invité son unique sœur à venir s'en occuper pour lui. Miss Adela Moore avait accepté volontiers, d'autant que la mort de sa mère l'avait récemment laissée sans tutelle. À vingt-cinq ans, elle était très active dans ce qu'elle et ses amis appelaient « la bonne société ». Elle était tout aussi à l'aise, ou presque, en compagnie des plus brillants éléments de trois grandes villes, et elle avait vécu la plupart des aventures que peut vivre une jeune fille au seuil de la vie. Coincée un temps dans des fiançailles hâtives, elle avait finalement réussi à s'en libérer. Elle avait passé un été en Europe puis était allée à Cuba avec une amie très chère qui avait succombé à la tuberculose dans leur hôtel de la Havane. Bien qu'elle ne fût pas belle à proprement parler, elle possédait un certain charme : grande et mince, avec un long cou et un profil noble, elle avait ce que les jeunes filles se plaisent à appeler de l'allure. Six ans de « bonne société » ne lui avaient pas fait perdre ses manières ; elle disposait, qui plus est, d'une belle petite fortune, et on la disait brillante sans être désagréable, et charmante sans perdre de son esprit. Le lecteur reconnaîtra que tout cela aurait dû lui assurer un avenir radieux ; mais il a vu qu'elle était prête à abandonner ce même avenir pour aller se terrer à la campagne. Elle avait, lui semblait-il, vu assez de la nature humaine et du monde, s'en retirer quelques années ne lui ferait pas de mal. Elle s'était mise à penser qu'elle était trop vieille et trop sage pour une jeune fille de son âge, mais surtout, que d'autres pensaient de même. Fine observatrice de la vie et des mœurs, elle avait considéré toutes ses options avant de décider que ses conclusions seraient plus justes si elle se basait sur son comportement et ses valeurs. Elle devenait, disait-elle, trop détachée, trop critique, trop intelligente, trop contemplative, trop rationnelle. Il ne seyait pas à une femme d'être rationnelle. La compagnie de la nature, du vaste ciel et de la forêt ancestrale ralentirait sûrement son développement intellectuel excessif. Elle passerait son temps dans les champs à vivre de ses sentiments, de son bon sens, et de la lecture édifiante des livres de la bibliothèque d'Herbert.

Elle trouva son frère très coquettement logé à quelques kilomètres du village le plus proche, et à quelques dizaines d'un autre, siège d'une petite université où il enseignait une fois par semaine. Elle l'avait si peu vu ces dernières années qu'il lui faudrait presque refaire sa connaissance ; mais cela se fit très vite. Herbert Moore était le plus simple et le plus patient des hommes et le plus patient et le plus délicat des élèves. Il se faisait une image floue d'Adela comme une jeune femme aux plaisirs extravagants, qui envahirait sa maison avec une cohorte d'amis débauchés.

Ce n'est qu'après six mois de vie commune qu'il découvrit que sa sœur était un idéal de patience et de douceur. Six mois plus tard, Adela avait recouvré une jeunesse et une naïveté délicieuses. Son frère lui apprit à randonner (ou plutôt à grimper, car il y avait un bon nombre de collines escarpées aux alentours), à monter à cheval et à herboriser. Un an s'était écoulé lorsqu'elle reçut, en août, la visite d'une vieille amie, une jeune fille de son âge qui avait passé le mois de juillet dans une station balnéaire et qui était sur le point de se marier. Adela craignait depuis peu avoir sombré dans une rusticité irrévocable et avoir perdu son aisance en société, qui l'avait tant distinguée auparavant ; mais une semaine en tête à tête avec son amie suffit à la rassurer. Ni ce qu'elle avait craint, ni ce qu'elle avait espéré oublier ne l'avait quittée. Pour cette raison, et pour d'autres, le départ de son amie la laissa morose. Elle se sentait seule, et même un peu vieille. C'était une illusion perdue de plus. Laura B, pour qui, un an plus tôt, elle avait une véritable estime, lui semblait à présent une petite personne tout à fait creuse qui parlait de son amant avec une désinvolture presque indécente.

Pendant ce temps, le mois de septembre s'écoulait lentement. Un matin, Mr. Moore petit-déjeuna en vitesse et partit prendre le train vers S. pour assister à un colloque scientifique qui, avait-il dit, le libérerait peut-être dans l'après-midi, assez tôt pour qu'il soit rentré pour le dîner, mais pourrait également durer jusqu'au soir. C'était l'une des premières fois depuis l'exil campagnard d'Adela qu'elle se trouvait seule pendant plusieurs heures. Certes, son frère était si discret que sa présence était souvent imperceptible ; mais à présent qu'il était parti, elle se sentait étrangement libre. C'était comme si elle était retournée en enfance, à un de ces matins infinis où on l'avait abandonnée suite à quelque catastrophe domestique. Que faire ? se demanda-t-elle, riant presque. C'était une belle journée pour travailler, mais une journée plus belle encore pour jouer. Et si elle se rendait en ville pour honorer enfin des promesses de visites ? Et si elle allait en cuisine pour s'essayer à la confection d'un pudding pour le dîner ? Elle était tiraillée par une délicieuse envie de faire quelque chose d'interdit, de jouer avec le feu, de découvrir quelque chambre de Barbe-Bleue. Mais le pauvre Herbert n'avait rien d'un Barbe-Bleue. Elle aurait pu brûler sa maison sans qu'il lui demande quoi que ce soit en échange. Adela sortit dans la véranda et s'assit sur les marches d'où elle contempla la campagne. C'était le dernier jour d'été. Le ciel était d'un bleu évanescent ; les collines boisées prenaient les couleurs moribondes de l'automne ; le grand bosquet de pins derrière la maison semblait avoir emprisonné des vents courroucés. Lorsqu'Adela regarda la route qui menait au village, il lui vint à l'esprit qu'elle pourrait avoir de la visite, et elle était de si bonne humeur qu'elle se sentait même encline à discuter avec un de ses voisins campagnards. Le soleil se levait. Elle rentra et monta au premier étage, où elle s'installa à un oriel avec de la broderie. Ainsi cachée derrière les voilages et le lierre de la façade, elle pouvait observer l'entrée principale de la maison en toute impunité. Tout en brodant, elle regardait la route avec la conviction grandissante qu'elle était destinée à recevoir un visiteur. Il faisait chaud, mais pas trop ; une pluie légère la nuit précédente avait lavé la poussière sur la route. Dès le premier jour, les nouveaux amis d'Adela s'étaient plaints qu'elle était trop rapide à accorder ses faveurs. Non seulement n'avait-elle pas formé d'amitiés, mais elle n'avait pas choisi de favoris. Cela ne l'empêchait pas d'attendre quelque chose en particulier, nichée ainsi dans son alcôve. Elle avait rapidement décidé que les besoins du moment ne pourraient être satisfaits que par l'arrivée d'un visiteur masculin et, puisque son carnet d'adresses était pour l'instant limité à un seul nom (grâce à l'indifférence diplomatique qu'elle cultivait envers la jeunesse dorée du canton depuis son arrivée), elle pensa immédiatement à celui qui portait ce nom : Mr. Madison Perkins, le pasteur unitaire. Si cette histoire n'était pas celle de Miss Moore, mais de Mr. Perkins, on pourrait aisément la résumer au simple fait qu'il était profondément amoureux de notre héroïne. Bien qu'elle fût d'une confession différente de la sienne, un de ses sermons, auquel elle avait prêté une oreille tolérante, lui avait tant plu que lorsqu'elle l'avait rencontré quelque temps après, elle l'avait accueilli avec ce qu'elle considérait être une question de doctrine assez épineuse ; ce à quoi il avait proposé, évitant gracieusement de répondre, de lui rendre visite afin de discuter de ses « questionnements ». Ce bref entretien avait assuré une place de choix à Adela dans le cœur du jeune pasteur, et cette place avait été embellie par chacune des demi-douzaines d'occasions suivantes qu'il avait arrangées pour la voir. Toutefois, il serait juste d'ajouter que si Mr. Perkins avait donné son cœur à Adela, elle ne lui avait pas donné le sien. C'était tout simplement un jeune homme respectable qui se trouvait être le compagnon le plus sympathique des environs à ce moment-là. À vingt-cinq ans, Adela avait à la fois un passé et un avenir, et M. Perkins était à la fois un écho de l'un et une vision de l'autre.

C'est pourquoi, en fin de matinée, lorsqu'Adela aperçut au loin un homme marcher au bord de la route en balançant sa canne, elle sourit avec une certaine complaisance ; mais son sourire ne s'était pas effacé qu'elle prit conscience d'une accélération fort ridicule des battements de son cœur. Elle se leva, furieuse d'être si facilement émue, et resta immobile un instant, presque prête à se renier elle-même. Elle regarda à nouveau la route. Son ami s'était rapproché ; plus il s'avançait, plus il lui semblait, oh ! que ce n'était pas son ami. Quelques instants plus tard, elle n'avait plus aucun doute : ce gentilhomme était un inconnu. Devant la maison se trouvait un orme majestueux près duquel la route se séparait en trois. L'inconnu, qui arrivait de face, s'arrêta devant l'arbre comme pour vérifier son chemin avant de poursuivre tout droit d'un pas décidé. Adela, invisible, vit que c'était un homme jeune et bien fait, avec une barbe et un chapeau de paille. Becky, la bonne, arriva à point nommé avec une carte de visite sur laquelle était assez grossièrement inscrit au crayon :

Thomas Ludlow,

New York.

Adela la retourna et reconnut une carte prise dans le panier sur la table de son salon, celle d'un *Mr. Madison Perkins* dont le nom, imprimé sur l'endroit, avait été raturé.

« Il m'a dit de vous donner ça, madame, dit Becky. Il s'est servi dans le plateau. »

« A-t-il demandé à me voir spécifiquement ? »

« Non, madame. Il voulait voir Mr. Moore. Quand je lui ai dit que Mr. Moore était parti, il a demandé à voir sa famille. Je lui ai dit que vous étiez toute sa famille, madame. »

« Très bien, dit Adela. Je vais descendre. »

Mais nous lui prierons de nous excuser en la précédant de quelques pas.

Tom Ludlow, comme l'appelaient ses amis, était un jeune homme de vingt-huit ans, au sujet duquel les avis divergeaient ; car d'aussi loin qu'on le connaisse (ce qui n'était pas bien loin) il était à la fois le plus aimé et le plus haï des hommes. Né dans les strates les plus basses de la société new-yorkaise, il était encore légèrement enraciné, si l'on veut, à sa terre natale. La rusticité certaine de ses manières et de son apparence trahissait son appartenance à la masse laborieuse. Cela dit, il restait assez bel homme ; une silhouette moyenne et agile, un visage si bien formé qu'il en devenait beau, des yeux curieux et vifs et une grande bouche virile faisaient toute sa beauté. Lâché dans le monde au plus jeune âge, il avait enchaîné les professions dans sa quête de subsistance et avait trouvé que chaque chose était aussi difficile qu'une autre, et on aurait pu voir une manifestation physique de cette douce assurance dans le regard presque agressivement satisfait qu'il portait sur tout, y compris lui-même. C'était un homme plein de volonté et de qualités, mais il était difficile de savoir s'il avait un trop-plein de sentiments. On l'appréciait pour sa franchise, sa bonne humeur, son intégrité et sa serviabilité à toute épreuve ; on le méprisait pour les mêmes raisons formulées différemment, pour son insolence donc, son optimisme naïf et sa soif inhumaine de savoir. Quand ses amis soulignaient son air noble et désintéressé, ses ennemis se hâtaient de répliquer qu'il est bien beau de s'ignorer et de se rabaisser dans sa quête de savoir, mais que c'est avoir trop de zèle que de réprimer le reste de l'humanité. Heureusement pour Ludlow, l'écoute n'était pas son fort, et même si c'eût été le cas, il avait la peau dure d'un homme du peuple, ce qui lui garantissait une certaine stabilité de caractère. Il nous faut cependant ajouter que si, comme tout bon démocrate, il était tout à fait insensible, il était aussi extrêmement fier, comme tout bon démocrate. Son goût prononcé pour les sciences naturelles, qu'il avait depuis toujours, l'avait récemment mené à la paléontologie, branche qu'étudiait Herbert Moore ; et c'était pour traiter de ce sujet qu'il était venu le voir après une brève correspondance.

Voyant Adela s'approcher, il la salua d'une courbette depuis la fenêtre d'où il contemplait la pelouse. Elle lui rendit son salut.

« Vous devez être Miss Moore », dit Ludlow.

« Miss Moore », acquiesça Adela.

« Je m'excuse de vous déranger ainsi, mais comme je suis venu de loin pour parler affaires avec Mr. Moore, je me suis dit que je pourrais au moins essayer de demander à l'État-Major comment le contacter, sinon de vous laisser un message pour lui. »

Il accompagna ces mots d'un sourire auquel Adela était destinée à succomber (terme qui j'espère décrit correctement les sentiments qui l'animèrent en réponse).

« Nul besoin de vous excuser, je vous assure, dit-elle. Chez nous, à la campagne, on ne compte pas une telle chose comme une intrusion. Je vous en prie, asseyez-vous. Mon frère est parti ce matin même et devrait être de retour cet après-midi. »

« Cet après-midi ? Très bien. Dans ce cas, je crois bien que je vais l'attendre. Quel idiot de ne pas avoir annoncé ma visite ! Mais j'ai passé tout l'été en ville, et je serai bien aise de tirer des vacances de cette situation. J'aime énormément la campagne, et je n'en profite que très rarement. »

« Il se peut que mon frère ne rentre pas avant ce soir, dit Adela. Il n'était pas certain. Vous pourriez le rejoindre à S. »

Ludlow réfléchit un instant, les yeux rivés sur son hôtesse.
« S'il revient dans l'après-midi, à quelle heure sera-t-il de retour ? »
« Quinze heures. »
« Mon train repart à seize heures. Disons qu'il mette un quart d'heure à venir de la ville et que je mette un quart d'heure à y aller (à condition qu'il veuille bien me prêter son véhicule) : cela me laisserait une demi-heure pour le voir. Nous aurions peu de temps pour discuter, mais je pourrais lui poser les questions essentielles. Je voudrais surtout lui demander quelques lettres. Il me semble qu'il serait dommage de faire deux trajets superflus (enfin, peut-être superflus) d'une heure chacun, car je devrais probablement revenir avec lui. Qu'en pensez-vous ? » demanda-t-il très sincèrement.
« Je vous fais confiance, dit Adela. Je n'aime pas particulièrement faire le trajet vers S., même quand c'est absolument nécessaire. »
« Je comprends ; de plus, il fait un temps parfait pour une longue promenade dans les champs. Voilà quelque chose que je n'ai pas fait depuis des lustres. Je reste. »
Et il posa son chapeau à ses pieds.
« Maintenant que j'y pense, dit Adela, je crains que le train n'arrive plus tard et ne vous laisse que très peu de temps avant que mon frère ne reparte. Vous pourriez toujours le convaincre de rester jusqu'au soir. »
« Mon Dieu ! Je ne ferais jamais ça. Ce serait extrêmement gênant pour lui. De toute façon, je n'aurais pas le temps, et je préfère toujours rencontrer les gens chez eux, ou chez moi ; du moins les gens que j'estime, et j'ai énormément d'estime pour votre frère, Miss Moore. Quand deux hommes se rencontrent à mi-parcours, ni l'un ni l'autre ne se sent à l'aise. De plus, quelle jolie maison vous avez là ! » poursuivit Ludlow en regardant autour de lui.
« C'est une très jolie maison, en effet », acquiesça Adela.
Ludlow se leva et alla à la fenêtre.
« Je veux admirer la vue, dit-il. Elle est superbe, en effet. Vous devez

être la plus heureuse des femmes, Miss Moore, à vivre devant un tel paysage. »

« Oui, si un beau paysage suffit au bonheur, je devrais être heureuse. »

Adela fut soulagée de se relever et de se tenir de l'autre côté de la table, devant la fenêtre.

« Vous ne pensez pas que ce soit le cas ? demanda Ludlow en se retournant vers elle. Mais j'ai peut-être tort : après tout, un paysage disgracieux ne rend pas forcément malheureux. Cela fait un an que je travaille dans l'une des ruelles les plus étroites, les plus sombres, les plus crasseuses et les plus agitées de New York, avec pour seule vue des briques rougeâtres et des caniveaux boueux. Mais je suis loin de pouvoir me dire misérable. J'aurais aimé l'être. Peut-être que vous m'auriez accordé votre faveur. »

Il était adossé aux volets, les bras croisés, le rideau tiré, et la lumière du matin se mêla à son rire généreux pour illuminer son visage, qu'il avait très agréable, comme le découvrit Adela. Celle-ci jouait avec un coupe-papier qu'elle avait pris sur le bureau, dans l'ombre des voilages.

« Peu m'importe ce qu'il est, se dit-elle, il m'a l'air honnête. Ce n'est peut-être pas un gentilhomme, mais ce n'est pas un idiot non plus. »

Elle le regarda droit dans les yeux pendant un instant.

« Quelle faveur espérez-vous de moi ? » demanda-t-elle sur un ton brusque dont elle avait douloureusement conscience. « Veut-il que nous soyons amis, pensa-t-elle, ou est-ce tout simplement un compliment vulgaire ? C'est de mauvais goût dans les deux cas, mais surtout dans le deuxième. » Mais son invité avait déjà répondu à sa question.

« La faveur que j'espère ? Eh bien, j'espère en avoir plus d'une. » À ces mots, Ludlow rougit de sa propre audace. Adela, elle, resta de marbre.

« Je crains qu'il vous faille tirer le maximum de celle-ci », dit-elle avec un petit rire.

« Pas de problème, c'est ma spécialité », dit Ludlow qui rougit de plus belle et partit d'un grand rire viril.

Adela jeta un coup d'œil à la pendule sur la cheminée. Elle était curieuse de savoir depuis combien de temps elle avait fait la connaissance de cet intrus si désinvolte avec qui elle échangeait tout d'un coup des mots d'esprit. Cela faisait environ huit minutes qu'elle l'avait rencontré.

Ludlow avait remarqué son geste.

« Mais je vous dérange, je vous empêche de vaquer à vos occupations, dit-il en attrapant son chapeau. Je vais devoir vous souhaiter une bonne journée. »

Adela ne bougea pas du bureau et se contenta de regarder Ludlow traverser la pièce. Si l'on devait exprimer un sentiment des plus complexes en termes simples, elle regrettait de le voir partir. Elle se doutait qu'il devait regretter de partir, lui aussi. Cependant, elle avait beau avoir conscience de ses sentiments, elle ne perdit en rien son sang-froid. À vrai dire (et avec tout le respect du monde), Adela était un vieux singe. Elle était, certes, modeste, honnête et sage ; mais son passé (dont nous avons parlé plus tôt), dans lequel les visites matinales de nombreux goujats avaient joué un rôle non négligeable, l'avait fait passer maître dans l'art d'esquiver, si l'on peut dire, ces messieurs. C'est pourquoi elle était présentement moins irritée envers son compagnon que surprise par ses propres bonnes grâces, pourtant indéniables. Elle se demanda si elle était en train de rêver. Elle regarda par la fenêtre, puis se tourna vers Ludlow qui l'observait, chapeau et canne à la main. Devrait-elle le prier de rester ? « Il est bien franc, se dit-elle. Pourquoi ne serais-je pas franche aussi, pour une fois ? »

« Je suis désolée de vous voir aussi pressé », dit-elle à voix haute.

« Je ne suis pas pressé », répondit-il. Adela se tourna à nouveau vers la fenêtre, puis en direction des collines. Il y eut une courte pause.

« Je croyais que c'était vous qui étiez pressée », dit Ludlow.

Adela lui lança un de ses regards.

« Vous pouvez rester aussi longtemps que vous le souhaitez : mon frère serait ravi. Il voudrait que je vous offre le peu d'hospitalité dont je suis capable. »

« Je vous en prie, offrez donc. »

« Voilà qui sera simple. Voici le salon, et là-bas, au fond du couloir, vous trouverez le bureau de mon frère. Peut-être aimeriez-vous voir ses livres et ses collections ? Je n'y connais rien et serais un piètre guide, mais vous êtes libre d'entrer et d'examiner à votre guise ce qui pourrait vous intéresser. »

« J'imagine que ce ne serait là qu'une autre façon de vous dire adieu. »

« Pour le moment, oui. »

« Mais j'hésite à prendre les libertés que vous me prescrivez avec les trésors de votre frère… »

« Que je vous prescris, monsieur ? Je ne vous prescris rien. »

« Mais si je refuse de pénétrer dans le saint des saints de Mr. Moore, quelle alternative me reste-t-il ? »

« La seule alternative qui vous restera sera de créer la vôtre. »

« Je crois vous avoir entendu mentionner le salon. Et si je choisissais cette option ? »

« Comme il vous plaira. Voici quelques livres, et je peux vous apporter des magazines si vous le souhaitez. Puis-je vous être utile d'une autre manière ? Votre marche vous a-t-elle fatigué ? Voulez-vous un verre de vin ? »

« Fatigué par ma marche ? Pas vraiment, non. Vous êtes bien aimable, mais je n'ai pas envie d'un verre de vin pour l'instant. Pas la peine d'aller chercher des magazines non plus : je ne suis pas d'humeur à lire. »

Ludlow tira sa montre de sa poche et la compara à l'horloge.

« Je crains bien que votre horloge soit en avance. »

« C'est très probable, en effet », répondit Adela.

« D'une dizaine de minutes environ. Eh bien, je suppose que je ferais bien de me mettre en route. »

Il tendit la main à Adela qui lui donna la sienne.

« C'est un jour de rêve pour une longue promenade », dit-elle.
Pour toute réponse, Ludlow lui serra la main. Il s'avança lentement vers la porte, suivi de loin par Adela. « Pauvre homme ! » se dit-elle. Le bois ouvragé de la porte laissait passer une lumière froide et crépusculaire qui donnait un air pâle à Adela. Ludlow poussa les battants à bout de canne. Ils s'ouvrirent sur un paysage profond et lumineux, encadré par les piliers de la véranda, qui s'étendait à perte de vue. Il s'arrêta sur le pas de la porte, en balançant sa canne.
« J'espère ne pas me perdre », dit-il.
« J'espère que non. Mon frère ne me le pardonnerait jamais. »
Ludlow fronçait les sourcils, mais il s'efforça de sourire.
« Quand pourrai-je revenir ? » lança-t-il soudainement.
Adela ne put répondre qu'à voix basse, en murmurant presque.
« Quand vous voudrez », répondit-elle.
Le jeune homme se retourna dans la lumière de la porte et plongea ses yeux dans ceux d'Adela, qui avait le visage illuminé à présent.
« Miss Moore, dit-il, c'est à contre-cœur que je vous quitte. »

Les questions se bousculaient dans la tête d'Adela. Et s'il restait ? Dans ces circonstances, c'eût été une véritable aventure ; mais était-ce toujours une mauvaise idée d'avoir une aventure ? Elle seule pouvait en décider. Elle seule était maîtresse de son destin, et qui plus est, une juste maîtresse. Pourquoi ne ferait-elle pas preuve de générosité, pour une fois ? Le lecteur aura remarqué la récurrence de cette expression salvatrice, « pour une fois », dans les méditations d'Adela. C'était bien simple : ce matin-là, elle s'était levée d'humeur romantique, l'esprit prêt à être captivé. À présent qu'un phénomène captivant s'était présenté à elle, qu'il se tenait devant elle sous forme humaine, ou plutôt masculine, avide de réciprocité, devait-elle vraiment s'opposer au destin et ses tours ? C'eût été malheureux, car elle aurait méchamment insulté, ce faisant, la nature humaine. Une certaine honnêteté se dégageait de l'homme face à elle : n'était-

ce pas suffisant ? Il n'était pas ce qu'Adela avait coutume d'appeler un gentilhomme. Cette certitude l'avait assaillie, mais elle choisit de n'y prêter aucune attention. « J'ai vu (conclut-elle donc) tout ce que peuvent m'apporter les gentilshommes : essayons donc autre chose. »
« Je ne vois pas pourquoi vous devriez partir aussi vite, M. Ludlow », lui dit-elle.
« Je crois bien, s'écria-t-il, que ce serait été la pire erreur que je n'aurais jamais commise. »
« Je crois que ce serait fort dommage », dit Adela avec un sourire.
« Allez-vous m'inviter à nouveau dans votre salon ? Je viens pour vous voir, vous savez. Avant cela, je venais voir votre frère : c'est aussi simple que ça. Nous sommes de vieux amis. Notre seul point commun est votre frère, ce qui est déjà beaucoup. Est-ce que c'est tout ? »
« Choisissez la théorie qui vous convient le mieux. Selon moi, cette affaire est d'une remarquable simplicité. »
« Oh, mais je ne voudrais pas qu'elle soit trop simple », dit Ludlow avec un grand sourire.
« Comme vous voudrez. »
Ludlow s'adossa contre la porte.
« Vous êtes trop bonne avec moi, Miss Moore. Je suis à votre merci ; Je suis à vous, faites de moi ce que vous voudrez. Je ne puis m'empêcher de penser à ce qu'aurait été mon destin si je ne vous avais pas rencontrée. Il y a un quart d'heure, j'ignorais votre existence même : vous n'étiez pas dans mon programme. Je n'avais aucune idée que votre frère avait une sœur. Quand votre serviteur a parlé d'une « Miss Moore », je vous jure que je m'attendais à quelque chose d'assez âgé ; quelque chose de vénérable ; une vieille femme toute raide qui dirait « tout à fait » et « très bien, monsieur » et qui m'aurait laissé passer le reste de la matinée avachi sur une chaise devant l'hôtel. Cela prouve que nous sommes bien idiots, à essayer de prédire l'avenir. »
« Nous ne devons pas laisser notre imagination nous entraîner dans tous les sens », dit Adela.

« De l'imagination ? Je ne pense pas en avoir, répondit Ludlow. Non, madame, je vis dans l'instant présent. J'organise mes journées d'heure en heure — ou du moins, je le ferai à l'avenir. »
« Je vous trouve très sage, dit Adela. Et si vous deviez organiser un programme pour l'heure à venir, que ferions-nous ? Quel dommage de passer une si belle matinée enfermés. L'été tire à sa fin. Nous devrions en célébrer le dernier jour. Que diriez-vous d'une promenade ? »
Adela avait décidé que la seule manière de réconcilier ses faveurs et sa dignité était de jouer à l'hôtesse parfaite. Elle avait pris sa décision et joua son rôle avec grâce et naturel. C'était le seul rôle possible pour elle, mais il ne gâchait pas pour autant ces sentiments délicats dont sa nouvelle expérience semblait chargée. Il semblait simplement les rendre plus légitimes. Une romance partie sur des bases aussi classiques ne ferait de mal à personne.
« Une promenade me ferait le plus grand plaisir, dit Ludlow. Une promenade où l'on fait une halte à la fin. »
« Eh bien, dit Adela, si vous consentez à faire une halte au tout début, je serai à vous dans quelques instants. »
Lorsqu'elle revint avec son châle et son petit chapeau, elle trouva son ami assis sur les marches de la véranda. Il se leva et lui donna une carte.
« Pendant votre absence, on m'a dit de vous donner ceci », dit-il. Adela eut le regret d'y lire le nom de Mr. Madison Perkins.
« Il était ici ? demanda-t-elle. Pourquoi n'est-il pas entré ? »
« Je lui ai dit que vous étiez sortie. Si c'était faux à ce moment-là, c'eût été si bientôt vrai qu'il valait mieux ne pas prendre en compte le petit laps de temps qui restait. Comme j'avais l'air d'être ici chez moi, il m'a adressé la parole, mais j'avoue qu'il m'a regardé comme s'il doutait de mon honnêteté. Il ne savait pas s'il devait me donner son nom ou s'il devait le laisser sous cette forme sur la table de l'entrée. Je pense qu'il voulait faire savoir ses doutes sur ma personne,

car il se dirigeait assez tristement vers la table lorsque, craignant qu'il découvre la vérité en chair et en os s'il entrait dans la maison, je l'ai informé fort jovialement que je me chargerais de sa petite livraison. »
« Mr. Ludlow, je trouve étrange que vous soyez si peu scrupuleux. Comment pouviez-vous savoir que Mr. Perkins n'était pas venu pour une affaire urgente ? »
« Je ne le savais pas ; mais je savais qu'elle ne pourrait pas être plus urgente que la mienne. Vous aurez beau essayer, Miss Moore, vous ne trouverez rien pour m'accuser. Je ne suis qu'un homme ; il aurait fallu être un héros pour laisser entrer ce charmant jeune homme. »
Adela connaissait un endroit isolé, qui lui semblait être au beau milieu des prés, auquel elle proposa présentement de mener son ami. L'idée était de se rendre dans un lieu ni trop proche, ni trop éloigné, et d'adopter un pas ni trop rapide, ni trop lent. Cependant, bien que le joyeux vallon d'Adela fût à cinq bons kilomètres et qu'ils aient parcouru la distance le plus lentement possible, leur arrivée à la barrière qu'Adela avait l'habitude de franchir pour entrer dans les champs sembla des plus abruptes. Une fois en route, elle se sentit soudain persuadée qu'une aventure si profondément innocente que celle à laquelle elle s'était laissée aller ne pouvait pas mal finir, et qu'il ne pouvait y avoir aucune mauvaise pensée dans un esprit aussi sensible à l'influence sacrée de la Nature et à la mélancolie de l'automne naissant que celui de son compagnon. Un homme animé d'un réel amour pour les enfants est certain d'inspirer confiance aux jeunes femmes ; il en est de même, bien qu'à un degré moindre, de l'homme sensible aux beautés simples d'un banal paysage de Nouvelle-Angleterre, qui peut raisonnablement trouver une place dans l'estime des filles du pays. Adela était fine observatrice des nuages, des arbres et des ruisseaux, des sons, des couleurs, des échos et des reflets natifs à sa région d'adoption ; elle était réellement ravie de voir Ludlow apprécier ces modestes

objets à leur juste valeur. Mais ce plaisir, aussi fort qu'il fût, devait se mesurer à la dépression des sens qu'il est naturel d'avoir pour un homme qui a passé l'été enfermé dans un laboratoire fétide au cœur d'une grande ville, et à un sentiment moins matériel — celui qu'Adela était une jeune femme délicieuse. Il utilisa néanmoins son talent naturel de beau parleur pour célébrer ses impressions par un torrent de mots gai et éloquent. Adela trancha qu'il était décidément un compagnon idéal pour le grand air. C'était un homme qui userait, abuserait même, du vaste horizon et des voûtes majestueuses de la Nature. La liberté dans ses gestes, le riche ton de sa voix, la vivacité de son regard ; de toute sa personne ; semblaient appeler à la nécessaire destruction de toutes les barrières de ce monde. Après avoir franchi le portique, ils marchèrent à travers champs dans l'herbe haute jusqu'à ce que le terrain s'élève et que la roche perce le sol ; c'est alors qu'ils atteignirent un vaste plateau, couvert de rochers et de buissons, qui s'effondrait d'un côté en une falaise abrupte, au pied de laquelle s'étendaient des champs et des marais jusqu'à la rivière en face. De l'autre, des bosquets éparpillés de pins et d'érables s'étoffaient petit à petit jusqu'à bleuir l'horizon d'une ligne boisée. On y trouvait le soleil comme l'ombre ; le vaste ciel comme le dôme chuchotant d'un cercle de pins. Adela mena Ludlow à un promontoire ensoleillé au milieu des roches, d'où l'on voyait le cours de la rivière, et qui était entouré d'un bosquet d'arbres qui donnerait un ton confidentiel à leur conversation. Cependant, l'éloquence étouffée des arbres fut rapidement inopportune, ce qui poussa Adela à commenter la grande mélancolie du phénomène.
« Il m'a toujours semblé, répondit Ludlow, que le vent dans les pins exprime assez bien le pressentiment que l'homme peut avoir d'un changement imminent, car c'est un changement lui-même. »
« Peut-être, dit Adela. Les pins n'arrêtent pas de murmurer, tout comme les hommes n'arrêtent pas de changer. »

« Oui, mais les arbres n'expriment ce changement que lorsqu'il y a quelqu'un pour les entendre ; plus précisément, quelqu'un qui sait que sa vie va changer. C'est en quoi ils sont très prophétiques. Longfellow l'a dit, le saviez-vous ? »
« Oui, je sais que Longfellow l'a dit. Mais vous semblez parler de votre propre expérience. »
« En effet. »
« Votre vie est-elle sur le point de changer ? »
« Oui, assez drastiquement. »
« Vous parlez comme un homme qui va se marier. »
« Divorcer, plutôt. Je pars en Europe. »
« Tiens donc ! Bientôt ? »
« Demain », répondit Ludlow après une courte pause.
« Oh ! dit Adela. Comme je vous envie ! »
Ludlow, assis, contemplait l'horizon au-delà de la falaise et jetait des cailloux dans la plaine : il remarqua que les deux exclamations de sa compagne n'avaient pas été dites sur le même ton. La première était nature, la deuxième, artifice. Il tourna son regard vers elle, mais elle avait tourné le sien vers l'horizon. Il se plongea alors dans ses pensées pour faire quelques instants le point sur sa situation. Lui, Tom Ludlow, un travailleur à la tête dure, sans argent, sans crédit, sans antécédent, qui s'entourait exclusivement de mâles vulgaires et qui n'avait jamais eu ni mère, ni sœur, ni amante bien élevée qui lui aurait permis d'accorder sa voix à l'oreille féminine ; qui s'était rarement rapproché ainsi d'une jeune femme irréprochable sans recevoir, dans le meilleur des cas, un « merci » mécanique qu'on dirait à un policier pour quelque service rendu ; lui se trouvait subitement embourbé dans une pastorale avec la jeune fille la plus noble des environs. Il se savait capable d'apprécier, bien entendu, la compagnie d'une telle femme (à condition, bien sûr, qu'elle ne soit pas sotte) ; mais comme des soucis plus sérieux le préoccupaient, il ne lui était jamais venu à l'esprit qu'il puisse obtenir une telle chose. Serait-il possible qu'il

possède cet ultime don, le don de plaire aux femmes auxquelles on veut plaire ? C'était relativement logique. Il avait fait bonne impression. Autrement, pourquoi donc une jeune fille si modeste et perspicace lui aurait-il si rapidement accordé ses bonnes grâces ? Lorsqu'il se rendit compte de la simplicité de sa trajectoire, Ludlow ressentit un petit frisson de satisfaction. « Tout cela revient, se dit-il, à ma vieille théorie : rien n'est jamais trop simple. Je n'ai usé d'aucun artifice. Je n'aurais jamais su par où commencer dans une telle entreprise. C'est mon ignorance des règles du jeu qui m'a été le plus utile. Les femmes ont beau aimer les gentilshommes, elles préfèrent les hommes. » C'était la petite touche de naturel dans le ton d'Adela qui l'avait poussé à réfléchir ; mais comparé à sa propre franchise, elle ne trahissait après tout aucune émotion déplacée. Ludlow avait accepté le fait qu'il pouvait aisément s'adapter à l'humeur vagabonde d'une femme cultivée à l'esprit profondément rationnel. Ce n'était pas le moment de pousser les limites trop loin. Il n'était pas du genre à être aveuglé par le succès, que ce soit celui-ci ou un autre. « Si Miss Moore, poursuivit-il, est assez sage (ou assez sotte) pour m'apprécier tel que je suis pendant une demi-heure, je ne l'en empêcherai pas. Il est certain, ajouta-t-il en observant le profil intelligent de la jeune fille, qu'elle ne m'appréciera pas tel que je ne suis pas. » Mais il faut qu'une femme soit, Dieu merci ! bien plus intelligente que la moyenne, certainement plus qu'Adela ne l'était, pour qu'elle parvienne à protéger son bonheur d'un homme fort qui soit bon juge de son intelligence. C'était sûrement parce qu'il avait quelque notion de cette vérité que Ludlow, qui regardait toujours Adela, sentit naître en lui une tendresse virile. Je ne l'offenserais pour rien au monde, pensa-t-il. C'est alors qu'Adela sentit son regard sur elle et se retourna. Avant qu'il puisse s'en rendre compte, Ludlow avait répété à voix haute, « Miss Moore, je ne vous offenserais pour rien au monde. »

Adela le regarda un instant, avec un léger rouge aux joues bientôt remplacé par un sourire.

« Quelle terrible blessure êtes-vous sur le point de m'infliger ? » demanda-t-elle.

« Je ne vais rien vous infliger. C'est une simple référence au passé : à tout le déplaisir que j'aurais pu vous causer. »

« Pas besoin d'être si scrupuleux, Mr. Ludlow. Si vous m'aviez offensée, je n'aurais pas attendu que vous vous excusiez. Je ne vous aurais pas laissé arriver à cette conclusion en rêvant au soleil. »

« Qu'auriez-vous fait, alors ? »

« Ce que j'aurais fait ? Rien du tout. Vous ne pensiez tout de même pas que j'allais vous reprendre, ou vous rebuffer, ou que j'allais rétorquer quelque chose. J'aurais laissé l'affaire inachevée ; quelle affaire, je l'ignore. Demandez-vous ce que j'ai fait. Je suis sûre que je serais moi-même incapable de vous le dire, dit Adela avec une certaine intensité. Dans tous les cas, me voilà assise dans les champs avec vous, comme si vous étiez un ami de longue date. Pourquoi me parlez-vous d'offense ? »

Et (chose rare) Adela perdit le contrôle de sa voix, qui trembla légèrement.

« Quelle idée étrange ! Pourquoi diable m'offenseriez-vous ? Est-ce que je vous invite à le faire ? »

Elle rougissait à nouveau, et ses yeux brillaient. Elle ne se contrôlait plus : contrairement à son habitude, elle n'avait pas consulté sa préférence, juge strict et conservateur, avant de parler. Ses paroles venaient droit du cœur, un cœur plein qui s'était rempli depuis qu'ils avaient commencé leur promenade d'un sentiment presque passionné et que les quelques mots qui lui avaient apporté la nouvelle du départ de Ludlow avaient fait déborder. Libre au lecteur de nommer ce sentiment comme bon lui semble. Nous nous contenterons de dire qu'Adela avait joué avec le feu tant et si bien qu'elle s'était brûlée.

« Je vous trouve bien dure, Miss Moore, dit Ludlow. Un homme parle du mieux qu'il peut. »

Adela ne répondit rien. Elle garda la tête baissée quelques instants. Allait-elle crier haut et fort sa douleur ? Son âme blessée allait-elle impertinemment se mêler à leur petit groupe ? Non ! Nous retrouvons là notre héroïne contemplative et réservée. Elle devait encore jouer le rôle de la jeune femme idéale. De notre côté, nous trouvons difficile d'imaginer figure plus envoûtante que celle-ci dans ces circonstances ; si Adela avait été la plus accomplie des coquettes de ce monde, elle n'aurait pas pu adopter une expression plus juste que l'empreinte stoïque et languide de son visage.

Mais après avoir généreusement rendu hommage à la bienséance, elle se sentit libre de souffrir. Elle leva les yeux et adressa subitement à son compagnon cette injonction :

« Mr. Ludlow, parlez-moi de vous. »

Ludlow éclata de rire.

« Que voulez-vous que je vous dise ? »

« Tout. »

« Tout ? Vous me pardonnerez de ne pas être aussi sot. Mais c'est une requête délicieuse que vous me faites là. Je suppose que je devrais rougir et hésiter, mais je n'ai jamais su rougir ou hésiter au bon moment. »

« Très bien, voilà déjà une chose sur vous. Continuez. Commencez par le commencement. »

« Voyons voir. Vous connaissez déjà mon nom. J'ai vingt-huit ans. »

« Vous commencez par la fin », dit Adela.

« Vous ne voulez tout de même pas entendre le récit de mon enfance. J'imagine avoir été un bébé très gros, très bruyant et très laid ; ce qu'on appelle un « enfant superbe ». Mes parents étaient pauvres, et honnêtes, bien entendu. Ils appartenaient à une classe, ou une « sphère », comme vous devez le dire, très différente de tout ce que vous devez connaître. C'étaient des travailleurs. Mon père était un petit pharmacien, et je pense que ma mère ne rechignait pas le travail manuel quand il fallait arrondir les fins de mois. Je ne me souviens pas d'elle, mais je suis sûr que c'était une bonne femme de bon sens. Parfois, je la sens jusque dans mes tendons. J'ai travaillé toute ma vie, et je suis bon travailleur, croyez-moi. Je suis assez impatient, comme j'imagine l'être votre frère, bien que je sois plus patient que vous pourriez le penser, mais j'ai du cran. Si vous me trouvez trop égoïste, rappelez-vous que c'est vous qui avez commencé. Je ne sais pas si je suis intelligent, et je m'en fiche : ce mot n'est utilisé que par ceux qui manquent d'esprit pratique. Mais j'ai un esprit clair, curieux et enthousiaste. Voilà pour moi. Je ne sais rien de mon caractère. Je me doute que je dois être un type assez bien. Je ne sais pas si je suis grave ou gai, rieur ou sérieux. Je ne sais pas si j'ai l'humeur instable ou égale. Je ne crois pas que je sois « noble ». J'aime à croire que je suis assez sympathique parce que je ne suis pas nerveux. Cela ne me surprendrait pas d'apprendre que je suis prodigieusement vaniteux, mais je crains que cette découverte ne changerait pas grand-chose. Il est incroyablement difficile de me rabaisser, vous savez. Oh, si vous me connaissiez, vous me prendriez pour une grande brute. Suis-je aimant ? Je l'ignore. Je sais que certaines personnes qui m'aiment beaucoup m'épuisent ; j'ai peur d'être ingrat. Bien sûr, en tant qu'homme qui parle à une femme, je ne peux rien faire d'autre que dire que je suis égoïste : mais je déteste parler de choses aussi abstraites. En termes plus positifs, je ne suis pas éduqué. Je parle très peu de latin et encore moins de grec. Mais je peux vous dire, en toute honnêteté, que j'ai lu avant tout un grand nombre de livres ; et j'ai une bonne mémoire, Dieu merci ! Et j'ai du goût, aussi. J'aime beaucoup la musique ; je dois reconnaître que j'ai moi-même une bonne voix ; et je ne suis pas du genre à être humilié quand on parle peinture. Est-ce que cela vous suffit ? Je sais bien que je suis incapable d'en venir au but. En somme, je suppose que je suis simplement un homme ordinaire, avec ses vertus et ses défauts. Je suis quelqu'un de profondément commun. »

« Vous dites-vous commun parce que vous pensez vraiment l'être, ou parce que vous avez été bêtement tenté de défigurer votre autoportrait assez flatteur au dernier moment ? »
« Je crois bien que je l'ignore. Vous avez été plus subtile avec cette simple question que j'ai pu l'être dans toutes mes affirmations. Vous, les femmes, vous êtes douées pour poser des questions pleines d'esprit. Je pense franchement être commun, mais je ne l'admettrais pas à n'importe qui. Mais vous, Miss Moore, qui êtes sous votre ombrelle aussi impartiale que Clio, je vous dois la vérité. Je ne suis pas un génie. Il me manque quelque chose ; une sorte d'ultime distinction ; nommez cela comme bon vous semble. De l'humilité, peut-être. Peut-être que Ruskin en parle quelque part. Peut-être que c'est de la patience, peut-être que c'est de l'imagination. Je suis vulgaire, Miss Moore. Je suis le vulgaire fils de vulgaires parents. J'utilise ce mot dans son sens le plus strict, bien sûr. Je vous devance, mais je vous laisse clefs en main. »
« Avez-vous des sœurs ? »
« Pas de sœur, ni de frère, ni de cousin, ni d'oncle, ni de tante. »
« Et vous partez en Europe demain ? »
« Demain, à dix heures. »
« Pour combien de temps ? »
« Aussi longtemps que possible. Cinq ans au plus. »
« Qu'allez-vous faire pendant ces cinq ans ? »
« Étudier. »
« Étudier, rien d'autre ? »
« Je pense que j'y reviendrai toujours. J'espère pouvoir profiter de mon voyage et contempler le monde en chemin. Mais je n'ai pas trop de temps à perdre : je me fais vieux. »
« Où allez-vous ? »
« À Berlin. Je voulais me procurer des lettres de recommandation de votre frère. »
« Avez-vous assez d'argent pour être à l'aise ? »

« À l'aise ? Non. Je suis pauvre. Je voyage grâce à une rentrée d'argent récente et inattendue : une vieille dette qui était due à mon père. Cela me suffira pour rejoindre l'Allemagne et vivre six mois. Après cela, je devrai gagner ma vie. »

« Êtes-vous heureux ? Satisfait ? »

« Pour le moment, je suis tout à fait à l'aise, merci. »

« Mais le serez-vous lorsque vous arriverez à Berlin ? »

« Je ne peux pas garantir d'être satisfait, mais je pense que je serai assez heureux. »

« Eh bien ! dit Adela, j'espère sincèrement que vous le serez. »

« Amen ! » répondit Ludlow.

Nous devons taire ce qui se dit ensuite. Le lecteur s'est vu donner la clef de la conversation entre nos deux amis ; il ne nous reste à dire qu'à partir de cette clef, la conversation se prolongea une demi-heure de plus. Plus le temps passait et plus Adela se voyait dériver loin de son point d'ancrage. Lorsqu'elle se poussa enfin à regarder sa montre et rappeler à son compagnon qu'il leur restait juste assez de temps pour rentrer avant l'arrivée de son frère, elle sut qu'elle était complètement à la dérive. Elle descendait la colline avec Ludlow quand elle sentit soudain une tentation irrésistible face à laquelle son instinct fut de fermer les yeux dans l'espoir qu'en les rouvrant, elle aurait disparu ; mais Adela décida qu'elle ne se laisserait pas congédier si facilement. Cette tentation l'importuna si bien qu'elle n'avait pas marché deux kilomètres avant d'y succomber, ou du moins de sceller une promesse par cet emballement du cœur qui accompagne les grandes résolutions. Ce petit sacrifice la laissa trop essoufflée pour bavarder et elle continua d'avancer la tête baissée et l'oreille attentive. Ludlow marchait au même rythme, sans avoir l'air de rien changer à sa posture habituelle, et il parlait aussi rapidement et aussi fort que lorsqu'ils étaient partis. Il s'aventura à parier que Mr. Moore ne serait pas rentré et demanda à Adela de faire passer un message de regret plein d'humour. Elle avait commencé par se demander si l'approche de leur séparation avait fait naître en lui une tristesse au moins semblable à la sienne, celle qui lui cousait les lèvres et lui pesait au cœur ; à présent, elle n'était plus sûre que la déclaration hâtive de Ludlow d'être « vraiment désolé » suffise à écarter ses doutes. Il fit suivre cette déclaration d'un très joli résumé de la matinée et d'un sobre discours d'adieu qui, selon Adela, avait le bon goût d'être dénué de compliments superflus. Il était peut-être commun, mais il sortait du commun des mortels. Lorsqu'ils atteignirent la barrière du jardin, Adela jeta un œil aux alentours le cœur battant, cherchant quelque signe qui trahirait la présence de son frère. Elle avait l'impression qu'il ne serait que juste qu'il ne soit pas encore rentré. Elle entra en premier, et ne trouva ni son chapeau ni son manteau sur la table de l'entrée. Le seul objet qui s'y trouvait était la carte de Mr. Perkins qu'Adela avait posée là en partant. Tout ce que représentait ce petit ticket blanc semblait à des milliers de kilomètres de là. Le bureau vide de Mr. Moore confirma qu'il n'était pas revenu.

Adela retourna dans le salon. Ludlow se tenait devant la cheminée ; elle lui adressa un simple signe de tête. Ce faisant, elle vit son reflet dans le miroir. « J'ai vraiment fait du chemin », se dit-elle. Elle avait plus ou moins oublié le repos de la Vérité, mais il lui fallait encore s'en séparer complètement. C'est avec une hardiesse toute particulière qu'elle se prépara à tenir la promesse qu'on lui avait soutirée sur le chemin du retour. Elle sentait qu'elle ne relèverait aucun défi qui se présenterait à sa générosité avec autre chose que de l'enthousiasme. Malheureusement, sa générosité avait peu de chances d'être ainsi défiée. Elle avait toutefois la satisfaction de se dire que cette dernière était à ce moment même comme la pitié du Seigneur : infinie. Devrait-elle se contenter de la pitié de son ami ? ou bien devrait-elle rester dans cette délicieuse incertitude ? Mais comme Adela était loin de se consacrer entièrement à une quête hédoniste, et que la perspective d'une souffrance naissante ne lui était pas désagréable, elle s'était résolue à obtenir l'information cruciale à son cas, bien que cela lui coûtât cher.

« Eh bien, il me reste très peu de temps, dit Ludlow. Je dois encore prendre mon dîner, payer, et me rendre à la gare. »

Il tendit la main.

Adela lui donna la sienne et le regarda dans les yeux.

« Vous êtes bien pressé », dit-elle.

« Ce n'est pas moi qui suis pressé. C'est ce foutu destin. C'est le train et le paquebot. »

« Si vous vouliez vraiment rester, le train et le paquebot importeraient peu. »

« C'est bien vrai. Mais est-ce que je veux vraiment rester ? »

« C'est ce que je vous demande. C'est tout ce que je veux savoir. »

« Vous posez des questions difficiles, Miss Moore. »

« Je veux qu'elles le soient. »

« Dans ce cas, vous êtes prête à répondre à d'autres, tout aussi difficiles. »

« Je ne sais pas si les deux vont de pair, mais oui, je le suis. »

« Dans ce cas, voulez-vous que je reste ? Je n'ai qu'à me débarrasser de mon chapeau, m'asseoir et me tourner les pouces pendant vingt minutes. Je rate mon train et mon bateau. Je reste aux États-Unis au lieu d'aller en Europe. »

« J'ai déjà pensé à tout cela. »

« Ce n'est pas très important. Il y a plaisir et plaisir. »

« Oui, surtout le premier. C'est très important. »

« Et vous me poussez à l'accepter ? »

« Non, ce n'est pas ce que je veux dire. Voilà ce que je vous demande : si je vous invitais à rester, accepteriez-vous ? »

« Voilà qui simplifie énormément votre situation, Miss Moore. Que m'offrez-vous en échange ? »

« Je ne vous offre rien, monsieur. »

« Voilà qui en dit long. »
« Voyez-y ce que vous voulez. »
« Eh bien, vous êtes décidément une femme très intéressante, Miss Moore ; une femme charmante. »
« Pourquoi ne pas me déclarer « fascinante » tout de suite et me faire vos adieux ? »
« Je ne sais pas si je serais allé jusque-là, mais je refuse de vous donner une réponse qui vous donne un avantage sur moi. Demandez-moi, non, ordonnez-moi de rester, si cela vous chante, et je verrai ce que j'en pense. Allons, vous ne devez pas jouer ainsi avec l'esprit d'un homme. »
Il tenait toujours la main d'Adela ; ses yeux étaient toujours plongés dans les siens.
« Adieu, Mr. Ludlow, dit Adela. Dieu vous bénisse ! »
Elle était sur le point de retirer sa main, mais il tint bon.
« Sommes-nous amis ? » demanda-t-il.
Adela haussa les épaules.
« Amis de trois heures. »
Ludlow la regarda assez sévèrement.
« Nos adieux auraient difficilement pu être doux, dit-il, mais pourquoi tenez-vous tant à y mettre de l'amertume, Miss Moore ? »
« S'ils sont amers, pourquoi essayer d'y changer quelque chose ? »
« Parce que je n'aime pas l'amertume. »
Ludlow avait aperçu la vérité, cette même vérité que le lecteur a déjà aperçue. Il était à la fois intrigué et irrité. Il avait à la fois un cœur et une conscience. « Ce n'est pas ma faute », cria-t-il à la deuxième, sans être capable d'ajouter que ce n'était pas une histoire de faute mais de malchance. Laisser partir ce paquebot, c'eût été héroïque ; poétique ; chevaleresque même. Il se disait qu'il pourrait le faire s'il était suffisamment motivé ; la suggestion d'un fait aurait suffi. Mais ce qu'il avait était moins qu'un fait, c'était une idée, ou moins encore qu'une idée, une fantaisie. « Cette amourette est tout

à fait charmante telle qu'elle est, se dit-il. À quoi bon la gâcher ? C'est une jeune fille admirable. Cela me suffit de le savoir. » Il porta la main d'Adela à ses lèvres pour y déposer un baiser, la laissa retomber, ouvrit la porte et disparut par le portail du jardin.

C'était la fin du jour.

Ce qui est vraiment juste

Traduction de Christine Blanchard Rodrigues

I

Quand, après la mort d'Ashton Doyne — à peine trois mois plus tard — George Withermore fut pressenti, selon l'expression consacrée, au sujet d'un « volume », la demande vint directement de ses éditeurs, lesquels avaient été, et bien plus encore, ceux de Doyne ; il ne fut toutefois pas surpris d'apprendre, à l'occasion de l'entrevue qu'ils lui proposèrent ensuite, que ces derniers avaient subi une certaine pression de la part de la veuve de leur défunt client pour la prompte publication d'une Vie. Les relations de Doyne et son épouse avaient constitué, pour ce qu'en savait Withermore, un chapitre très spécial — qui s'avèrerait d'ailleurs délicat pour le biographe ; mais le sentiment de ce qu'elle avait perdu, et même de ce dont elle avait été dépourvue, s'était trahi chez la pauvre femme, dès les premiers jours de son deuil, assez pour préparer un observateur tant soit peu initié à quelque attitude réparatrice, à une adhésion, fût-elle exagérée, aux intérêts d'un illustre nom. George Withermore était, comme il le pressentait, initié ; pourtant, il ne s'attendait aucunement à entendre qu'elle l'avait mentionné comme celui entre les mains de qui elle placerait si promptement les matériaux pour un livre.

Ces matériaux — journaux intimes, lettres, memoranda, notes, documents de diverses sortes — étaient sa propriété, entièrement sous son contrôle, aucune condition ne s'attachant à aucune portion de son héritage ; de telle sorte qu'elle était à présent libre d'agir comme elle le souhaitait — libre, en particulier, de ne rien faire. Quant aux dispositions que Doyne aurait prises, s'il en avait eu le temps, elles ne pouvaient faire l'objet que de conjectures et de suppositions. La mort l'avait emporté de manière trop prématurée et trop soudaine, et il était bien regrettable que les seules volontés qu'on le sût avoir exprimées étaient des volontés qui mettaient indéniablement cela hors de compte. Sa vie s'était brisée net — c'était ainsi ; et la fin était en lambeaux et avait besoin d'être reprisée. Withermore était conscient, pleinement, de la proximité qu'il avait eue avec lui, mais il n'en ressentait pas moins sa propre obscurité relative. Il était jeune, journaliste, critique, vivant au jour le jour, et n'avait, jusqu'à présent, rien de marquant à montrer. Ses écrits étaient peu nombreux et brefs, ses relations rares et vagues. Doyne avait quant à lui vécu assez longtemps — et surtout avait eu assez de talent — pour atteindre la notoriété, et parmi ses nombreux amis, tout aussi brillants de grandeur, il s'en trouvait plusieurs, semblait-il à ceux qui connaissaient sa femme, qu'elle aurait été bien plus susceptible de solliciter.

La préférence qu'elle avait, quoi qu'il en soit, exprimée — et exprimée de manière détournée et prévenante, ce qui lui laissait toute latitude — donna à notre jeune homme le sentiment qu'il devait au moins la rencontrer et qu'il y aurait dans tous les cas beaucoup à dire. Il lui écrivit d'emblée, elle lui proposa tout aussi promptement une heure de rendez-vous, et ils s'entendirent sur la question. Mais il repartit, l'idée qu'il s'en était fait suprêmement renforcée. C'était une femme étrange, et il ne l'avait jamais considérée comme une personne agréable ; pourtant quelque chose dans sa pétulance effervescente et maladroite le touchait à présent. Elle voulait que le livre fasse office de réparation, et la personne qu'elle croyait sans doute pouvoir le mieux manipuler, dans l'entourage de son mari, était celui qui pouvait l'aider par tous les moyens à parvenir à ses fins. Elle n'avait pas pris Doyne assez au sérieux dans la vie, mais la biographie devait être une réponse solide à tout ce qu'on pourrait lui imputer. Elle n'avait eu jusque-là que peu de connaissances sur la manière dont de tels ouvrages étaient constitués, mais elle avait effectué quelques recherches et en avait retiré quelques connaissances. Withermore s'alarma un peu, dès le début, de constater qu'elle souhaitait s'orienter vers la quantité. Elle parlait de « volumes » — mais il avait sa propre idée à ce sujet. « Ma pensée s'est directement tournée vers *vous*, comme l'aurait fait la sienne », avait-elle dit dès qu'elle s'était dressée devant lui, dans sa grande tenue de deuil — avec ses grands yeux noirs, sa grande perruque noire, son grand éventail et ses gants noirs, sa présence générale émaciée, laide, tragique, mais frappante et, d'un certain point de vue, « élégante ». « Vous êtes celui qu'il appréciait le plus ; oh, *de loin* ! » — et cela avait suffi à faire tourner la tête de Withermore. Il importait peu qu'il pût par la suite se demander si elle avait suffisamment connu Doyne, somme toute, pour en être sûre. Il aurait plus volontiers tendance à penser que son témoignage sur ce point ne comptait guère. Cependant, il n'y avait pas de fumée sans feu ; elle savait du moins de quoi elle parlait, et il n'était pas quelqu'un qu'elle aurait eu quelque intérêt à flatter. Ils montèrent ensemble, sans tarder, jusqu'au bureau de travail inoccupé du grand homme, situé à l'arrière de la maison et donnant sur le grand jardin verdoyant — beau et inspirant tableau, aux yeux du pauvre Withermore — commun à la rangée de demeures coûteuses.

« Vous pouvez parfaitement travailler ici, vous savez, dit Mrs. Doyne, vous aurez la pièce tout à vous, je la laisse tout à vous ; de telle sorte que les soirs, en particulier, voyez-vous, ce sera la perfection pour le calme et l'intimité ».

La perfection, en effet, ressentit le jeune homme en regardant autour de lui — ayant expliqué qu'étant donné qu'il occupait actuellement un emploi dans un journal du soir et que ses heures matinales étaient régulièrement prises depuis longtemps déjà, il ne pourrait venir que la nuit. Le lieu était empreint de leur ami défunt ; tout dans ce lieu lui avait appartenu ; tout ce qu'ils touchaient avait fait partie de sa vie. Ce fut alors trop pour Withermore — un honneur trop immense et même une charge trop immense ; des souvenirs encore récents lui revenaient en mémoire, et, tandis que son cœur battait plus vite et que ses yeux s'emplissaient de larmes, le poids de sa loyauté lui parut presque trop lourd à porter. À la vue de ses larmes, celles de Mrs. Doyne jaillirent à ses paupières, et tous deux, pendant une minute, se regardèrent seulement. Il s'attendait plus ou moins à ce qu'elle s'écrie : « Oh, aidez-moi à éprouver ce que, je le sais, vous savez que je veux éprouver ! » Peu après, l'un d'eux dit, avec l'assentiment profond de l'autre — peu importe lequel : « C'est ici que nous sommes *avec* lui. » Mais ce fut bien le jeune homme qui affirma, avant qu'ils ne quittent la pièce, que c'était là qu'il était avec *eux*.

Le jeune homme commença à venir dès qu'il put prendre ses dispositions, et ce fut alors, sur les lieux, dans le calme enchanté, entre la lampe et le feu, les rideaux tirés, qu'une prise de conscience plus intense s'insinua en lui. Il émergeait du noir novembre londonien ; il traversait la grande demeure silencieuse et montait l'escalier au tapis rouge, ne croisant sur son chemin que le passage furtif d'une servante discrète et bien élevée, ou la vision, dans l'embrasure d'une porte, des vêtements de deuil majestueux et du visage tragique et approbateur de Mrs. Doyne ; puis, touchant à peine la porte bien conçue qui produisait un déclic si net et si plaisant, il s'enfermait durant trois ou quatre heures ardentes avec l'esprit — comme il l'avait toujours expressément déclaré — de son maître. Il fut quelque peu effrayé lorsque, dès la première nuit, il réalisa qu'il avait vraiment été le plus séduit, dans toute cette affaire, par la perspective, le privilège et le luxe de cette sensation. Il n'avait pas, il s'en rendait compte à présent, considéré de manière précise la question du livre — pour laquelle il y avait déjà même, beaucoup à considérer : il avait simplement laissé son affection et son admiration — sans même parler de son orgueil flatté — répondre pleinement à la tentation que Mrs. Doyne leur avait offerte.

Comment savait-il, sans y réfléchir davantage — il commençait peut-être à se le demander — que le livre était, somme toute, désirable ? Quelle garantie avait-il jamais reçue d'Ashton Doyne lui-même, pour adopter une démarche aussi directe et, pour ainsi dire, aussi familière ? Grand était l'art de la biographie, mais il y avait vies et vies, il y avait sujets et sujets. Il se souvint confusément, à ce sujet, d'anciens propos lancés par Doyne au sujet de compilations contemporaines, suggérant que lui-même faisait des distinctions quant à d'autres héros et d'autres rétrospectives. Il se souvenait même que son ami avait, par moments, semblé considérer que le seul choix judicieux — sauf dans le cas d'un Johnson et d'un Scott, avec un Boswell et un Lockhart pour les aider — devait se limiter à représenter la carrière « littéraire ». L'artiste était ce qu'il *faisait* — il n'était rien d'autre. Cependant, comment, d'un autre côté, *lui*, George Withermore, pauvre diable, aurait-il pu ne pas sauter sur l'occasion de passer son hiver dans une intimité aussi somptueuse ? Cette perspective avait été simplement éblouissante — c'était un fait. Ce n'étaient pas les « conditions » des éditeurs — bien qu'elles fussent, comme ils l'avaient dit dans leurs bureaux, tout à fait correctes ; c'était Doyne lui-même, sa compagnie et son contact et sa présence — c'était exactement ce qui se révélait, la possibilité d'une relation plus étroite que celle dans la vie. Qu'il était étrange que la mort, des deux choses, fût celle qui présentait le moins de mystères et de secrets ! Lors de la première nuit où notre jeune homme se trouva seul dans le bureau, il fut frappé par l'impression que son maître et lui étaient véritablement pour la première fois ensemble.

II

Mrs. Doyne l'avait le plus souvent laissé expressément seul, mais elle était venue à deux ou trois reprises s'enquérir si tous ses besoins étaient comblés, et il eut l'occasion de la remercier sur le champ pour la compréhension et le zèle avec lesquels elle lui avait facilité la tâche. Elle avait elle-même, dans une certaine mesure, fait quelques recherches et avait déjà pu assembler plusieurs groupes de lettres ; elle lui avait en outre, dès le début, remis toutes les clés de tiroirs et de secrétaires en sa possession, accompagnées d'informations précieuses sur l'emplacement supposé de différents dossiers. Elle avait, en un mot, mis en sa possession tout ce qui était possible, et, que son mari ait eu ou n'ait pas eu confiance en elle, elle, tout du moins, avait, c'était évident, confiance en l'ami de son époux. Néanmoins, Withermore avait l'impression croissante que, en dépit de tous ces offices, elle n'était pas encore en paix, et qu'une certaine anxiété inapaisable continuait même de se mêler à sa confiance. Bien qu'elle fût pleine de déférence, elle était en même temps perceptiblement *là* : il la sentait, grâce à un très subtil sixième sens que toute cette situation avait éveillé, rôder, aux heures calmes, en haut des escaliers et de l'autre côté des portes, devinant par le frôlement silencieux de ses jupes qu'elle veillait et attendait. Un soir, alors qu'à la table de son ami, il s'était perdu dans les profondeurs de correspondances, il sursauta et se retourna à la sensation que quelqu'un était derrière lui. Mrs. Doyne était entrée sans qu'il eût entendu la porte s'ouvrir, et elle lui adressa un sourire crispé alors qu'il se levait d'un bond.

« J'espère, » dit-elle, « que je ne vous ai pas effrayé. »

« Juste un peu, j'étais tellement absorbé. C'était comme si, l'espace d'un instant, » expliqua le jeune homme, « c'était lui-même. »

L'étrange expression sur son visage s'intensifia sous l'effet de l'étonnement. « Ashton ? »

« Il semble si proche », dit Withermore.

« À vous aussi ? »

Naturellement, cela le frappa. « Il l'est donc pour vous ? »
Elle hésita, ne quittant pas l'endroit où elle s'était d'abord tenue, mais regardant tout autour de la pièce comme pour en pénétrer les recoins les plus sombres. Elle avait une façon bien à elle de lever à hauteur de son nez le grand éventail noir qu'elle ne semblait apparemment jamais quitter et avec lequel elle couvrait ainsi la moitié inférieure de son visage, ses yeux plutôt durs, au-dessus, n'en devenant que plus équivoques encore. « Parfois. »
« Ici, » poursuivit Withermore, « c'est comme s'il pouvait entrer à tout moment. C'est pourquoi j'ai sursauté à l'instant. Il y a si peu de temps qu'il le faisait encore, *c'était* tout juste hier. Je m'assieds dans son fauteuil, je parcours ses livres, j'utilise ses plumes, j'attise son feu, exactement comme si, apprenant qu'il allait incessamment rentrer de promenade, j'étais monté ici avec contentement pour attendre. C'est exquis, mais c'est étrange ».
Mrs. Doyne, son éventail toujours relevé, écoutait avec attention. « Cela vous contrarie ? »
« Non, j'aime cela. »
Elle hésita de nouveau. « N'avez-vous jamais l'impression qu'il est, euh, vraiment, euh, présent en personne dans la pièce ? »
« Eh bien, comme je le disais à l'instant, » fit son compagnon en riant, « en vous entendant derrière moi, il semble que je me le suis figuré. Que désirons-nous, après tout », demanda-t-il, « si ce n'est qu'il soit avec nous ? »
« Oui, comme vous avez dit qu'il le serait — la première fois. » Elle le fixa du regard en signe d'assentiment. « Il *est* avec nous. »
Elle avait un air plutôt grave, mais Withermore le prit en souriant. « Alors nous devons le retenir. Nous ne devons faire que ce qu'il aimerait. »
« Oh, seulement cela, bien entendu, rien d'autre. Mais s'il *est* ici… ? » Et ses yeux sombres semblèrent exprimer une vague détresse, au-dessus de son éventail.

« Cela prouve qu'il est satisfait et qu'il veut simplement aider ? Oui, sûrement ; c'est sans doute ce que cela prouve. »

Elle poussa un léger soupir et parcourut de nouveau la pièce du regard. « Eh bien, » dit-elle en prenant congé de lui, « souvenez-vous que moi de même je souhaite seulement aider ». Sur quoi, une fois qu'elle fut partie, il fut assez convaincu qu'elle n'était venue que pour s'assurer qu'il allait bien.

Il allait bien et de mieux en mieux, cela le frappa par la suite, car plus il plongeait dans son travail, plus il s'approchait, lui semblait-il, de l'idée de la présence personnelle de Doyne. Une fois envahi de ce fantasme, il l'accueillit, l'invita, l'encouragea, et le chérit entièrement, impatient toute la journée de le sentir se renouveler le soir, et attendant l'arrivée du crépuscule tel l'un de deux amants attendant l'heure de leur rendez-vous. Les moindres incidents le complaisaient et le confirmaient, et après trois ou quatre semaines, il en était venu à le considérer comme la consécration de son entreprise. Cela ne réglait-il pas la question de ce que Doyne aurait pensé de ce qu'ils faisaient ? Ce qu'ils faisaient était ce qu'il voulait voir fait, et ils pouvaient poursuivre étape par étape sans scrupule ni doute. Withermore se réjouissait d'ailleurs par instants de cette certitude : il y avait des moments où, après avoir plongé dans l'un des secrets de Doyne, il était particulièrement agréable de pouvoir soutenir que Doyne désirait, en quelque sorte, qu'il en ait connaissance. Il apprenait bien des choses qu'il n'avait pas soupçonnées, écartant bien des rideaux, forçant bien des portes, déchiffrant bien des énigmes, allant, de manière générale, comme on le disait, derrière toute chose. Ce fut à l'occasion d'un brusque tournant, au cours de l'une des plus sombres de ces errances « derrière » que véritablement, soudainement, il se sentit le plus, de façon intime et sensible, face à face avec son ami, si bien qu'il aurait été bien en peine de dire, sur l'instant, si leur rencontre s'était produite dans le passage exigu et le resserrement étroit du passé, ou à l'heure et à l'endroit où

effectivement il se trouvait. Était-ce en 67 — ou simplement de l'autre côté de la table ?
Par bonheur, quoi qu'il en fût, même dans la lumière la plus vulgaire apportée par la publicité, se dégageait un fait important, la manière dont l'image de Doyne se « révélait ». Il se révélait de manière trop magnifique — mieux encore qu'un partisan tel que Withermore ne l'eût supposé. Néanmoins, comment ce partisan aurait-il pu, pendant tout ce temps, décrire à quiconque l'état particulier de sa propre conscience ? Ce n'était point une chose dont on pouvait parler — seulement une chose à ressentir. Il y eut des moments, par exemple, où, tandis qu'il était penché sur ses papiers, le souffle léger de son hôte défunt était aussi perceptible dans ses cheveux que l'étaient ses propres coudes sur la table devant lui. Il y eut des moments où, s'il avait pu lever les yeux, l'autre côté de la table lui aurait figuré ce compagnon aussi intensément que la lumière tamisée de la lampe lui montrait sa page. Qu'il ne pût lever les yeux à un tel instant était son affaire, car la situation était dominée — c'était tout naturel — par de profondes délicatesses et de subtiles réserves, la crainte d'une avancée trop soudaine ou trop brutale. Ce qui régnait intensément dans l'air, c'est que si Doyne *était* là, ce n'était pas tant pour lui-même que pour le jeune prêtre de son autel. Il rôdait et s'attardait, il allait et venait, il aurait presque pu passer, parmi les livres et les papiers, pour un bibliothécaire silencieux et discret, accomplissant des fonctions particulières, apportant l'aide discrète, appréciée des hommes de lettres.
Withermore lui-même, pendant ce temps, allait et venait, changeait de place, s'égarait dans des quêtes précises ou vagues ; et plus d'une fois, alors que, prenant un livre sur un rayon et y découvrant des traces du crayon de Doyne, il était plongé et absorbé par sa lecture, il avait entendu des documents posés sur la table derrière lui doucement déplacés et remués, avait littéralement, à son retour,

découvert quelque lettre qu'il avait égarée, replacée en évidence, un entremêlement dénoué par un ancien journal intime ouvert à la date exacte qu'il désirait. Comment aurait-il ainsi pu, en ces occasions, se diriger droit vers la boîte ou le tiroir, parmi cinquante réceptacles, le plus susceptible de l'aider, si son assistant mystique n'avait eu l'heureuse idée, de manière prévoyante, d'en soulever le couvercle, ou de les entrouvrir, de manière à attirer son regard ? — en dépit, après tout, de lacunes et d'intervalles au cours desquels, pour peu que l'on ait vraiment *pu* regarder, on aurait vu quelqu'un, se tenant devant le feu, un peu détaché et trop droit, quelqu'un qui vous fixait d'un regard légèrement plus dur que dans la vie.

III

Que cette relation propice ait en réalité existé, ait perduré, pendant deux ou trois semaines, fût suffisamment prouvé par l'apparition de la détresse avec laquelle notre jeune homme réalisa qu'il commençait, pour une quelconque raison, à partir d'un certain soir, à ressentir son absence. Le signe en fut un sentiment brusque de surprise — à l'occasion de l'égarement d'une merveilleuse page inédite qui, où qu'il cherchât demeurait absurdement, irrémédiablement perdue — que la protection dont il bénéficiait pouvait être exposée, en fin de compte, à une certaine confusion et même à une certaine dépression. Si, pour le plaisir de l'entreprise, Doyne et lui avaient, dès le début, été ensemble, la situation avait, dans les jours qui suivirent ses premiers soupçons, souffert de l'étrange changement qui conduisit à cesser de l'être. Voilà ce qui posait problème, se dit-il, dès l'instant où il fut frappé par une impression de masse et de quantité, se substituant à l'agréable sentiment d'un chemin déblayé et d'une avancée vive. Pendant cinq nuits, il lutta ; puis, délaissant sa table, errant dans la pièce, prenant ses documents pour les reposer aussitôt, regardant par la fenêtre, attisant le feu, en proie à des pensées étranges et à l'affut de signes et de bruits, non pas comme il les soupçonnait ou imaginait, mais comme il les désirait et les invoquait en vain, il dut se rendre à l'évidence qu'il était, du moins pour le moment, délaissé. Ce qui devint ainsi extraordinaire fut qu'il était non seulement triste, mais aussi fortement mal à l'aise de ne pas sentir la présence de Doyne. Il était encore plus étrange, en quelque sorte, qu'il ne soit pas présent, plus que le fait qu'il l'*avait été*— si étrange, en effet, que les nerfs de Withermore finirent par s'en trouver affectés de façon tout à fait absurde. Ils s'étaient assez bien accommodés de ce qui était de l'ordre de l'inexplicable, réservant sournoisement leur état le plus vif au retour à la normale, l'abolition de l'illusoire. Ils étaient considérablement hors de contrôle lorsque, finalement, une nuit, après avoir résisté une heure ou deux, il finit tout simplement par quitter la pièce. C'était maintenant, pour la première fois, qu'il lui était impossible de rester là-bas. Sans dessein, mais haletant un peu et l'air d'un homme effrayé, il traversa le couloir habituel et atteignit le palier. De là, il vit Mrs. Doyne qui le regardait d'en bas, comme si elle savait qu'il viendrait ; et le plus singulier fut que, bien qu'il n'ait pas eu consciemment l'idée de recourir à elle, et n'avait été poussé qu'à se soulager en s'évadant, la vue de sa position la lui fit reconnaitre comme juste, la lui fit rapidement ressentir comme participant à l'oppression monstrueuse qui se refermait sur eux deux. Il était extraordinaire de voir comment, dans ce simple vestibule londonien moderne, entre les tapis de Tottenham Court Road et la lumière électrique, le sentiment émanant de la grande dame en noir venait à lui, qu'il envoyait en retour, l'idée qu'il comprenait ce qu'elle voulait dire en le regardant comme s'il comprenait. Il descendit les marches en hâte, elle entra dans son petit salon au rez-de-chaussée, et là, une fois la porte fermée, ils se tenaient, toujours sans un mot et avec des expressions étranges, confrontés à des confessions nées de ces deux ou trois mouvements. Withermore sursauta lorsqu'il réalisa pourquoi il avait perdu son ami.

– « Il était avec *vous* ? »

Avec ces mots, tout était dit — à tel point que nul des deux n'eut à s'expliquer et que, lorsque la phrase « que se passe-t-il à votre avis ? » fut promptement prononcée, l'un semblait l'avoir dit autant que l'autre. Withermore parcourut du regard le petit salon lumineux dans lequel, nuit après nuit, elle avait vécu sa vie comme il vivait la sienne à l'étage. C'était joli, douillet, rose ; mais elle y avait tour à tour ressenti ce qu'il avait ressenti et entendu ce qu'il avait entendu. L'effet qu'elle produisait là — noir fantastique, empanaché et extravagant, sur ce fond rose profond — ressemblait à une gravure colorée « décadente », une affiche de la nouvelle école. « Vous avez compris qu'il m'avait quitté ? » demanda-t-il.

Elle souhaitait manifestement que ce fût clair. « Ce soir, oui. Je l'ai compris. »

« Vous saviez, auparavant, qu'il était avec moi ? »

Elle hésita de nouveau. « Je sentais qu'il n'était pas avec *moi*. Mais dans l'escalier… »

« Oui ?

« Eh bien, il est passé, plus d'une fois. Il était dans la maison. Et à votre porte… »

« Eh bien ? » continua-t-il alors qu'elle se troublait de nouveau.

« Si je m'y arrêtais, je pouvais parfois le deviner. Et à votre visage », ajouta-t-elle, « ce soir, en tout cas, je connaissais votre état ».

« Et c'est pour cela que vous êtes sortie ? »

« J'ai pensé que vous viendriez à moi. »

Alors, il lui tendit la main, et ils se tinrent ainsi, pendant une minute de silence, paumes serrées. Il n'y avait plus aucune présence particulière pour chacun, maintenant — rien de plus particulier que celle de l'un pour l'autre. Mais le lieu semblait soudain consacré, et Withermore retourna à son anxiété. « Qu'*est*-ce qui se passe alors ? »

« Je veux seulement faire ce qui est vraiment juste », répondit-elle après une pause.

« Et n'est-ce pas ce que nous faisons ? »
« Je me le demande. N'est-ce pas ce que *vous* faites ? »
Il se le demanda aussi. « Pour autant que je crois. Mais nous devons réfléchir. »
« Nous devons réfléchir », dit-elle en écho. Et ils réfléchirent — réfléchirent, avec intensité, ensemble le reste de cette soirée, puis réfléchirent, indépendamment (du moins Withermore pouvait-il l'affirmer pour son compte) au cours des nombreux jours qui suivirent. Il suspendit ses visites et son travail quelque temps, essayant, par la méditation, de se surprendre commettant une erreur qui aurait pu expliquer leur trouble. Avait-il, sur quelque point important, adopté — ou semblé adopter — une ligne de conduite ou un point de vue erronés ? Avait-il déformé de manière insouciante ou insisté de manière inadéquate ? Il revint enfin, pensant avoir deviné deux ou trois questions sur lesquelles il avait pu se confondre ; après quoi, il eut, en haut de l'escalier, un nouveau moment d'agitation, bientôt suivi d'une autre entrevue, au rez-de-chaussée, avec Mrs. Doyne, encore troublée et rougissante.
« Il est là ? »
« Il est là. »
« Je le savais ! » répondit-elle avec une étrange expression triomphante et lugubre. Puis, comme pour clarifier ses propos : « Il n'est pas revenu avec *moi*. »
« Ni avec moi pour m'aider », dit Withermore.
Elle réfléchit. « Pas pour vous aider ? »
« Je ne peux pas comprendre, je suis totalement perdu. Quoi que je fasse, je sens que j'ai tort. »
Elle le couvrit un instant de son regard, drapée de sa pompeuse douleur. « À quoi le sentez-vous ? »
« Eh bien aux choses qui se produisent. Les choses les plus étranges. Je suis incapable de les décrire, et vous ne les croiriez pas. »
« Oh si, je les croirais ! » murmura Mrs. Doyne.

« Eh bien, il intervient. » Tenta d'expliquer Withermore. « Peu importe de quel côté je me tourne, je le trouve. »
Elle suivait avec attention. « Le trouver ? »
« Je le rencontre. Il semble se dresser devant moi. »
Le regard fixe, elle attendit un peu. « Vous voulez dire que vous le voyez ? »
« J'ai l'impression que je le pourrais à tout moment. Je suis déconcerté. Je suis en échec. » Puis il ajouta : « J'ai peur ».
« De *lui* ? » demanda Mrs. Doyne.
Il réfléchit. « Eh bien, de ce que je suis en train de faire. »
« Alors que *faites*-vous de si terrible ? »
« Ce que vous m'avez proposé. Entrer dans sa vie. »
Elle montra à présent, dans sa gravité, une nouvelle inquiétude. « Et vous n'*aimez* pas cela ? »
« Et *lui* ? C'est là la question. Nous le mettons à nu. Nous l'exhibons. Comment cela s'appelle-t-il ? Nous l'offrons au monde. »
La pauvre Mrs. Doyne, comme s'il s'agissait d'une menace pesant sur sa difficile expiation, considéra pendant un instant cette idée d'un air encore plus morose. « Et pourquoi ne devrions-nous pas ? »
« Parce que nous ne savons pas. Il y a des natures, il y a des vies qui se dérobent. Il ne l'aurait peut-être pas souhaité » dit Withermore. « Nous ne le lui avons jamais demandé. »
« Comment l'*aurions*-nous *pu* ? »
Il resta un instant silencieux. « Eh bien, nous le lui demandons maintenant. C'est, après tout, ce que notre entreprise a représenté jusqu'à présent. Nous lui avons posé la question. »
« Alors, s'il a été avec nous, nous avons eu sa réponse. »
Withermore parlait à présent comme s'il savait ce qu'il fallait croire. « Il n'était pas 'avec' nous — il était contre nous. »
« Alors pourquoi avez-vous pensé… »
« Ce que j'*ai* pensé, au début, qu'il voulait nous faire sentir sa sympathie ? Parce que, dans ma naïveté originelle, j'étais dans

l'erreur. J'étais, je ne sais pas comment définir cela, si excité et charmé que je ne comprenais pas. Mais je comprends enfin. Il voulait seulement communiquer. Il s'efforce de sortir du fond de ses ténèbres ; il cherche à nous atteindre du fond de son mystère, il nous envoie de sombres signes du fond de son horreur. »

« 'Horreur' ? » dit Mrs. Doyne le souffle coupé, portant son éventail à sa bouche.

« De ce que nous faisons. » À ce moment-là, il pouvait tout reconstituer. « Je vois à présent qu'au début... »

« Eh bien, quoi ? »

« Il s'agissait simplement de sentir qu'il était là, et donc qu'il n'était pas indifférent. Et la beauté de la chose m'a induit en erreur. Mais il est là pour protester. »

« Contre *ma* Vie ? » gémit Mrs. Doyne.

« Contre *toute* Vie. Il est là pour *sauver* sa Vie. Il est là pour qu'on le laisse en paix. »

« Alors vous abandonnez ? » dit-elle presque en hurlant.

Il ne pouvait que la rejoindre sur ce point. « Il est ici comme un avertissement. »

Pendant un instant, ils se regardèrent intensément. « Vous *avez* peur ! », lança-t-elle enfin.

Cela l'affecta, mais il insista. « Il est ici comme une malédiction ! »

Sur ce, ils se séparèrent, mais seulement pour deux ou trois jours ; les derniers mots qu'elle lui avait adressés résonnaient encore à ses oreilles si bien que, entre son besoin de la satisfaire réellement et un autre besoin qui sera exposé plus loin, il sentait qu'il ne pouvait pas encore se retirer. Il revint enfin à son heure habituelle et la trouva à sa place habituelle. « Oui, j'*ai* peur », annonça-t-il comme s'il avait bien réfléchi et savait désormais tout ce que cela signifiait. « Mais je crois comprendre que ce n'est pas votre cas. »

Elle hésita, réservant sa réponse. « Que craignez-vous ? »

« Eh bien, que si je continue je *finirai* par le voir »

« Et alors... ? »
« Oh, alors », dit George Withermore, je *devrai* abandonner ! »
Elle pesa ses mots, de son air altier mais grave. « Je pense, vous savez, que nous devons recevoir un signe clair. »
« Vous voulez que j'essaie de nouveau ? »
Elle hésita. « Vous voyez ce que cela signifie, pour moi, d'abandonner ».
« Ah, mais *vous* n'y êtes pas obligée » dit Withermore.
Elle semblait s'interroger, mais l'instant d'après, elle poursuivit « Cela voudrait dire que de moi il n'accepterait pas... » mais elle s'interrompit par désespoir.
« Eh bien, quoi ? »
« Quoi que ce soit », dit la pauvre Mrs. Doyne.
Il la dévisagea pendant un moment encore. « J'ai moi-même pensé à un signe clair. Je vais réessayer. »
Alors qu'il la quittait, cependant, elle se souvint. « Je crains seulement que ce soir il n'y ait rien de prêt — ni lampe ni feu. »
« Ce n'est pas grave », dit-il au pied de l'escalier ; « Je m'arrangerai. »
À quoi elle répondit que la porte du bureau serait probablement ouverte, et se retira de nouveau comme pour l'attendre. Elle n'eut pas longtemps à attendre, même si, sa propre porte étant grande ouverte et son attention fixée, elle n'avait peut-être pas pris la mesure du temps tel qu'il apparut à son visiteur. Elle l'entendit, après un intervalle, dans l'escalier, et il se tint bientôt à l'entrée de son salon où, ne s'étant pour autant pas précipité, mais plutôt, d'après le bruit et ses pas, hésitant et vague, il se montra du moins aussi livide et hagard.
« J'abandonne. »
« Alors vous l'avez vu ? »
« Sur le seuil, qu'il gardait. »
« Qu'il gardait ? » Son regard brillait au-dessus de son éventail. « Distinctement ? »
« Immense. Mais flou. Sombre. Terrible », dit le pauvre George Withermore.

Elle continua de s'interroger. « Vous n'êtes pas entré ? »
Le jeune homme se détourna. « Il l'interdit ! »
« Vous dites que *je* n'y suis pas obligée », reprit-elle après un moment.
« Eh bien, y suis-je obligée ? »
« De le voir ? » demanda George Withermore.
Elle attendit un instant. « D'abandonner. »
« C'est à vous d'en décider. » Pour sa part, il ne put finalement que se laisser tomber dans le sofa, la tête penchée entre ses mains. Il ne saurait guère après cela combien de temps il était resté assis de la sorte ; il était déjà suffisant de savoir par la suite qu'il était seul parmi les objets qu'elle préférait. Cependant, au moment où il se relevait, avec cette sensation et celle de la porte grande ouverte sur le vestibule, il se trouva de nouveau confronté, dans la lumière, la chaleur, l'espace rose, à sa grande présence noire et parfumée. Il vit d'un coup d'œil, alors qu'elle lui offrait un regard plus intense et plus sombre au-dessus du masque de son éventail, qu'elle était allée là-haut ; et c'est ainsi que, pour la dernière fois, ils firent face ensemble à leur étrange question. « Vous l'avez vu ? » demanda Withermore. Il devait déduire plus tard, d'après la manière extraordinaire dont elle ferma les yeux et, comme pour se calmer, maintint ses paupières closes, longtemps, en silence, qu'à côté de l'innommable vision de l'épouse d'Ashton Doyne, la sienne pouvait être considérée comme une dérobade. Il savait avant même qu'elle n'eût parlé que tout était fini. « J'abandonne. »

Maud-Evelyn

Traduction d'Isabelle Barat

I

Une allusion à une dame qui, bien qu'inconnue de moi-même, était connue de deux ou trois personnes de la compagnie, conduisit l'une de celle-ci à demander si nous avions eu quelque écho des étranges circonstances entourant sa toute récente *bonne fortune* — un sort heureux rattrapant soudainement, dans la grise après-midi de son existence, un personnage si obscur et si solitaire. Notre ignorance nous incita, tout d'abord, à un sentiment de grossière envie. La vieille lady Emma, toutefois, qui pendant un moment était restée silencieuse, paraissant à peine prêter l'oreille et laissant le bavardage, manifestement en tout point déplacé, s'épuiser de lui-même, sortit de sa distraction pour faire observer que si ce qui était arrivé à Lavinia était étonnant, tout ce qui avait eu lieu au cours des années précédentes et avait abouti à cela n'avait certes pas non plus été dépourvu de circonstances singulières. Nous perçûmes à ce point que Lady Emma avait une histoire à raconter — une histoire, de surcroît, méconnue de ceux de ses auditeurs qui connaissaient la personne discrète dont il était question. Le plus curieux presque — on le découvrit après coup — était qu'une telle situation fût demeurée cachée aux yeux du monde. Par *après coup*, j'entends simplement avant que nous nous séparions ; car ce qui émergea ce jour-là fut révélé de façon impromptue, sous les encouragements et la pression de notre sollicitation commune et impatiente. Lady Emma, qui me rappelait toujours un bel instrument ancien qu'il faut d'abord accorder, reconnut, à la suite de quelques pincements et effleurements, qu'après en avoir dit autant, elle ne pouvait, sans délibérément nous tourmenter, s'abstenir de tout raconter. Elle connaissait Lavinia de longue date et c'est ainsi qu'elle la désigna tout au long de son récit et elle connaissait également... Mais, ce qu'elle connaissait, il me faut le rapporter le plus fidèlement possible de la manière dont elle-même nous le conta. Elle nous parlait depuis le coin du sofa qu'elle occupait et les reflets des flammes irisaient son visage de l'éclat de la mémoire et des jeux de l'imagination.

« Alors, pourquoi donc ne voulez-vous pas de lui ? » demandai-je. Je crois que c'est ainsi qu'un jour, quand elle avait environ vingt ans — avant la naissance de certains d'entre vous, peut-être — l'histoire a dû débuter pour moi. Je posai la question, sachant qu'elle avait eu sa chance mais sans savoir combien son refus allait s'avérer être une erreur. Je m'y intéressai parce que je les aimais bien tous deux — vous savez à quel point j'aime encore la jeunesse — et puisqu'ils s'étaient initialement rencontrés chez moi, je me sentais d'une certaine façon responsable de leur relation. Je crains de devoir commencer fort banalement en rappelant que, si Lavinia était la fille de l'une de mes premières gouvernantes, pour ainsi dire la seule, à laquelle j'étais demeurée extrêmement attachée et qui, après m'avoir quittée, avait fait — pour une gouvernante — *un beau mariage*, Marmaduke (ce n'est pas son vrai nom !) était le fils d'un des hommes intelligents qui, des années auparavant, devenu veuf, avait désiré m'épouser. J'étais charmante, alors, je vous assure. Nullement attirée par les veufs et même après avoir préféré quelqu'un d'autre, je conservais néanmoins la conscience d'un lien agréable avec le garçon dont j'aurais pu devenir la belle-mère et à l'égard duquel il m'était plaisant de montrer — sous l'effet peut-être d'une pointe de vanité — que j'aurais été pour lui la plus bienveillante ; contrairement à la femme que son père épousa par la suite et cela contribua à le rapprocher de moi.

Lavinia était issue d'une famille de neuf enfants. Ses frères et sœurs, qui n'avaient jamais rien fait pour elle, contribuent à peupler fort diligemment divers pays et, dans les mêmes proportions je crois, le globe. Deux qualités qui le plus souvent s'excluent l'une l'autre se combinaient en elle de façon déroutante : une timidité extrême alliée au défaut le plus infime qui puisse protéger une créature inoffensive contre un monde de méchanceté, une complaisance vis-à-vis de soi logée dans de minuscules endroits inattendus, au sujet de laquelle je la reprenais parfois mais qui, je m'en rendis compte par la suite, aurait remédié à la platitude de sa vie s'il ne s'était pas dissipé avec tout le reste. Quoi qu'il en soit, elle était une de ces personnes dont vous ne savez si, charmante, elle eût été heureuse ou bien si, heureuse, elle eût été charmante. Si je fus quelque peu contrariée qu'elle ne se précipitât pas pour accepter la proposition de Marmaduke, ce fut probablement moins parce que j'attendais des miracles de sa part à lui que parce que j'estimais qu'elle tenait beaucoup trop ses propres chances pour acquises. Elle avait commis une erreur et le reconnut rapidement. Pourtant, lorsqu'elle se montra convaincue qu'il renouvellerait sa demande, je me souviens avoir, moi aussi, jugé cela fort probable puisque j'avais parlé avec lui entre-temps. « Elle a un sentiment pour vous », affirmai-je ; et je peux voir en cet instant, si lointain soit-il, son jeune visage avenant et vide d'expression prendre brièvement à ces mots, et comme un peu malgré lui, l'air de recéler une pensée. Je n'insistai pas car il avait, après tout, peu à offrir. Plus tard, cependant, je me sentis la conscience tranquille de ne pas en avoir dit moins. Il avait hérité de sa mère trois cent cinquante Livres annuelles et un de ses oncles

lui avait promis quelque chose — non pas une rente mais une place, d'après mes souvenirs, dans quelque affaire. Il m'assura qu'il aimait comme un homme — un homme de vingt-deux ans ! — n'aime qu'une fois. Il le déclara, tout au moins, comme un homme ne le déclare qu'une seule fois.
« En ce cas — répliquai-je — ce que vous avez à faire est clair. »
« Lui parler à nouveau, voulez-vous dire ? »
« Oui. Essayer. »
Il parut essayer un instant en imagination ; puis il me surprit en demandant : « Serait-ce très affreux si c'était elle qui *me* parlait ? »
Je le dévisageai intensément. « Voulez-vous dire vous poursuivre… vous attraper ? Ah, si vous vous sauvez… »
« Je ne me sauve pas ! » Il était péremptoire quant à cela. « Mais quand un garçon est allé aussi loin… »
« Il ne peut s'avancer davantage ? Peut-être bien », rétorquai-je sèchement. « Mais, il ne devrait parler d'*amour* en ce cas ».
« Oh mais je l'aime, je l'aime. »
Je secouai la tête. « Pas si vous êtes trop fier ! » Je me détournai de lui, me retournant à nouveau, cependant, déconcertée par son silence qui semblait ratifier mon jugement. Je vis alors qu'il ne l'avait pas accepté ; et je me rendis compte de l'absurdité de mon argument. Il fut plus volubile à ce sujet qu'il ne l'avait été jusqu'ici — il eut le plus étrange, le plus franc et, pour un jeune homme de sa situation, le plus triste des sourires.
« Je ne suis *pas* fier. Je n'ai pas cela en moi. Et si vous ne l'avez pas, vous ne l'êtes pas, vous savez. Je pense que je ne suis pas suffisamment fier. »
Il me vint à l'esprit que cela était, après tout, fort probable ; sur le moment, néanmoins, je ne l'en aimai pas moins en un sens à cause de cela, même si mon ton se fit un peu acerbe. « Mais alors, qu'est-ce qui ne va pas ? »
Il tourna deux ou trois fois dans la pièce, comme si ses paroles lui

avaient procuré un peu de joie : « Eh bien, comment un homme peut-il en dire plus ? » Puis, alors que j'allais lui assurer que j'ignorais ce qu'il avait voulu dire, il ajouta : « Je lui ai promis que je ne me marierai jamais. Cela ne devrait-il pas suffire ? »
« Pour qu'elle vous poursuive de ses assiduités ? »
« Non — je n'envisage pas cela ; mais pour qu'elle soit sûre de moi — qu'elle attende. »
« Attendre quoi ? »
« Eh bien, mon retour. »
« Votre retour d'où ? »
« De Suisse — ne vous l'ai-je pas dit ? Je m'y rends le mois prochain avec ma tante et ma cousine. »
Il avait entièrement raison sur le sujet de sa fierté — c'était, à n'en pas douter, une posture des plus humbles.

II

Or, voyez ce qui en résulta. Cela commença par quelque chose que j'appris, à l'entrée de l'automne, de la bouche de la pauvre Lavinia. Il lui avait écrit, ils étaient demeurés bons amis. C'est ainsi qu'elle savait que sa tante et sa cousine étaient de retour sans lui. Il était resté — resté plus longtemps et avait poussé plus avant son périple ; il avait visité les lacs italiens et Venise. Il se trouvait à Paris. Je m'interrogeai vaguement, sachant qu'il était toujours à court d'argent et qu'il avait dû entreprendre son voyage grâce à la générosité de son oncle, toutes ses dépenses prises en charge.
« Alors, qui a-t-il levé en cours de route ? » demandai-je ; regrettant, toutefois, sitôt parlé, d'avoir fait rougir Lavinia. C'était presque comme s'il avait cueilli quelque dame d'honnêteté douteuse, quoique, pour lors, il n'eût rien raconté à Lavinia et pas fait d'économies.
« Oh, il se lie si rapidement, il fait connaissance avec les gens en quelques minutes », dit la jeune fille. « Et tout le monde veut toujours être gentil avec lui. »

C'était la vérité et je distinguai ce qu'elle pouvait discerner. « Ah, ma chère, il aura, prêt pour vous, un cercle immense de relations ! »
« Ah — répondit-elle — si l'on nous recherche, loin de moi la pensée que ce soit pour moi. Ce sera pour lui et l'on pourra faire de moi ce que l'on voudra. Mon plaisir sera… mais vous le verrez. » Je le voyais déjà — voyais tout au moins ce qu'elle croyait y voir elle-même ; son salon encombré de silhouettes à la mode et sa contenance angélique.
« Savez-vous ce qu'il m'a répété avant de partir ? » reprit-elle.
Je m'interrogeai ; il lui *avait* donc parlé. « Que jamais, jamais il n'épousera… »
« Qui que ce soit si ce n'est *moi* ! » compléta-t-elle ingénument. « Vous le saviez donc ? »
C'était possible. « Je l'ai deviné. »
« Et vous ne le croyez pas ? »
De nouveau j'hésitai. « Si. » Tout ceci toutefois ne m'expliquait pas pourquoi elle avait changé de couleur. « Est-ce un secret — en quelle compagnie il est ? »
« Oh non, ils semblent si aimables. J'ai seulement été frappée de voir à quel point vous le connaissez — que vous ayez immédiatement discerné qu'une nouvelle amitié doit l'avoir retenu là-bas. C'est la dévotion des Dedrick à son égard », dit Lavinia. « Il voyage avec eux. »
Une fois encore, je m'étonnai. « Ils le promènent avec eux, voulez-vous dire ? »
« Oui. Ils l'ont invité. »
Vraiment, non, réfléchis-je — il n'était pas fier. Mais je me bornai à dire : « Et qui peuvent bien être les Dedrick ? »
« Des gens obligeants et gentils qu'il a rencontrés par hasard le mois dernier. Il traversait à pied un col quelconque en Suisse — un long passage plutôt dénué d'attrait, je crois, sans sa tante ni sa cousine qui avaient pris un chemin différent et devaient le retrouver quelque part. Il se mit à pleuvoir à verse et il s'était réfugié sous un abri quand des gens qui passaient par là en voiture l'invitèrent aimablement à

y prendre place. Ils le promenèrent, ai-je cru comprendre, pendant plusieurs heures. Cela fut le début d'une intimité et ils ont continué à être charmants avec lui. »

Je réfléchis un moment. « Y a-t-il des dames ? »

Elle avait, entre-temps, laissé un peu vagabonder sa propre imagination. « À peu près quarante, je pense. »

« Quarante dames ? »

Elle se reprit immédiatement. « Oh non ; je veux dire que Mrs. Dedrick a quarante ans environ. »

« Environ quarante ans ? Alors Miss Dedrick... »

« Il n'y a pas de Miss Dedrick. »

« Ils n'ont pas de fille ? »

« Pas avec eux, du moins. Personne si ce n'est le mari. »

Je réfléchis à nouveau. « Et quel âge a-t-il ? »

Lavinia suivit mon exemple. « Voyons, à peu près quarante, aussi »

« À peu près quarante-six ? » Cela nous fit rire mais « C'est très bien ! » dis-je ; et cela semblait l'être, à cet instant.

Son absence, néanmoins se prolongea et je vis fréquemment Lavinia. Nous parlions toujours de lui bien que cela me conduisît à m'intéresser à ses affaires plus que je ne m'étais jamais cru devoir le faire. Je n'avais jamais cherché à rencontrer la famille de son père ni rencontré sa tante ou sa cousine, si bien que le récit que firent ses parentes des circonstances de leur séparation ne me parvint finalement que par le biais de la jeune fille qui, de même — car elle les connaissait tout aussi peu — l'avait recueilli indirectement. Elles semblaient considérer, ces pauvres dames avec lesquelles il avait commencé son voyage, qu'il ne les avait pas bien traitées, qu'il les avait abandonnées et sacrifiées égoïstement à la compagnie de gens de rencontre — Lavinia était affectée par ces reproches tout en ne se sentant, je pouvais le voir, pas beaucoup plus favorable envers cette compagnie. « Comment peut-il l'éviter alors qu'il est si attachant ? » demanda-t-elle ; et pour être proprement indignée d'un côté, elle devait se prétendre enchantée de l'autre. Marmaduke *était* attachant, c'était un fait. Nous en arrivâmes toutefois à nous confier l'une à l'autre que les Dedrick devaient certainement être des gens extraordinaires. Nous n'en eûmes que peu de preuves supplémentaires puisque ses lettres cessèrent et c'en fut pour nous, naturellement, un des signes. Dans l'intervalle, j'eus tout loisir d'approfondir — me livrant à une sorte d'étude de la comédie humaine que j'avais toujours prisée — en quoi consistait le fait d'être attachant. Le fruit de mes réflexions, que l'expérience n'a fait que confirmer, fut que cela consistait uniquement à être attachant. C'était là une qualité qui n'en impliquait *aucune* autre. Marmaduke n'en possédait pas d'autre. Au reste, en quoi, en avait-il besoin ?

III

Il finit toutefois par revenir. Mais si, lors de sa visite, la description qu'il me fit aussitôt de ses charmants amis enrichit, plus encore que je ne m'y étais attendue, ma perception de la variété de l'espèce humaine, ma curiosité à leur endroit ne s'avéra pas telle que j'eus envie de souscrire à sa suggestion et de les rencontrer. C'est chose difficile à exprimer et je ne prétends pas le faire avec succès mais n'arrive-t-il pas régulièrement que l'on puisse penser quelque bien d'une personne sans pour autant être enflammé par le désir de rencontrer — sur la base d'une telle opinion — d'autres personnes qui en pensent plus de bien encore ? En un sens, que les Dedrick se fussent entichés de Marmaduke — pour inoffensif qu'il fût — ne représentait, en ce qui les concernait, qu'une demi-recommandation. Je gardai le silence — je pris soin d'en dire peu ; ce qui ne l'empêcha pas, sur ces entrefaites, de me demander s'il pouvait, dans ces conditions, *me* les présenter. « Et sinon, pourquoi pas ? » dit-il en riant. Il riait à propos de tout.

« Pourquoi ? Parce que je note que votre capitulation n'a aucun besoin d'un appui. Puisque vous l'avez fait, à vous de prendre soin de vous. »

« Oh, mais ils sont aussi fiables — rétorqua-t-il — que la Banque d'Angleterre. On ne peut qu'admirer leur respectabilité et leur bonté. »

« Ce sont là précisément des qualités auxquelles ma pauvre personne ne peut rien apporter. » Il n'était pas allé, observai-je, jusqu'à me dire qu'ils seraient *amusants* et *avait*, d'autre part, promptement mentionné qu'ils demeuraient dans Westbourne Terrace. Ils n'avaient pas quarante ans mais quarante-cinq ; Mr. Dedrick, néanmoins, ayant réalisé des gains considérables, s'était déjà retiré de quelque profession initiale. C'étaient les gens les plus simples, les plus accueillants tout en étant foncièrement originaux, inhabituels et rien, en toute franchise ne pouvait surpasser leur engouement à son égard. Marmaduke en parlait avec une résignation placide et presque irritante. Je suppose que je l'aurais méprisé s'il avait dit, après avoir accepté toutes leurs largesses, qu'ils l'ennuyaient. Le fait qu'ils ne l'ennuyaient pas, pourtant, me chagrinait encore plus qu'il ne m'intriguait. « Qui connaissent-ils ? »

« Personne si ce n'est moi. Il y a à Londres des gens comme eux. »

« Qui ne connaissent personne en dehors de vous ? »

« Non... qui ne connaissent absolument personne. Il y a à Londres, vous n'avez pas idée, des gens extraordinaires et parfaitement charmants. Vous autres ne connaissez pas tout le monde. Ils mènent leur vie, vont leur chemin. On peut trouver — comment dirai-je ? du raffinement, des livres, de l'intelligence, vous savez, de la musique et des tableaux et de la religion, une bonne chère — toutes sortes de choses excellentes. Vous ne les croisez que par hasard mais ils sont là, toujours. »

J'acquiesçai à tout cela : le monde était merveilleux, assurément et il faut en voir autant que faire se peut. De la même manière, au sein de ma propre sphère, je découvrais de grandes merveilles. « Mais — demandai-je — les aimez-vous autant... »

« Qu'ils *m*'aiment *moi* ? » Il alla promptement au-devant de ma remarque et ses yeux étaient limpides. « Je suis tout à fait sûr que je les aimerai tout autant. »

« Vous y emmènerez donc Lavinia… ? »

« Pas pour les voir — non. » Je compris dans l'instant, bien sûr, que j'avais commis une erreur. « Dans quel dessein le pourrais-je ? »

Je réfléchis longuement. « J'oublie toujours que vous n'êtes pas fiancés. »

« Croyez-moi — reprit-il au bout d'un moment — je n'épouserai jamais personne d'autre.

Cette réitération m'exaspéra, d'une certaine manière. « Ah mais quel bien cela lui fera-t-il à elle ou à moi, au demeurant, si vous ne l'épousez pas *elle* ? »

Il ne fournit aucune réponse — se borna à se détourner de moi pour regarder un point dans la pièce. Lorsqu'il me fit face de nouveau, il avait légèrement rougi. « Elle aurait dû m'accepter, ce jour-là », dit-il gravement et gentiment, en me fixant avec l'air de souhaiter en dire plus.

Je me souviens que sa douceur même m'irrita ; qu'il se montrât quelque peu crispé aurait auguré que cette situation aurait pu encore s'arranger. Mais je négligeai ces propos absurdes sans le laisser en dire davantage et, revenant à Mr. et Mrs. Dedrick, lui demandai comment donc, privés de mondanités, ils occupaient l'essentiel de leur temps. Ma question parut le laisser coi puis il trouva une réponse qui, je le vis sur l'instant, lui convenait bien mieux que de parler de Lavinia. « Oh, ils vivent pour Maud-Evelyn. »

« Et qui est Maud-Evelyn ? »

« Eh bien, c'est leur fille. »

« Leur fille ? » Je les avais crus sans enfant. Il offrit une explication partielle. « Ils l'ont perdue, malheureusement. »

« Perdue ? » J'en réclamai davantage.

Il hésita de nouveau. « J'entends par là qu'un grand nombre de gens le prendrait ainsi. Mais pas eux — ils ne le feront pas. »

« Voulez-vous dire que d'autres auraient renoncé à elle ? » m'avançai-je.
« Oui, peut-être même essayé de l'oublier. Mais les Dedrick en sont incapables. »
Je me demandai ce qu'elle avait fait : avait-ce été si terrible ? Cela ne me regardait pas néanmoins et je me bornai à demander : « Ils communiquent avec elle ? »
« Oh, tout le temps. »
« Pourquoi, alors, n'est-elle pas avec eux ? »
Marmaduke réfléchit. « Elle y est... désormais. »
« Désormais ? Depuis quand ? »
« Eh bien, depuis l'année dernière. »
« Alors pourquoi dites-vous qu'ils l'ont perdue ? »
« Ah », dit-il, souriant tristement, « C'est ce que je dirais, moi. Moi, à tout le moins — poursuivit-il — je ne la vois pas. »
Je m'étonnai plus encore. « Ils la tiennent cachée ? »
Il réfléchit de nouveau. « Non, ce n'est pas cela. Comme je l'ai dit, ils vivent pour elle. »
« Mais ils ne veulent pas que vous en fassiez autant — est-ce cela ? »
À ces mots, il me regarda pour la première fois, me sembla-t-il, un peu étrangement. « Comment le *pourrais*-je ? »
Il me présentait cela comme si, pour une raison ou une autre, c'était mal de sa part de ne pas y parvenir. Quoi qu'il en soit, je mis fin à cela du mieux que je le pus. « Vous ne le pouvez pas. Pourquoi, bonté divine, *devriez*-vous vous y attacher ? Vivez pour *ma* fille. Vivez pour Lavinia. »

IV

J'avais, hélas, pris le risque de l'importuner de nouveau avec cette idée et, bien qu'il ne m'eût pas repoussée sur l'instant, je sentis que c'était la raison pour laquelle il ne réapparut pas ensuite pendant plusieurs semaines. Dans l'intervalle, je vis *ma fille*, comme je l'avais nommée mais nous évitâmes avec le plus grand soin toute allusion à

Marmaduke. Cela me fit entrevoir précisément combien il occupait constamment ses pensées et me décida, dans ces conditions, à ne pas rectifier son erreur concernant le fait que les Dedrick n'avaient pas d'enfant. Cependant, malgré mon silence, elle ne tarderait pas à mentionner le jeune homme car un mois était à peine passé qu'elle me confia qu'il s'était rendu deux fois chez sa mère à elle et qu'elle l'avait rencontré à chacune de ces occasions.

« Et alors ? »

« Et alors, il est très heureux. »

« Et toujours occupé... ? »

« Toujours autant, oui, avec ces gens. Il ne me l'a pas dit ainsi mais je pouvais le voir. »

Moi aussi je le pouvais, tout comme je pouvais discerner sa propre perception. « Et alors, que vous a-t-il dit ? »

« Rien — je crois toutefois qu'il voudrait me dire quelque chose. Seulement ce n'est pas ce que vous pensez », ajouta-t-elle.

Je me demandai s'il s'agissait de ce qu'il m'avait dit la fois précédente.

« Et donc, qu'est-ce qui l'en empêche ? » dis-je.

« D'arriver à me le dire ? Je ne sais pas. »

C'est dans son ton que je perçus la première note d'une résignation si profonde et d'une patience si étrange qu'elles m'étonnèrent, en fin de compte, presque davantage que tout le reste. « S'il ne peut pas parler, pourquoi vient-il ? »

Elle esquissa un sourire. « Eh bien, je crois que je le *saurai.* »

Je la regardai. Je l'embrassai, je me souviens. « Vous êtes admirable — mais c'est détestable. »

« Ah — répondit-elle — Il ne désire qu'être gentil ! »

« Envers eux ? Alors qu'il laisse les autres tranquilles. Mais ce que je trouve détestable, c'est sa façon de se contenter d'être ainsi *l'obligé...* »

« De Mr. et Mrs. Dedrick ? » Elle réfléchit comme s'il pouvait y avoir plusieurs sens à cela. « Mais ne peut-il leur faire un peu de bien ? »

Cette idée n'eut pas l'heur de me plaire. « Quel bien Marmaduke

peut-il faire ? Il y a une chose — poursuivis-je — au cas où il voudrait vous les faire rencontrer, voulez-vous me promettre de le refuser ? » Elle eut une expression vague et désemparée. « De faire leur connaissance ? »
« De les rencontrer, de les approcher... jamais, jamais. »
De nouveau, elle réfléchit. « Voulez-vous dire que vous ne le ferez pas ? »
« Jamais, jamais. »
« Eh bien, alors, je ne pense pas le vouloir. »
« Ah, mais ce n'est pas une promesse. » Je n'en démordis pas. « Je veux votre parole. »
Elle renâcla un peu. « Mais pourquoi ? »
« De façon qu'au moins il ne puisse vous utiliser », dis-je avec passion. Ma passion l'impressionna bien que je visse qu'elle-même se serait bel et bien abandonnée. « J'en fais la promesse mais seulement parce que je sais qu'il ne me demandera jamais cela. »
Je n'étais pas de son avis à l'époque, supposant que la demande en question était précisément le sujet qu'elle l'avait cru désirer aborder. Or lors de notre rencontre suivante, j'appris d'elle une tout autre vérité, à propos de laquelle, sitôt qu'elle eut pénétré dans la pièce, je la vis extrêmement agitée.
« Vous étiez donc au courant, pour leur fille et vous ne me l'avez pas dit ? Il est venu me voir hier de nouveau — expliqua-t-elle en rencontrant mon regard figé par l'étonnement à cette remarque surprenante — et je sais maintenant ce qu'il voulait me dire. Il l'a dit, enfin. »
J'écarquillai les yeux. « Dis quoi ? »
« Absolument tout, voyons. » Mon expression sembla la surprendre. « Ne vous a-t-il rien dit au sujet de Maud-Evelyn ? »
Je m'en souvenais parfaitement mais sur le moment je m'interrogeai. « Il a évoqué une fille mais seulement pour évoquer un problème à son sujet. De quoi s'agit-il ? »

La jeune fille fit écho à mes paroles. « De quoi s'agit-il ? — ma chère, que vous êtes étrange ! C'est simplement qu'elle est morte. »
« Morte ? » Naturellement, j'étais abasourdie. « Quand est-elle morte ? »
« Il y a bien des années — quinze ans, je crois. Quand elle était toute jeune. N'aviez-vous pas compris cela ? »
« Comment l'aurais-je *pu* ? Il en parlait comme si elle était *avec* eux et qu'ils vivaient pour elle ! »
« Eh bien », m'expliqua ma jeune amie, « c'est exactement ce qu'il voulait dire — ils vivent pour sa mémoire. Elle *est* avec eux. En ce sens qu'ils ne pensent à rien d'autre. »
Je trouvais dans cette rectification matière à surprise mais également et tout d'abord, matière à soulagement. Mais plus j'y réfléchissais, plus j'y discernais une ambiguïté nouvelle. « S'ils ne pensent à rien d'autre, comment peuvent-ils penser autant à Marmaduke ? »
La contradiction la frappa bien qu'elle me donnât l'impression confuse d'être d'ores et déjà peu ou prou gagnée à la cause de Marmaduke ou, tout au moins, en empathie — presque contre son gré — avec les Dedrick. Mais sa réponse fut prompte : « Mais enfin, c'est bien là leur raison — ils peuvent tellement lui parler d'elle. »
« Je vois. » Je ne cessai, cependant, de m'interroger. « Mais, quel est *son* intérêt à lui ? »
« D'être mêlé à cela ? » Lavinia affronta de nouveau la difficulté. « Voyons, c'est qu'elle était si intéressante ! Il semble qu'elle était ravissante. »
Je ne pus m'empêcher de demeurer bouche bée. « Une petite fille en tablier d'écolière ? »
« Elle n'avait plus l'âge des tabliers. Elle avait, je crois, à peu près quatorze ans lorsqu'elle mourut. Ou seize ans ! Elle était, quoi qu'il en soit, d'une beauté merveilleuse. »
« C'est la règle. Mais qu'est-ce que cela lui apporte, à lui, s'il ne l'a jamais vue ? »

Elle réfléchit mais cette fois ne trouva pas de réponse. « Vous devriez le lui demander ! »

Je résolus de le faire sans délai. En attendant, d'autres objections me venaient à l'esprit. « Ne devrais-je pas plutôt lui demander, par la même occasion, ce qu'il entend par le fait qu'ils *communiquent* ? »

Oh, c'était simple. « Ils fréquentent les *médiums*, les coups frappés, vous savez, les séances. Depuis un an ou deux. »

« Ah, les imbéciles ! » m'exclamai-je à ces mots, je me souviens, manifestant mon étroitesse d'esprit. « Veulent-ils l'entraîner, *lui*, dans... ? »

« Pas le moins du monde ; ils ne le désirent pas et il n'a rien à voir avec tout cela. »

« Alors, qu'est-ce qui l'amuse ? »

Lavinia se détourna ; elle semblait de nouveau à court d'arguments. Finalement, elle parla : « Demandez-lui de vous montrer sa petite photographie. »

Mais je n'étais pas plus instruite pour autant. « C'est cette petite photographie qui est source d'amusement ? »

Une fois encore elle rougit pour lui. « Elle représente une jeune beauté ! »

« Qu'il exhibe à la ronde ? »

Elle hésita. « Je crois qu'il ne l'a montrée qu'à *moi*. »

« Ah, vous n'êtes que la dernière en date ! » me permis-je d'observer.

« Et pourquoi pas, si moi aussi je suis touchée par cela ? »

Quelque chose à son sujet commençait à m'échapper et je dois l'avoir examinée fixement. « C'est très gentil à vous d'être touchée ! »

« Je ne parle pas seulement de la beauté de son visage », poursuivit-elle ; « Je parle de l'ensemble — l'attitude des parents, leur fidélité prodigieuse, et la manière dont, ainsi qu'il le décrit, ils ont érigé son souvenir en culte véritable. C'est cela, surtout, qu'il voulait me dire. »

Je me détournai d'elle et peu après elle me quitta. Je ne pus toutefois m'empêcher, avant que nous nous séparions, de décocher que jamais je ne lui aurais prêté une telle niaiserie.

V

Si j'étais réellement la parfaite cynique que vous supposez sans doute, il me faudrait avouer que mon intérêt principal pour ce qui suivit consistait à déterminer quelle sorte de niaiserie je lui prêtais. Mais j'ai bien peur, après tout, que ma petite histoire ne soit surtout qu'une exposition de ma propre folie. Je n'aurais pas été en possession de tous les détails de ce tableau si je n'avais fini par l'accepter et je ne l'aurais jamais accepté si je ne me l'étais imaginé exempt, dans une certaine mesure, de tout caractère grotesque. Laissez-moi vous préciser tout de suite que le grotesque et quelque chose de pire, même, me sembla tout d'abord épicer puissamment l'ensemble. À la suite de cette conversation avec Lavinia, je mandai sans attendre notre ami et pris la liberté de l'interpeller sur chaque point qu'elle avait soulevé. Je désirais, en particulier, éclaircir un point qui me semblait autrement important que la couleur des cheveux de Maud-Evelyn ou la longueur de ses tabliers, à savoir, bien sûr, la question de la bonne foi de mon jeune ami. Était-il vraiment benêt ou simplement opportuniste ? Je sentais pour l'instant mon choix s'arrêter à cette alternative.

Quand il m'eut dit « C'est aussi ridicule qu'il vous plaira mais ils m'ont adopté, tout simplement », j'abordai de front, au nom d'une honnêteté élémentaire la question de savoir ce qu'il se sentait capable d'offrir en retour à ses bienfaiteurs pour de telles largesses sans mettre en péril son intégrité. Je dois le reconnaître, sa courtoisie conjura mon irritation profonde. Ses amis, tel était son argument, étaient seuls à même d'apprécier ce qu'il représentait pour eux. Il ne prétendait pas un seul instant pouvoir répondre de l'engouement qu'ils éprouvaient pour lui. Depuis le début, il n'avait nullement recherché leurs faveurs. Tout était venu d'eux, de leur insistance, de leur excentricité, sans aucun doute et même, si cela me plaisait, de leur folie. N'était-il point suffisant qu'il fût prêt à me déclarer, en me regardant droit dans les yeux, qu'il leur portait une affection *réelle et sincère* et qu'ils ne l'ennuyaient pas le moins du monde ? De toute évidence — ne m'en rendais-je pas compte ? — je nourrissais pour lui un idéal — soit dit sans vouloir me blesser — à la hauteur duquel sa personne ne pouvait s'élever. Ce furent-là ses mots et ils m'entraînèrent à riposter que le raffinement de son impudence avait quelque chose d'irrésistible. « Je n'approche pas Mrs. Jex, » dit-il — Mrs. Jex était leur medium favori : « Je *la* trouve laide, vulgaire et affligeante et j'abhorre cet aspect de la situation. Qui plus est — ajouta-t-il en des termes dont je me souvins par la suite — Je n'en ai pas besoin : je m'en passe splendidement. Mais mes amis eux-mêmes — poursuivit-il — quoique d'un genre que vous n'avez jamais eu l'occasion de côtoyer à cent lieues à la ronde, ne sont ni laids, ni vulgaires, ni *barbants*. Tout au contraire, ils sont, à leur manière non conventionnelle, de la meilleure compagnie. Ils sont follement amusants. Tels les personnages des contes des temps jadis, ils sont délicieusement bizarres, vieux-jeu et gentils. Quoi qu'il en soit, cela nous regarde — eux et moi — et je vous prie de croire que j'aurais mis un terme à toute remontrance sur le sujet si ce n'était la vôtre. » Je me rappelle lui avoir dit, trois mois plus tard : « Vous ne m'avez jamais dit ce qu'ils attendent de vous, au fond. » Mais je crains que cela ait été une forme de critique qui me vint à l'esprit précisément parce que j'avais commencé à en percevoir les implications. À cette époque, j'avais été initiée à de grandes découvertes, tout comme la pauvre Lavinia — mais les siennes avaient été bien plus considérables. Nous nous les étions communiquées et je m'étais fait une idée assez exacte de ce qui m'attendait. Les dernières touches qu'y apporta Lavinia firent surgir le tableau en son entier. Le portrait de la petite morte était émouvant, quoique l'on n'ait pas vécu si longtemps dans le monde sans avoir entendu parler de nombre de petites filles mortes ; et vint le jour où j'eus l'impression de m'être réellement trouvée avec Marmaduke dans chacune des pièces transformées par les parents en un temple de la douleur et de l'adoration, à l'aide non seulement des quelques rares menues reliques chéries mais aussi de celle des histoires et fictions les plus tendres, ingénieux souvenirs, gages imaginaires, faux-semblants dissimulés du chagrin qui ressasse et de la passion qui s'agrippe. L'enfant, d'une beauté incontestable, avait sans aucun doute été passionnément aimée et, initialement par simple hasard je suppose, en l'absence de plaisirs nouveaux ou de nouvelles peines dans leur vie — de ces choses qui abondent dans celle de la plupart des gens — leur attention tout entière s'était donc concentrée sur leur amour, devenu une douce obsession, une idée fixe excluant toutes les autres. Le monde, en général, n'offre point de loisir pour rendre de tels cultes mais le monde avait toujours négligé ce couple banal, timide, perméable aux fausses vérités et dont la sincérité et la fidélité, tout autant que la douceur et les divagations, étaient enracinées dans un modèle rigide, ancien.

Je me garderai bien de donner à croire que ces sujets ou l'attention que je portais à leurs préoccupations absorbaient toute mon attention. Car j'avais maintes demandes à prendre en compte, maintes complications à débrouiller, cent questions à résoudre et de bien plus profondes inquiétudes. Ma jeune amie, de son côté, voyait d'autres personnes et avait d'autres imprévus — d'autres ennuis, également, la pauvre ; et de longues périodes passèrent sans que je visse Marmaduke ou n'entendisse parler des Dedrick. Une fois, une fois seulement, dans une gare allemande, je le rencontrai en leur compagnie. C'étaient des Britanniques ordinaires, ternes, vieillissants, d'un genre que vous identifiez à la livrée de leur serviteur ou aux étiquettes de leurs bagages. À leur seule vue, je me sentis justifiée en mon âme et conscience d'avoir écarté dès le départ l'épineuse éventualité d'une conversation avec eux. Marmaduke m'aperçut sur-le-champ et vint vers moi. Il était florissant, indiscutablement. Il avait pris du poids — sans néanmoins être trop empâté — et aurait parfaitement pu passer pour le fils de belle apparence, comblé, épanoui de parents pleins d'amour qui le

couvaient des yeux et envers qui il était un modèle de respect et de sollicitude. Ils le regardèrent me rejoindre de leur œil placide et satisfait, ne réclamant rien pour eux-mêmes et s'inclinant devant sa manière de ne rien dire d'eux. Dans ces conditions, le naturel et l'aisance qu'il manifestait tout en demeurant si intensément lucide avaient leur charme, je l'avoue. Il savait, à ce stade, que j'avais appris certaines choses ; tandis que, face à face, nous nous examinions l'un l'autre affablement — car, ayant fini par tout accepter, je n'éprouvais plus que peu de curiosité à son égard — je savais que, de son côté, il jaugeait ma perspicacité. Lorsqu'il s'en retourna vers ses parents en adoration, je sentis, dus-je admettre, que tout en étant adulé il n'avait pas été gâté. Et aussi incongru que cela puisse paraître dans une existence telle que la sienne, il était devenu plus adulte. En montant dans mon train qui n'était pas le leur, je me rappelai, avec une ombre de regret, quelques mots que j'avais prononcés deux ans auparavant à l'intention de la pauvre Lavinia. Elle m'avait dit, à propos de ce qui était alors notre fréquent sujet de conversation et après qu'il eut été prouvé que j'avais oublié : « Ses sentiments à l'égard de Maud-Evelyn sont désormais semblables à ceux du vieux couple. »
« Ah bah — avais-je rétorqué — ce n'est que pitié qu'il soit rétribué pour cela. »
« Rétribué ? » Son regard était devenu très vague.
« Avec tout le luxe et les commodités — avais-je précisé — dont il profite en vivant à leurs dépens. Car c'est ce qu'il fait, concrètement. »
Je reconnaissais à présent l'étendue de ma méprise. Il était rémunéré mais d'une autre manière et cet étonnant mystère avait pris corps dans ce qu'il s'était passé entre nous dans la salle d'attente de la gare. Étape par étape, dès lors, je me laissai porter par le cours des choses.

VI

Je revois Lavinia, par exemple, à la mort de sa mère, dans sa robe de deuil toute neuve et informe. De nombreux soucis consécutifs à cet événement l'avaient accablée et elle était déjà fanée, presque vieille. Marmaduke, toutefois, lui avait rendu visite à cette occasion et elle était venue me voir aussitôt après.

« Savez-vous ce qu'il pense, désormais ? » déclara-t-elle incontinent. « Il pense qu'il l'a connue. »

« Connu l'enfant ? » Cette remarque me vint comme si je m'étais plus ou moins attendue à cette annonce.

« À l'entendre, à présent, elle n'a jamais été une enfant. » Ma visiteuse me gratifia d'un sourire étrangement figé. « Il paraît qu'elle n'était pas si jeune — il paraît qu'elle avait grandi. »

J'écarquillai les yeux. « Comment cela, *il paraît* ? Ils doivent le *savoir*, tout de même ! Les faits sont là ! »

« Certes — dit Lavinia — mais ils semblent toutefois en être arrivés à une appréhension particulière de la réalité. Il m'a parlé longuement, et uniquement d'*elle*. Il m'a révélé certaines choses. »

« Quel genre de choses ? Il ne vous a pas conté, j'espère, de balivernes sur ses perceptions — il la voit et il l'entend ? »

« Oh non, il ne prend aucune part à ces expériences. Il les laisse au vieux couple qui, je crois, s'accroche à ses mediums, à ses séances, à ses esprits frappeurs et y trouve une source de réconfort, de plaisir qu'il ne leur refuse pas et qu'il considère inoffensifs. Je parle d'anecdotes — de souvenirs qui seraient les siens. Je parle de propos qu'ils ont échangés et d'aventures qu'ils ont partagées — de lieux qu'ils ont hantés. Son esprit en est empli. »

Je considérai toutes ces données. « Pensez-vous qu'il puisse décidément être fou ? »

Elle secoua sa tête sur laquelle une longue attente avait apposé sa patine cendrée. « Oh non. Tout cela est si beau ! »

« Alors *vous* vous ralliez à ces théories absurdes… »

« Certes, ce sont des théories — interrompit-elle — mais elles ne sont pas nécessairement absurdes. Toute théorie repose sur un principe — poursuivit-elle sagement — et, quoi qu'il en soit, tout dépend de son objet. Il est admirable de constater que celle-ci est opératoire. »

« Il est toujours admirable d'assister à la genèse d'une légende ! » Je me mis à rire. « C'est une chance rare d'en voir une prendre forme. Ils sont en train d'en élaborer une à eux trois, en toute bonne foi. N'est-ce pas là ce que vous avez retiré de ses confidences ? »

Son visage empreint de lassitude s'éclaira légèrement. « Oui — vous déchiffrez la situation et vous l'exprimez mieux que moi. C'est ce qu'il advient, peu à peu, à force de ressasser le passé. De cette manière, il prend une ampleur croissante et eux le façonnent, le remodèlent. Les parents s'en sont tellement imprégnés qu'ils ont finalement réussi à l'en persuader, *lui-même*. Ils l'ont contaminé. »

« C'est vous qui l'exprimez excellemment, » répliquai-je. « Voici les propos les plus extravagants qu'il m'ait été donné d'entendre mais ils représentent, dans leur genre, une réalité. Seulement, nous ne devons les communiquer à personne. »

Elle accepta cette précaution sans condition. « Non — avec personne. *Lui* s'en abstient. Il m'en réserve la teneur. »

« Vous octroyant ce faisant — le rire me reprit — un privilège rare ! »

Elle demeura silencieuse, détournant le regard. « Quoi qu'il en soit, il a tenu sa promesse. »

« Entendez-vous par là, de ne pas se marier ? En êtes-vous si sûre ? », demandai-je. « N'a-t-il pas, qui sait... ? » Mais la hardiesse de ma plaisanterie me fit hésiter.

Mais je compris aussitôt que c'était superflu. « Il a été amoureux d'elle, » s'écria Lavinia.

Je fus secouée par un grand rire impromptu qui, bien que provoqué, n'en sonna pas moins à mes oreilles aussi brutalement qu'un blasphème. « Il vous dit ouvertement qu'il se livre à un simulacre ? »

Elle me tint tête avec quelque succès. « Je ne pense pas qu'il s'en aperçoive. C'est seulement qu'il est débordé par le flux. »

« Le flux des sornettes du vieux couple ? »
De nouveau, ma compagne hésita. Mais elle n'en pensait pas moins.
« Eh bien, cela me plaît, quel que soit le terme qu'on lui accorde. Le monde étant ce qu'il est, il n'est pas si commun qu'une personne — et à plus forte raison deux ou même trois — éprouvent de tels sentiments et fassent preuve d'une telle sollicitude à l'égard des morts. C'est se tromper soi-même, soit, mais — hésita-t-elle encore — cette illusion s'ancre dans la beauté lorsqu'on en prend connaissance. Ils la dotent d'un âge plus avancé afin d'imaginer qu'ils l'ont gardée plus longtemps avec eux. Et ils lui imputent certaines aventures afin qu'elle puisse jouir des plaisirs de la vie. Ils ont inventé cette opportunité à son intention et Marmaduke a fini par participer à cette entreprise. Ils tenaient instamment à lui prêter un bonheur. »
L'éclat de sa vision colora le visage de ma jeune amie tandis qu'elle analysait ce mystère. Je fus saisie d'une vague pointe de terreur en constatant que l'attitude des Dedrick s'avérait contagieuse. « Et elle l'a eu ! » déclara Lavinia.
Je l'admirai véritablement et, s'il me fut possible de demeurer rationnelle sans me montrer ridicule, ce fut par-dessus tout afin qu'elle me livre le tableau en son entier.
« Elle a éprouvé la félicité de connaître Marmaduke ? Nous en conviendrons, soit, puisqu'elle n'est pas là pour nous contredire. Toutefois, ce qui me laisse perplexe, c'est qu'il se contente de si peu de matière ! » Ce qui est facile à concevoir. Ce devait être la dernière fois que je fus incapable de contenir mon impatience — je me souviens encore de la façon dont elle me submergea. « Un homme qui aurait pu vous avoir, *vous* ! »
Je craignis l'espace d'un instant de l'avoir bouleversée — je crus voir sur son visage une crispation de douleur égarée. Mais la pauvre Lavinia fut magnifique. « Ce n'est pas qu'il aurait pu m'avoir *moi* — cela n'est rien ; c'est, au mieux, que j'aurais pu l'avoir, *lui*. N'est-ce pas, somme toute, ce qui est arrivé exactement ? Il est mien à partir du

moment où il n'est à personne d'autre. Je me défais du passé mais ne voyez-vous pas ce que cela apporte au reste de ma vie ? Je suis plus que jamais certaine qu'il ne se mariera pas. »

« Naturellement — pour se brouiller avec ces gens ! »

Elle se tut quelques secondes. « Eh bien, quelle qu'en soit la raison ! » reprit-elle simplement. Je lui avais, pourtant, arraché deux larmes silencieuses. Puis je chassai loin de moi toute cette obscure comédie.

VII

Je pouvais l'avoir rejetée mais ne pouvais, toutefois, m'en débarrasser véritablement, pas plus, au fond et sans doute, que je ne le souhaitais car un bon rempart contre la sottise consistait précisément à garder présentes à l'esprit, année après année, une ou deux questions particulières sans chercher à les approfondir par agrément ou par contrainte. Je n'avais guère besoin de recommander la réserve à Lavinia : en conservant un silence sans faille vis-à-vis de tous excepté de moi-même, elle obéissait à un instinct, à un intérêt tout personnels. Nous n'avons, en la circonstance, jamais « dénoncé » le pauvre Marmaduke. Nous étions bien trop sensibles, sans compter qu'elle était également trop fière. Quant à lui, il n'y avait dans tout Londres, de toute évidence, personne d'autre qu'il ait mis dans la confidence. Nul écho du rôle étrange qu'il jouait ne nous parvint jamais. Et je ne puis vous dire combien ce seul fait en soi fut le critère qui me permit peu à peu de mesurer la force de son envoûtement. Je le rencontrai de temps à autre *à l'extérieur* — généralement dans des dîners. Il avait pris la consistance de quelqu'un qui possède une place et une histoire. Toute sa personne, rose, grasse, puis grosse vers la fin, dégageait un air d'opulence. Il s'apparentait à un jeune chef affable — mais pas trop — de l'entreprise familiale. Si les Dedrick avaient été banquiers, il aurait pu incarner l'avenir de la maison. Il y eut, néanmoins, une longue période durant laquelle, bien que nous fussions tous si souvent à Londres, il disparut de mes conversations avec Lavinia. Nous avions conscience, elle et moi, qu'il en était absent mais nous sentions clairement, chacune de notre côté, qu'il existe, après tout, un indicible qui n'avait, en tous les cas, aucun rapport avec le fait qu'elle vît ou ne vît pas notre ami. J'étais sûre, d'ailleurs, qu'elle le rencontrait. Certains moments, pourtant, se dessinent dans mon esprit avec plus de relief.

L'un d'eux est un dimanche après-midi maussade et si pluvieux que j'avais acquis la conviction que je ne recevrais aucune visite, je m'étais installée au coin du feu avec un livre — un roman à succès du moment — que je me promettais de terminer confortablement installée. Soudain, alors que j'étais plongée dans ma lecture, j'entendis un coup frappé fermement à la porte. Je me souviens avoir poussé un grognement inhospitalier. Mais mon visiteur se révéla être Marmaduke et celui-ci se montra — de façon encore plus imprévisible — plus captivant que mon roman. Je pense que ce fut l'effet du hasard ; il s'en serait fallu de peu qu'il ne le fût pas. Il n'était pas venu pour s'épancher mais seulement pour bavarder et prouver une nouvelle fois que nous pouvions continuer à être de vieux bons amis sans nul besoin de se confier. Cependant, les circonstances s'immiscèrent : le coin du feu insidieux, les objets dans la pièce lui évoquant sa jeunesse, peut-être même mon livre, ouvert là où je l'avais posé à son arrivée et dont les pages lui offraient la possibilité de sentir qu'il pouvait surpasser Wilkie Collins. Quoi qu'il en soit, les froides bourrasques cinglant les vitres créaient une promesse d'intimité, d'opportunité. Nous étions seuls ; au chaud ; à l'abri.

Ces impressions eurent un effet d'autant plus intense qu'elles provoquèrent chez lui, je m'en avisai après coup, non pas le désir de faire sensation mais simplement un sentiment de bonheur qui avait besoin de déborder. C'en était finalement trop pour lui. Son passé, se déployant année après année, était devenu trop intéressant. Marmaduke fut, néanmoins, littéralement stupéfiant. J'oublie quel tour de notre causerie amena cette confidence, à la suite de je ne sais plus quelle explication, comme cela ne s'était encore jamais produit. « Lorsqu'un homme a eu pendant quelques mois ce que *j'ai* eu, vous voyez ! » La conclusion semblait en être que rien, dans le domaine de l'humaine exploration des délices, ne pouvait plus avoir d'importance particulière. Il se rendit compte, cependant, que j'avais du mal à relier sa remarque à un cas précis et il reprit avec le plus franc des sourires : « Vous avez l'air aussi effarée que si vous me suspectiez de faire allusion à quelque sujet qui est habituellement éludé. Pourtant, je vous l'assure, je ne veux parler de rien d'autre que de nos fiançailles bénies. »

« Vos fiançailles bénies ? » Je ne pus maîtriser le ton sur lequel je lui répondis ; mais je me souviens encore de la façon dont un simple regard de sa part m'intima silence et m'obligea à regarder le feu — le regarder fixement en rougissant un peu. À cet instant, je soupesai mes décisions et j'effectuai un choix. Quand, de nouveau, je rencontrai son regard, j'étais prête. « Vous continuez à ressentir — m'enquis-je avec sympathie — combien cela vous a été profitable ? » Je compris, à peine avais-je prononcé ces mots, que ce serait dorénavant l'attitude à adopter. Cela fit instantanément toute la différence — la question principale étant de savoir si je serais capable de poursuivre en cette voie. En l'occurrence, je me souviens, un éclat faillit surgir quelques minutes plus tard. Il m'avait répondu, volubile et imperturbable, tout en incluant quelque considération sur la manière dont la mort met en valeur les plus petits événements qui l'ont précédée — je me sentis subitement aussi agitée que s'il m'avait effrayée. Je me levai et je sonnai pour que l'on apportât le thé. Il ne cessait de parler — parler de Maud-Evelyn et de ce qu'elle avait représenté pour lui. À l'arrivée du serviteur, mue par la nervosité, je fis délibérément traîner en longueur les apprêts dont je le chargeai. Cela m'offrit le temps et la possibilité de lui parler suffisamment et sans réfléchir : ce à quoi je songeais, en réalité, c'était au risque de me retourner subitement et de perdre mon sang-froid. La tentation était forte ; les mêmes influences qui avaient joué en faveur de mon compagnon jouèrent pour moi, à leur façon, pendant une minute ou deux. Devrais-je, le prenant au dépourvu, lui décocher un simple : « Dites-moi donc et établissons cela une fois pour toutes — êtes-vous le plus hardi et le plus vil des chasseurs de dot ou bien avez-vous seulement, plus innocemment et peut-être plus plaisamment, souffert d'un engourdissement du cerveau ? » Mais je laissai passer l'occasion — et ne le regrettai point après coup. Le serviteur sortit et je me retournai vers mon visiteur qui poursuivait ses palabres. Je croisai son regard une fois de plus et l'effet se répéta. Si quoi que ce fût avait affecté son cerveau, cet effet s'exprimait peut-être dans son regard impérieux de dément. Par ailleurs, il restait le plus doux et le plus courtois de tous les fous. Quand le serviteur revint avec le thé, j'étais prête — prête à tout. Quand je dis tout, j'entends la manière dont par la suite je traitai l'ensemble de la situation. Elle *était* — cette situation — vraiment belle. Ainsi, comme tout le reste, ce moment me revient à la mémoire : les fracas du vent et de la pluie, le square déserté, laid, vidé de ses fiacres, la lumière orageuse du printemps, la façon dont, absorbés, nous prîmes tous deux notre thé au coin du feu sans être interrompus. En la circonstance, je me montrai réceptive et je pus naturellement arborer une expression grave et empreinte de sympathie lorsqu'il me dit, par exemple : « Son père et sa mère, savez-vous, ce premier jour — ce jour où, là-haut sur le Slügen, ils m'ont emmené avec eux — ont reconnu en moi l'unique. »

« L'unique ? »

« Celui qui devait être leur gendre. Ils voulaient tant — poursuivit-il — qu'elle ait pu, vous voyez, être comblée. »

« Eh bien, si elle l'a été — je faisais de mon mieux pour paraître enjouée — tout n'est-il pas pour le mieux ? »

« Oh, tout est bien, *à présent* — répondit-il — « *à présent* que nous avons tout là-bas, sous nos yeux. Vous voyez, ils n'auraient pu m'aimer autant — il entendait que je le comprenne — s'ils n'avaient pas voulu que je sois l'homme providentiel. »

« Je le conçois — c'était naturel. »

« Et puis — dit Marmaduke — cela leur a évité de porter leur choix sur un autre. »

« Oh, cela aurait été voué à l'échec ! » Je ris.

Ma remarque suscita en lui un plaisir immense et hors d'atteinte. « Vous voyez, l'avenir échappait aux vieux parents — et à présent encore plus. Alors, ils ont dû se contenter du passé. »

« Et ce qu'ils ont accompli — acquiesçai-je — semble extraordinaire. »

« Tout. Ils ont tout fait, » répéta-t-il. Ensuite, une idée le traversa. Elle n'était ni insistante ni importune mais j'en perçus les frémissements sur son visage. « S'il vous *arrivait* de venir à Westbourne Terrace… »

« Oh, ne revenez point sur cela ! » l'interrompis-je. « Ce serait indécent, à présent. Si j'avais dû le faire, ç'aurait été il y a dix ans. »

Néanmoins, emporté par sa bonne humeur, il se projetait plus loin. « Je comprends. Mais la maison abrite maintenant plus de trésors qu'elle n'en abritait alors. »

« Je n'en doute pas. Les gens font sans cesse de nouvelles acquisitions. Néanmoins… ! » J'avais atteint une limite et je résistai à la curiosité. Marmaduke n'insista pas mais il voulait que je sache. « Il y a nos objets — tout un appartement ; et je ne crois pas que vous ayez jamais vu quoi que ce soit de plus charmant car *elle* avait un goût irréprochable. Je crois y avoir pris, moi aussi, une grande part. » Puis, comprenant que j'étais quelque peu désorientée : « Je parle — poursuivit-il — de la suite préparée pour son mariage. » Il « parlait » tel un prince héritier. « Tout était prêt, jusqu'à la dernière touche — il n'y avait rien qu'on eût pu ajouter. Et tout est demeuré en place — pas un objet déplacé, pas un arrangement modifié, personne ne pénètre dans la pièce en dehors de nous. Tout est exquisement conservé. Tous nos présents sont là — j'aurais beaucoup aimé que vous les voyiez. »

C'était devenu un tourment — je vis que je m'étais fourvoyée. Mais je tins bon. « Oh, je n'aurais pu le supporter ! »

« Ils ne sont pas tristes — sourit-il — ils sont trop délicieux pour être tristes. Ils sont heureux — et les objets ! » Emporté par l'exaltation de notre conversation, il semblait les avoir sous ses yeux.

« Ils sont si merveilleux ? »

« Oh, choisis avec une passion qui les rend quasiment sans prix. C'est un musée, véritablement. Rien ne leur a semblé trop beau pour elle. »

Je n'avais pas accédé au musée mais je réfléchis qu'il ne pouvait contenir de curiosité plus rare que mon visiteur. « Eh bien, vous les avez aidés — vous avez pu accomplir cette *tâche*. »

Il acquiesça avec enthousiasme, « J'ai pu le faire, grâce à Dieu, j'ai pu le faire ! Je l'ai senti dès le premier instant et c'est ce que *j'ai* fait. » Puis, comme si le lien était évident : « Tout ce que *je* possède se trouve en ce lieu. »

Je réfléchis un moment. « Vos présents ? »

« Ceux que je lui ai offerts. Elle les a tous aimés et je me souviens de ce qu'elle a dit à propos de chacun. Bien que vous ne disposiez que de ma seule version — poursuivit-il — aucun des autres, à dire vrai, n'égale les miens. Je les contemple chaque jour et je n'en ai pas honte, je vous l'assure. » Il n'avait, de toute évidence, rien épargné à cette fin et il continuait à discourir. Il pérorait véritablement.

VIII

Quant à l'époque, je me rappelle seulement que, si sa visite avait eu lieu au début du printemps, ce fut un jour vers la fin de l'automne — un jour qui ne pouvait être de la même année, avec tout le contraste d'un soleil voilé et langoureux sur les feuilles brunes et jaunes — que, prenant un raccourci à travers Kensington Gardens, je me trouvai par hasard, au détour des allées désertes, en présence d'un couple sous un arbre installé sur des chaises qui, à ma vue, se leva aussitôt.

Je ne les avais pas reconnus immédiatement, le fait que Marmaduke avait revêtu une tenue de deuil, pour autant que je l'eusse remarqué, m'ayant peut-être induite en erreur. Dans mon désir de ne point paraître gênée de les rencontrer et de leur éviter toute confusion je les priai de se rasseoir et de me laisser partager un moment en leur compagnie, une troisième chaise se trouvant disponible. Cependant, Lavinia et moi-même étions à peine assises que notre ami, resté debout au milieu des feuilles tombées, consulta sa montre et annonça qu'il était fâché de devoir nous quitter. Lavinia garda le silence mais j'exprimai quelques regrets ; je ne pouvais cependant, me semblait-il, sans une note fausse ou vulgaire, leur adresser la parole comme si j'avais interrompu un tendre instant ou séparé un couple d'amants. Mais je pouvais l'examiner de haut en bas et prendre la mesure de son deuil profond. Pour prendre congé, il n'avait allégué d'autre prétexte que le fait qu'il était attendu impérativement à la maison. *Chez lui*, désormais, en ce qui le concernait, n'avait qu'une signification : je savais qu'il habitait Westbourne Terrace de façon permanente.
« J'espère qu'il n'est rien arrivé — remarquai-je — que vous n'avez perdu personne que je connaisse. »
Marmaduke regarda ma compagne et elle le regarda. « Il a perdu sa femme, » observa-t-elle.
Oh, cette fois-ci, je le crains, un petit élan de brutalité m'emporta contre lui. « Votre femme ? J'ignorais que vous aviez *eu* une femme ! »
« Eh bien — répondit-il, résolument enjoué dans son costume noir, ses gants noirs, sa haute bande de crêpe à son chapeau — plus nous vivons dans le passé, plus nous y découvrons de choses. C'est un fait avéré. Vous vous en apercevriez si votre vie avait pris cette direction. »
« Je vis moi-même dans le passé, » intervint doucement Lavinia et comme dans l'espoir de nous venir en aide à tous deux.
« Mais sans qu'il en résulte, ma chère — répliquai-je — de découvertes, je l'espère, aussi fantastiques ! » Il semblait absurde de redouter un peu de légèreté.

« Puisse aucune de ces découvertes n'être plus fatale que les miennes ! » Marmaduke n'était pas d'un naturel pétillant mais cet angle de vue avait tout le bon goût de la simplicité. « Ils le désiraient tant pour elle — poursuivit-il de manière extraordinaire à mon adresse — que nous avons fini par en trouver le moyen — à savoir, celui que Lavinia vient de mentionner. » Il n'hésita que quelques secondes et déclara, réjoui : « Maud-Evelyn a connu toutes les joies de la jeunesse. »
Je le fixai du regard mais Lavinia se montra, à sa manière particulière, tout aussi brillante. « Le mariage a vraiment eu lieu, » m'expliqua-t-elle tranquillement, à ma grande stupeur.
J'étais déterminée à ne pas en rester là. « Ainsi donc, vous êtes veuf — demandai-je gravement — et en voici les signes ? »
« Oui. Je les porterai toujours à présent. »
« Mais n'est-ce pas un peu tard ? »
Je sentis dans l'instant combien ma question était déplacée. Mais c'était sans importance — il se montra pleinement à la hauteur de la situation. « Oh, j'ai dû attendre, vous savez, jusqu'à ce que tous les faits relatifs à mon mariage m'en aient accordé le droit. » Puis il consulta de nouveau sa montre : « Veuillez m'excuser — je *suis* attendu. Au revoir, au revoir. » Il nous serra la main et, tandis qu'assises nous le suivions du regard, je fus frappée par l'admirable virtuosité avec laquelle il habitait le personnage. Je sentis qu'en le regardant s'éloigner nous étions d'accord sur ce point et je me tus jusqu'à ce qu'il fût hors de vue. Alors, une impulsion semblable nous fit nous tourner l'une vers l'autre.
« Je pensais qu'il ne devait jamais se marier ! » m'exclamai-je à l'intention de mon amie. Avec gravité, elle tourna vers moi son beau visage dévasté. « Ce n'est pas le cas. Il sera plus fidèle encore. »
« Fidèle à qui, cette fois ? »
« Voyons, à Maud-Evelyn. » Je me tus, retenant de justesse une exclamation ; mais je tendis ma main pour saisir la sienne et, durant

une minute, nous gardâmes le silence. « Bien sûr, ce n'est qu'une idée — reprit-elle finalement — mais elle me semble belle. » Ensuite, elle prononça avec résignation ces paroles insolites : « Et désormais ils peuvent mourir. »

« Mr. et Mrs. Dedrick ? » Je tendis l'oreille. « Seraient-ils mourants ? »

« Pas tout à fait mais la vieille dame décline, paraît-il et s'affaiblit ; ce serait moins dû à un mal précis qu'au fait qu'elle sent sa tâche accomplie et qu'elle a épuisé, comme l'exprime Marmaduke, sa petite quantité de passion. Imaginez, avec ses convictions, toutes les raisons qu'elle a de désirer mourir ! Et si elle disparaît, dit-il, Mr. Dedrick ne lui survivra pas longtemps. Ce sera tout à fait à la *John Anderson my Jo.*

« Descendre la colline en lui tenant la main pour reposer près d'elle au pied de la colline ? »

« Oui, ayant réglé toutes les formalités. »

Je réfléchis à tout cela tandis que nous nous éloignions et à la manière dont ils les avaient réglées — conformément à la dignité de Maud-Evelyn et pour le plus grand bénéfice de Marmaduke. Avant de nous séparer cette après-midi là — nous avions pris un fiacre à Bayswater Road et elle était rentrée avec moi — je me souviens lui avoir dit : « Donc, lorsqu'ils mourront, ne sera-t-il pas libre ? »

Elle parut elle parut ne pas vraiment comprendre. « Libre ? »

« De faire ce qu'il veut. »

Elle s'étonna. « Mais il fait ce qu'il veut maintenant. »

« Disons, alors, ce que *vous* voulez ! »

« Oh, vous savez, ce que *je* veux... ! »

Ah, je la fis taire ! « Il vous plaît de proférer d'affreux mensonges — Oui, je le sais ! »

Ce qu'elle avait annoncé, cependant, se réalisa avec le temps. J'appris, au cours de l'année suivante que Mrs. Dedrick s'était éteinte et, quelques mois plus tard, son mari, de manière touchante, l'avait suivie, sans que Marmaduke, accaparé par son protecteur endeuillé, ne m'eût accordé dans l'intervalle le moindre signe. Je ne me trouvais pas en Angleterre à cette époque. Nous avions été contraints de faire de grandes économies et de louer notre petite demeure ; si bien que, passant trois hivers consécutifs en Italie, je consacrais la plupart de mon temps, lors de mes séjours en Angleterre, à rendre visite à des personnes, en particulier des parents, qui ne connaissaient pas mes amis. Lavinia m'écrivait, bien sûr — m'apprenait, entre diverses nouvelles — que Marmaduke était souffrant et n'avait plus semblé du tout lui-même depuis la mort de sa *famille*, en dépit du fait — qu'elle m'avait promptement communiqué — qu'ils lui avaient légué par testament *presque tout*. Je savais, avant mon retour définitif, qu'elle le voyait souvent désormais et qu'elle s'occupait beaucoup de lui, compte tenu des changements qui l'avaient affecté et épuisé ses forces et son esprit. Quand enfin nous nous rencontrâmes, je m'informai à son sujet ; « Il s'étiole de plus en plus, » répondit-elle. Puis, à mon grand étonnement : « Il a eu sa vie. »

« Vous entendez par là que, comme il l'a dit de Mrs. Dedrick, il a épuisé son lot de passion ? »

Elle se détourna. « Vous n'avez jamais compris. »

J'estimai avoir compris. Et j'en fus d'autant plus certaine lorsqu'ensuite je rendis visite à Marmaduke. Je me bornai toutefois à promettre à Lavinia que j'irais sans retard le voir. Et c'est ici précisément que se situe ce que je considère être le point culminant de mon récit. « Maintenant, vous savez — elle se tourna vers moi pour me morigéner — il n'est plus à Westbourne Terrace. Il a loué une vieille petite maison dans Kensington. »

« Il n'a donc pas conservé les objets ? »

« Il a tout conservé. »

Son regard se fit plus pesant encore, comme si je n'avais jamais rien compris.

« Vous voulez dire qu'il les a déménagés ? »

Elle fit preuve de patience envers moi. « Il n'a rien déménagé. Tout est resté en l'état et entretenu avec la même minutie. »

Je m'interrogeai. « Mais s'il ne vit pas là ? »
« Il y est, tout simplement. »
« Mais alors, comment peut-il être à Kensington ? »
Elle hésita tout en conservant son ancienne maîtrise. « Il est à Kensington — mais il n'y vit pas. »
« Cela signifie que l'autre maison... ! »
« Oui, il y passe le plus clair de son temps. Il s'y fait conduire tous les jours — il y demeure des heures entières. Il la conserve à cette fin. »
« Je vois — c'est encore le musée. »
« C'est encore le sanctuaire ! » La réponse de Lavinia était empreinte d'un véritable stoïcisme.
« Alors pourquoi a-t-il déménagé ? »
« Parce que, voyez-vous, ici — elle se troubla de nouveau — je pouvais venir le voir. Et il veut me voir, » ajouta-t-elle avec une admirable simplicité.
Peu à peu je saisissais. « Vous n'y êtes jamais allée, même après la mort des parents ? »
« Jamais. »
« Vous n'avez donc jamais rien vu ? »
« De ses affaires à elle ? Rien. »
Je saisissais, oh, parfaitement. Mais je ne nierai pas que j'étais désappointée : j'avais espéré une description de ces curiosités et je sentis immédiatement qu'il ne m'appartenait pas de franchir un pas qu'elle ne s'était pas autorisée. Lorsque, peu de temps après, je les croisai ensemble dans Kensington Square — elle passait régulièrement avec lui certaines heures de la journée — j'observai que tout sur sa personne à lui était neuf, élégant, simple. Ils étaient, dans leur étrange union finale — si l'on pouvait appeler cela une union — très naturels et très touchants. Mais il paraissait dolent, visiblement — son mal se lisait dans son regard. Elle se mouvait à ses côtés à l'instar d'une sœur de la charité — d'une sœur, à tout le moins. Il n'était plus ni rose ni robuste. Son attention semblait

visiblement distraite et mon imagination m'invita à me demander dans quelle contrée l'avait porté son errance. Le pauvre Marmaduke demeura malgré tout un gentleman jusqu'à la fin — il s'affaiblit sans perdre ses bonnes manières. Cela fait douze jours qu'il est mort, le testament a été ouvert et, la semaine dernière, ayant dans l'intervalle appris par elle son contenu, j'ai rencontré Lavinia. Il lui lègue la totalité des biens dont lui-même a hérité. Elle en parla, toutefois, d'une façon qui m'étonna et m'incita à l'interroger : « Vous n'êtes pas encore entrée dans la maison ? »
« Pas encore. Je n'ai vu qu'un homme de loi qui m'assure qu'il n'y aura aucune complication. »
Quelque chose dans son ton me porta à en demander plus. « Vous n'êtes donc pas curieuse de découvrir ce qui se trouve là-bas ? »
Elle me regarda d'un air troublé, presque implorant, que je compris, puis elle dit : « Accepteriez-vous de m'y accompagner ? »
« Un jour, avec plaisir — mais pas lors de votre première visite. Vous devez d'abord y aller seule. Les *reliques* que vous découvrirez là-bas — ajoutai-je — car j'avais lu dans ses yeux — vous ne devez plus les considérer comme les siennes à elle… »
« Mais comme les siennes à lui ? »
« Mais sa mort — à lui qui était en lien si étroit avec elles — ne vous a-t-elle pas transféré cette relation ? »
Son visage s'éclaira. Je sentis que c'était une conception dont elle me savait gré d'avoir trouvé les mots justes pour la formuler. « Je comprends — je comprends. Elles sont à *lui*. J'irai. »
Elle y alla et elle vint me rendre visite il y a trois jours. Ce sont, paraît-il, de véritables joyaux, de prodigieux trésors et ils lui appartiennent tous. La semaine prochaine, je l'y accompagne — je les découvrirai enfin. Vous le raconter, dites-vous ? Tout, mon cher. Je vous dirai tout.

Sir Edmund Orme

Traduction de Jean-Marcel Morlat

Bien que le fragment ne comporte pas de date, tout laisse à penser que ce compte rendu a été rédigé longtemps après la mort de son épouse, dont je crois que c'est l'une des personnes qu'il mentionne. Néanmoins, rien dans cette étrange histoire ne permet d'élucider ce point, ce qui importe peu peut-être. Au moment où j'ai pris possession de ses effets personnels, je suis tombé sur ces feuillets, déposés dans un tiroir verrouillé, au beau milieu de papiers ayant trait à la carrière beaucoup trop brève de cette pauvre dame (cette dernière est morte en couches un an après son mariage) : lettres, notes, récits, photographies délavées et cartons d'invitation. C'est le seul lien que je puisse établir, et vous pouvez aisément dire (et le ferez probablement) que ce témoignage est trop extravagant pour qu'on puisse en démontrer l'origine. Je suis dans l'impossibilité, je l'admets, de jurer que l'intention de son auteur était bel et bien de présenter cette histoire comme le rapport d'un événement réel — je puis seulement me porter garant de son authenticité dans son ensemble. De toute façon, c'est pour lui-même qu'il a saisi la plume et non pas pour les autres. J'offre cette histoire au monde — le choix m'en étant offert entièrement —, précisément parce qu'elle est d'une telle singularité. Du point de vue de la forme, il s'agit de garder en mémoire que son auteur ne l'a écrite que pour lui-même. Hormis les noms, je n'y ai apporté aucune modification.

* * *

S'il existe bien une histoire dans cette affaire, je me souviens du moment exact où elle a commencé. C'était un dimanche autour de midi, par une douce et paisible journée de novembre, sur la Promenade inondée de soleil, juste après l'église. Brighton grouillait de monde ; la saison battait son plein et la journée était même plus convenable que ravissante — ce qui permettait de justifier la multitude de promeneurs. La mer bleue, elle-même digne, semblait assoupie, ronflant légèrement (si on peut vraiment appeler cela de la dignité), comme si la nature délivrait un sermon. Après avoir passé la matinée à composer des lettres, j'étais sorti la scruter avant de prendre mon déjeuner. J'étais penché sur la balustrade qui sépare King's Road de la plage et je devais être en train de fumer une cigarette au moment où je me rendis compte de la présence d'une canne légère en travers de mes épaules, facétie délibérée dont l'auteur, je le découvris, n'était autre qu'un membre du régiment d'infanterie, Teddy Bostwick : c'était sa façon, bien à lui, de m'inviter à jaser. Nous entamâmes une discussion tout en flânant côte à côte — Teddy Bostwick avait pour habitude de vous prendre par le bras afin de vous montrer qu'il vous pardonnait votre esprit réfractaire quant à son sens de l'humour –, tout en regardant les promeneurs, nous inclinant devant certains et nous interrogeant sur l'identité des autres, et en soutenant aussi des opinions discordantes concernant le charme des jeunes filles. Pour ce qui est de Charlotte Marden, malgré tout, nous tombâmes d'accord, au moment où nous la vîmes se diriger vers nous accompagnée de sa mère ; et il est certain que personne n'aurait pu tomber en désaccord avec nous. L'air de Brighton, jadis, embellissait les jeunes filles quelconques et rendait les beautés encore plus jolies — je ne sais guère si le charme agit encore de nos jours. L'endroit, de toute façon, avait un effet exceptionnel sur le teint, et celui de Miss Marden en était un qui faisait se retourner les gens. En ce qui nous concerne, Dieu seul sait qu'il nous fit nous arrêter — tout du moins, ce fut l'une des raisons, car nous connaissions déjà ces dames.

Nous marchâmes sur leurs talons pour nous mêler à elles et emprunter la même direction. Tout ce qu'elles voulaient, c'était arpenter le front de mer d'un bout à l'autre — elles venaient de sortir de l'église. Teddy manifesta de nouveau son sens de l'humour en accaparant immédiatement Charlotte, me laissant marcher avec sa mère. Nonobstant, je n'étais guère malheureux : la jeune fille, qui était mon sujet de discussion, se trouvait devant moi. Nous prolongeâmes notre promenade, Mrs. Marden me garda près d'elle, puis au bout de quelques instants elle me dit que comme elle était fatiguée, elle devait s'asseoir. Nous trouvâmes une place sur un banc abrité pour potiner pendant que les gens passaient. Il m'était déjà apparu que, chez ces deux-là, la ressemblance entre la mère et la fille était prodigieuse même dans le cas de telles ressemblances — d'autant plus qu'elle tenait si peu compte d'une différence de nature. L'on présente souvent les mères d'âge mûr comme des signes — des indications plus ou moins démoralisantes de la manière dont leurs filles risquent de tourner. Mais il n'y avait rien de dissuasif dans l'idée que Charlotte, à cinquante-cinq ans, puisse être aussi belle (bien que ce fût lié à sa pâleur et à son air soucieux) que l'était Mrs. Marden. À vingt-deux ans, la jeune fille affichait une carnation d'une blancheur rosée et était d'une beauté admirable. Sa tête avait la même forme charmante que celle de sa mère, tandis que ses traits respectaient le même agencement subtil. Et puis les regards, les gestes et le ton des voix (par moments, on pouvait à peine dire s'il s'agissait de contenances ou de sons), formaient comme un reflet entre les deux personnalités, un rappel.

Ces dames étaient nanties d'une petite fortune et d'une maisonnette avenante à Brighton, encombrée de portraits, de souvenirs et de trophées (des animaux naturalisés juchés en haut de bibliothèques, sans oublier des poissons cireux et vernis conservés sous verre), auxquels Mrs. Marden prétendait être attachée en raison de pieux souvenirs. L'on avait « sommé » son époux maladif d'y passer ses dernières années et elle m'avait déjà mentionné que c'était un endroit où elle se sentait, par sa bienveillance, encore sous sa défense. Sa bienveillance semblait avoir été grande, et elle donnait quelquefois l'impression de la défendre contre de mystérieuses accusations. Un certain sentiment de protection, d'influence invoquée et chérie, lui était manifestement nécessaire ; elle éprouvait une légère mélancolie, une envie de sécurité. Elle voulait se faire des amis et elle en avait de nombreux. Lors de notre première rencontre, elle se montra on ne peut plus aimable envers moi et jamais je ne la suspectai d'avoir pour vulgaire dessein de me « lécher les bottes » — soupçon, certes, excessivement fréquent chez les jeunes gens arrogants. L'idée qu'elle voyait en moi un bon parti pour sa fille, voire, comme c'est le cas pour les mères perverses, pour elle-même, ne m'avait pas traverser la pensée. C'était comme si elles avaient éprouvé un besoin commun, timide et profond et qu'elles avaient été prêtes à déclarer : « Oh, soyez aimable envers nous et accordez-nous votre confiance ! Soyez sans crainte, nous ne nous attendons pas à ce que vous nous épousiez ». « Bien entendu, il y a quelque chose de singulier chez maman ; d'ailleurs, c'est vraiment ce qui la rend si précieuse ! » m'avait confié Charlotte, en toute confidence, aux prémices de notre relation. Elle vouait un culte à l'apparence de sa mère, ce qui était son seul motif de fierté ; elle acceptait les haussements de sourcils tel un fait charmant par excellence. « On dirait toujours qu'elle attend le médecin, chère maman », fit-elle remarquer une autre fois. « Et si c'était finalement vous le médecin, qu'en pensez-vous ? » Lors de cet événement, il apparut que j'étais muni d'un certain pouvoir de guérison. En tout cas, lorsque je découvris que Mrs. Marden — car une fois elle lâcha cette remarque — croyait également qu'il y avait quelque chose d'« infiniment étrange » chez Charlotte, le rapport entre les deux dames devint prodigieusement intéressant. Il s'agissait d'une intimité plutôt heureuse, au fond, tant chacune était obsédée par l'autre.

Sur la Promenade, le déluge de flâneurs était interminable, et Charlotte eut tôt fait de passer devant nous, flanquée de Teddy Bostwick. Tout sourire, elle hocha la tête et poursuivit son chemin, mais au retour, elle s'arrêta à notre niveau pour s'adresser à nous. Le capitaine Bostwick refusa vivement d'entrer, l'occasion étant trop agréable pour lui : pourquoi donc ne pas passer son tour ? Sa mère lâcha un « Fais comme bon te semble » et la fille me décocha un sourire impertinent par-dessus son épaule au moment de nous quitter. Teddy me regarda, un lorgnon fiché dans le coin de l'œil, sans pour autant que cela me dérange ; seule Miss Marden occupait mes pensées quand je fis observer à ma compagne, en riant :

« Elle est un brin coquette, vous savez. »

« Ne dites pas ça... surtout, ne dites pas ça ! » marmotta Mrs. Marden.

« Les filles les plus gentilles le sont toujours... juste légèrement », suppliai-je avec suffisamment de magnanimité.

« Alors, pourquoi sont-elles donc toujours punies ? »

La force de la question — elle était survenue d'une manière si vive, si soudaine — me remua. Il me fallut donc réfléchir un moment avant de m'enquérir : « mais, qu'en savez-vous ? »

« J'ai moi-même commis quelques bêtises. »

« Et l'on vous a punie ? »

« Je suis marquée à vie », répondit Mrs. Marden, détournant le regard. « Ah ! » fit-elle, à bout de souffle, lors de son inspiration suivante, se relevant et fixant sa fille, laquelle avait fait sa réapparition avec le capitaine Bostwick. Elle se tint debout quelques secondes, le visage empreint de la plus curieuse des expressions, puis elle s'affala de nouveau sur son siège et je vis qu'elle avait le visage empourpré ; Charlotte, qui avait observé son mouvement, se dirigea tout droit vers elle et, lui prenant la main avec une tendresse attentionnée, prit place près d'elle de l'autre côté. La jeune fille était devenue livide — elle détaillait sa mère d'un regard appuyé et craintif. Mrs. Marden, qui venait d'éprouver un choc que nous n'avions pas su deviner, s'était remise ; autrement dit, elle demeura assise, calme et atone, considérant la foule impassible, l'air lumineux et la mer assoupie. Toutefois, mon œil tomba par hasard sur les mains entremêlées des deux dames, et je devinai instantanément que la plus âgée empoignait violemment la main de l'autre. Bostwick, figé devant elles et ne sachant quoi penser de la situation, me demanda depuis le petit disque vide de son lorgnon si j'en avais moi-même une quelconque idée ; ce qui amena Charlotte à lui lancer après un instant, avec un certain agacement : « Ne restez pas planté là, capitaine Bostwick ; allez-vous-en, je vous en supplie, allez-vous-en. »

Sur ce, je me levai, exprimant le souhait que Mrs. Marden ne fût pas indisposée ; mais elle nous supplia subitement de ne pas partir, surtout de rester et de venir déjeuner peu après. Elle me tira vers elle et durant un instant je sentis sa main serrer mon bras comme s'il s'agissait d'un témoignage involontaire de détresse ou d'un signal secret. Ce qu'elle aurait souhaité m'indiquer, je n'étais pas en mesure de le prédire : peut-être avait-elle vu quelqu'un ou quelque chose d'anormal dans la masse. En quelques minutes, elle nous expliqua qu'elle se portait bien et qu'elle était seulement sujette aux palpitations — celles-ci disparaissaient aussi vite qu'elles survenaient. Il était temps de bouger, ce que nous fîmes. Manifestement, l'incident était clos. Bostwick et moi déjeunâmes avec nos gracieuses amies, et au moment où je quittais les lieux en sa compagnie, il déclara qu'il n'avait jamais vu de créatures aussi chaleureuses, aussi prévenantes. Mrs. Marden nous avait fait promettre de revenir le lendemain pour prendre le thé, tout en nous exhortant en général à passer aussi souvent que possible. Pourtant, le jour suivant, lorsque je toquai à la porte de la superbe demeure sur le coup de cinq heures, ce fut pour me faire dire que ces dames étaient en ville. Celles-ci avaient laissé un message qui nous était destiné auprès du majordome : ce dernier devait nous informer qu'on les avait soudainement appelées, qu'elles étaient vraiment désolées. Elles devaient s'absenter quelques jours. Ce fut tout ce que je réussis à soutirer à ce ballot de domestique. Deux jours plus tard, je revins à la charge, mais elles étaient toujours absentes ; et ce ne fut qu'en fin de semaine que je reçus un billet de la part de Mrs. Marden, lequel disait : « Nous sommes de retour ; venez nous accorder votre pardon. » Ce fut alors, il me souvient, à l'occasion de ma venue, juste après avoir reçu le billet, qu'elle me révéla qu'elle était en proie à des prémonitions. Je ne sais combien de personnes en Angleterre étaient alors victimes de ce malheur, mais très peu en auraient parlé ; si bien que cette annonce me parut originale, surtout que selon elle certaines de ces troublantes prémonitions me concernaient. D'autres personnes étaient présentes — des gens désœuvrés de Brighton, de vieilles femmes à l'allure effrayée qui tenaient des propos dérisoires — et je ne m'entretins que quelques minutes avec Charlotte ; mais le jour suivant, je les rencontrai toutes les deux pour dîner et, à ma plus grande satisfaction, me retrouvai assis à côté de Miss Marden. Ce moment-là me revient à la mémoire, car ce fut alors que je pris pleinement conscience à quel point cette créature était à la fois distinguée et charitable. J'avais entraperçu sa personnalité par bribes, de manière parcellaire, tel un chant exécuté par bouts, mais maintenant elle se présentait à moi, nimbée d'un éclat rose, tel un son dans toute son amplitude — j'écoutai l'air dans son intégralité. C'était une musique douce et ardente que j'allais souvent chantonner.

Après le dîner, j'échangeai quelques paroles avec Mrs. Marden ; c'était le moment, tard dans la soirée, où l'on servait le thé. Un domestique passa près de nous muni d'un plateau, je lui demandai si elle voulait boire une tasse ; comme elle acquiesçait, j'en pris une pour la lui proposer. Elle tendit la main pour la prendre et je la lui donnai, précautionneusement m'avait-il alors semblé ; mais au moment de la saisir, elle sursauta puis vacilla, si bien que la tasse et la soucoupe de porcelaine lui glissèrent des mains pour aller se fracasser au sol, sans pour autant que mon interlocutrice ait eu le geste habituel chez une femme de sauvegarder sa robe. Je me baissai pour ramasser les fragments et au moment où je me relevai, Mrs. Marden observait sa fille de l'autre côté de la pièce ; celle-ci la regarda à son tour, un sourire aux lèvres, mais les yeux remplis d'une lueur d'anxiété. « Chère Maman, mais qu'est-ce qui vous prend, bon sang ? » semblait signifier la question silencieuse. Mrs. Marden blêmit, tel qu'elle l'avait fait après son étrange geste sur la Promenade l'autre semaine, et je fus donc étonné de m'entendre dire avec une audace inattendue : « Vous devriez vraiment tenir la tasse plus fermement ! » Je m'étais mis à bafouiller une excuse pour justifier mon geste, quand je pris conscience de la puissante supplication que véhiculait son regard appuyé. Celui-ci, tout d'abord ambigu, ne fit qu'ajouter à ma confusion ; puis je compris soudainement, aussi clairement que si elle avait marmotté : « Faites-leur croire que c'est vous… faites-leur croire que c'est vous. » Le domestique revint ramasser les débris et essuyer le thé répandu. J'étais en train de faire semblant quand Mrs. Marden, dans un froufroutement de tissus, échappa brusquement à la vigilance de sa fille, ainsi qu'à la mienne, pour se rendre dans une autre pièce. Je remarquai qu'elle ne prêtait aucunement attention à l'état de sa robe.

Ce soir-là, je ne revis ni l'une ni l'autre, mais le lendemain matin, dans King's Road, je tombai nez à nez sur Miss Marden, une partition enfouie dans son manchon. Elle m'informa qu'elle avait effectué ce petit bout de chemin toute seule afin de répéter en duo avec une amie, et je lui demandai l'autorisation de l'escorter. Elle me permit de la suivre, et sitôt que je fus arrivé devant la porte, je réclamai le droit d'entrer. « Non, pas aujourd'hui... je n'ai pas besoin de vous », déclara-t-elle, en toute franchise, mais en me ménageant tout de même, tandis qu'à ses paroles, désemparé et pensif, je levai les yeux en direction de l'une des fenêtres de la maison. Mon regard tomba sur le visage blafard de Mrs. Marden, laquelle nous observait depuis le salon. Elle demeura figée là suffisamment longtemps pour que je saisisse que c'était bien elle, et non pas une apparition, tel que je l'avais pensé l'espace d'une seconde, puis elle s'éclipsa avant que sa fille ne l'eût observée. La jeune fille, durant notre promenade, n'avait rien dit à son sujet. Comme l'on m'avait signifié que l'on ne voulait pas de moi, je les laissai seules un instant, après quoi diverses circonstances créèrent de la distance entre nous encore plus longtemps. Finalement, je poussai jusqu'à Londres, où je reçus une invitation urgente à retourner tout de suite à Tranton, une ancienne et charmante propriété du Sussex appartenant à un couple dont j'avais fait la rencontre récemment.

Je fis le voyage de Londres à Tranton et, à mon arrivée, trouvai les Marden en compagnie d'une douzaine de personnes. La première chose que Mrs. Marden me dit fut : « Vous voulez bien me pardonner ? » et quand je lui demandai à quel propos, elle me répondit : « De vous avoir aspergé de thé. » Je rétorquai que le liquide s'était également répandu sur elle, ce à quoi elle répliqua : « De toute façon, j'ai été très indélicate ; mais un jour, il me semble, vous comprendrez et ferez la part des choses. » Le premier jour de mon séjour là-bas, elle fit deux ou trois allusions de ce genre (elle s'en était déjà autorisé plus d'une) à l'initiation mystique qui m'était réservée ; de telle sorte que je me mis, comme le dit l'expression, à la taquiner à ce sujet et à sous-entendre que j'aurais mieux aimé moins de merveilleux et que l'on se mette à la tâche sans tarder. Elle me répondit qu'au moment où cela surviendrait, je serais bien obligé de passer à l'action, que peu d'options se présenteraient à moi. Que cette initiation aurait lieu, elle en avait une certitude intimement profonde, un pressentiment bien ancré, qui était la seule raison pour laquelle elle avait mentionné le sujet. Ne me rappelais-je point qu'elle m'avait dit avoir des intuitions ? Dès l'instant où elle me vit, elle en avait eu la conviction : il y avait des choses que je ne pouvais manquer de découvrir un jour ou l'autre. En attendant, il n'y avait rien d'autre à faire, si ce n'est attendre sereinement, sans précipitation. Elle aspirait notamment à ne pas être plus nerveuse qu'elle ne l'était. Et je devais moi-même par-dessus tout ne pas céder à la nervosité — on s'habituait à tout. Je déclarai que bien qu'étant incapable de discerner ce dont elle parlait, j'étais au comble de la frayeur ; l'absence d'indice laissait le champ libre à son imagination. J'exagérai exprès, car si Mrs. Marden était déroutante, il ne m'est guère possible de dire qu'elle était inquiétante. Je n'arrivais pas à imaginer ce à quoi elle faisait allusion, mais j'étais plus étonné que craintif. J'aurais pu me dire qu'elle était un brin détraquée, mais cette pensée ne me vint jamais à l'idée. Elle me paraissait remarquablement saine d'esprit.

D'autres jeunes filles étaient présentes dans la maison, néanmoins Charlotte Marden était la plus séduisante, ce sur quoi l'on s'accordait si communément que celle-ci mettait vraiment son grain de sel dans le massacre du gibier à poil. En réalité, deux ou trois hommes, dont moi-même, préféraient sa compagnie à celle des rabatteurs. En résumé, il était reconnu qu'elle représentait une forme de divertissement délectable et fort exquis. Faisant preuve d'amabilité envers nous tous, elle nous faisait sortir tard et rentrer tôt. Je ne sais guère si elle fleurtait, mais plusieurs autres membres du groupe pensaient quant à eux qu'ils fleurtaient avec elle. D'ailleurs, Teddy Bostwick, qui venait de débarquer de Brighton, en était lui-même visiblement persuadé.

Le troisième jour de mon séjour à Tranton tombait un dimanche, et nous fîmes une bien belle balade à travers champs pour nous rendre à l'office religieux. Le temps, grisonnant, se caractérisait par une absence de vent, et la cloche de la vieille petite église, nichée dans le creux de la plaine du Sussex, renvoyait un écho proche et familier. Nous formions un cortège dispersé, dans l'air doux et humide (qui, comme toujours à cette saison, donnait lieu à un sentiment, dès que les arbres s'étaient dénudés, de vastitude, de ciel élargi), et je parvins à me tenir bien loin en arrière en compagnie de Mrs. Marden. Je me souviens d'avoir nourri, cependant que nous avancions de concert sur l'herbe, un désir irrépressible de m'adonner à des commentaires profondément personnels, de dire quelque chose de violent et de significatif, pour moi personnellement, par exemple qu'elle ne m'avait jamais paru aussi ravissante ou encore qu'il s'agissait là du moment le plus suave de toute ma vie. Mais lorsque l'on est jeune, on a toujours ce genre de paroles au bout des lèvres, sans pour autant les prononcer ; et j'avais l'impression, non pas de ne pas la connaître assez (peu m'importait d'ailleurs), mais plus exactement, d'être insuffisamment connu d'elle. À l'intérieur de l'église, où se trouvaient de vieilles tombes et plaques mortuaires de la famille Tranton, le grand banc qui leur était destiné était au complet. Plusieurs d'entre nous étaient éparpillés, et je dénichai une place pour Miss Marden, ainsi qu'une autre pour moi non loin, à l'écart de sa mère et de la plupart de nos amis. Deux ou trois respectables contadins, assis là, se poussèrent pour nous ménager de l'espace, et je fus le premier à prendre place afin de séparer ma compagne de nos voisins. Après qu'elle se fut assise, il resta une place inoccupée qui le demeura environ jusqu'au mitan de l'office.

Ce fut tout du moins le moment où je pris conscience qu'une autre personne était entrée pour s'emparer de cette place. Au moment où je le remarquai, cela faisait déjà apparemment quelques minutes qu'il occupait le banc, car il s'était installé et avait posé son chapeau tout près de lui, les yeux braqués sur l'autel et les mains croisées sur le pommeau de sa canne. C'était un jeune homme au teint pâle, habillé de noir et ayant tout l'air d'un gentilhomme. Je fus légèrement surpris lorsque je remarquai sa présence, car Miss Marden n'avait pas attiré mon attention sur son entrée en se déplaçant pour lui faire de la place. Au bout de quelques minutes, remarquant l'absence de livre de prières, je tendis le bras par-dessus l'épaule de ma voisine pour placer le mien devant lui, sur le porte-missel, manœuvre dont le motif n'était pas sans lien avec la possibilité, dans mon propre dénuement, de voir Miss Marden m'offrir de tenir un côté de son volume personnel relié en velours. Le prétexte, nonobstant, était voué à l'échec, car au moment même où je lui offrais le missel, l'importun — dont j'avais tant approuvé l'intrusion — se leva sans m'offrir aucun remerciement, s'extirpa du banc (qui ne comportait pas de portillon) en silence, et de manière suffisamment discrète pour ne pas attirer l'attention, se sauva par l'allée centrale. Quelques minutes avaient suffi à son acte de piété. Son comportement était indigne, son départ précipité encore plus inconvenant que son arrivée tardive ; mais il réussit à sortir de manière si discrète que nous n'en fûmes pas indisposés, et je m'aperçus, en me tournant un tantinet pour le suivre du regard, que nul n'avait été dérangé par son départ. Je remarquai seulement, quelque peu surpris, que Mrs. Marden avait été tellement consternée par ce procédé qu'elle s'était levée, involontairement, un instant, de sa place. Elle braqua les yeux sur lui au passage, mais il passa prestement, et elle se laissa tomber aussitôt, pas assez vite toutefois pour ne pas croiser mon regard qui embrassait toute l'église. Cinq minutes plus tard, je demandai à Miss Marden, mezza voce, si elle voulait bien avoir la gentillesse de me remettre mon missel — j'avais attendu de voir si elle accomplirait le geste de manière spontanée. Elle me restitua cet auxiliaire pour la prière, mais elle s'était si peu souciée de la chose qu'elle put me dire, dans le même élan : pourquoi diable l'avez-vous posé là ? Je m'apprêtais à lui répondre lorsqu'elle se laissa tomber à genoux, ce qui fit que je retins ma langue. J'allais juste dire : « Par pure courtoisie. »

Après la bénédiction, alors que nous quittions nos places, je fus quelque peu surpris, derechef, de constater que Mrs. Marden, plutôt que de sortir avec ses compagnons, avait remonté l'allée pour se joindre à nous, ayant apparemment à conférer au sujet de quelque chose avec sa fille. Ce qu'elle fit, mais je compris sur-le-champ qu'il ne s'agissait là que d'un prétexte — c'est avec moi qu'elle voulait converser. Elle poussa Charlotte en avant et me chuchota d'une manière inopinée : « Est-ce que vous l'avez vu ? »

« Le monsieur qui était assis ici ? Comment aurais-je pu l'éviter ? »

« Chut ! » fit-elle, dans un état d'agitation exacerbée. « Ne lui parlez absolument pas... ne lui dites pas ! » Elle glissa sa main à l'intérieur de mon bras, pour me garder près d'elle, me sembla-t-il, et me tenir à l'écart de sa fille. Cette précaution fut inutile, car Teddy Bostwick avait déjà pris possession de Miss Marden, et tandis qu'ils passaient devant moi en sortant, je vis que l'un des autres hommes se rapprochait de l'autre côté. On paraissait considérer que j'avais eu mon tour. Mrs. Marden enleva sa main dès que nous fûmes sortis, mais pas avant que je n'aie senti à quel point mon soutien lui avait été nécessaire.

« Ne parlez à personne... ne le dites à personne ! » continua-t-elle.

« Je ne comprends pas. Leur dire quoi ? »

« Eh bien, que vous l'avez vu. »

« Ils l'ont certainement vu eux-mêmes. »

« Non, pas un seul d'entre eux, pas un seul. » Elle s'exprimait avec tant de passion et d'assurance que je lui lançai un coup d'œil — elle avait les yeux tournés droit devant elle. Mais, ressentant mon regard défiant, elle s'arrêta d'un coup, sous le vieux porche en bois brun de l'église, alors que les autres se trouvaient déjà loin devant, et m'avoua, me considérant maintenant d'une manière tout à fait surprenante :

« Vous êtes la seule personne, la seule personne au monde. »

« Mais, et vous, chère madame ? »

« Oh moi... bien sûr. C'est ma malédiction ! » Sur ce, elle me faussa compagnie précipitamment afin de s'associer à l'ensemble du groupe. Sur le chemin du retour, je restai en marge de la troupe, car j'avais matière à réfléchir. Qui avais-je vu et pourquoi cette apparition — une fois de plus, je la revoyais avec une grande clarté — était-elle invisible aux autres ? Si une exception avait été faite pour Mrs. Marden, pourquoi constituait-elle une malédiction, et pourquoi devais-je partager un avantage aussi contestable ? Ce questionnement, que portait mon propre cœur cadenassé, sans contredit, fut tel que je fus peu causant durant le déjeuner. Ensuite, je sortis sur la vieille terrasse pour fumer une cigarette, mais j'avais à peine fait quelques pas que j'aperçus le masque façonné du visage de Mrs. Marden se dessiner à la fenêtre de l'une des pièces donnant sur les dalles inégales. Cela me rappela la même présence fugitive à la fenêtre, à Brighton, le jour où j'avais rencontré Charlotte et l'avais raccompagnée chez elle. Mais cette fois-ci, ma mystérieuse amie ne disparut guère ; elle tapota sur le carreau, m'invitant à entrer d'un signe de la main. Elle se trouvait dans un petit appartement étrange, l'un des innombrables salons de réception qui constituaient le rez-de-chaussée de Tranton ; on l'avait baptisé le « salon indien », car il était décoré selon une mode vaguement orientale : fauteuils en bambou, paravents de laque, lanternes assorties de longues franges et idoles bizarres qui garnissaient des cabinets, objets guère favorables à la sociabilité. La pièce n'était guère mise à contribution, et quand je la rejoignis, nous eûmes l'endroit pour nous seuls. Dès mon entrée, elle me questionna : « S'il vous plaît, dites-moi, êtes-vous épris de ma fille ? »

J'hésitai un temps. « Avant que je ne réponde à votre question, auriez-vous l'amabilité de m'expliquer ce qui peut bien vous faire penser cela ? Il ne me semble point avoir fait preuve de trop d'effronterie. »

Mrs. Marden, me contredisant de son beau regard appréhensif, ne me donna pas satisfaction quant au point soulevé ; elle poursuivit simplement de manière vigoureuse :

« Ne lui avez-vous rien dit sur le chemin de l'église ? »

« Qu'est-ce qui vous laisse penser que je lui aie dit quoi que ce soit ? »
« Le fait que vous l'ayez vu. »
« Vu qui, chère Mrs. Marden ? »
« Oh, vous le savez bien », répondit-elle avec gravité, voire avec un soupçon de reproche, comme si je cherchais à l'outrager en la forçant à exprimer l'indicible.
« Vous voulez dire le monsieur qui était le sujet de votre étonnante déclaration à l'église, celui qui a pris place sur le banc ? »
« Vous l'avez vu, vous l'avez bel et bien vu ! » s'exclama Mrs. Marden d'une voix poussive, avec un curieux mélange de désarroi et de soulagement.
« Bien sûr, tout comme vous ; comment aurais-je pu ne pas le voir ? »
« Cela ne coule pas forcément de source. Pensiez-vous que c'était inéluctable ? »
J'étais à nouveau perplexe. « Inéluctable ? »
« Que vous deviez inéluctablement le voir ? »
« Assurément, dans la mesure où je ne suis pas aveugle. »
« Vous auriez pu l'être ; tous les autres le sont. » J'étais complètement chamboulé et l'avouai ouvertement à mon interlocutrice ; mais l'affaire ne fut pas plus élucidée quand celle-ci s'exclama peu après : « Je savais que vous le seriez dès que vous vous éprendriez vraiment d'elle ! Je savais que ce serait l'épreuve... que dis-je ?... la preuve. »
« De curieux symptômes de cet ordre sont-ils rattachés à ce noble état ? » demandai-je en souriant.
« Vous remarquez bien que c'est le cas. Vous le voyez, vous le voyez ! » proclama Mrs. Marden, fort commotionnée. « Vous le reverrez. »
« Je n'ai aucune objection, mais je ferai preuve de davantage d'intérêt quand vous serez assez aimable pour me préciser de qui il s'agit. »
Indécise, elle baissa les yeux un instant, puis les relevant, elle dit : « Je vous le dirai seulement si vous voulez bien me révéler ce que vous lui avez raconté sur le chemin de l'église. »
« Vous a-t-elle déclaré que j'avais dit quoi que ce soit ? »

« En ai-je besoin ? » demanda-t-elle en souriant.
« Ah, oui, je me souviens... vos prémonitions ! Cela dit, je suis désolé de constater qu'elles sont fausses cette fois-ci, car je n'ai vraiment rien dit de déplacé à votre fille, tant s'en faut ! »
« Vous en êtes bien certain ? »
« Sur mon honneur, Mrs. Marden. »
« Vous considérez donc que vous n'êtes pas épris d'elle ? »
« Ceci est une tout autre affaire », répondis-je en riant.
« Mais vous l'êtes, oui vous l'êtes vraiment ! Sinon, vous ne l'auriez pas vu. »
« Mais alors, qui diable peut-il bien être, madame ? » m'enquis-je, quelque peu agacé.
Néanmoins, elle ne daigna me répondre qu'à l'aide d'une autre question. « N'aviez-vous pas au moins l'intention de lui dire quelque chose... n'y êtes-vous pas quasiment parvenu ? »
La question tombait absolument à point ; elle justifiait les fameuses prémonitions. « Presque, en effet : cela n'a tenu qu'à un fil. Je ne sais ce qui m'a empêché de parler. »
« C'était tout à fait suffisant, expliqua Mrs. Marden. Ce ne sont pas vos propos qui comptent, mais vos sentiments. C'est ce sur quoi repose son jugement. »
Je finis par être contrarié par son allusion renouvelée à une identité qui restait à établir et joignis les mains d'un air implorant qui cachait une impatience fort réelle, une curiosité attisée, voire les frémissements naissants d'un effroi sacré. « Je vous supplie de me dire de qui vous parlez. »
Elle leva les bras en l'air, détournant son regard de moi, comme pour se défaire à la fois de sa retenue et de ses responsabilités. « Sir Edmund Orme. »
« Et qui donc est Sir Edmund Orme ? »
Juste au moment où je prononçais ces paroles, elle sursauta. « Silence, les voici. » Puis, alors que je suivais le mouvement de ses yeux,

j'aperçus Charlotte Marden sur la terrasse, à côté de la porte-fenêtre, qui ajouta sur un ton de mise en garde extrême : « Ne faites pas attention à lui... absolument jamais ! »

Charlotte, qui avait placé ses mains en visière afin d'examiner l'intérieur de la pièce en souriant, demanda d'un signe qu'on la laisse entrer, sur quoi j'allai ouvrir la porte-fenêtre. Sa mère se retourna et la jeune fille pénétra dans la pièce d'un air défiant et goguenard : « Qu'êtes-vous donc en train de comploter toutes les deux, ici ? » Elle avait en vue quelque projet — j'ai oublié lequel — pour l'après-midi qui nécessitait la participation ou le consentement de Mrs. Marden — mon adhésion était considérée comme acquise — et sa quête lui avait fait parcourir la moitié de la maison. J'étais affolé, car je vis que Mrs. Marden était affolée (lorsqu'elle se retourna pour accueillir sa fille, elle dissimula son trouble sous des dehors d'extravagance, en se jetant au cou de la jeune fille et en l'étreignant), et pour faire comme si de rien n'était, je dis à Charlotte de manière saugrenue :

« J'ai sollicité votre main à votre mère. »

« Oh, vraiment, et elle vous l'a accordée ? » demanda Miss Marden avec gaieté.

« Elle était sur le point de le faire au moment où vous êtes apparue. »

« Eh bien, je n'en ai que pour un moment... je vous laisse tranquilles. »

« Charlotte, vous plaît-il ? » demanda Mrs. Marden, avec une sincérité à laquelle je ne m'attendais absolument pas.

« C'est difficile à dire devant lui, ne pensez-vous pas ? » répondit la fille, se laissant prendre au jeu, mais me regardant comme si je ne lui plaisais pas.

C'est d'ailleurs en présence d'une autre personne qu'elle aurait dû le dire, car à ce moment même, un homme pénétra dans la pièce depuis la terrasse (on avait laissé la porte-fenêtre ouverte), apparaissant dans le champ de vision, le mien tout du moins, cela en un clin d'œil. Mrs. Marden avait articulé : « les voici qui arrivent », mais lui, il semblait avoir suivi sa fille en gardant une certaine distance. Je le reconnus immédiatement comme étant le personnage qui avait pris place près de nous à l'église. Cette fois, je le vis mieux, notant qu'il arborait un visage et une allure bizarres. Je parle de lui comme d'un personnage, car on avait le sentiment, incroyablement, qu'un prince régnant venait d'entrer en scène. Sa prestance naturellement majestueuse en faisait un être différent de nous. Toutefois, il me fixa avec gravité jusqu'à ce que je me demande quelles étaient ses attentes à mon endroit. Considérait-il que je devais fléchir le genou ou lui prodiguer un baise-main ? Il tourna le regard de la même façon vers Mrs. Marden, mais celle-ci savait quoi faire. Après le premier trouble produit par son approche, elle ne lui prêta absolument pas attention ; cela me rappela sa supplication passionnée. Il me fallut fournir un gros effort pour l'imiter, car même si je ne savais rien à son sujet, hormis le fait qu'il s'appelait Sir Edmund Orme, je ressentais un peu sa présence comme un charme, voire un malaise. Il se tenait là, sans piper mot — jeune, pâle, beau, fraîchement rasé et bienséant ; il avait des yeux d'un bleu remarquable et quelque chose de suranné, tel un ancien portrait, dans son visage et son style de coiffure. Il était endeuillé de pied en cap (on voyait aussitôt qu'il était finement vêtu), et tenait son chapeau à la main. Il m'adressa à nouveau un regard étrangement dur, le plus dur au monde qu'il m'ait été donné de subir ; et je me souviens d'avoir ressenti un frisson, d'avoir souhaité qu'il me dise quelque chose. Aucun silence ne m'avait jamais paru aussi sourd. Certes, cette impression fut d'une extrême fugacité ; mais la fugitivité de ces quelques instants me fut soudain révélée en présence de Charlotte, dont les yeux scrutateurs oscillèrent entre sa mère et moi, et vice versa (pas une seule fois ils ne se posèrent sur elle, et elle ne paraissait pas le regarder), et elle finit par s'écrier : « Qu'est-ce qui ne va pas ? Vous faites une de ces têtes ! » Je sentais que je reprenais des couleurs, et lorsqu'elle poursuivit sur le même ton : « On croirait que vous avez vu un fantôme ! », je pris conscience que je m'étais empourpré. Jamais Sir Edmund Orme ne rougit et, manifestement, il était incapable de ressentir de la gêne. On rencontre parfois des personnes de cet acabit, mais jamais une indifférence aussi pompeuse.

« Ne sois pas insolente ; va donc leur dire que je vais me joindre à eux tous », déclara Mrs. Marden avec énormément de dignité, mais d'une voix chevrotante.

« Et vous, viendrez-vous donc ? » demanda la jeune fille en faisant volte-face. Je demeurai imperturbable, considérant que la question s'adressait en quelque sorte à son compagnon. Mais ce dernier était plus silencieux que moi, et lorsqu'elle eut atteint la porte (elle sortait par-là), elle s'arrêta, la main posée sur la poignée, et me considéra en répétant sa question. J'acquiesçai, m'élançant pour lui ouvrir la porte, et en sortant elle s'exclama d'un ton sarcastique : « Puisque vous perdez la raison, jamais vous n'aurez ma main ! »

Je refermai la porte et me retournai pour découvrir que, pendant que j'avais le dos tourné, Sir Edmund Orme était ressorti par la porte-fenêtre. Mrs. Marden se tenait là et nous nous dévisageâmes un long instant. Je venais seulement de comprendre — au moment où la jeune fille s'esquivait hâtivement — que sa fille n'avait pas eu conscience de ce qui s'était produit. C'est véritablement cette prise de conscience, assez curieusement, qui me fit soudain trembler vivement, et non pas ma propre perception du visiteur qui me paraissait franchement naturelle. Il m'apparaissait ainsi clairement qu'elle ne l'avait pas remarqué non plus à l'église, et en reliant ces deux épisodes — maintenant qu'ils appartenaient au passé —, mon cœur se mit à battre plus sensiblement. Je m'essuyai le front, et Mrs. Marden émit une plainte sourde et bouleversante : « Maintenant, vous savez tout de ma vie... maintenant vous savez tout de ma vie ! »

« Pour l'amour de Dieu, qui est-il donc... qu'est-il donc ? »

« C'est un homme à qui j'ai causé du tort. »

« Mais, de quelle manière ? »
« Oh, de la manière la plus abominable qui soit… il y a des années de cela. »
« Des années ? Il est bien jeune pourtant. »
« Jeune… jeune ? s'exclama Mrs. Marden. Il est né bien avant moi, bien avant. »
« Alors, pourquoi donc a-t-il l'air si jeune ? »
Elle se rapprocha de moi et mit sa main sur mon bras. L'expression qui traversa son visage me répugna quelque peu. « Vous ne comprenez pas… vous ne sentez donc pas ? » murmura-t-elle d'un ton réprobateur.
« Je ne me sens pas bien ! » m'exclamai-je en riant, conscient que ce rire même me trahissait.
« Il est mort ! » dit Mrs. Marden, le visage pâle.
« Mort ? fis-je d'une voix haletante. Mais alors, cet homme était… ? » Je ne parvins même pas à articuler le mot.
« Appelez-le ce que vous voudrez… il existe une vingtaine de noms vulgaires. C'est une présence parfaite. »
« Une présence magnifique ! m'écriai-je. Le lieu est hanté… totalement hanté ! » Je jubilais de prononcer ce mot, comme s'il représentait l'accomplissement de mon rêve le plus précieux.
« Ce n'est pas le lieu… et c'est bien fâcheux ! Cela n'a rien à voir avec l'endroit ! »
« Alors, avec vous, chère Madame ? » répliquai-je, comme si c'était encore mieux.
« Non, avec moi non plus… j'aimerais bien qu'il soit ainsi ! »
« Alors, c'est peut-être moi », suggérai-je, un sourire faux aux lèvres.
« Ce n'est personne d'autre que mon enfant… mon innocente, innocente enfant ! » Sur ce, Mrs. Marden s'effondra : prise d'un gros sanglot, elle se laissa choir dans un fauteuil. Je baragouinai quelque question — déconcerté, je tentai d'en appeler à ses sentiments, mais elle me chassa ardemment et de manière inattendue d'un geste de la main. Je m'obstinai — ne pouvais-je pas l'aider, ne pouvais-je pas

intervenir ? « Mais ça y est, vous êtes véritablement intervenu, dit-elle entre deux sanglots, vous êtes mouillé jusqu'au cou, jusqu'au cou ! »

« Je suis véritablement ravi d'être mêlé à une histoire aussi curieuse », martelai-je vaillamment.

« Ravi ou pas, il n'y a pas d'issue. »

« Nulle envie d'y échapper en ce qui me concerne : l'intérêt est trop piquant. »

« Je me réjouis que vous aimiez cela. Décampez, maintenant ! »

« Mais je veux en savoir plus. »

« Vous verrez tout ce que vous voulez voir… partez d'ici ! »

« Mais je veux comprendre ce que je vois. »

« Comment le pourriez-vous, lorsque moi-même je n'y comprends goutte ? »

« Nous allons le faire ensemble… nous allons trouver la solution. » Sur ces paroles, elle se leva, s'efforçant de tamponner ses larmes. « Oui, ce sera mieux ensemble… c'est la raison pour laquelle vous m'avez toujours plu. »

« Oh, nous allons venir à bout de cette situation ! » déclarai-je.

« Alors, il faudra faire preuve d'une plus grande maîtrise de vous-même. »

« Parfaitement, parfaitement… avec l'habitude. »

« Vous vous y ferez », dit Mrs. Marden, sur un ton que je n'ai jamais oublié. « Mais allez les rejoindre… je vous retrouve dans un instant. »

Je passai sur la terrasse avec l'impression d'avoir un rôle à jouer. Loin d'appréhender une nouvelle rencontre avec la « présence parfaite », selon l'expression de Mrs. Marden, j'étais envahi par un véritable sentiment de joie. Je souhaitais renouveler cette sensation — je m'ouvris totalement à cette impression ; je parcourus la maison aussi promptement que si je m'étais attendu à rattraper Sir Edmund Orme. Je ne le retrouvai pas à ce moment-là, mais la journée ne devait pas s'achever sans que j'admette, tel que l'avait dit Mrs. Marden, que je devais voir tout ce que je voulais voir de lui.

Nous fîmes, du moins la plupart d'entre nous, la balade collective amicale, qui, dans chaque demeure de la campagne anglaise, est le passe-temps dominical béni de l'après-midi. Nous dûmes nous limiter à une balade ajustée aux capacités des dames ; de plus, les après-midis étaient courtes, et à cinq heures nous retrouvâmes le coin de l'âtre du grand salon, avec le sentiment, pour ma part tout du moins, que nous aurions pu en faire davantage pour nous montrer dignes de notre thé. Mrs. Marden avait annoncé qu'elle se joindrait à nous, mais ne s'était pas présentée ; sa fille, qui l'avait revue avant notre sortie, expliqua simplement qu'elle était lasse. Elle demeura invisible toute l'après-midi, détail duquel je tins aussi peu compte que du fait de n'avoir pas monopolisé Miss Marden durant l'entièreté de notre balade. J'étais trop accaparé par une autre émotion pour m'en inquiéter ; je sentais sous mes pieds le seuil d'une étrange porte qui venait soudainement de s'ouvrir tout grand dans ma vie et d'où sourdaient des vibrations indescriptibles qui jaillissaient à travers moi telle une fontaine. Durant toute mon existence, j'avais eu vent d'apparitions, mais c'était une autre paire de manches d'en voir une et de savoir que, selon toute vraisemblance, je la reverrais, de manière familière, pour ainsi dire. Je me tenais sur le qui-vive, comme le pilote qui cherche l'éclair du phare, et j'étais prêt à généraliser une hypothèse quant à cet effrayant sujet et à déclarer que les fantômes sont beaucoup moins inquiétants et bien plus divertissants qu'on veut bien souvent le croire. Il est indubitable que j'étais terriblement mal à l'aise. J'étais étonné de l'estime dont je faisais l'objet — de l'exception (telle une forme d'accroissement mystique de sa vision) faite à mon égard. En même temps, je pensais rendre justice à l'absence de Mrs. Marden ; c'était une manière de commenter ce qu'elle m'avait dit : « Maintenant, vous savez tout de ma vie. » Cela faisait probablement des années qu'elle voyait Sir Edmund Orme, et, n'ayant pas ma détermination, elle était tombée sous sa coupe. Ses nerfs avaient lâché, quoiqu'elle ait pu attester que, dans une certaine mesure, l'on se faisait à lui. Elle s'était habituée aux dépressions nerveuses.

Le thé de l'après-midi, lorsque le jour tombait tôt, était une heure agréable à Tranton ; la lumière des flammes jouait dans le grand salon vaste et blanc appartenant au siècle dernier. Nous y confessions presque nos affinités, en nous prélassant ensemble dans de profonds canapés, les bottes crottées, avant d'aller nous habiller pour un dernier échange après notre balade ; et même si la lecture solitaire du troisième tome d'un roman qu'un autre convoitait nous absorbait, on eût dit qu'il s'agissait là d'une sorte de prévenance. J'attendis mon tour et allai vers Charlotte Marden quand je vis qu'elle était sur le point de quitter les lieux. Les dames s'étaient retirées l'une après l'autre, et après que je me fus adressé à Miss Marden en particulier, les trois hommes qui se trouvaient près d'elle s'égaillèrent peu à peu. Nous eûmes une courte et vague conversation — on la voyait préoccupée, et Dieu seul sait que, pareillement, je l'étais —, puis elle expliqua qu'elle devait filer, faute de quoi elle serait en retard pour le dîner. Je lui prouvai, dans les règles, qu'elle avait d'après moi énormément de temps, mais elle m'objecta qu'elle devait de toute façon monter voir sa mère : elle craignait que cette dernière soit mal en point.

« Au contraire, elle ne s'est jamais aussi bien portée… je vous le garantis, dis-je, elle a découvert qu'elle peut compter sur moi, et cela l'a revigorée. » Miss Marden, derechef, s'était avachie dans son fauteuil. Je me tenais debout devant elle, et elle leva le regard vers moi, ses beaux yeux empreints d'une sombre détresse ; non pas exactement comme si je la faisais souffrir, mais plutôt comme si elle n'était plus d'humeur à traiter ce qui s'était passé entre sa mère et moi (quoi que ce fût, il était en même temps difficile de prendre tout cela de manière sérieuse) sur le ton de la plaisanterie. Mais je fus à même de répondre à sa requête en toute bonté et franchise, car j'avais véritablement conscience que la pauvre femme avait déchargé son fardeau sur mes épaules et en était proportionnellement soulagée et apaisée. « Je suis certain qu'elle a dormi toute l'après-midi, comme cela ne lui était jamais arrivé depuis des années, continuai-je. Il n'y a qu'à le lui demander. »

Charlotte se releva. « Vous vous rendez très utile. »

« Vous avez un bon quart d'heure, dis-je. N'ai-je pas le droit de vous parler un peu de cette manière, en tête à tête, puisque votre mère m'a accordé votre main ? »

« Et est-ce votre mère à vous qui m'a accordé la vôtre ? Je lui en suis des plus reconnaissantes, mais je n'en veux pas. Je pense que nos mains n'appartiennent pas à nos mères, il se trouve que c'est nous qui en sommes les propriétaires ! » s'exclama la jeune fille, le rire aux lèvres.

« Asseyez-vous, asseyez-vous donc, et laissez-moi vous expliquer ! » suppliai-je.

Je me tenais toujours debout devant elle, d'un air suppliant, attendant de voir si elle daignerait me faire plaisir. Elle hésita un instant, regardant confusément ici et là, comme sous l'emprise d'une contrainte légèrement douloureuse. Le grand salon vide était calme — on entendait s'égrener le bruyant tic-tac de l'horloge. Puis, tandis qu'elle s'enfonçait lentement dans son siège, je tirai une chaise afin de prendre place à ses côtés. Ce mouvement m'amena de nouveau à tourner la tête vers l'âtre et, complètement bouleversé, je m'aperçus que nous n'étions pas seuls. L'instant d'après, aussi étrange que cela puisse paraître, mon inquiétude, bien loin d'augmenter, diminua, car la personne campée devant les flammes n'était autre que Sir Edmund Orme. Il se tenait là, tel que je l'avais vu dans le salon indien, me contemplant avec cette attention glaciale qui empruntait sa sévérité à sa sombre distinction. À présent, j'en savais tellement plus à son sujet qu'il me fallut contenir un mouvement de reconnaissance, l'aveu même que j'avais remarqué sa présence. Dès que je fus conscient de cette présence et de sa persistance, le sentiment que nous n'étions pas seuls, Charlotte et moi, s'évanouit en moi ; je compris au contraire parfaitement bien que j'étais encore beaucoup plus seul avec Mrs. Marden. Bien évidemment, elle ne vit rien et je fis un effort phénoménal, réussissant presque, pour dissimuler le fait que j'étais dans une situation différente. J'use du mot « presque », car elle m'observa un instant — tandis que mes paroles étaient figées sur mes lèvres —, d'une façon qui me fit craindre de l'entendre s'écrier, une fois encore : « Qu'est-ce qui vous arrive ? »

Ce qui m'arrivait, j'eus vite fait de le lui dire, car le spectacle touchant de son ignorance suscita en moi une prise de conscience brutale. Elle était émouvante face à cet étrange augure. Ce qui était présagé, danger ou chagrin, félicité ou malheur, avait peu d'importance ; elle était assise là, naïve et délicieuse, et tout ce que je vis, c'est qu'elle vivait à proximité d'une chose qu'elle aurait, l'eût-elle vue, trouvée monstrueuse. Il se trouve que cette présence, qu'un voile dissimulait, risquait à tout moment d'apparaître au grand jour. Cela ne me dérangeait guère alors, me parut-il, cependant rien n'indiquait qu'il en serait de même pour elle et l'épreuve s'annonçait, à n'en pas douter, épouvantable, à défaut d'être singulière et attrayante. Si cela ne me dérangeait guère moi-même, tel que je m'en rendis compte par la suite, c'est en grande partie parce que j'étais entièrement obnubilé par l'idée de la protéger, elle. C'est la raison pour laquelle mon cœur battait de manière effrénée à cette idée et que je décidai sur l'heure de faire tout mon possible pour la laisser dans l'ignorance. Ce que je pouvais faire aurait à coup sûr pu être confus pour moi, somme toute, si je n'avais pas encore plus pris conscience de l'amour que je nourrissais pour elle. La seule manière de la secourir était de l'aimer, et la seule façon de l'aimer était de le lui signifier, ici et maintenant. Sir Edmund Orme ne me retint pas, d'autant que peu après il nous tourna le dos et resta là discrètement, le regard plongé dans le feu. À un autre instant, il posa sa tête sur son bras, s'appuyant au manteau de la cheminée, comme frappé d'un abattement progressif, tel un esprit plus exténué que discret. Charlotte Marden tressaillit à mes paroles et se leva d'un bond pour y échapper, mais elle ne s'en offusqua pas — ma tendresse était incontestable. Elle se contenta de se mouvoir dans la pièce tout en poussant un murmure désapprobateur, et j'étais si occupé à m'emparer du moindre avantage qui était le mien que je ne remarquai absolument pas la manière dont Sir Edmund Orme avait disparu. Je ne fis que constater aussitôt sa disparition. C'était du pareil au même — il nous avait si peu importunés ; je me rappelle seulement avoir été subitement frappé par le hochement lent, doux et triste que m'adressa Miss Marden d'une manière inexorable.

« Je n'exige pas de réponse immédiate, insistai-je, la seule chose que je souhaite, c'est que vous soyez sûre… que vous sachiez à quel point c'est important. »

« Oh, je n'ai aucune réponse à vous donner, maintenant ou jamais ! répondit-elle. C'est un sujet que je déteste, je vous en prie… j'aimerais tant que l'on me laisse tranquille. » Puis, comme si j'avais trouvé le cri ingénu et irréfrénable de la beauté assiégée quelque peu discordant, elle ajouta prestement : « Merci, merci… mille mercis ! »

Au dîner, j'eus suffisamment de générosité pour me réjouir du fait, pour elle, que l'on m'eût placé du même côté de la table qu'elle, d'où elle n'était pas en mesure de me voir. Sa mère se trouvait presque en face de moi, et juste après que nous eûmes pris place, Mrs. Marden posa sur moi un regard long et profond, lequel exprimait l'entièreté de notre étrange communion. Cela signifiait bien évidemment : « Elle m'a tout dit » et encore bien d'autres choses. Je sais de toute façon ce que révélait le regard que je lui adressai à mon tour : « Je l'ai revu… je l'ai revu ! » Cela n'empêcha aucunement Mrs. Marden de traiter ses voisins avec sa scrupuleuse fadeur coutumière. Après le dîner, lorsque les hommes se joignirent aux dames au salon et que j'allai droit vers elle pour lui exprimer mon désir de m'entretenir avec elle en privé, elle répéta aussitôt, à mi-voix, les yeux rivés sur son éventail qu'elle ouvrait et refermait :

« Il est ici, il est ici. »

« Ici ? » Je balayai la pièce du regard, mais fus déçu.

« Regardez où elle est », enjoignit Mrs. Marden, d'un ton légèrement sec. En réalité, Charlotte ne se trouvait pas dans le salon principal, mais dans un appartement contigu que l'on avait baptisé « petit salon ». Je fis quelques pas et la vis, par une porte ouverte, postée au beau milieu de la pièce, s'entretenant avec trois messieurs qui me tournaient le dos pour ainsi dire. Durant un instant, ma quête parut vaine ; puis je m'aperçus que l'un des messieurs — celui du milieu — se trouvait être Sir Edmund Orme. Cette fois, il était vraiment étonnant que les autres ne le voient pas. Charlotte, l'œil fixe, semblait s'adresser à lui directement. Cependant, elle m'aperçut au bout d'un instant et détourna le regard instantanément. Je revins auprès de sa mère, plutôt marri que la jeune fille puisse croire que c'était elle que j'épiais, ce qui eût été injuste. Mrs. Marden avait trouvé un petit canapé — quelque peu distant — et je pris place près d'elle. Il y avait tant de questions sur lesquelles je souhaitais m'entretenir que j'aurais bien voulu que nous nous trouvions dans le salon indien. Toutefois, je compris bientôt que notre intimité était tout à fait suffisante. À présent, nous communiquions si étroitement et si admirablement, et avec des silences d'une telle réciprocité, que tout se déroulerait pour le mieux, indépendamment des circonstances. « Oh, oui, il est ici, dis-je, et vers sept heures et quart il se trouvait dans le grand salon. »

« Je le savais à ce moment, et j'étais si heureuse. »

« Si heureuse ? »

« Que ce soit votre affaire, cette fois, et pas la mienne. C'est une tranquillité pour moi. »

« Avez-vous dormi toute l'après-midi ? » demandai-je.

« Comme je ne l'ai pas fait depuis des mois. Mais comment le saviez-vous ? »

« De la même manière que vous saviez, vous, que Sir Edmund se trouvait dans le grand salon, j'imagine. Vous et moi, nous saurons à présent, de toute évidence, certaines choses l'un de l'autre. »

« Certaines choses le concernant lui, reprit Mrs. Marden. C'est une bénédiction, la manière dont vous prenez les choses », ajouta-t-elle, laissant échapper un long et doux soupir.

« Je les prends comme un homme qui est épris de votre fille. »

« Bien évidemment, bien évidemment. » Si intense que fût le désir que j'éprouvais à l'égard de la jeune fille, je ne pus m'empêcher de me gausser légèrement du ton de ses paroles, ce qui conduisit ma compagne à dire : « Sans quoi vous ne l'auriez pas vu. »

« Mais tous ceux qui sont épris d'elle ne le voient pas, sinon il y en aurait des douzaines. »

« Ils ne sont pas épris d'elle comme vous l'êtes. »

« Certes, je ne peux parler qu'en mon nom. J'ai d'ailleurs profité d'un instant, avant le dîner, pour le faire. »

« Elle n'a pas attendu pour me le dire. »

« Et y a-t-il un espoir, une chance ? »

« C'est ce dont j'ai moi-même très envie, ce pour quoi je prie. »

« Ah, comment puis-je vous remercier assez ? » marmonnai-je.

« Je suis convaincue que tout passera… si elle vous aime », poursuivit Mrs. Marden.

« Tout passera ? »

« Jamais nous ne le reverrons. »

« Oh, si elle m'aime, peu me chaut la fréquence à laquelle je le verrai ! »

« Ah, vous prenez décidément les choses mieux que moi, prononça ma compagne. Quelle chance vous avez de ne pas savoir, de ne pas comprendre ! »

« Non, en effet. Que diable veut-il donc ? »

« Il veut me faire souffrir. » Sur ce, elle tourna vers moi sa face blême et je compris parfaitement, pour la première fois, si cela avait bien été la raison d'être de Sir Edmund Orme, à quel point il avait réussi.

« Pour ce que je lui ai fait », précisa Mrs. Marden.

« Mais que lui avez-vous donc fait ? »

Elle me contempla un moment. « Je l'ai tué. » Comme je ne l'avais vu qu'à peine cinq minutes auparavant, à moins de cinquante mètres de là, ces mots me firent tressauter. « Oui, je vous fais tressaillir ; soyez prudent. Il est toujours là, mais il a mis fin à ses jours. Je lui ai brisé le cœur… il m'a trouvée infiniment odieuse. Nous devions nous marier, mais j'ai rompu nos fiançailles à la dernière minute. J'ai rencontré quelqu'un qui se trouvait être davantage à ma convenance ; c'est là la seule et unique raison. Ce n'était ni par intérêt ni pour des raisons pécuniaires, encore moins dans un souci d'ascension sociale ou pour quoi que ce soit de la sorte. Tout cela, il en était doté, lui. Je me suis tout bêtement énamourée du Capitaine Marden. Dès que je l'ai vu, j'ai senti que je ne pouvais en épouser aucun autre que lui. Je ne ressentais pas d'amour pour Edmund Orme — ma mère et ma sœur aînée avaient fait tous les arrangements. Seulement, lui m'aimait. Je lui ai avoué que je n'éprouvais nul sentiment pour lui, que je ne pouvais pas, et principalement que je ne voulais pas. Comme j'avais rompu avec lui, il a ingurgité je ne sais trop quelle sorte de drogue ou boisson effroyable qui s'est avérée fatale. Ç'a été horrible, épouvantable, on l'a retrouvé ainsi… il est décédé dans d'atroces souffrances. Je me suis mariée avec le capitaine Marden, mais seulement au bout de cinq ans. J'ai été heureuse, extrêmement heureuse ; le temps oblitère tout. Mais quand mon époux est mort, j'ai commencé à le voir. »

J'avais écouté avec la plus grande attention, mais je me posais des questions. « À voir votre époux ? »

« Non, jamais de cette manière-là, Dieu soit loué ! À le voir lui, avec Chartie… toujours avec Chartie. La première fois, cela m'a presque achevée… il y a à peu près sept ans de cela, lors de sa première sortie en société. Jamais quand je suis toute seule… seulement en sa présence. Parfois, cela s'arrête pendant des mois, puis cela reprend une fois par semaine. J'ai tout tenté pour rompre le charme : médecins, régimes et climats ; j'ai invoqué Dieu à genoux. Ce jour-là, à Brighton, sur la Promenade en votre compagnie, lorsque vous vous êtes dit que j'étais malade, c'était sa première réapparition, cela depuis des lustres. Et puis, dans la soirée, quand mon thé s'est répandu sur vous, et le jour où vous vous trouviez devant la porte avec Charlotte et que je vous ai vu depuis la fenêtre, il était présent, à chaque fois. »

« Je vois, je vois. » J'étais plus ravi que je ne saurais l'exprimer. « C'est une apparition comme une autre. »

« Comme une autre ? En avez-vous déjà vu d'autres ? »

« Non, je veux parler du genre de choses dont on parle. C'est suprêmement intéressant de tomber sur un cas concret. »

« Parce que pour vous, je représente un “cas” ! m'interrogea Mrs. Marden, d'un air profondément réprobateur. »

« Non, c'est de moi dont je parle. »

« Oh, mais c'est vous le bon ! s'écria-t-elle. J'avais bien raison d'avoir confiance en vous. »

« Je vous en suis sincèrement reconnaissant ; mais qu'est-ce qui vous a motivée ? »

« J'ai bien réfléchi. J'en ai eu tout le loisir durant ces années affreuses au cours desquelles il me châtiait à travers ma fille. »

« Loin de là, objectai-je, car elle n'a jamais rien remarqué. »

« C'est bien là ma crainte justement, qu'elle comprenne, à un moment ou un autre ; j'ai une peur indescriptible de l'effet que cela pourrait avoir sur elle. »

« Elle ne comprendra jamais, jamais ! » déclarai-je avec une telle intensité que plusieurs personnes se retournèrent. Mrs. Marden me fit lever, et je n'eus pas d'autre conversation avec elle de toute la soirée. Le lendemain, je l'informai que je devais quitter Tranton — il n'était ni plaisant ni convenable de rester en tant que galant éconduit. Quoique décontenancée, elle accepta tout de même mes raisons, me signifiant seulement de son regard éploré : « Alors, vous allez me laisser seule avec mon fardeau ? » Il fut bien entendu convenu entre nous que durant les nombreuses semaines qui s'annonçaient, il serait indélicat d' "importuner la pauvre Charlotte" : tels furent les termes dans lesquels, avec cette étrange inconséquence féminine et maternelle, elle fit allusion à un comportement chez moi qui trouvait grâce à ses yeux. J'étais prêt à faire preuve des plus nobles égards, mais il me parut que cette délicatesse même m'accordait le droit de glisser un mot à Miss Marden avant mon départ. Je la priai, après le petit déjeuner, de faire un tour sur la terrasse avec moi, et tandis qu'elle hésitait en me contemplant froidement, je lui fis savoir que mon seul but était de lui poser une question, puis de prendre congé d'elle — c'était pour elle que je quittais les lieux.

Elle me suivit dehors, et nous fîmes le tour du propriétaire trois ou quatre fois. Rien n'est plus beau que ce spacieux belvédère, depuis lequel on peut à chaque instant parcourir du regard le pays environnant, avec la mer pour tout horizon. Il se pourrait bien qu'en passant devant les fenêtres nous ayons attiré l'attention de nos amis qui se trouvaient à l'intérieur de la maison et qui ne pouvaient manquer de deviner, avec un air sarcastique, la raison pour laquelle je me précipitais dehors de manière aussi significative. Mais je n'y attachais aucune importance ; je me demandai seulement s'ils discerneraient vraiment, cette fois-ci, Sir Edmund Orme, lequel s'était associé à l'une de nos promenades et flânait à pas lents de l'autre côté de ma compagne. Je n'aurais su dire de quelle essence transcendante il était constitué ; je ne dispose d'aucune théorie à son sujet (je laisse cela aux autres), pas plus que je n'en ai concernant tel ou tel de mes semblables que j'ai bien pu coudoyer durant ma vie. Il était aussi tangible, en tant qu'individu, aussi incontestablement réel que n'importe qui d'autre. En plus d'être réel, il était aussi et surtout tout aussi sensible et respectable que les autres, de telle manière que je n'aurais pas davantage pensé à prendre des libertés, à tenter une expérience sur lui, à le toucher, par exemple, ou encore à lui parler, étant donné qu'il montrait l'exemple du silence, que je n'aurais imaginé pouvoir commettre quelque impropriété dans le beau monde. Il s'était toujours comporté, comme j'ai été à même de le constater davantage encore par la suite, en parfaite adéquation avec les convenances de son rang — il donnait toujours l'impression d'être correctement vêtu et, dans son maintien et ses manières, de se tenir tel que l'exigeait l'occasion. Il est indéniable qu'il avait une allure singulière, mais il semblait en quelque sorte toujours respecter les usages. J'en vins bientôt à associer une idée de beauté à son inavouable présence, la beauté d'une vieille histoire faite d'amour et de souffrance. Ce que je finis par sentir, c'est qu'il s'était rangé de mon côté, qu'il ne perdait pas de vue mes intérêts, qu'il veillait à ce que mon cœur ne soit pas brisé. Oh, il avait pris sa propre catastrophe au sérieux — cela, il l'avait assurément démontré au cours de sa vie. Si cette pauvre Mrs. Marden, comme elle me l'avait confié, y avait mûrement réfléchi, je soumis également le cas à la plus subtile des analyses dont mon intellect fût capable. C'était un cas de justice vindicative. La mère devait payer, par la souffrance, pour la souffrance qu'elle avait imposée, et comme il se pouvait que la tendance à rompre avec un amant ait été transmise à la fille, il fallait la surveiller, de sorte que celle-ci, elle aussi, soit amenée à endurer le même chagrin s'il arrivait qu'elle cause le même tort. Elle risquait de pasticher sa mère parfaitement tant par sa nature que par son physique. Le jour où elle désobéirait, en d'autres termes, cette « présence parfaite » serait une soudaine et impitoyable révélation, qu'elle aurait alors à incorporer de son mieux à la conception qu'elle se faisait de son univers de jeune femme. Je ne ressentais pas de grande peur pour elle, car elle n'était selon moi nullement aguicheuse. Nous aurions beaucoup de chemin à parcourir avant que je sois moi-même en position, au moins, de me sacrifier pour elle. Elle n'était pas en mesure de me repousser avant d'en avoir fait un peu plus pour moi. La question que j'avais pour elle sur la terrasse, ce matin-là, était de savoir s'il était convenable que je maintienne mes visites chez Mrs. Marden durant l'hiver. Je fis la promesse de ne pas me présenter chez elle trop souvent et, durant trois mois, de me retenir d'évoquer la question que j'avais soulevée la veille. Elle me répondit que je pouvais agir selon ma volonté, ce sur quoi nous nous quittâmes.

Je respectai mon serment envers elle ; pendant trois mois, je gardai le silence. Contre toute attente pour moi-même, il y eut cette fois des moments où elle donna l'impression d'être capable de turlupiner un homme. Je voulais tant la forcer à m'aimer que je fis montre de subtilité et d'ingéniosité, devenant prodigieusement alerte, patiemment diplomate. J'en arrivais parfois à penser que j'étais digne de cette récompense et que je l'avais presque amenée à reconnaître : « Bon, bon, vous êtes le meilleur… À présent, je vous autorise à m'adresser la parole. » Et puis sa beauté se fit plus inanimée que jamais, et, certains jours, une lueur de moquerie perçant dans son regard paraissait dire : « Si vous ne vous montrez pas prudent, je vais réellement accepter votre demande, afin d'en finir avec vous. » Mrs. Marden fut tout bonnement d'un grand secours en croyant en moi, et j'attachai d'autant plus d'importance à sa confiance qu'elle perdura malgré l'intermède soudain du miracle qui avait été accompli en ma faveur. Après notre visite à Tranton, Sir Edmund Orme prit congé de nous, et je dois reconnaître qu'au début j'en conçus une certaine déconvenue. Je me sentais moins désigné, moins uni à Charlotte. « Oh, ne criez pas victoire avant d'avoir tiré l'épingle de votre jeu, prévint sa mère, il m'a parfois laissée tranquille six mois d'affilée. Il se manifestera au moment où vous vous y attendrez le moins : il connaît bien son affaire ». Il s'ensuivit quelques semaines heureuses durant lesquelles elle eut la prudence de ne pas mentionner mon nom à sa fille. Elle fut assez bienveillante pour m'assurer que j'étais sur la bonne voie, que je donnais une impression d'assurance et qu'à la longue les femmes capitulent face à une telle attitude. Elle les avait vues s'incliner même lorsque l'homme faisait figure de pigeon à se conduire ainsi — voire de nigaud avéré. Elles les avaient vues agir ainsi même lorsqu'un homme était assez fou pour arborer un tel air — ou quand c'était un imbécile patenté. En ce qui la concernait, elle considérait qu'il s'agissait là d'un bon moment, un été de la Saint-Martin de l'âme en quelque sorte. Elle ne s'était jamais aussi bien portée depuis des années et m'en vouait une certaine reconnaissance. La crainte d'une apparition ne pesait plus sur elle — elle n'était plus angoissée chaque fois qu'elle promenait son regard alentour. Charlotte me contredisait fréquemment, mais elle se contredisait encore davantage. Cet hiver fut merveilleusement clément, ce qui fait que nous restions souvent assis sous le soleil. J'allais et venais, escorté par Charlotte, et Mrs. Marden nous attendait, installée soit sur un banc, soit dans une chaise longue, nous adressant un sourire au passage. J'étais toujours aux aguets, en quête d'un signe à déchiffrer sur son visage — « Il est avec vous, il est avec vous » (elle l'apercevait toujours avant moi), mais rien ne se produisit ; la saison nous avait également apporté une sorte de douceur spirituelle. Aux alentours de la fin avril, l'air était si proche de celui de juin, qu'en rencontrant mes deux amies un soir lors de quelque soirée mondaine — une agréable réception où se produisait un orchestre amateur —, j'entraînai la docile Miss Marden sur le balcon accessible par la porte-fenêtre ouverte de l'une des pièces. La nuit était suffocante, irrespirable, les étoiles floues, et sous la falaise, en contrebas, on percevait le grondement perpétuel de la mer. Nous l'écoutâmes un peu et, mêlé au son de la musique qui nous parvenait depuis l'antre de la maison, nous perçûmes le cri d'un violon accompagné des accords d'un piano — une prestation musicale qui nous avait servi de prétexte pour nous éclipser.

« M'aimez-vous un peu plus ? » demandai-je, sèchement, au bout d'une minute. « Pourriez-vous m'écouter de nouveau ? »

J'avais à peine parlé qu'elle plaça sa main sur mon bras, avec célérité, mais non sans une certaine force. « Taisez-vous !... N'y a-t-il pas quelqu'un là-bas ? » Elle examinait l'obscurité à l'autre bout du balcon. Celui-ci occupait toute la largeur de la maison, une largeur imposante, dans la plus pure tradition des demeures ancestrales de Brighton. Derrière nous, une fenêtre entrouverte nous éclairait un tantinet, mais les autres, masquées par des rideaux intérieurs, gardaient les ténèbres entières, si bien que j'eus le plus grand mal à distinguer la vague silhouette d'un homme planté là, lequel nous dévisageait. Il arborait un habit de soirée, tel un invité — je vis le miroitement vague de sa chemise blanche et l'ovale de son visage blême — et il aurait en fait très bien pu être l'un des commensaux nous ayant précédés pour aller prendre un bol d'air. C'est d'ailleurs ce que crut tout d'abord Miss Marden, puis manifestement, même au bout de quelques secondes, elle vit que l'intensité de son regard était peu banale. Je ne saurais dire ce qu'elle vit d'autre ; j'étais trop préoccupé par ma propre impression pour faire davantage que de ressentir l'immédiateté de son trouble. En fait, ma propre impression fut l'une des sensations les plus fortes, une sensation d'horreur ; car quelle pouvait bien être la signification de la chose que la jeune fille avait fini par apercevoir ? Soudainement, je l'entendis lâcher un « Ah ! » de surprise et se ruer à l'intérieur de la maison. Ce n'est qu'ultérieurement que j'ai compris que j'avais éprouvé moi-même une émotion complètement nouvelle — mon horreur s'était transformée en colère, et ma colère en mouvement : celui d'arpenter le balcon à grandes enjambées d'un air désapprobateur. L'affaire m'apparaissait dans toute sa simplicité : une jeune fille effrayée dont j'étais épris. Je m'avançai pour garantir sa sécurité, mais rien ne vint à ma rencontre. Soit il s'agissait d'une erreur, soit Sir Edmund Orme s'était volatilisé.

Je suivis Miss Marden sur-le-champ, mais un certain chaos s'était manifesté dans le salon au moment où j'y étais arrivé. Une dame était tombée en pâmoison, la musique était interrompue ; il y eut des bruissements de chaises et des pas accélérés. Cette dame n'était pas Charlotte, comme je le craignais, mais bien Mrs. Marden, laquelle venait soudainement de défaillir. Je me souviens avec quel apaisement j'appris cette nouvelle, car voir Charlotte frappée par la maladie eût été un supplice, tandis que l'évanouissement de sa mère procurait un dérivatif à son angoisse. Ce fut certes toute une histoire pour les gens de la maison, ainsi que pour les dames, et je fus dans l'impossibilité de m'occuper de mes amies, encore moins de les accompagner jusqu'à leur calèche. Mrs. Marden reprit connaissance et insista pour rentrer, après quoi je me retirai avec un sentiment de gêne.

Le lendemain matin, je passai la voir afin de m'enquérir de son état et l'on m'informa qu'elle se sentait mieux, mais lorsque je sollicitai une rencontre avec Miss Marden, la réponse que l'on fit descendre fut négative. Je n'eus rien à faire de toute la journée, hormis flâner ici et là, mon cœur battant la chamade. Mais dans la soirée, un messager me transmit un mot crayonné : « Venez, s'il vous plaît, mère souhaite vous voir. » Cinq minutes plus tard, derechef, j'étais à la porte et l'on m'introduisit dans le salon. Mrs. Marden était allongée sur le canapé, et dès que mon regard se posa sur son visage, j'y distinguai l'ombre de la mort. Mais la première chose dont elle m'informa fut qu'elle allait mieux, tellement mieux ; son vieux cœur lui avait encore joué de mauvais tours, mais à présent il était revenu à la normale. Comme elle me tendait la main, je m'inclinai vers elle en la regardant droit dans les yeux, pouvant ainsi déchiffrer dans son regard le message qu'elle n'avait pas énoncé : « Je suis vraiment très malade, mais veuillez feindre de prendre tout ce que je dis à la lettre. Charlotte, qui se tenait près d'elle, ne semblait plus apeurée à présent, mais extrêmement grave ; le regard fuyant. « Elle m'a expliqué… elle m'a tout expliqué ! » poursuivit sa mère.

« Elle vous a expliqué ? » Je les fixai du regard de manière intermittente, me demandant si Mrs. Marden voulait dire par là que la jeune fille lui avait raconté ce qui s'était passé sur le balcon.

« Oui, que vous lui avez à nouveau parlé... que vous êtes merveilleusement fidèle. »

Je fus traversé d'un frisson de joie à ces paroles ; c'était bien la preuve que c'était le souvenir qui avait dominé, mais aussi que Charlotte avait souhaité dire ce qui apaiserait le plus sa mère, non pas ce qui l'affolerait. Pourtant, je savais moi-même à présent, aussi bien que si Mrs. Marden me l'avait dit, qu'elle savait et avait su à l'instant même ce que sa fille avait vu. « J'ai parlé... J'ai parlé, mais n'ai obtenu aucune réponse », répondis-je.

« Eh bien, maintenant vous allez en obtenir une, n'est-ce pas Chartie ? C'est ce que je désire, ce que je dé-si-re ! » insista la pauvre dame en murmurant, la voix empreinte d'une ineffable mélancolie.

« Vous faites montre de tant de complaisance envers moi », me dit Charlotte, avec gravité et douceur, le regard dardé sur le tapis. Il y avait quelque chose de différent chez elle, elle n'était plus ce qu'elle avait été dans le passé. Elle avait reconnu quelque chose, elle ressentait une contrainte. Je voyais bien qu'elle tremblait.

« Ah, si seulement vous daigniez me laisser vous prouver toute l'étendue de ma bonté ! » me récriai-je, les mains tendues vers elle. Alors que je prononçais ces paroles, j'eus la conviction que quelque chose venait de se produire. Une silhouette, qui s'était concrétisée de l'autre côté du lit, était inclinée au-dessus de Mrs. Marden. Mon être entier ne fut qu'une prière muette pour que Charlotte ne perçoive rien et que je sois en mesure de ne rien laisser paraître. La furieuse envie de lorgner en direction de Mrs. Marden fut encore plus forte que le mouvement involontaire visant à embrasser Sir Edmund Orme du regard ; mais je fus à même de réprimer ce réflexe et Mrs. Marden demeura parfaitement immobile. Charlotte se leva pour me tendre la main et, ce faisant, elle vit. Elle jeta un regard de consternation et poussa un cri perçant, tandis qu'au même instant un autre son retentissait à mon oreille, pareil aux pleurs des damnés. Mais je m'étais déjà élancé vers la jeune fille pour l'envelopper et dissimuler son visage. Elle s'était déjà jetée dans mes bras. Je la maintins là un moment, penché sur elle, m'abandonnant à elle, ressentant chacun de ses battements en harmonie avec les miens au risque de les confondre ; puis, subitement, je compris avec froideur que nous étions seuls. Elle se dégagea. La silhouette près du canapé s'était évaporée, mais Mrs. Marden gisait là à sa place, les yeux fermés ; quelque chose dans son immobilité suscita de nouveau un effroi extrême en nous. Charlotte exprima cette terreur en criant : « Mère, mère ! » et en se jetant à terre. Je m'agenouillai à ses côtés. Mrs. Marden avait exhalé son dernier souffle.

Le son que j'entendis lorsque Chartie hurla — je veux dire l'autre son encore plus déchirant — était-il la plainte désespérée de la pauvre femme aux prises avec la mort ou l'éloquent sanglot (telle une bouffée de vent lors d'une violente tempête), d'un esprit conjuré et rasséréné ? La seconde explication est probablement la meilleure, car ce fut, par bonheur, la dernière apparition de Sir Edmund Orme.

Cornelia au crêpe

Traduction d'Isabelle Barat et Annette Grimaux

I

Par trois fois en l'espace d'un quart d'heure — changeant de posture sur sa chaise sans interrompre sa méditation — il avait consulté sa montre comme pour y détecter un signe ultime et indiscutable qui l'inciterait à se décider, à se lever de son siège. Celui-ci se trouvait parmi d'autres inoccupés, regroupés un peu en retrait et, de cet endroit où il s'attardait, il apercevait l'étendue d'une pelouse rafraîchie par les récentes averses d'avril, sur laquelle plusieurs jeunes enfants se consacraient à leurs jeux. Les arbres, les buissons, les plantes, chaque tige et chaque brindille ébouriffés par le premier frôlement des doigts légers du temps qui s'adoucissait lui semblaient s'immobiliser dans l'espoir délicieux de ressentir encore cette caresse. Tout, autour de lui, suspendait son souffle à l'instar d'un enfant qui attend avec la ferveur de sa bouche entr'ouverte et de ses yeux clos les effets tangibles de la promesse qu'on lui avait faite s'il était sage. Ainsi, dans l'air tranquille réchauffé par le soleil de ce bel après-midi, le Parc de cette fin d'hiver avait paru à White-Mason être en attente. De tels émois lui faisaient sentir que même New York était « bon », assez bon — pour lui, tout au moins. Ses bruits assourdis, presque doux, semblaient lui parvenir de très loin par-delà l'horizon boisé qui esquissait la limite la plus extrême de la vaste clairière en contrebas. Les cris des enfants cabriolant en tous sens avaient perdu leur âpreté diffuse — ils étaient, pour tout dire, presqu'aussi pimpants et apprêtés que les atours froufroutants et enrubannés des fillettes, ces tenues qui toujours, en ces lieux, exposaient de façon alarmante à ses yeux la progéniture des curieux autochtones — cette engeance qui lui paraissait si suprêmement étrangère.

Non que sa méditation, en cet instant, fût accaparée par ce sujet particulier. Au terme de sa promenade, l'envie l'avait saisi de s'asseoir un peu à l'écart afin de réfléchir, ce à quoi il s'était abandonné depuis une vingtaine de minutes sans que cela eût, jusqu'à présent, entamé le charme de la procrastination. Mais il avait regardé sans voir, écouté sans entendre et, en définitive, il n'avait éprouvé que quelques vagues sensations. Il avait ressenti tout d'abord la belle énergie de l'air, la grâce de la saison, l'invitation souveraine de la Nature et cela perdurait ainsi qu'il eût pu l'exprimer à cet âge — oui, à quarante-huit ans, tout autant qu'à n'importe quelle période du prétendu règne des passions de la jeunesse — tout à fait comme si, Puissance aimable, indulgente, indifférente, cynique, elle lui offrait cette chance ultime qu'il appartiendrait à son esprit ou à son corps d'embrasser. Par la suite, il avait également acquis la certitude, au point de se résigner en conséquence à une immobilité prolongée, que s'il prenait la résolution de rendre visite à Mrs. Worthingham et la trouvait chez elle, il ne pourrait, pour rester fidèle à lui-même, omettre de lui poser la question qu'il avait éludée la fois précédente à cause de la présence irritante et persistante, même si elle était fortuite, d'autres personnes. Et quels amis elle avait ! De ces gens qui s'incrustaient sottement et impudemment ! Si jamais ils parvenaient, elle et lui, à s'accorder, il faudrait probablement statuer sur certains membres de son cercle singulièrement disparate, auxquels il lui semblait impensable qu'il pût s'intéresser. Cette défaite, il lui fallait se rendre justice — il s'y appliquait principalement, voyez-vous — la justice idéale envers *elle*, tout comme la conception qu'elle pouvait en avoir, se révélant d'un autre ordre — il la devait à ce dimanche après-midi. Ce jour ne lui était pas « réservé » puisqu'ils ne s'étaient pas, jusque-là, accordés sur des dates de rencontre nécessitant des sacrifices avérés. Il se pourrait, en tout état de cause, qu'il découvre que ce mercredi plaisant et opportun — si, bien entendu, au rythme qui était le sien, il parvenait à le retenir avant qu'il ne s'évapore — lui serait proposé avec plus de libéralité.

Le tout dernier son qu'il put percevoir depuis son recoin fut la note unique et grave délivrée par une horloge publique haut perchée qui sonnait cinq heures et demie. Il se leva enfin, empli de l'idée qu'à partir de cet instant, il lui fallait pour le moins sentir que le temps avait atteint une résonance sacrée pour lui. Ce fut là — tandis que, debout, il époussetait ses vêtements, ajustait son chapeau, sa cravate, ses boutons de manchette, peaufinait le poli impeccable de ses belles chaussures comme pour laisser se refléter en leur miroir sa personne droite, mince et grisonnante, sa personne nette, raffinée et vêtue avec goût, en un mot, sa personne éminemment distinguée, celle d'un gentleman solidement établi mais également celle d'un célibataire notablement nerveux — ce fut en cet instant de crise, indubitablement, que tout à la fois il mesura le mieux et regretta le moins la délicatesse de sa situation. S'il se décidait à se rendre chez elle, il la trouverait certainement et s'il la trouvait, il en viendrait certainement au fait. Il ne remettrait pas encore cela à plus tard — il nourrissait cette haute aspiration à la justice, du moins vis-à-vis de lui-même. Il ne s'était encore jamais refusé quoi que ce fût d'aussi apparemment riche de possibilités que cette idée de demander sa main à Mrs. Worthingham — jamais encore, autrement dit, il ne s'était rien refusé qu'il eût si clairement désiré réaliser et les fruits de cette sagesse représentaient précisément pour lui la part précieuse de son expérience. Parmi les circonstances où il avait offert son honorable main, trois tout au moins, dont il se souvenait, étaient issues d'une impulsion tout aussi vive et, de surcroît, d'une estime de soi qui n'avait nullement souffert de l'échec enduré à chaque fois. En ces trois occasions — les seules qu'il comparât volontiers à sa présente situation — on l'avait accueilli en lui confessant en toute sincérité que, si charmant qu'il fût, on ne pouvait, pour une raison ou une autre, croire inconditionnellement en lui. Et ensuite, le cours de la vie avait levé de nombreux doutes.

Il le comprenait en toute lucidité à présent : à chaque fois qu'il s'était heurté à un refus, la situation se serait soldée par un échec. Et telle était son honnêteté foncière qu'il pouvait continuer à mener sa vie en considérant ces événements comme le témoignage du bien-fondé de son attitude, c'est-à-dire d'avoir pu aller de l'avant dans des conditions impossibles, mû par la perspicacité et un instinct précieux. Il se félicitait à la pensée d'avoir soumis cette question importante à une épreuve cruciale et d'avoir évité une grave erreur en persistant dans cette attitude. Quelle preuve plus flagrante que d'être libre, désormais, de renouveler une demande du plus grand intérêt et de se trouver exactement sur le point d'accomplir cet acte dans des conditions différentes et bien meilleures ? Conditions meilleures à la mesure de tout ce qui était engagé dans cet accord imminent — à la mesure de ses expériences et de sa personne, de sa situation sociale, de sa réputation aurait-il même pu dire, de sa connaissance de la vie, de ses moyens plus élevés, de son charme possiblement accru, de son esprit et de son caractère incontestablement améliorés. Une fois qu'il se fut mis en marche, une fois qu'il eut traversé le Parc et qu'il en fut sorti, pénétrant dans une des nouvelles petites rues adjacentes qui aboutissaient à l'est, il adopta le pas d'un homme jeune, suffisamment jeune pour puiser confiance, félicité, en vérité, dans le sentiment de l'action, quel qu'il soit. Il lui était encore possible de se réjouir de presque tout ce qui pouvait lui rappeler qu'il n'était pas si vieux, y compris faute de mieux, de quelque chose d'absolument déplaisant. La nouveauté surgissant de tous côtés aurait pu altérer, il est vrai, cette belle humeur en exigeant trop d'elle. La demeure de Mrs. Worthingham, devant laquelle il s'arrêta, affichait ce vernis de l'argent nouveau, cet éclat vif d'une monnaie fraîchement frappée, sonnant pour la première fois sur un comptoir et réclamant, quelle que soit la transaction, quelque chose de plus que sa valeur « nominale ». Cette impression ne pouvait qu'être renforcée pour l'observateur invité à entrer et engagé à se présenter. En l'occurrence, chez notre ami qui se tenait encore dans l'entrée, cette impression instantanée d'un scintillement général, d'un choc dont la clameur éclatante ne s'était pas encore dissipée, fut sans aucun doute la plus puissante qu'il eût jamais connue. Cela fusait de toutes parts comme la vibration la plus élevée de l'intérêt et si spontanément que — non, assurément — il n'avait jamais rien vu de tel ; chacun de ces objets coûteux lui criant, dans sa vanité sans fard, qu'il était bien « chez lui ». Il affronta l'ensemble de cette scène avec la grimace qui affecte les personnes qui passent de l'ombre à la lumière aveuglante sans porter de lunettes teintées. Et si, par un hasard fort possible, un « cliché » de lui avait été pris à cet instant précis, il eût saisi sur son visage, en guise de premier tribut versé au temple de la charmante Mrs. Worthingham, cette grimace qui pouvait relever de la souffrance. Il n'était pas dans sa nature, indiquons-le tout de suite, de porter des lunettes de protection ; et, à New York, il était exposé à cette fréquente violence des variations lumineuses — étant obligé de s'en accommoder à chaque fois qu'il sortait, hors de lui-même pourrait-on dire. L'octave de l'intérêt, à son goût, résonnait avec le son de l'histoire, celui de la suggestion acquise et glanée, en un mot avec celui de l'association ; de sorte qu'il préférait incontestablement vivre, sinon dans une riche pénombre, ce qui aurait dépassé l'état de sa bourse et de ses humeurs, du moins en compagnie d'objets et d'images qui manifestaient la tonalité du temps.

Il avait toujours senti cette présence indispensable — avec le besoin, en outre, qu'il en avait, n'interférant en rien avec sa douce habitude, pour ne pas dire son art subtil, d'extraire ce qui lui restait de jeunesse, d'étaler en une mince couche parcimonieuse le fond de cet inestimable pot de confiture niché dans le placard de la conscience sur ce qui restait d'une tranche de vie peut-être encore suffisamment épaisse pour le supporter — en d'autres termes, de repousser les limites de la mélancolie, les signes porteurs de sens, toujours un peu plus loin, de la façon quelquefois dont on déplace furtivement les panneaux ou bien les clôtures circonscrivant une propriété à la nuit tombée. Il chérissait véritablement, dans l'espoir, eût-on dit, de conjurer son réflexe habituel de protéger ses globes oculaires endoloris — tant d'aspects de New York semblaient l'y contraindre sans répit — un idéal d'appréciation exacte, de courageuse curiosité, ainsi qu'un juste abandon au monde qui l'entourait, ce monde de nouveautés permanentes et affolantes, de remplacements implacables, pour le laisser livrer ses assauts éblouissants selon ses propres termes excessifs. C'était la nouveauté qui faisait la valeur de la monnaie — pour l'acquéreur — ou, tout au moins, cela pouvait-il se produire bien que le « souffle » furieux de cette fiévreuse nouveauté ou de toute autre forme d'interruption ne pourrait jamais régénérer la paix de ceux qui occupaient antérieurement et depuis longtemps le terrain. Et c'est seulement parce que la conservation de cette tonalité représentait après tout la chose la plus appréciable et la plus consolante lorsqu'on s'en retournait vers elle en chancelant, blessé, ensanglanté, aveuglé par cette explosion de lumière crue — ou, pour rendre compte sans doute plus joliment de l'expérience, par ces excès de lumière.

II

S'il pénétra malgré tout dans la pièce avec quelque trace, inévitable, de cette grimace, deux raisons suffisamment fondées justifiaient toutefois, à cet instant, de se protéger les yeux avant de poser ses regards alentour. En premier lieu, la pièce tout entière sembla réfléchir à merveille le lustre de la petite personne nacrée et prospère de Mrs. Worthingham. Tout paraissait — cela le frappa — émaner du sourire de Mrs. Worthingham, étinceler, non seulement dans le miroitement de ses dents ravissantes mais également dans celui de ses bagues, de ses broches, de ses bracelets à breloques et de ses autres colifichets. Tout paraissait s'enrouler et se tordre convulsivement comme pour rivaliser avec les charmants entrelacs de ses tresses blondes. Tout paraissait enchâsser les bergères roses et blanches en porcelaine de Dresde particulièrement inspirées, ornementées de volants, de rubans, de fronces, de festons dans une composition accomplie d'arabesques baroques, de circonvolutions et autres fioritures formant un écrin somptueux de vanités ciselées, peintes et dorées. En second lieu, sitôt entré, une fois passée cette impression d'extravagance théâtrale, comme si le rideau se levait à son intention sur le premier acte d'un petit opéra-comique à la mise en scène fastueuse, il s'avéra qu'après tout elle ne l'avait point attendu, amoureuse et esseulée mais qu'elle l'avait de nouveau exposé, avec une pointe de négligence, à l'embarras d'avoir à compter, quelque aimable dessein eût-il pu caresser, avec la présence tout à fait superflue d'une tierce personne, une petite inconnue tout de noir vêtue, insignifiante mais non moins gênante. Il était déconcertant de voir combien la petite dame en conversation avec Mrs. Worthingham lui paraissait noire, noire au point que, dans un tel décor, elle ne pouvait qu'apparaître comme l'unique élément privé de grâce, de couleur et de fraîcheur et qui ne pouvait en rien prétendre sacrifier aux falbalas de la mode. Tout témoin de leur entrevue, son hôtesse aurait dû le sentir, eût introduit une fausse note parmi tous ces reflets rosés ; mais quelle note plus fausse que celle de cette petite présence défraîchie, si fausse qu'on eût pu soupçonner Mrs. Worthingham de l'avoir plantée là comme faire-valoir dans le dessein raffiné de produire un effet et dont, d'ailleurs, elle ne paraissait pas plus pressée de mentionner le nom ni d'expliquer la présence qu'elle ne l'aurait été de « présenter » — allongé à ses pieds ou dressé docilement — un vieux chien de la maison, un fox-terrier ou un caniche hirsute. Chose extraordinaire, cinq minutes après être entré dans la pièce — la visiteuse n'avait ni esquissé un geste ni émis un son pendant ce temps — il s'était aperçu que Mrs. Worthingham était à la fois enchantée de le voir, parfaitement consciente de ce qu'il avait à l'esprit et singulièrement sereine de le voir embarrassé par cet obstacle dressé entre eux. C'était comme si elle n'en voyait strictement aucun dans l'immobilité, pour ne rien dire de l'apparente impassibilité de cette intruse ; vers qui, entre temps, notre ami, après son irritation initiale, n'orienta pas plus son regard que si sa bonté naturelle le lui avait interdit parce que lui prêter la plus petite attention en reviendrait inévitablement à lui jeter des regards déplaisants. Tout en poursuivant un semblant de conversation avec la dame dont le pouvoir qu'elle avait de l'amuser, de lui plaire et de lui complaire, dont la disposition, parfaitement appropriée et apte à éclairer l'après-midi automnale de sa vie avait dernièrement fini par devenir une conviction extrêmement claire, il entretenait un dialogue soutenu avec lui-même et s'efforçait de déceler dans le comportement, ainsi qu'il l'appelait, à défaut de mieux, de la charmante créature, une confirmation de sa théorie selon laquelle au fond d'elle-même elle aussi frémissait et mettait en lui d'ardents espoirs. La conviction précédente le renforça dans l'idée qui, à aucun moment ne lui avait jusque-là réellement répugné et qui était, en fin de compte, indissociable de la quintessence de sa séduction, à savoir qu'elle aussi possédait sa propre vision de sa dignité et de sa valeur personnelles et qu'elle n'aurait pour rien au monde souhaité paraître avertie de son intention et dévorée par l'impatience.

Il ne l'avait, s'il venait à y penser, pas vraiment avertie de sa visite et il n'aurait, par ailleurs, vraisemblablement pas été aussi consciemment pénétré de sa séduction s'il n'avait eu cette première et fort agréable impression que cette petite personne, tout en étant dotée de mille grâces superficielles, détenait également une fierté secrète. Il se pouvait qu'elle eût placé son lion galeux — pour ne pas dire son chien apprivoisé et muselé — en travers de son chemin pour lui signifier qu'elle n'était ni vulgaire ni facile ; ce qu'il ne saurait d'ailleurs souhaiter qu'une future épouse dévoilât à l'avance d'elle-même, quand bien même serait-ce à lui seul. Qu'elle eût la capacité de l'amener à se poser de telles questions faisait précisément partie du jeu captivant de ses surfaces moirées, des chatoyantes combinaisons de ses multiples facettes — sa jeunesse et son indépendance, notamment pécuniaire, peut-être — de sa vivacité et de sa beauté, de ses facultés d'adaptation par-dessus tout et de sa curieuse nouveauté, cette haute modernité, selon l'expression à la mode, qui la rendait tellement plus « au fait » en certains domaines que lui-même, tout homme du monde fût-il sans conteste, ne pouvait le prétendre, quoique tout cela reposât chez elle sur la base d'un postulat particulièrement inconscient, instinctif et fastueux. Elle était « au fait » de tout, au courant de tout — à condition de ne pas remonter trop loin en arrière (disons deux semaines et comme si, en l'espace de ces quinze jours, des pans entiers de l'histoire s'étaient précipités sur le monde). Par ailleurs, rien ne la surprenait et, dans cette perspective, on pouvait penser qu'il en serait de même pour le restant de sa vie ou, en tout cas, de sa vie à lui, ce qui constituait sa seule préoccupation. C'était comme si la subordination de l'avenir aux goûts personnels et quelque peu dispendieux de Mrs.Worthingham lui était une absolue certitude si bien qu'il pouvait la voir, malgré ses souliers inspirés des porcelaines de Dresde et les froufrous de ses fabuleuses jupes volantées à la dernière mode, virevoltant au bras des temps modernes comme sur le parquet d'une salle de bal, se pliant aux cadences de leurs pas endiablés et prête pour chacune des figures de la danse. La perspective qu'elle lui offrait prit subitement pour lui la forme d'une large fenêtre carrée et ensoleillée qui s'ouvrait avec assurance sur l'immensité de la vie. Vers elle s'élevait, comme d'une vaste *esplanade* fourmillante, un grand remous d'émotions et de résonances. Cependant, c'était comme si, au moment même où il contemplait cette scène, la main légère et constellée de gemmes de Mrs. Worthingham, qui projetait sa flamme en sa direction et faisait resplendir le lustre incomparable des plus jolis ongles roses du monde, avait pressé un ressort, le plus ingénieux de ces récents dispositifs destinés à procurer un confort instantané, qui faisait tomber jusqu'à mi-hauteur un store aux teintes pastel, un auvent soyeux aux tons subtils, aux franges frissonnantes, promettant un bain d'ombre fraîche à l'ami élu accoudé avec elle au balcon — c'est-à-dire à l'heureux couple lui-même. Cette éblouissante vision constituerait la perspective et le privilège de l'état que, précisément, il convoitait — car ne le convoitait-il pas ? — cet état qui l'établirait auprès d'elle avec tant d'assurance ; tandis que le lavis de l'intimité, ainsi que chacun pouvait le concevoir, l'ample et délicat pinceau trempé dans une terre d'ombre claire et appliqué directement, saturé d'eau et de pigments, sur la vigoureuse palette des couleurs, représenterait cette assurance même, l'élégance foncière la plus haute, la situation, tellement idéale, de n'être exclu de rien et, pourtant, de se sentir dégagé de tout poids et de toute inquiétude dans l'allégresse et la désinvolture des hauteurs. Ainsi, l'ai-je dit, pour notre ami et tant que son impression persista, ce lieu s'ouvrait formidablement et rayonnait intensément et ce qui se trouvait sous ses yeux prit la forme (bien qu'il s'agît en vérité d'un autre événement), du « carré lumineux » du poète ; avec, toutefois, fait plus remarquable encore, un objet incongru usurpant à cet instant précis le privilège du cadre et, paraissant, alors même qu'il regardait, lui bloquer la vue.

Cet objet incongru était une tête de femme, couronnée d'un petit chapeau noir chichement agrémenté de plumes, un ornement en tout point différent de ceux que les femmes « portaient » de nos jours et qui retenaient l'attention de White-Mason — et cela venait à la rencontre de ses yeux, grandissant, grossissant, se rapprochant, à l'instar des images du cinématographe. C'était à présent si proche qu'il ne voyait plus rien, non seulement des objets plus éloignés, ces objets que Mrs. Worthingham finirait immanquablement par lui présenter mais également des attributs et accessoires variés de cette dame sur lesquels son esprit s'était attardé. Le fait le plus extraordinaire survint au cours de la minute suivante : tout s'altéra, s'affaissa, s'assombrit, se dissipa. Son imagination n'avait déployé ses ailes que pour les sentir grotesquement s'abattre sur ses flancs tandis qu'il reconnaissait, en la compagne silencieuse de son hôtesse, l'inconnue importune qui, si elle n'avait, il est vrai, pas perturbé ses rêveuses envolées, l'avait néanmoins empêché de faire sa déclaration lors de son arrivée et avait provoqué le choc sourd, pour ne pas dire brutal, de ce retour à la réalité suscité par l'irréfutable personne de Cornelia Rash elle-même. C'était elle qui était demeurée là, au garde-à-vous ; elle que sa compagne n'avait pas présentée ; elle qu'il avait évité de regarder en face de peur de se montrer impoli. Il la dévisagea — tout le reste s'effaça.

« Ainsi, pendant tout ce temps, c'était *vous* ? »

Miss Rash pâlit légèrement. « J'attendais pour voir si vous me reconnaîtriez. »

« Ah ma chère Cornelia — ces mots lui vinrent spontanément aux lèvres — si je vous reconnais ! »

« Eh bien, ce n'est pas, répliqua-t-elle en rougissant subitement, dû au temps que vous avez pris pour me regarder ! »

Elle souriait, riait, même, il percevait pourtant à quel point elle avait été affectée par son indifférence, pauvre petite. Cette relation, la grande amie de sa jeunesse — c'est ce qu'elle avait été — la compagne de son enfance, de son adolescence, puis de sa maturité, jusqu'à ces dix dernières années, en vérité et l'amie, aussi, de tant de ses amis et de presque toutes ses connaissances, celles d'un autre temps, celles qui, pour la plupart, étaient parties pour toujours ; bref, la personne dont l'absence remarquée, même si elle avait pu passer pour définitive, ne datait que de quelques saisons. Elle était là, à présent, de nouveau, de manière absolument inattendue — il avait entendu dire que, demeurée seule à la suite de décès successifs et en possession de maigres ressources, elle avait fini par chercher un salut financier en Europe, terre promise des Américains parcimonieux — elle était là, petite silhouette replète, antique presque et curieusement réservée à qui l'on ne semblait pas plus être obligé de s'adresser que si elle avait été un divan de satin noir avec des « finitions » de guimpe et de boutons ; une catégorie d'objets à l'endroit de laquelle la cécité était un principe. Il se sentit le besoin de se justifier et, avant même d'y avoir réfléchi, s'y était exercé aux dépens de Mrs. Worthingham.

« Ma foi, voyez-vous, nous n'avons pas été présentés... ! »

« Non — mais je n'imaginais pas qu'on dût vous rappeler mon nom. »

« Eh bien, ma chère amie, on ne l'a pas fait — rendez-moi cette justice ! » Il lui était possible, tout au moins, d'avancer cet argument. « Pendant tout ce temps, j'ai senti que... ! » Il lui aurait fallu, en revanche, beaucoup de temps pour exprimer ce qu'il avait ressenti ; et il remarquait à présent la jolie lumière projetée par l'étonnement de Mrs. Worthingham. Elle avait l'air d'une personne à qui il eût, au cours d'une promenade qu'ils auraient faite ensemble, causé quelque gêne en faisant halte dans la rue afin d'adresser la parole à une inconnue.

« Je n'aurais jamais supposé que vous la connaissiez ! » — c'était à lui que son hôtesse présentait des excuses.

À ces mots, Miss Rash se leva d'un bond, écarlate, son attitude totalement indéfinissable, mais exempte d'une vexation vulgaire — Cornelia en était incapable, se bornant, de manière assez comique, à relever intrépidement le menton et à rire pour montrer qu'elle s'était attendue à cela, à adopter la bonne formulation, celle qu'elle pouvait décemment présenter comme une plaisanterie. « Certes, si vous *l'aviez supposé*, c'est lui que vous auriez présenté. »

Tout en répondant à Cornelia, Mrs. Worthingham regardait White-Mason « Je ne voulais pas que vous partiez — ce que vous êtes tentée de faire, vous le voyez bien, dès qu'il vous adresse la parole. Mais je n'aurais jamais imaginé… ! »

« Qu'il y eût quelque chose entre nous ? Ah, le possible est sans limites ! »

Lui, de son côté, tandis qu'il s'adressait à la femme plus jeune et plus jolie, regardait la visiteuse — à l'intention de laquelle il poursuivit : « Quand êtes-vous rentrée ? Puis-je vous rendre visite au plus vite ? » Cornelia fut saisie d'un petit hoquet de surprise et se tortilla — elle gloussa presque. Elle avait perdu chaque atome du charme ténu de sa jeunesse, qu'on ne savait s'expliquer et qui, tapi derrière des traits sans relief, guettait dans l'espoir d'être aperçu, si bien que l'observer confinait presque à une forme de sport. Il avait vaguement entendu dire, cela lui revint (car ils n'avaient échangé aucune lettre ; leurs relations les plus récentes, Dieu merci, ne l'avaient pas impliqué) que, par mesure d'économie, elle s'était installée, provisoirement puis, dans la même perspective morose, définitivement, quelque part en Angleterre, « dans un de ces endroits profondément anglais, Saint Leonards, Cheltenham, Bognor, Dawlish — lequel de ces endroits affreux était-ce donc ? » Et, à présent, elle lui donnait vraiment l'impression d'être une de ces vieilles petites demoiselles d'excellente famille se tortillant, s'exclamant, conversant poliment, d'un genre vaguement associé aux romans en trois tomes qu'il avait coutume de dévorer (sans compter celles qu'il avait si souvent rencontrées dans la « vie réelle ») lors d'un lointain séjour à Brighton. Le plus étrange restait qu'en dépit de tous ces faits concernant la compagne avec laquelle il échangeait naguère tant de potins, il se réjouissait, néanmoins, à sa vue. Mais l'enchantement qu'il avait éprouvé à la réponse que Cornelia avait réservée à sa demande de venir la voir demeurait, en vérité, le plus surprenant. Elle ne le regarda pas. Elle se contenta, de sous son chapeau de crêpe démodé, curieusement exotique et avec son bon petit regard myope et insinuant, d'accompagner sa réponse de délicieuses espiègleries destinées à Mrs. Worthingham, avec toutes les outrances d'une femme timide. « Oui, vous pourrez me rendre visite — mais pas avant que cette chère adorable dame en ait terminé avec vous ! » L'instant suivant, elle s'était retirée.

III

Quarante minutes plus tard, après l'échec déconcertant qui avait conclu son aventure, il rebroussait chemin. S'en revenant par les lieux mêmes qui, peu de temps auparavant, avaient été témoins de la substantielle sérénité de son assurance, il ne ressentait aucune félicité. Il s'était dit alors — ou à peu de chose près — que, puisqu'il lui était loisible d'agir exactement comme il lui plaisait, il ne manquerait pas de retourner bientôt sur ses pas en fredonnant les premières mesures d'une sorte de marche nuptiale parce qu'il lui était apparu, avec une telle clarté, qu'il n'aurait « pas détesté » laisser Mrs. Worthingham accepter sa demande. Il n'avait pas eu à fredonner de marche nuptiale — rien, jusque-là, ne lui en avait donné l'occasion. Et ce n'était pourtant, de manière extraordinaire, point dû au fait qu'elle avait refusé sa main. Pourquoi, alors, n'avait-il pas goûté autant qu'il l'avait anticipé au plaisir de placer à portée de Mrs. Worthingham l'accomplissement de cet acte plaisant, celui de ne pas refuser sa main ? Se pouvait-il que ce fût le résultat de cette minute d'inconfort lors du départ de Cornelia, durant laquelle il lui avait été impossible de décider impromptu s'il l'accompagnerait ou non à la porte ? Il ne s'était pas décidé — Par quoi, grands dieux, avait-il donc été possédé ? — mais il avait piétiné sur place sans savoir sur quel pied danser, faisant volte-face après chaque impulsion et puis se repentant, atermoyant comme un roussin dressé bêtement sur ses pattes arrière entre deux bottes de foin et ayant produit, fort probablement, une impression des plus regrettables. De quelle manière, pour autant qu'on puisse y réfléchir, leur passé commun l'avait-il engagé vis-à-vis de Cornelia et de son crêpe ? Il chassa d'un coup sec sur le gravier tout spectre d'obligation.

Il ne pouvait, malheureusement, se débarrasser avec autant de succès de ce qu'il avait senti avec une vivacité particulière de la réaction de son hôtesse qui, toute perplexe qu'elle fût devant sa visible agitation — encore que sa perplexité ne suffît pas à susciter une question charitable — s'était montrée, tout compte fait, très franchement amusée. C'était là, de sa part, un exemple précisément de la plus neuve, de la plus fraîche, de la plus admirable des libertés, une manière de supposer en toute candeur, non pas « sans pitié », ni méchamment, ni même consciemment mais avec l'assurance enjouée d'une femme gâtée — le trait le plus impertinent du monde et qui finirait probablement par vous mettre les nerfs à vif — que tout événement quel qu'il soit croisant son chemin était placé là pour elle à des fins de divertissement. La voilà encore, avec l'égotisme innocent, les dorures déferlantes et anarchiques d'une modernité qu'elle exprimait sans aucun doute de manière instinctive mais néanmoins avec rage. Son aisance gracieuse était parfaite mais s'en tenait là : une grâce dépourvue d'incertitude ou de gêne — ce qui, lorsque l'on finissait par s'en apercevoir, impliquait que, en dépit de son heureuse expression, elle ne laissait pas une once de place aux simples bonnes manières. Cela deviendrait immanquablement la musique de l'avenir : si l'on se contentait d'être suffisamment riche, de posséder suffisamment de mobilier, de bénéficier de bonnes conditions d'hygiène, de faire suffisamment d'exercice et d'être bien nourri, manucuré, conseillé, abreuvé de publicités et d'être « dans le ton », d'être *averti*, selon l'expression consacrée de nos jours à Paris, alors tout ce que les bonnes manières réclamaient était que l'on jette un regard d'ironie amusée sur un public peut-être moins initié. En *son* temps, lorsqu'il était jeune ou d'un âge seulement un peu moins mûr, les bonnes manières prenaient la forme de la plus grande aménité et la plus grande aménité consistait avant tout à maîtriser l'art de ne pas souligner l'étendue de sa fortune, de dissimuler plutôt, par bonté d'âme si ce n'est par simple décence, une partie au moins de l'ardeur ou de l'acharnement avec lesquels on était « dans le ton ». Oh, le « ton » — Mrs. Worthingham y était engluée, instinctivement, inévitablement et naturellement, jusqu'aux yeux ; ce qui, du reste, ne l'empêchait pas le moins du monde d'ignorer absolument tout de ce qui réellement, intimement, fondamentalement *le* concernait, pauvre cher vieux White-Mason. Elle n'avait pas la moindre idée de sa réalité — ce par quoi il entendait le fait de savoir qui et ce que c'était que *d'être* un White-Mason, quand bien même ce serait un pauvre, cher et vieux White-Mason. Cette attitude, bien entendu — il lui rendait parfaitement justice — relevait de l'essence même de la nouveauté et de la fraîcheur et de la belle, audacieuse irresponsabilité sociale avec laquelle elle l'avait initialement ébloui. Le fait, précisément, qu'elle n'eût aucune intuition de la moindre parcelle du passé, de la moindre valeur historique ou sociale, pour ainsi dire, en cours dans le New York de son histoire déjà presque mythique ; le fait, en outre, d'avoir, de son côté, cultivé, dans une certaine mesure, une prudence de bon aloi et persistante vis-à-vis du passé de Mrs. Worthingham — d'avoir, au mieux, entretenu l'imprécision dont tous les honnêtes New Yorkais de la bonne société et de sa génération bien-pensante se contentaient — et sans nul doute avec sagacité pour la plupart — d'enrober les origines, antécédents et influences obscurément étrangères des individus venus s'ébattre dans leur mare depuis des contrées qui, en toute logique et tout naturellement leur paraissaient « perdues » et généralement improbables.

Les quelques survivants épars, représentants de ce qui fut un jour la « bonne » société — *rari nantes in gurgite vasto* — risquaient fort, au point où les choses en étaient arrivées, de se trouver, même parmi ces ombres anciennes et qui furent un jour sacrées ou ce qu'il en restait, en impossible compagnie et, de manière plus irrévocable encore, de découvrir que ces apparitions sont souvent pénétrées (souvent, du moins, dans le cas des femmes) de cette assurance impétueuse et magnifique, tout à la fois imperturbable et inimitable, qui atteignait son paroxysme en la personne de Mrs. Worthingham. Au-delà de cet exemple, qui donc serait porté à consulter leurs annales, à reconstituer les étapes de leurs parcours, à « creuser » davantage et à s'assurer de leurs possessions ? Personne ne s'y hasarderait — une discrétion élémentaire l'interdisait. Et cependant cette retenue, inspirée par le simple et indiscutable bon goût, s'accordait tout à fait avec un respect scrupuleux à l'endroit de ces individus ou, en tout cas, avec le respect que l'on se devait à soi-même dans nos relations avec eux. Sa propre situation en était un exemple — quelle ne serait pas l'insurmontable horreur de ce pauvre cher vieux White-Mason s'il lui arrivait, sous quelque prétexte que ce fût, de se voir présenté au spectre très certainement saugrenu de feu Mr. Worthingham. Il n'avait posé aucune question et n'en poserait jamais quand bien même sa vie, en d'autres termes la réussite de son entreprise galante, en dépendrait intimement — que ce soit sur l'obscur agent de la fortune de sa maîtresse ou sur son heureuse source tout autant que sur les ramifications apparemment nombreuses du flot doré.

Dans tous les cas, quelle morale devait-il tirer de ces criantes anomalies ? Sur cette interrogation, il s'affala sur un siège du Parc, s'étonnant sans fin des raisons pour lesquelles il était parti sans rendre l'hommage attendu. Pourtant il lui semblait impossible d'apporter des conclusions ou d'éviter de se tourmenter — puisque, familier ou non avec le besoin d'harmoniser sa conduite avec sa conscience et ses goûts, il n'était néanmoins jamais totalement exempt du besoin d'harmoniser ses goûts et sa conscience avec sa conduite. Il s'abandonna davantage à ces réflexions jusqu'à ce que le paisible soleil printanier sur le point de se coucher l'enlevât à cette seconde méditation mélancolique — alors qu'il avait plus ou moins, dans le crépuscule tombant, discerné le lien entre les divers éléments de la situation qui l'avait ridiculement agité. Il lui sembla ainsi, la pénombre aidant, capturer d'une main impatiente certaines réalités vitales, les saisir par leurs queues fouettant l'air indistinctement, un surgissement de vérités grouillantes et inquiètes, semblables à ces créatures qui ne sont téméraires qu'au crépuscule, tourbillonnant, l'encerclant et lui frôlant le nez tout de bon en dépit de leur pusillanimité. Oui, il s'était borné à s'asseoir près de sa « maîtresse » — Dieu nous en préserve ! — comme pour éviter d'en arriver au fait ; comme s'il était apparu, sans l'ombre d'un doute, qu'il y aurait quelque chose d'assez vulgaire, quelque chose d'épouvantable à se déclarer. Il avait passé tout le reste de sa visite, après le départ de Cornelia, à bénéficier d'une opportunité qu'il n'allait pas saisir. C'était comme s'il s'était rassis et s'était — cela lui revint — observé : Le ferai-je ? Ne le ferai-je pas ? Le ferai-je maintenant ? Ou ne le ferai-je pas ? Dans ces trois prochaines minutes, disons, à six heures un quart ou six heures vingt au plus tard, disons — dans l'éventualité, bien entendu, que rien d'autre ne survienne pour m'en empêcher.

Or, de la manière la plus étrange, la plus cocasse ou du moins la plus saugrenue, c'était déjà le cas : l'absence de Cornelia, plutôt que sa présence, avait, en détournant le cours de ses pensées qui s'étaient alourdies dans son sillage, avait, sans qu'il comprît pourquoi, transformé la situation. Il se le représenta peu ou prou au moyen d'une image : une fois ses pensées détournées, reporter son attention vers son hôtesse et en revenir au motif de sa visite s'était subitement apparenté pour lui au retour de contrées incroyablement lointaines. C'était tout — ou presque tout ; car un autre facteur avait contribué à sa retenue. « Je n'aurais jamais imaginé que vous la connaissiez, » et « Je n'aurais jamais imaginé que *vous-même* la connaissiez », c'étaient là, sans conteste, les paroles qu'ils avaient échangées — complétées par une bribe d'explication de la part de Mrs. Worthingham : « Oh oui — jusqu'à un certain point, voyez-vous. Il y a deux ans, en Suisse, alors que j'étais à la montagne à la suite d'une cure, pendant vingt jours d'une pluie incessante, elle fut l'unique personne, dans un hôtel bourré d'allemands tapageurs, gloutons et fumeurs avec laquelle je pus converser. Elle et moi étions les seules à parler anglais et nous étions toutes deux abandonnées comme des naufragées sur une île déserte au plus fort de la tempête. En outre, elle était malade, elle n'avait pas de femme de chambre et la mienne prit soin d'elle, ce dont elle fut très reconnaissante. Elle m'écrivit plus tard pour me dire qu'elle me rendrait visite sans coup férir pour peu qu'elle revînt à New York. Elle est revenue, vous voyez — et c'était bien elle, pauvre chère petite ! » Telle fut l'élégie de Mrs. Worthingham — et quand il lui demanda s'il n'était jamais arrivé à Miss Rash de parler de lui, elle n'ajouta rien de plus. Elle n'avait, de toute évidence, jamais accordé une pensée supplémentaire aux personnes que Miss Rash avait pu mentionner ou à quoi que ce fût dont elle avait parlé ; tout en ayant raison, évidemment, sur le fait que Cornelia était une petite créature intelligente et étrange. C'était parfaitement vrai et pourtant c'était probablement cela — le fait même que c'était *tout* ce qu'elle pouvait imaginer d'elle — qui avait aboli la déclaration escomptée. L'effet que ces propos avaient produit sur lui ne tenait pas tant au jugement porté par Mrs. Worthingham qu'à ce qu'il suggérait presque sordidement et qu'une conscience critique secrètement ravageuse lui permettait de découvrir.

Il avait quitté son siège dans ce salon Louis-Quinze sans avoir fait rien d'autre qu'offrir à la dame de ces lieux, ainsi aurait-il pu l'exprimer, la chance suprême de ne pas laisser voir que ses espoirs avaient été déçus — en d'autres termes, de ne pas avoir failli à la fameuse « fierté » supposée généralement soutenir les femmes les plus infatuées en pareilles circonstances ; cette chance de laquelle, pour lui rendre justice, elle avait parfaitement semblé profiter. Enfin, il se leva de son siège, animé par un sentiment légèrement plus triomphant. Il s'était, par un habile tour de main, emparé de la plus précieuse, de la moins obscure de ces choses voletant tout autour en lui frôlant les oreilles. Ce qu'il désirait — cela justifiait qu'il réfléchisse un peu plus longuement — se trouvait devant lui dès l'instant où il pouvait mettre en évidence que Mrs. Worthingham ne possédait aucune donnée. Il étreignit presque ce mot qui en était soudain venu à prendre tant de sens à ses yeux. Aucune donnée, il le sentait, pour percevoir ce que le New York de « son époque à lui » avait représenté dans sa vie personnelle — le New York rappelé à tous ses sens de manière si inattendue, si vive et, si perverse aurait-il pu dire, par le fait qu'il se confondait avec l'époque de la pauvre Cornelia : car même elle avait eu son époque, pour dérisoire que ce spectacle pût probablement paraître désormais. Et son époque avait coïncidé avec celle de Cornelia. Par contraste et par opposition, Cornelia lui apparut, tandis qu'il s'éloignait, comme un massif petit paquet chargé de données. Sa hâte de la revoir redoubla tant il se sentait certain, où qu'il pût l'effleurer d'une pression légère bien que ferme, tel l'amateur de vieilles maisons qui tapote et palpe un mur décrépi, convaincu d'y découvrir le rebord d'une boiserie sous les multiples couches de papier peint, de reconnaître quelque petite protubérance de l'histoire.

IV

Nous aurions, entre-temps, pu être au comble de l'étonnement en entendant White-Mason user constamment de, si l'on peut dire, son heureuse formule — celle qu'il avait confiée à Cornelia Rash dans les dix ou tout au plus dans les vingt premières minutes qui suivirent son installation dans le fauteuil très confortable qu'elle lui indiqua auprès du feu, deux jours plus tard. Il avait eu la bonne fortune de découvrir son adresse en remarquant, par le plus grand des hasards, alors qu'il sortait, sa carte déposée, selon la bonne vieille tradition New Yorkaise, sur une des tables rococos du hall d'entrée de Mrs. Worthingham. Son œil avait été attiré par l'inscription au crayon qui, dans l'instant suivant, lui sembla lui avoir été spécifiquement destinée. Il avait eu de la chance car il n'aurait vraiment pas apprécié de devoir écrire à Mrs. Worthingham afin d'obtenir cette information — il le sentait tout en étant trop impatient sur le moment pour analyser sa réticence. Il ne demeurait personne à qui il eût pu s'adresser afin d'obtenir un indice et, fort de cette réflexion, il comprenait désormais ce que cette absence attestait de leur place, de la sienne et de celle de Cornelia — de leur position modeste et isolée de survivants lucides, ironiques, pathétiques d'une société morte et enterrée — à tel point qu'il n'aurait pu trouver dans toute la ville, dans cette situation d'urgence, une seule de leurs anciennes relations vers laquelle il eût pu se tourner. Mrs. Worthingham l'avait, en quelque sorte quoiqu'accidentellement, aidé à en prendre conscience. Le dernier clou dans le cercueil du pauvre cher passé défunt avait été, pour lui, planté lorsqu'il avait retrouvé ainsi la compagne de son passé, dans une percée à travers la modernité la plus avérée. La tonalité de cette découverte particulière était d'autant plus éclatante, en ce qui le concernait, que la raison du retour de Cornelia sur une scène privée du charme de la vie sociale était à coup sûr peu intelligible. Pourquoi donc était-elle revenue ? — il se l'était demandé et avait, en conséquence, estimé que cela était sans doute dans le but de « s'occuper » du restant de ses biens. Peut-être était-elle revenue pour sauver les quelques vestiges de ses intérêts restreints ; peut-être avait-elle été lésée et dépouillée encore davantage par ceux qui s'en occupaient, de sorte qu'elle voulait le vérifier. D'un autre côté, peut-être — c'était là une possibilité plus souriante — que ses investissements, correctement gérés, s'étaient révélés plus rentables, si bien que le rigoureux principe d'économie mis en place à Bognor pouvait enfin être relâché.

Il en avait peu à apprendre sur les attraits de l'Europe et s'attendait volontiers, dans l'éventualité de son union avec Mrs. Worthingham, à être en mesure d'en chanter les louanges, fort d'une meilleure connaissance de Paris et de Rome, de Venise et de Florence, que même elle n'en détenait. Il aurait pu continuer à vivre dans *son* New York, c'est-à-dire dans une représentation sentimentale, spirituelle, plus ou moins romantique de cette ville. En revanche, était-il certain de pouvoir vivre dans le sien à elle ? À moins, évidemment, que cette possibilité eût seulement constitué (comme le fameux *vertige de l'abîme*, la séduction du danger ou bien celle de l'horreur) la structure même de tout son rêve. Quoi que ce pût être, sa curiosité portait plutôt sur la structure possible du rêve de la pauvre Cornelia. Il était peut-être concevable que même le New York de Mrs. Worthingham, pour autant qu'il pût redevenir acceptable, pourrait avoir adressé à cette exilée solitaire un appel que Bognor n'aurait pu faire résonner. Lui aussi, après tout, avait été attiré bien plus par une Europe dans laquelle on pouvait s'installer à sa guise et qui, de ce fait, ne pouvait se révéler que coûteuse, et très coûteuse, que par une Europe propice à l'économie. Il s'imaginait, en fin de compte, économiser avec plus d'ardeur, même dans le New York de Mrs. Worthingham, que sous l'égide de Bognor. Hormis ces préoccupations, il trouvait curieux, encore une fois, pour ne pas dire extrêmement plaisant, de remarquer ce qui attirait son attention dans ces désordres de l'imagination concernant les oppositions entre le nouveau, le tout récent et le terrifiant pouvoir de l'argent et, d'un autre côté, la réserve, la modération et la modestie d'autrefois. Ces dernières, par contraste, lui semblaient dévoiler les vieilles surfaces brunies et les tons proches du velours frotté, défraîchi, passé et même un peu miteux mais tout doux, subtil et encore velouté — c'est-à-dire encore empreints de dignité ; alors que les actions anguleuses de la finance actuelle étaient aussi brutales, métalliques et déroutantes qu'une de ces odieuses inventions brevetées, entassées et « exposées », toutes choses que son esprit médiéval lui interdisait d'accueillir. Il avait, par exemple, l'impression de connaître l'ancienne et plaisante petite fortune des Rash — plaisante dans sa mesure — ce qu'elle avait été et ce qu'elle n'avait pas été, la manière dont elle avait augmenté, puis stagné et puis s'était dissipée. Toutes ces impressions et tous ces souvenirs confus lui revenaient avec une vivacité telle qu'il aurait pu, à peu de chose près, s'imaginer en train de témoigner en leur faveur devant un conseil d'administration affable et bienveillant. L'idée, en revanche, de s'intéresser, sous quelque forme que ce fût, aux ressources de Mrs. Worthingham l'aurait affecté comme un odieux supplice, l'exposant à l'attention implacable et cruelle d'un cercle de regards sarcastiques et indéfinissables.

Dans le petit appartement de Cornelia, cyniquement moderne — la maison portait un nom grotesque, « Le Gainsborough » mais n'était pas, comme il l'avait craint, une affreuse pension et elle pouvait du moins le recevoir très honorablement, ce qui était déjà très bien — il eut été prêt à user d'emblée de la plus grande liberté en lui posant toutes sortes d'amicales questions : « disposez-vous encore de ces vieux « intérêts de famille » dans ces deux maisons de la 7e Avenue ? — l'une d'elles jouxtait une épicerie qui faisait le coin, vous rappelez-vous ? Elle était occupée, au rez-de-chaussée, par une confiserie où la quantité de pop-corn, quelque peu rassis par rapport à celle des sucreries plus rares et plus collantes, trahissait sans doute un capital modeste chez le locataire de votre père, de votre grand-père ou de je ne sais plus qui, mais dont je me souviens néanmoins être sorti un jour comme d'un chaudron de bonbons, avec mes vêtements et jusqu'à mes cheveux tout poisseux. La seconde de ces boutiques, un bureau de tabac, un peu plus loin, exposait devant sa vitrine une merveille, un Indien gigantesque qui tendait à bout de bras des cigares de bois à un monde indifférent — on pouvait également acheter des cigares en sucre dans la boutique de pop-corn et je les préférais grandement aux cigares de bois. Je me souviens très bien de la manière dont j'avais coutume de fixer l'Indien, fasciné, bouche bée et je me demandais si le dernier des

Mohicans lui ressemblait. J'avais, du reste, une immense admiration pour les ressources d'une famille dont les « biens » prenaient de telles formes. Il y a longtemps que je n'y suis pas passé — nous devrions y retourner ensemble ; non, ne me dites pas que ces formes ont péri à jamais ! » C'était de *cette* façon qu'il aurait pu aisément avoir envie et, presque sans transition, de s'adresser à Cornelia — comme pour reprendre le cours d'une conversation d'autrefois, de quelque bavardage à partager, au point exact où ils l'avaient laissé ; avec même le sentiment, peut-être, d'en faire un peu trop, de sublimer, pour rendre compte de l'harmonie actuelle, des retrouvailles et de la redécouverte (comment pouvait-il appeler cela ?), toute la quintessence de ce que le passé leur avait offert.

En réalité, il ne se précipita, certes pas, immédiatement vers la 7e Avenue car il y avait tant d'autres priorités anciennes et d'autres bien plus proches et bien plus récentes. Il suffit simplement de dire que, dans chacun de leur propos, une fois qu'il se fut adossé confortablement, qu'il eut allongé les jambes et, surtout, qu'il eut allumé, avec la permission de Cornelia, la première d'une longue succession de cigarettes — dans chacun de leurs propos, il s'appliqua à cultiver l'extravagance et l'excès, entassant les brindilles embrasées comme sur l'autel de la mémoire ; et qu'elle aussi, au bout d'une demi-heure, s'était prêtée fort vaillamment à leur jeu qui consistait à alimenter la belle flamme iridescente, vermeille, verte et dorée, bleutée, rosée, ambrée, argentée, avec tout ce qu'ils pouvaient recueillir, tout ce qui pouvait brûler et crépiter. Ces moments leur semblaient richement tressés de tout ce qu'ils pouvaient glaner, en dépit du fait que, en y regardant de plus près, on découvrait peut-être que, dans cette autre vie, ils n'avaient pas été si proches. Sans nul doute y avait-il eu des contacts occasionnels, des expériences suffisamment partagées mais pas de « moments privilégiés », rien qu'il eût pu considérer comme comptant réellement, comme appartenant « à eux » seuls et à personne d'autre. Ces nuances d'exactitude historique n'avaient pas d'importance. Ce qu'ils avaient vécu ensemble s'accordait parfaitement — et du fait seul qu'il était chez elle et qu'elle s'en réjouissait — ajouté à leur besoin actuel de recomposer le passé de manière à le faire coïncider avec tout ce qu'il était censé leur avoir offert.

C'est sur cet air qu'ils progressèrent, comme s'ils se livraient à un jeu en connaissance de cause — lui, donnant l'exemple et indiquant la cadence et elle, pauvre chère petite, après un moment de timidité inévitable, d'incertitude étonnée, de courageux essoufflement, se pliant au rythme et l'accompagnant aussi loin qu'il le voudrait.

Elle se montra disposée à tous ces arrangements, s'attachant avec bonheur à essayer de percevoir ce qu'il voulait exprimer et si elle n'entra pas aussitôt et complètement dans le jeu — pas au cours de la première demi-heure, ni même dans les deux heures suivantes, le fait qu'il consultait sa montre lors de sa visite n'y changeait rien — elle en comprit toutefois assez dès qu'elle eut saisi que si leur subtil système n'avait pas si admirablement fonctionné, son partenaire aurait pu en inférer toutes sortes d'incohérences sans fondement s'il avait dû se fier à l'approximation des mots et des idées. « Non, je ne vous ai jamais fait la cour ; c'eût été tout à fait absurde et c'est sans importance — bien que je sache presque, pour ce que j'en sais, autant que je m'en souvienne ! — qui vous a courtisée et qui ne l'a pas fait ; mais vous étiez toujours à proximité et moi aussi. Pour autant que vous vous souciiez de savoir qui je courtisais, j'oserais dire que vous vous rappelez (au sens où vous l'avez perçu !) tous les signes qui le révélaient à l'époque. Mais nous ne pouvons désormais nous permettre de ne pas nous assurer l'un l'autre d'avoir bien eu — ma foi, tout ce que le passé recelait puisqu'il n'en reste rien à présent et qu'il ne reste aucun moyen de le retrouver hormis le nôtre. Alors faisons-le ensemble, refaisons et recréons notre monde perdu. Après tout, nous avons pour le moins tellement de matière pour y parvenir. Vous étiez surtout l'amie de mes pauvres chères sœurs —

elles considéraient que vous étiez la petite chose brune la plus drôle du monde ; alors n'est-ce pas aussi pour le mieux ? Vous n'étiez à moi que dans la mesure où vous veniez si souvent chez nous — d'ailleurs, si nous y réfléchissons, n'étions-nous pas tous si souvent les uns chez les autres, au sud de la 30e Rue et au nord de Washington Square en ces jours jadis, ces jours fastes dans l'aimable société d'une Arcadie perdue, que nous nous flattions de remplir avec l'effervescence de l'âge moderne mais qui étaient si différents d'un Temps fractionné en heures dont la précipitation sans répit semble venir se fracasser aux pieds des gratte-ciel depuis le cinquantième étage. »
C'était là, qu'il l'exprimât ou non, le genre de propos qui demeurait dans l'air et pouvait y rester en suspension même en la compagnie de paroles qui surgiraient plus crûment — qui surgiraient bien qu'elles fussent peut-être destinées à nous faire remarquer qu'elles relevaient plutôt de l'ineffable et de l'indicible. Ce fut Cornelia qui prononça ces paroles et aussitôt eut-elle commencé à parler de Mrs. Worthingham — ce n'est pas *lui* qui avait commencé ! — elles avaient bravement pris place au centre du cercle où elles installèrent, dans l'intervalle, leur ample petite silhouette à l'intérieur de la ronde formée par cinquante autres allusions, des irruptions capricieuses autrement plus intenses qui oscillaient, vacillaient, qui allaient et venaient, se donnant la main quelquefois et tournoyant comme dans un ballet, avant de s'élancer de nouveau vers le centre qui s'était légèrement replié sur lui-même et qu'elles allaient hardiment pincer ou piquer ou pousser, prenant toutes sortes de libertés, à la manière des gambades et caracoles des danses campagnardes ou des pavanes de Noël.
« Vous êtes tellement amoureux d'elle et vous désirez l'épouser ! » — elle dit cela avec sympathie et nostalgie, pauvre Cornelia ; comme s'il avait été véritablement admis qu'elle en fut informée. Et puis, quand il eut demandé d'où lui venait ce savoir — pourquoi elle se montrait si catégorique sur ce point, tout à son étonnement de ce

qu'elle semblât, à ce moment précis, tellement plus « éclairée » que lui-même : « Ah, d'où cela peut-il bien me venir si ce n'est de cette charmante dame en personne ? Ne croyez-vous pas qu'*elle* le sache ? »
« Oh, elle le 'sait' parfaitement, vraiment ? » — il s'entendit presque le demander avec l'impression la plus étrange à la fois de vouloir en être certain et, pourtant, d'aborder cette question et d'en prononcer chaque mot à travers plusieurs couches d'une brume épaisse. Il y revint avec un certain recul, de la même manière qu'il lui eût fallu y revenir (il le sentit vivement, cette fois encore) s'il avait réussi à concrétiser son intention bien établie trois jours plus tôt — c'est-à-dire après que cette amie désormais présente mais absente alors l'avait planté là, dans ce dessein, face à cette autre amie désormais absente mais présente alors. « Vous voulez dire qu'elle s'y attend — avec quelque certitude ? » poursuivit-t-il, sans inquiétude quant à reconnaître que cette question ne pouvait paraître que stupide. Il eut tout le loisir de le découvrir à la faveur du soupir et de la stupéfaction hoquetante empreints des émotions inexprimées que son ton teinté d'espoir avait éveillées. Il vit sa compagne le regarder — de ce regard qu'elle aurait pu avoir trente ans plus tôt, lorsqu'il lui avait posé, très probablement, semblable question à propos de quelque jeune fille morte depuis longtemps. Confusément, d'abord, puis plus distinctement, ce souvenir ne ressurgissait-il pas, en raison de l'étrangeté même de cette situation, écho d'un moment identique qu'ils avaient partagé — oui ! au sujet de Mary Cardew ! — à l'automne de 1868 ? —
« Voyons, ne comprenez-vous pas votre situation ? » Il fut frappé par le gémissement de Miss Rash — par-dessus tout admirable en ce qu'il manifestait son intérêt profond envers lui.
« Ma situation ? » répéta-t-il en y réfléchissant ; mais un souvenir lointain lui revint, lui rappelant son ultime instant de conscience, un jour chez le dentiste, avant que l'éther ne produise son effet.
« La vôtre et la sienne — la situation étant qu'elle vous adore. Je suppose que vous savez cela, au moins. » Cornelia sourit.

Oui, c'était bien comme l'autre fois et pourtant, non, pas tout à fait. Mais elle — pauvre Cornelia — elle était tout ce qui subsistait du passé. Il en avait, d'une façon ou d'une autre, la certitude absolue. Cela ne l'empêcha pas de répondre « C'est cela que vous appelez *ma* situation — le fait qu'elle m'adore ? »

« Eh bien, cela en fait partie, assurément — si vous êtes amoureux d'elle. »

« Le suis-je — ridicule vieille personne ! — amoureux d'elle ? » demanda White-Mason.

« Il se peut que je sois une ridicule vieille personne, répliqua Cornelia, et certes je le suis, quoi qu'il en soit ! Cependant elle est jeune et ravissante et riche et intelligente : aussi, quoi de plus naturel ? »

« Oh, je l'appliquais, ce vilain qualificatif… ! » Il n'acheva pas bien qu'il eût voulu dire qu'il se l'était appliqué à lui-même. Il s'était levé ; il promena ses yeux dans la pièce et, apercevant plusieurs objets rassurants et immuables, sans pour autant paraître bon marché, de vieux petits objets du New York de 1868, il s'attacha, par un effort intérieur, à les reconnaître — il le fit pour lui-même, ayant véritablement l'impression, en cet instant, de leur demander, de les implorer, de *le* reconnaître, de représenter pour lui les choses de son propre passé. Ce qu'ils étaient, en vérité, aurait-il pu s'écrier l'instant suivant ; car cela signifiait que si trois ou quatre d'entre eux, petites photographies jaunies sur des cartes de visite, dévotement encadrées mais telles de pâles apparitions, s'ils ne détenaient pas, dans leurs plus petits détails — cadres et jupes à crinoline, décors de terrasses avec leurs fausses balustrades, sans mentionner le reste — s'ils ne renfermaient pas la tonalité du temps et le secret de conjurer et soulager la douleur imminente, perpétuelle, engendrée par la grimace protectrice, on ne pourrait en vérité que la laisser se pétrifier ou alors examiner sérieusement la question du port de lunettes teintées durant le restant de la vie.

V

Ce qu'il prit, de fait, sur une petite table ancienne de la 12e Rue, sobre cercle d'acajou pieusement préservé, exempt de courbes et d'entrelacs et sans le moindre soupçon d'une fioriture effrontée, ce devant quoi il s'arrêta un instant pour le contempler, le dos tourné à Cornelia qui, assise, mettait cet instant à profit pour le regarder de son œil protubérant, franc et affectueux, était un de ces souvenirs surannés dont il venait d'être question, qui lui fit pousser puis réprimer un petit cri dont le sens échappait. Il se prit encore une minute à l'examiner et, quand il se retourna, il le tenait toujours à la main, le gardant cette fois un peu en retrait derrière son dos.

« Vous êtes revenue pour rester, naturellement — avec tous vos beaux objets. Cela n'aurait pas de sens autrement ? »

« Beaux ? » protesta sa vieille amie, le front plissé et la mine perplexe. Dans ces conditions, tous ces objets n'auraient guère pu avoir été plus beaux qu'elle. « Oh, ne dites pas cela — comparés à ceux de Mrs. Worthingham ! Merveilleux : quels objets, quels objets ! Mais ces pauvres reliques et vieilleries sont du moins à moi ; et, oui, je suis revenue pour elles. Je n'ai rien d'autre au monde vers quoi revenir. Elles étaient au garde-meuble et combien cela m'a-t-il coûté… ! » ajouta Miss Rash d'un ton douloureux.

Il s'était emparé de la petite photographie de jadis et demeurait là, à la contempler avidement ; puis il la tint de nouveau derrière son dos comme si l'on pouvait la lui arracher ou comme si la pression de cet objet contre sa paume l'apaisait. « Les objets de Mrs. Worthingham ? Vous les trouvez beaux ? » Cornelia eut une expression des plus étranges. « Eh bien, prodigieux, certainement ou ce que vous voudrez. N'est-ce pas admis de tous ? »

« Nul doute que toutes les horreurs, au point où nous en sommes, sont admises. C'est bien ce dont je me plains. »

« Vous vous *plaignez* ? » — elle en accentua la prononciation comme pour marquer sa surprise ; elle n'aurait pu imaginer cela.

« Ses objets sont affreux. À mes yeux. Ils ne pourraient être plus neufs. » « Ah ! Mais les protocoles anciens ! »
« Tout cela est extrêmement clinquant. Je fais référence à ces reproductions vaniteuses. » « Tout de même », plaida-t-elle, « nous ne pouvons tous être *vraiment* vieux. ». « Non, Cornelia, pas tous. Mais *vous* le pouvez ! » dit White-Mason dans le plus sincère des éloges.
Depuis son siège, elle leva vers lui un regard dont il pouvait imaginer qu'elle gratifiait le prêtre de Bognor. « Grand merci, Monsieur ! Si c'est là tout ce que vous voulez... ! »
« Cela même, dit-il, tout ce que je veux ou à peu près. »
« En ce cas, il n'est pas étonnant qu'une personne comme elle, conclut-elle délicatement, ne vous convienne pas ! »
Il abaissa vers elle son regard le plus suave malgré le poids de sa question : « Vous affirmez qu'elle ne me conviendra certainement pas ? »
« Voyons, que puis-je dire à ce sujet ? N'êtes-vous pas fixé, à ce stade ? »
« Non, mais je crois que je m'en approche. » Ce disant, il reprit sa déambulation.
Miss Rash s'interrogeait profondément. « Vous voulez dire que vous ne croyez pas réussir à vous entendre avec elle ? » Puis, comme il n'apportait aucune réponse à cette remarque provocante : « Est-ce à dire que vous capitulez ? »
Il laissa passer quelques instants, parcourut de nouveau la pièce des yeux tout en évitant son regard. « Que pensez-vous de mes chances ? »
« Oh, s'écria sa compagne, en quoi importe mon opinion ? Comment pourrais-je douter qu'elle est attirée par vous ? »
« Oui, bien sûr. Mais jusqu'à quel point ? »
« C'est donc que vous ne le savez vraiment pas ? » s'enquit Cornelia.
Il arpentait la pièce, étrangement préoccupé et toujours sans la regarder. « Et vous, le savez-vous, ma chère ? »

Elle attendit quelques instants. « Si vous ne lui avez rien exposé clairement, je suppose qu'elle ne le sait pas. »
Ce fut ce qui finalement retint son attention. « Ma chère Cornelia, elle ne le sait pas… ! »
Il avait fait une pause, incapable de poursuivre sur ce ton désespéré ou, tout au moins, largement empreint d'emphase, de sorte qu'elle le prit au mot. « Raison de plus, alors, pour l'aider à le découvrir. »
« Je veux dire, expliqua-t-il, qu'elle ne sait rien. ».
« Rien ? »
« C'est-à-dire rien d'autre, même si elle sait *cela.* »
Cornelia considéra ce point. « Mais qu'a-t-elle besoin, précisément, de savoir d'autre ? N'est-ce pas là l'essentiel ? »
« Disons que — il reprit ses allées et venues dans la pièce — elle ne sait rien de ce que nous, nous savons. Absolument rien, répéta-t-il en insistant, rien du tout ! »
« Enfin, ne peut-elle s'en passer ? »
« Si, de toute évidence — et, de toute évidence, elle s'en passe parfaitement. Mais la question est de savoir si moi je le peux ! »
Il s'était de nouveau interrompu — la pauvre Cornelia le fixait, abasourdie. « Pourtant, si vous-même le savez… ! »
« Ah, le savoir moi-même ne semble pas me suffire ! Ce qu'il faut, c'est une femme, expliqua-t-il en arpentant la pièce mais toujours sans sa grimace, qui sache *pour* nous, qui sache *avec* nous. Ce que vous faites, en ce moment. » ajouta-t-il avec conviction.
Elle en fut une nouvelle fois interloquée. « Voulez-vous dire que vous voulez *m*'épouser ? »
Il était toutefois à ce point concentré sur ce qu'il tentait d'exprimer qu'il ne lui prêta aucune attention. « Elle ne sait pas le moins du monde, par exemple, quel est mon âge. »
« C'est parce que vous êtes si jeune ! »
« Ah ! Nous y voilà ! » Il se détourna de nouveau, comme si une sorte de dégoût, presque, l'avait envahi. Cela la laissa visiblement

perplexe — encore que la perplexité n'eût jamais empêché Cornelia d'être extrêmement mordante ; mais il l'y avait encouragée en remarquant, après un autre tour dans la pièce : « Souvenez-vous, je vous prie, que je suis peu ou prou aussi vieux que vous. »

Au moins pouvait-elle répondre à cette remarque avec toute la précision voulue, tout en lui tenant tête avec un clin d'œil : « Vous avez exactement un an et dix mois de plus que moi. »

Il en fut délicieusement désarçonné. « Vous vous rappelez la date de mon anniversaire ? »

Elle étincelait comme les lumières du foyer aperçues dans le lointain. « Je me rappelle celles de tout le monde. C'est une petite manie que j'ai toujours eue — et que je n'ai jamais perdue. »

Il considéra ses qualités depuis l'autre bout de la pièce comme s'il se trouvait face à quelque phénomène saisissant et charmant. « Ah ça ! *C'est là* le genre de chose que je veux ! » Toute la joviale sincérité contenue dans ses yeux le confirmait.

Que pouvait-elle faire, en ce cas, sembla-t-elle lui demander, si ce n'est lui reposer encore cette même question ? — ce à quoi elle se décida immédiatement. « Songez-vous à m'épouser, *moi* ? »

Cette fois, elle rencontra plus de succès — pour peu que le terme pût convenir d'une manière ou d'une autre. Toute la sincérité de White-Mason s'exprima encore davantage dans le lent mouvement de sa tête, mesuré, bienveillant, attentif. « Non, Cornelia, pas à vous *épouser*. »

Sa minutie dans le choix de ses mots était extraordinaire ; mais puisque, à l'évidence, elle le traitait à présent comme si tout ce qui le concernait l'était, elle put y faire face tout aussi délicieusement : « Au moins, dit-elle avec un sourire crispé, pas tant que vous n'aurez pas honorablement tenté votre chance avec Mrs. Worthingham. N'y êtes-vous pas *déterminé* ? » insista-t-elle bravement.

Il refit une pause avant de se prononcer : « Je vais vous le dire. » Il en revint à ce qui lui semblait tellement plus proche en s'aidant d'un

coup d'œil circulaire autour de la pièce : « Cette table se trouvait dans votre maison de la 12e Rue ? »
« Tout ici s'y trouvait. »
« Oh, quelle pure bénédiction ! Avec vous, ah, avec vous, je n'ai pas besoin de porter de lunettes de protection. » Et, pendant tout ce temps, il avait conservé dans sa main sa petite photographie qu'il examina une fois de plus. « N'avons-nous pas parlé de Mary Cardew ? »
« Alors, vous vous en souvenez ? » elle s'en émerveillait jusqu'à l'extravagance.
« Vous me faites m'en souvenir. Vous me reliez à mes souvenirs. Vous les reliez à nous. » Il se plaisait à souligner la contribution remarquable qu'elle lui apportait, le secours qu'elle lui prodiguait. « Il y a tant de souvenirs — et il y en aura tant d'autres. Je sens comment, avec vous, ils ne peuvent que ressurgir tous et me revenir : en réalité, vous les faites apparaître, déjà, au moment même où je vous regarde, aussi vite que vous en avez le pouvoir. Le fait que vous ayez connu tout le monde... ! » poursuivit-il — mais comme si cette idée avait aussi une portée plus profonde dont il ne pouvait se gratifier entièrement.
« Oui, je connaissais tout le monde, » dit Cornelia Rash avec, cette fois, une simplicité parfaite. « J'en savais, j'imagine, plus que vous n'en savez — ou que vous n'en saviez. »
L'étonnement le cloua sur place, ses yeux fixés sur elle. « Plus sur *elles* — nos relations ? »
« Nos relations. Les nôtres, uniquement, à présent. »
Ah, si grand était l'intérêt qu'il porta à cette remarque que, loin d'arborer sa grimace, il s'en fallut de peu pour qu'il demeurât interdit à la pensée de tout ce qu'elle pouvait impliquer ! « Les nôtres, bien entendu — et c'est parfait qu'elles le soient ou que nous soyons encore là pour elles ! Personne d'autre ne l'est — personne d'autre que vous : pas un chat ! »
« En ce cas, je *suis* un chat ! » Cornelia eut un large sourire.

« Entendez-vous par là que vous pouvez me révéler certaines choses… ? » C'était trop beau pour le croire.

« Sur ce qui a vraiment *été* ? » réfléchit-elle subtilement, retenant à ce moment intensément son attention. « Eh bien, à moins que ces choses vous soient venues avec le temps ; que vous l'ayez appris ou découvert. »

« Oh, s'écria-t-il sur un ton rassurant — rassurant surtout pour lui-même, semblait-il — rien ne m'est venu avec le temps, tout m'a quitté. Comment puis-je découvrir quoi que ce soit à présent ! Qui pourrait avoir la moindre idée… ? »

Elle agita en l'air ses mains d'un geste vif accompagné du petit haussement d'épaules d'autrefois — ce petit mouvement brusque que ses sœurs avaient coutume d'imiter et qui n'était pas lié à l'Europe. Il la bénissait seulement de ne pas l'avoir égaré là-bas.

« Ah, les idées des gens, aujourd'hui… ! »

« Oui et elles ne s'attardent certainement pas sur *nous*. » Mais il se confronta à ce constat avec tristesse. « Il nous faut pourtant malgré tout vivre avec. »

« Avec leurs idées… ? » interrogea Cornelia.

« Avec *elles*, ces merveilles modernes ; quelles qu'elles soient ! » puis il poursuivit : « C'est pour m'aider, assurément, que vous êtes revenue. »

Elle conserva le silence, adressant en guise de réponse un signe de tête en direction de la petite photographie. « Qu'est devenue la vôtre ? Je veux dire la *sienne*. »

La remarque le fit pâlir, cette fois. « Vous vous souvenez que j'en *ai* une ? »

Elle ne le quittait pas des yeux : « En chapeau plat à petits bords et les cheveux retenus dans un long filet. C'était si 'chic' à l'époque ; surtout avec la jupe relevée en petits festons sur un jupon baleiné de teinte magenta et un rang de très grosses perles d'onyx par-dessus une tunique de velvétine soutachée, avec un galon sobre et bien large, vous en souvenez-vous ? »

Il sourit devant son autorité en ces matières — elle était aussi compétente que si elle les avait eues sous les yeux. « Oh, bien sûr, comment ne m'en souviendrais-je pas ! Vous portiez de la velvétine marron et, sur ces mains remarquablement menues, de drôles de gantelets à manchettes, pareils aux miens. »
« Oh, *vous* vous en souvenez ? En revanche... pareils aux vôtres ? » s'étonna-t-elle.
« Enfin, comme les siens sur ma photographie. » Il se pencha sur la photographie en question. « Celle-ci montre mieux, cependant, sa tête ravissante. »
« La tête de Mary était une perfection ! » confirma Cornelia.
« Oui, elle était plus belle que son cœur. »
« Ah, ne dites pas cela ! » plaida-t-elle. « Vous n'avez pas été juste. »
« Vous ne pensez pas que j'ai été juste ? » Ce point l'intéressait souverainement — d'autant plus qu'il se pouvait, en effet, qu'il ne l'eût pas été ; ce qu'il semblait, d'une certaine manière, presque espérer.
« Elle ne le pensait pas... jusqu'à la toute fin. »
« Elle ne le pensait pas ? » — Ah, que de sages propos Cornelia lui tenait-elle ! Mais avant qu'elle n'eût pu répondre, il s'était remis à étudier attentivement le petit visage effacé. « Non, elle ne le trouve pas, elle ne le trouve pas. Oh, ses charmants yeux tristes et la manière dont ils me le disent à travers des années, droit dans les miens ! Pourtant, je ne sais pas, je ne sais pas ! » White-Mason soupira d'aise. Sa compagne parut apprécier cet effet. « C'est tout à fait la manière dont vous lui faisiez la cour, la pauvre chère petite. N'aimeriez-vous pas avoir celle-ci ? » demanda-t-elle.
« Celle-ci, pour moi ? » il leva les yeux, enchanté. « Le puis-je vraiment ? »
« Eh bien, si vous consentez à me donner la vôtre. Nous procéderons à un échange. »
« Que voilà une charmante idée. Nous procéderons à un échange.

Mais vous devez venir me voir et la prendre chez moi, vous y verrez mes objets à moi. »

Elle demeura un instant sans voix, comme sous l'effet d'une émotion. Puis elle dit : « Vous venez de me demander pourquoi je suis revenue. »

Il la dévisagea avec l'air de s'interroger sur le rapport ; ensuite, en souriant : « Pas pour faire… *ça* ? »

Elle lui adressa un petit regard bizarre et observa un bref silence avant de lui répondre. « Désormais, je peux faire ces choses. Et, oui ! C'est pourquoi, d'une certaine façon, je suis revenue, » dit-elle alors, « parce que j'ai compris, soudainement, un jour — compris comme jamais auparavant — que j'étais vieille. »

« Je vois. Je vois. » Il comprenait — elle avait ces inflexions de voix qui l'émouvaient tant. « Et qu'avez-vous ressenti ? »

Elle hésita — se décida. « Disons que, si cela m'a plu, ce fut peut-être sur le principe selon lequel les gens apprécient le gibier faisandé. »

« Le gibier faisandé, c'est excellent ! » s'exclama-t-il en riant. « Ah, ma chère, nous sommes 'faisandés'… ! »

Elle secoua la tête. « Non, pas vous, pas encore. Moi, en tout cas, je ne désirais plus d'autres aventures », dit Cornelia.

Il refit un geste assuré vers leur petite relique. « Vous nous désiriez, *nous*. Alors nous sommes là. Oh, comme nous pouvons parler ! — avec tout ce que vous savez ! Vous êtes une invention. Et vous vous apercevrez que je sais des choses. Je viendrai ici, ma foi, tous les jours. »

Elle médita sur ce point avant de lui répondre. « Vous avez dit à l'instant que vous me diriez quelque chose. N'avez-vous point l'intention d'essayer… ? »

« Mrs. Worthingham ? » Il tira son portefeuille de la poche intérieure de son manteau et y plaça soigneusement la carte de visite de Mary Cardew, le refermant posément avant de le ranger. Enfin, il parla. « Non. J'ai pris ma décision. Je ne peux pas, je ne veux pas. »

Cornelia fut abasourdie — ou sembla l'être. « Même avec tout ce qu'elle a ? »
« Oui, je sais tout ce qu'elle a. Mais je sais aussi tout ce qu'elle n'a pas. Et, ainsi que je vous l'ai dit, elle-même ne le sait pas, elle n'en a pas le moindre soupçon ; et n'en aura jamais. »
Cornelia remarqua avec magnanimité « Non, mais elle sait d'autres choses. »
Il secoua la tête devant la masse prodigieuse de toutes ces choses. « Trop de choses, vraiment trop de choses. Et *tellement* étrangères ! Savez-vous, reprit-il, que c'est comme si, en revenant pour moi, *vous* m'aviez fait découvrir tout cela ? »
« 'Pour vous' », réfléchit-elle ingénument. « Mais que comptez-vous faire avec moi, puisque vous ne pouvez m'épouser ? »
Ma foi, il semblait tout maîtriser. « Tout. Je peux vivre avec vous, comme maintenant. » Pour appuyer son discours, il se laissa tomber dans l'autre fauteuil au coin du feu. S'adossant confortablement, il contempla les flammes : « Je ne peux renoncer à vous. C'est très curieux. Cela m'a traversé, exactement tout comme pour vous lorsque vous avez renoncé à Bognor. C'est cela, je le sais enfin et je comprends que l'on peut y trouver de l'agrément. Je suis 'faisandé'. Ne le niez point. C'est là ma conviction. Je suis vieux. » Et, en dépit de l'éclat intense du petit autel domestique de Cornelia, il prononça ces paroles sans la moindre grimace.

La vraie réalité

Traduction de Guillaume Tanguy

Lorsque la femme du concierge (c'était elle qui allait autrefois répondre à la porte) eut annoncé « Un gentleman... avec une dame, Monsieur », j'eus immédiatement — ainsi que cela m'arrivait souvent en ces temps-là, car le désir précédait la pensée — une vision de modèles. Il se trouva, en l'occurrence, que mes visiteurs étaient bel et bien des modèles, mais non au sens que j'aurais préféré. De prime abord, cependant, rien ne permettait d'exclure qu'ils ne fussent venus pour se faire faire leur portrait. Le gentleman, la cinquantaine, très grand et droit comme un *i*, la moustache à peine grisonnante et vêtu d'une redingote gris foncé merveilleusement ajustée — détails que je notai d'un œil professionnel (non pas que je sois coiffeur ni tailleur) — m'aurait frappé comme étant une célébrité, si les célébrités étaient d'ordinaire d'apparence frappante. Il m'était apparu depuis un certain temps qu'un personnage qui présente, pour ainsi dire, une façade imposante, n'est presque jamais une institution publique. Un coup d'œil rapide en direction de la dame acheva de me convaincre de cette règle paradoxale : elle aussi paraissait trop distinguée pour être une « personnalité ». En outre, il était hautement improbable de tomber sur deux spécimens à la fois.

Aucun des deux ne prit la parole tout de suite — ils se contentèrent de prolonger ce regard préliminaire, comme si chacun voulait laisser sa chance à l'autre. Ils étaient visiblement timides ; ils restaient plantés là, me laissant les examiner — ce qui, ainsi que je le compris plus tard, était ce qu'ils pouvaient faire de plus utile. Leur gêne, de la sorte, plaidait en leur faveur. J'avais déjà rencontré des gens qui avaient toutes les peines du monde à avouer quelque chose d'aussi grossier que le désir d'être représentés sur une toile, mais les scrupules de mes nouveaux amis semblaient presque insurmontables. Pourtant, rien n'empêchait le gentleman de dire : « Je voudrais un portrait de mon épouse » ni la dame dire : « Je voudrais un portrait de mon époux ». Peut-être n'étaient-ils pas mari et femme — ce qui, naturellement, aurait compliqué les choses. Peut-être souhaitaient-ils être peints ensemble — en ce cas, ils auraient dû amener une tierce personne pour l'annoncer.

« Nous venons de la part de Mr. Rivet », dit enfin la dame, avec un pâle sourire qui eut l'effet d'une éponge humide que l'on passe sur un tableau « patiné », en même temps qu'il faisait vaguement allusion à sa beauté disparue. Elle était, toutes proportions gardées, aussi grande et aussi droite que son compagnon, avec dix ans de moins à porter. Elle avait cet air triste que peut avoir une femme dont le visage est dépourvu d'expression ; c'est-à-dire que son masque ovale et teinté présentait les mêmes traces d'usure qu'une surface exposée aux intempéries. La main du temps avait librement agi sur elle, mais seulement pour simplifier. Elle était mince et raide, et si élégamment vêtue, dans sa tenue bleu sombre, rehaussée de volants, de poches et de boutons que, de toute évidence, elle employait le même tailleur que son mari. Ce couple avait un air indéfinissable de frugale prospérité — leur train de vie était manifestement très luxueux compte tenu de leurs revenus. Si je devais être un de leurs luxes, il m'incomberait de fixer mes conditions.

« Ah, Claude Rivet m'a recommandé à vous ? » demandai-je ; c'était

très aimable à lui, ajoutai-je, tout en me faisant à part moi la réflexion que, pour un peintre paysagiste, cela n'était pas un grand sacrifice. La dame regarda fixement le gentleman, et le gentleman parcourut la pièce du regard. Puis, après avoir fixé le sol quelque temps et caressé sa moustache, il déclara en posant sur moi son regard affable : « Il a dit que vous étiez la personne qu'il fallait. »
« Je m'efforce de l'être, lorsque les gens veulent poser. »
« Oh oui, nous aimerions poser », dit la dame avec ardeur.
« Voulez-vous dire poser ensemble ? »
Mes visiteurs échangèrent un regard. « Si vous pouviez m'inclure moi aussi, j'imagine que ce serait le double », balbutia le gentleman.
« Oh oui, le tarif est naturellement plus élevé pour deux que pour un. »
« Nous aimerions que cela rapporte », confessa le mari.
« C'est trop de gentillesse », répliquai-je, touché par une attention aussi inhabituelle — car je pensais qu'il souhaitait que cela rapporte à l'artiste.
Un sentiment étrange sembla effleurer la dame. « Nous voulons dire, pour les illustrations... Mr. Rivet nous a dit que vous pourriez nous y faire figurer. »
« Vous faire figurer dans... une illustration ? » j'étais tout aussi perplexe.
« La dessiner, voyez-vous », dit le gentleman, en rougissant.
Ce fut alors seulement que je compris le service que Claude Rivet m'avait rendu ; il leur avait dit que je travaillais en noir et blanc, pour des magazines, des livres de contes, des esquisses de la vie contemporaine et que, de ce fait, j'avais souvent recours à des modèles. Tout cela était vrai, mais il n'était pas moins vrai (je puis l'avouer à présent — en laissant au lecteur le soin de juger si cette aspiration devait ou non être couronnée de succès) que je ne pouvais m'ôter de l'esprit les honneurs, et encore moins les émoluments, auxquels peut prétendre un grand portraitiste. Mes « illustrations »

servaient à faire bouillir la marmite ; je songeais à une autre branche de l'art (laquelle m'avait toujours paru de loin la plus intéressante) pour établir ma renommée. Il n'y avait aucune honte à y voir aussi le moyen de faire fortune ; mais cette fortune s'éloignait un peu plus du fait que mes visiteurs voulaient se faire « tirer le portrait » sans bourse délier. J'étais dépité car, au sens pictural du mot, je les avais tout de suite « *sentis* ». J'avais identifié leur type — j'avais déjà décidé ce que j'en ferais : quelque chose qui ne serait pas du tout de leur goût, me dis-je par la suite.

« Ah, vous êtes des… vous êtes des… euh… ? » fis-je, une fois remis de ma surprise. Je n'arrivais pas à prononcer le mot indigne de « modèles », qui semblait si inapproprié au cas en question.

« Nous n'avons pas beaucoup d'expérience », fit la dame.

« Nous sommes bien obligés de *faire* quelque chose, et nous avons pensé que nous pourrions rendre service à un artiste dans votre genre », lança le mari. Il ajouta qu'ils ne connaissaient pas beaucoup d'artistes ; ils s'étaient d'abord adressés, à tout hasard, à Mr. Rivet (il peignait des paysages, bien sûr, mais il y mettait parfois des personnages — comme je le savais peut-être), qu'ils avaient rencontré quelques années plus tôt dans un coin du Norfolk, alors qu'il faisait des esquisses.

« Nous avons nous-mêmes un peu dessiné, dans le temps », dit la dame.

« C'est très embarrassant, mais nous devons *absolument* nous trouver une activité », poursuivit le mari.

« Certes, nous ne sommes plus *tout* jeunes », avoua-t-elle, avec un pâle sourire.

Ajoutant qu'il ne serait pas inutile que j'en sache un peu plus sur leur compte, le mari me tendit une carte extraite d'un élégant portefeuille tout neuf (tous leurs accessoires étaient impeccables), et qui portait l'inscription « Commandant Monarch ». Quelque impressionnante que fût cette appellation, je n'étais guère plus avancé, mais mon visiteur ajouta aussitôt : « J'ai quitté l'Armée, et par malheur nous avons perdu notre argent. À vrai dire, nos moyens sont terriblement restreints. »

« C'est fort contrariant ! » souffla Mrs. Monarch.

Ils tenaient visiblement à rester discrets — à ne pas faire preuve d'ostentation, car ils étaient de bonne famille. Ils auraient volontiers admis, je m'en aperçus, que cette qualité représentait une sorte de handicap mais, comme je le devinai en même temps, ils avaient l'intime conviction — source d'immense réconfort dans l'adversité — de posséder des atouts. Ils n'en manquaient certes pas, mais ces avantages me paraissaient d'ordre éminemment mondain — de nature, par exemple, à donner du style à un salon. Or un salon évoque toujours — ou, du moins, devrait évoquer — un tableau.

Dans le prolongement de l'allusion de sa femme à leur âge, le mari déclara : « Naturellement, c'est surtout pour la silhouette que nous avons songé à offrir nos services. Notre maintien est encore irréprochable. » Je constatai aussitôt que la silhouette était en effet leur point fort. Le terme « naturellement » n'avait rien de vaniteux, mais éclairait au contraire la situation. « C'est *elle* qui a la plus belle silhouette », poursuivit-il, indiquant sa femme d'un mouvement de tête, avec cette absence de précautions oratoires qui fait le charme des fins de dîners. Il n'en demeurait pas moins, me bornai-je à répondre, comme si nous étions véritablement en train de déguster un verre de porto, que sa silhouette à lui était parfaite, ce à quoi il répondit : « Nous avons pensé que si d'aventure vous deviez dessiner des personnages dans notre genre, nous pourrions faire l'affaire. *Elle*, surtout… pour une grande dame dans un livre, voyez-vous. »

Ils m'amusaient tellement que, pour faire durer le plaisir, je m'efforçai d'adopter leur point de vue ; et malgré la gêne que j'éprouvais à évaluer ainsi, comme s'il s'agissait de bêtes de somme ou de serviteurs noirs, l'apparence physique d'un couple que je n'aurais imaginé rencontrer que dans des circonstances où la critique demeure tacite, j'examinai

Mrs. Monarch d'un regard suffisamment scrutateur pour pouvoir m'écrier enfin, avec conviction : « Oh bien sûr, une grande dame dans un livre ! » Elle ressemblait singulièrement à une mauvaise illustration.

« Nous pouvons nous mettre debout, si vous le souhaitez », dit le commandant, et il se dressa devant moi d'un air vraiment majestueux. D'un coup d'œil, j'estimai sa taille : il mesurait un mètre quatre-vingt-dix et était un parfait gentleman. N'importe quel club en cours de création et en manque de prestige aurait eu intérêt à l'embaucher, moyennant salaire, pour se tenir à la fenêtre principale. Ce qui me frappa immédiatement fut qu'ils avaient pour ainsi dire, en s'adressant à moi, manqué leur vocation ; ils auraient été autrement mieux employés à des fins publicitaires. Je les imaginais aisément, sans bien sûr concevoir la chose en détail, faire la fortune de quelqu'un — mais non la leur, cela s'entend. Ils avaient de quoi intéresser un giletier, un hôtelier, ou un vendeur de savonnettes. Je pouvais imaginer, épinglé à leur revers, ce slogan du plus bel effet : « Il n'y a rien de tel » ; je me figurais la célérité avec laquelle ils feraient le renom d'une table d'hôte.

Mrs. Monarch restait assise sans bouger, non par fierté mais par timidité, et son mari lui dit au bout d'un moment : « Levez-vous, ma chère, et montrez comme vous êtes chic. » Elle obtempéra, mais n'avait nul besoin de se lever pour le montrer. Elle marcha jusqu'au fond de l'atelier, puis revint en rougissant, tournant vers son mari ses yeux papillotants. Je me souvins alors d'un incident auquel j'avais assisté par hasard à Paris — je m'y trouvais avec un ami dramaturge qui allait donner sa première pièce — lorsqu'une actrice était venue lui demander de lui confier un rôle. Elle avait défilé devant lui, marchant de long en large comme le faisait Mrs. Monarch. Cette dernière le fit tout aussi bien, mais je m'abstins d'applaudir. Il était très étrange de voir de telles personnes chercher à se faire engager pour un si piètre salaire. À la voir, on eût dit qu'elle avait dix mille livres de rente. Son mari avait employé le terme qui la décrivait le mieux : elle était, dans le jargon londonien actuel, fondamentalement et typiquement « chic ». Dans le même ordre d'idées, sa silhouette était visiblement et irréprochablement « attrayante ». Pour une femme de cet âge, elle avait la taille étonnamment fine. Le coude était plié comme il se doit, la tête inclinée à l'angle convenable ; mais pourquoi diable était-ce à moi qu'elle était venue s'adresser ? Sa vocation était plutôt de faire des présentations de vêtements dans un grand magasin. Ce que je redoutais, c'était que mes visiteurs, outre le fait d'être désargentés, n'eussent des velléités « artistiques » — ce qui compliquerait singulièrement les choses. Lorsqu'elle se fut rassise, je la remerciai et fis remarquer que la faculté la plus précieuse d'un modèle, pour son dessinateur, était celle de ne pas bouger.

« Ne pas bouger… oh, elle en est aussi capable ! dit le commandant Monarch. C'est ce que je lui demande de faire à longueur de journée. »

« Je ne suis pas une horrible boule de nerfs, n'est-ce pas ? » demanda Mrs. Monarch à son mari.

C'est à moi qu'il adressa sa réponse. « J'espère qu'il n'est pas déplacé — car nous devons garder, n'est-ce pas, des rapports très professionnels — de préciser que lorsque je l'ai épousée, on la surnommait la Belle Statue. »

« Mon Dieu ! » dit Mrs. Monarch, avec regret.

« Bien entendu, je voudrais un peu d'expressivité », répliquai-je.

« Oh, bien entendu ! » s'écrièrent-ils de concert.

« Et vous n'êtes pas sans savoir, je suppose, que ce sera extrêmement fatigant. »

« Oh, nous ne sommes *jamais* fatigués », s'écrièrent-ils avec ardeur.

« Est-ce que vous avez de l'expérience en tant que modèles ? »

Ils hésitèrent — ils se regardèrent. « Nous avons été photographiés, *énormément* photographiés », dit Mrs. Monarch.

« Elle veut dire qu'on nous l'a demandé », dit le commandant.

« Je vois... parce que vous avez très belle allure. »
« Je ne sais pas ce que ces gens avaient en tête, mais ils ne nous lâchaient pas d'une semelle. »
« Ils nous offraient toujours, pour rien, des tirages des photographies qu'ils avaient prises de nous », sourit Mrs. Monarch.
« Nous aurions pu en apporter quelques-unes, ma chère », remarqua son mari.
« Je ne suis pas sûre qu'il nous en reste. Nous en avons donné des quantités », m'expliqua-t-elle.
« Avec notre dédicace, et ce genre de choses », dit le commandant.
« Est-ce qu'on en trouve encore dans les boutiques ? » demandai-je d'un ton badin.
« Oh oui ; des photos d'elle... on en trouvait, jadis. »
« Mais plus maintenant », dit Mrs. Monarch, les yeux baissés vers le sol.

II

Je pouvais imaginer le « genre de choses » qu'ils écrivaient sur les tirages de leurs photographies, et je ne doutais pas que leur écriture fût fort belle. La rapidité avec laquelle j'apprenais à les connaître ne laissait pas de me surprendre. S'ils en étaient réduits à travailler pour trois fois rien, c'est qu'ils n'avaient jamais été très à l'aise. Leur belle allure leur avait tenu lieu de capital, et ils avaient joui avec bonne humeur de la carrière que cette ressource leur ouvrait. Cela se lisait sur leurs visages — la vacuité, la profonde inertie intellectuelle de vingt années de mondanités dans des manoirs de campagne, qui leur avaient donné ces charmantes intonations. Je voyais les salons lumineux, jonchés de périodiques qu'elle n'ouvrait jamais, où Mrs. Monarch était restée assise des heures d'affilée, je voyais les bosquets humides au milieu desquels elle s'était promenée, vêtue à ravir pour chacun de ces exercices. Je voyais les fourrés giboyeux que le commandant avait aidé à cribler de plombs et les habits superbes qu'il arborait, tard le soir, lorsqu'il racontait ses exploits au fumoir. J'imaginais leurs cuissardes et leurs imperméables, leurs tweeds et leurs plaids impeccables, leurs assortiments de cannes, leurs sacs d'accessoires et leurs beaux parapluies, et je pouvais évoquer l'apparence exacte, sur les quais de gares de campagne, de leurs domestiques et la diversité compacte de leurs valises.

Ils donnaient d'humbles pourboires, mais savaient se faire aimer ; ils ne recevaient jamais, mais étaient les bienvenus. Ils étaient partout du plus bel effet. Ils satisfaisaient l'attirance universelle pour la prestance, le beau teint et le « décorum ». Ils en étaient conscients, sans fatuité ni vulgarité, et en concevaient de l'amour-propre. Ils n'étaient pas superficiels ; ils étaient scrupuleux et ne se laissaient jamais aller — telle était leur ligne de conduite. Chez des gens portés sur ce genre d'activité, une ligne de conduite est indispensable. J'imaginais sans peine comment, chez des hôtes très ennuyeux, l'on pouvait compter sur eux pour égayer l'atmosphère. Mais, à présent, un malheur leur était arrivé — la raison exacte importait peu : leurs modestes revenus avaient diminué, avaient fondu — et ils devaient trouver une activité pour se faire un peu d'argent. Leurs amis étaient affectueux, mais pas prêteurs. Quelque chose en eux leur donnait du crédit — leurs vêtements, leurs manières, leur type ; mais si le crédit est une grande poche vide dans laquelle tintent de temps à autre des pièces d'argent, encore faut-il que ce tintement soit audible. Ce qu'ils attendaient de moi était de les aider à le rendre audible. Fort heureusement, ils étaient sans enfants — j'en acquis vite la certitude. Peut-être souhaiteraient-ils aussi que notre relation conservât un caractère secret : aussi poseraient-ils « pour la silhouette » — la reproduction du visage les aurait trahis.

Ils me plaisaient — leur simplicité était désarmante — et je n'avais rien contre eux pourvu qu'ils fissent l'affaire. Néanmoins — je ne saurais dire pourquoi —, malgré toutes leurs qualités, il m'était difficile de croire en eux. Après tout, c'étaient des amateurs, et la passion dominante de ma vie était la haine de l'amateurisme. À cela s'ajoutait une autre obsession : ma préférence innée pour le sujet représenté par rapport au sujet réel, le défaut de ce dernier étant, bien souvent, le manque de représentation. J'avais une prédilection pour le *paraître* : on savait alors à quoi s'en tenir. Qu'il corresponde ou non à une essence était une question secondaire et, bien souvent, oiseuse. Et puis d'autres facteurs entraient en ligne de compte, le premier étant que j'avais déjà deux ou trois modèles à ma disposition, notamment une jeune personne aux grands pieds, vêtue d'alpaga et originaire de Kilburn, qui venait régulièrement chez moi pour mes illustrations depuis deux ans, et qui me donnait toujours — à ma grande honte, probablement — entière satisfaction. J'exposai franchement la situation à mes visiteurs, sans me douter qu'ils avaient pris les devants. Ils avaient évalué leurs chances, Claude Rivet leur ayant parlé du projet d'une *édition de luxe* de l'œuvre d'un de nos romanciers — le plus doué de notre époque — qui, longtemps négligé par le vil troupeau, mais vénéré par les lecteurs attentifs (est-il besoin de nommer Phillip Vincent ?), avait eu l'heureuse fortune, au soir de sa vie, de voir poindre puis se lever l'astre d'une critique plus avertie — renversement qui, de la part du public, tenait presque de l'expiation. L'édition en question, conçue par un éditeur de renom, était un magnifique geste de réparation : c'était tout l'art anglais qui, par les gravures qui l'agrémenteraient, rendait hommage au représentant le plus indépendant des lettres anglaises. Le commandant Monarch et sa femme me firent part de leur espoir que je puisse les associer, eux aussi, à la partie de l'entreprise qui me revenait. Ils savaient que j'étais censé illustrer le premier volume, *Rutland Ramsay*, mais je dus leur expliquer que ma participation à la suite dépendrait de la satisfaction que je donnerais — ce premier volume servant de galop d'essai. Si ma réussite était médiocre, mes employeurs me laisseraient tomber sans scrupules. Je me trouvais donc à un moment crucial et, naturellement, je faisais des préparatifs méticuleux, je cherchais — au cas où ils se révéleraient nécessaires — de nouveaux modèles, dans l'espoir de trouver les mieux adaptés. J'admis, néanmoins, que je souhaiterais me limiter à deux ou trois bons modèles, qui poseraient pour tous les personnages.

« Est-ce que nous devrons souvent... euh... changer de tenue ? » demanda timidement Mrs. Monarch.

« Ma foi, oui !... La tenue, c'est la moitié du travail. »

« Et est-ce nous serons censés fournir nos propres costumes ? »

« Oh, non ; j'ai beaucoup d'affaires. Les modèles d'un artiste mettent — ou enlèvent — tout ce qui lui plaît. »

« Vous voulez dire, euh, les *mêmes* ? »

« Les mêmes ? »

Mrs. Monarch regarda à nouveau son mari.

« Ah, expliqua-t-il, elle se demande seulement si ces costumes ont été portés par *tout le monde.* » Je dus avouer que c'était le cas, et ajoutai que plusieurs d'entre eux (j'avais beaucoup de vêtements du siècle dernier, authentiques et crasseux) avaient fait leur office, cent ans plus tôt, sur les épaules d'hommes et de femmes en chair et en os, marqués par la vie. « Nous mettrons tout ce qui sera *à notre taille* », déclara le commandant.

« Oh, je me charge de cela... les vêtements sont à la bonne taille dans mes illustrations. »

« Je crois que je conviendrais mieux pour les livres modernes. Je viendrai dans la tenue que vous voudrez », dit Mrs. Monarch.

« Elle a une belle garde-robe, chez nous ; cela pourrait convenir pour les scènes de la vie contemporaine », poursuivit son mari.

« Oh, je peux imaginer des scènes où vous seriez très naturelle. » Et en effet, je pouvais me figurer les accumulations navrantes de poncifs — ces histoires que je tentais d'illustrer en évitant l'exaspération d'avoir à les lire — et les étendues de papier jaunâtre que cette bonne dame pourrait m'aider à peupler. Mais je dus leur rappeler que pour ce genre de tâches — le travail quotidien et répétitif — j'étais déjà pourvu ; les gens avec qui je travaillais convenaient parfaitement.

« Nous pensions simplement que, dans le cas de *certains* personnages, nous serions plus ressemblants », murmura doucement Mrs. Monarch, en se levant.

Son mari se leva aussi ; il me regarda avec une vague mélancolie, qui était touchante chez un si bel homme. « Est-ce que ce ne serait pas plutôt un avantage que d'avoir... euh... d'avoir... ? » Il s'interrompit ; il voulait que je l'aide à formuler sa pensée. Mais je ne le pouvais pas — je ne comprenais pas. Alors il lança, maladroitement : « D'avoir la *vraie* réalité : un vrai gentleman, voyez-vous, ou une vraie dame. »

J'étais tout à fait disposé à acquiescer dans le principe — j'avouai que sa remarque n'était pas dénuée de fondement. Encouragé par mes paroles, le commandant exprima sa requête avec un serrement de gorge non feint. « C'est diablement difficile... nous avons tout essayé. » Ce serrement de gorge était communicatif ; c'en était trop pour sa femme. En moins de temps qu'il ne faut pour le dire, Mrs. Monarch retomba sur le divan et fondit en larmes. Son mari s'assit à côté d'elle et lui prit une main. Sur ce, elle se sécha promptement les yeux de l'autre et les leva vers moi, ce qui me remplit de confusion. « Miséricorde ! Il n'y a pas un seul métier que je n'aie essayé de décrocher... que je n'aie espéré... que je n'aie imploré le Ciel de m'accorder. Vous imaginez bien qu'au début, nous ne savions pas comment nous y prendre. Quant aux postes de secrétaire ou autres, autant espérer être anobli ! Je ferais *n'importe* quoi... je suis solide ; je pourrais être courrier ou livreur de charbon. Je mettrais, s'il le fallait, une casquette à galons dorés et j'irais ouvrir des portières de voitures devant des merceries ; je porterais les valises dans les gares, je serais facteur. Mais les gens ne vous adressent *même pas* un regard ; il y en a déjà des milliers, aussi doués que vous, sur le terrain. D'authentiques gentlemen — pauvres diables —, qui possédaient jadis leur cave à vin et leurs écuries de chasse ! »

Je me montrai aussi réconfortant que je savais l'être, et mes visiteurs se remirent bientôt debout, tandis que nous convenions d'un rendez-vous pour leur séance d'essai. Sur ces entrefaites, la porte s'ouvrit et Miss Churm entra avec un parapluie tout mouillé. Miss Churm avait dû prendre l'omnibus jusqu'à Maida Vale, puis marcher un kilomètre. Elle avait les cheveux passablement en bataille et était quelque peu éclaboussée. Je ne la voyais presque jamais entrer sans être frappé à nouveau par la capacité étonnante de cette femme, si insignifiante en elle-même, à évoquer si admirablement d'autres personnages. Toute frêle et maigrichonne qu'elle fût, Miss Churm était une grande héroïne de romance. Ce n'était qu'une cockney, couverte de taches de rousseur, mais elle pouvait tout incarner, de la grande dame à la bergère — elle possédait cette faculté, comme d'autres ont une belle voix ou de longs cheveux. Elle faisait des fautes d'orthographe, adorait la bière, mais avait deux ou trois « atouts » : elle avait de l'expérience, du flair, de l'esprit, une sorte de sensibilité fantasque ainsi que la passion du théâtre, elle avait sept sœurs, un manque total de respect pour les conventions et pour la prononciation du *h*. La première chose que notèrent mes visiteurs fut que son parapluie était mouillé, ce qui les fit visiblement frissonner de dégoût, eux dont la mise était impeccable. Il s'était mis à pleuvoir depuis leur arrivée.

« J'suis toute trempée... Y'avait foule, dans l'omnibus. Ce s'rait quand même mieux si vous habitiez près du métro ! » dit Miss Churm. Je la priai de se préparer aussi vite que possible, et elle passa dans la pièce où elle avait coutume de se changer. Mais, avant d'y entrer, elle me demanda quel costume elle devait mettre cette fois-ci.

« Le costume de princesse russe, vous vous souvenez ? répondis-je. Celle qui a les 'yeux d'or' et la tenue de velours noir, pour ce feuilleton interminable dans *Cheapside*. »

« Les yeux d'or ? Eh ben ! » s'exclama Miss Churm, et mes compagnons l'observèrent avec intensité pendant qu'elle se retirait.

Elle se changeait toujours en un clin d'œil lorsqu'elle était en retard ; je retins exprès mes visiteurs quelques instants afin que, en la voyant, ils se fassent une idée de ce qui serait attendu d'eux. Je leur précisai que cette demoiselle correspondait pour moi au modèle idéal — elle était vraiment très douée.

« Vous trouvez qu'elle ressemble à une princesse russe ? » demanda le commandant Monarch, avec une sourde inquiétude.

« Quand je la transforme en princesse, oui. »

« Oh, s'il faut que vous la transformiez !... » répliqua-t-il avec finesse.

« Que peut-on exiger de plus ? Il y a tellement de gens qui sont intransformables ! »

« Eh bien, la dame que voici — et, avec un sourire persuasif, il passa son bras sous celui de sa femme — est déjà toute transformée ! »

« Oh, mais je ne suis pas une princesse russe ! » protesta Mrs. Monarch, avec une certaine froideur. Je compris qu'elle en avait connu et ne les appréciait guère. Ainsi me trouvai-je confronté, d'emblée, à une sorte de complication qui ne s'était jamais présentée avec Miss Churm.

Cette jeune personne revint en velours noir — la robe était passablement râpée et tombait trop sur ses frêles épaules —, tenant dans ses mains rougeaudes un éventail japonais. Je lui rappelai que, dans la scène que je dessinais, elle devait regarder par-dessus la tête de quelqu'un. « J'ai oublié de qui, mais c'est sans importance. Il faut juste que vous regardiez par-dessus quelqu'un. »

« J'aimerais mieux r'garder par-dessus un poêle à bois », répliqua Miss Churm, et elle s'installa près du feu. Elle se mit en position, prit une pose altière, inclina légèrement la tête vers l'arrière et son éventail vers l'avant, ce qui lui donna — du moins à mes yeux très subjectifs — un air distingué et charmant, exotique et dangereux. Je la laissai dans cette posture, le temps de raccompagner le commandant et Mrs. Monarch jusqu'au rez-de-chaussée.

« Je crois que je pourrais être presque aussi convaincante », fit cette dame.

« Ah, vous la trouvez quelconque, mais c'est compter sans l'alchimie de l'art ! »

Ils s'en allèrent, toutefois, avec un évident regain d'assurance, convaincus de leur irréfutable supériorité — celle d'être la vraie réalité. J'imaginais la révulsion que leur inspirait Miss Churm. Celle-ci se montra très drôle à leur endroit lorsque je revins, car je lui racontai ce qu'ils voulaient.

« Eh ben, si une dame comme ça peut poser, j'me fais expert-comptable », dit-elle.

« Elle a un air très distingué », répliquai-je, pour la taquiner.

« Ça vous fait une belle jambe ! Ça mont' bien qu'elle est raide comme un piquet ! »

« Elle fera l'affaire pour les romans à la mode. »

« Ah, pour ça, oui ! ironisa mon modèle. Comme s'ils étaient déjà pas assez mauvais comme ça ! » J'avais souvent fustigé ce genre de livres lorsque je faisais la conversation à Miss Churm.

III

Ce fut pour élucider un mystère dans l'un de ces ouvrages que je mis pour la première fois Mrs. Monarch à l'essai. Son mari vint avec elle, pour se rendre utile si nécessaire — il était assez clair qu'il préfèrerait en général l'accompagner. Tout d'abord, je me demandai si c'était pour « respecter les convenances » — s'il allait se montrer jaloux et encombrant. L'idée était fort déplaisante, et si elle s'était confirmée, j'aurais promptement mis fin à nos rapports. Mais je m'aperçus bientôt qu'il n'en était rien et que, s'il accompagnait Mrs. Monarch, c'était tout simplement (outre la possibilité que j'aie besoin de lui) parce qu'il n'avait rien d'autre à faire. Quand elle s'absentait, il n'avait plus d'occupation — à vrai dire, elle ne s'était *jamais* absentée. Je jugeai, avec raison, que dans la situation gênante qui était la leur, la solidité de leur couple était leur principal réconfort, et que cette union ne connaissait aucune faille. Ils formaient un véritable couple — une incitation au mariage pour les indécis, une énigme pour les pessimistes. Leur adresse était modeste (je me rappelle m'être dit par la suite que c'était leur seul attribut vraiment professionnel), et j'imaginais le logement minable dans lequel le commandant aurait dû patienter tout seul. Il pouvait supporter ce logis quand il était auprès de sa femme — sans elle, il le trouvait insupportable.

Il avait trop de tact pour chercher à se rendre agréable lorsqu'il ne pouvait se rendre utile ; aussi, lorsque j'étais trop absorbé par mon travail pour discuter, se contentait-il de rester assis à patienter. Mais j'aimais le faire parler — cela rendait mon travail, quand cela ne l'interrompait pas, moins sordide, moins déroutant. L'écouter, c'était combiner l'exaltation de la vie mondaine à la frugalité d'une existence casanière. Il y avait un seul inconvénient, dû au fait que, de toute évidence, je ne connaissais aucune des personnes que lui et sa femme avaient fréquentées. Je crois que la question qui le tourmenta, pendant tout le temps que dura notre relation, fut de savoir qui diable je pouvais bien connaître. Le commandant n'était pas ce qu'on appelle un génie, aussi n'avions-nous pas de grandes conversations : nous nous bornions à des considérations sur le cuir, voire les spiritueux — les fabricants de selles et de culottes d'équitation, les meilleurs fournisseurs de bordeaux à prix abordable — et à divers sujets, tels que les « bonnes lignes de trains » ou la chasse au petit gibier. Sa science sur ces deux derniers sujets était prodigieuse : il aurait pu rivaliser avec un chef de gare ou un ornithologue. Lorsqu'il était à court de grands sujets de conversation, il abordait jovialement les sujets mineurs, et puisque je ne pouvais pas le suivre dans ses réminiscences du grand monde, il était capable d'abaisser imperceptiblement la conversation à mon niveau.

Un tel désir de plaire était touchant de la part d'un homme qui aurait pu si aisément vous prendre de haut. Il surveillait le feu, exprimant son opinion sur le tirage du poêle sans que j'aie à le lui demander, et jugeait de toute évidence que mon organisation domestique laissait fort à désirer. Je me souviens de lui avoir dit que, si j'étais riche, je lui proposerais de l'embaucher pour qu'il m'apprenne comment vivre. Parfois, sans raison apparente, il poussait un soupir, qui signifiait en substance : « Ah, si vous me donniez ne serait-ce qu'une petite baraque, aussi vétuste que celle-ci, vous verriez ce que j'en ferais ! » Quand j'avais besoin qu'il pose pour moi, il venait seul, ce qui prouve le courage supérieur des femmes : son épouse pouvait supporter le deuxième étage solitaire et, de manière générale, se montrait plus discrète. Elle n'ignorait pas, comme elle l'indiquait par d'infimes réticences, qu'il convenait de conserver des relations strictement professionnelles — des relations qui ne tombent pas dans la familiarité. Elle entendait me faire comprendre que le commandant et elle-même étaient de simples employés, et non des connaissances amicales, et bien qu'elle vît en moi un supérieur, avec qui on pouvait garder ses distances, jamais elle ne me jugea digne d'être son égal. Elle posait avec beaucoup d'intensité, se donnant tout entière à sa tâche, et pouvait rester pendant une heure presque aussi immobile que si elle avait posé devant l'objectif d'un photographe. Je sentais bien qu'on l'avait souvent photographiée mais, je ne saurais dire pourquoi, son expérience dans ce domaine la disqualifiait pour le mien. Je fus tout d'abord enchanté par son air de grande dame, et il était très plaisant, lorsque j'esquissais ses contours, d'apprécier leur beauté et leur faculté de guider le crayon. Mais, au bout de quelques séances, je commençai à la trouver d'une raideur insupportable ; j'avais beau faire, mon dessin ressemblait à une photographie ou à la copie d'une photographie. Sa silhouette n'avait aucune variété d'expression — elle n'avait elle-même aucun sens de la variété. On pourrait objecter que c'était là mon rôle, que je n'avais qu'à bien la placer. Or je la plaçais dans toutes les positions imaginables — mais elle avait le don de gommer les différences. Certes, elle demeurait une grande dame, mais toujours la même dame. Elle était la vraie réalité, mais toujours la même réalité. Il y avait des moments où je me sentais oppressé par la sérénité de sa conviction d'être la *vraie* réalité. Toute son attitude à mon égard, et celle de son mari, laissaient entendre que c'était *moi* qui gagnais au change. En même temps, je me surprenais à essayer d'inventer des types de personnages proches du sien, au lieu de l'inciter à transformer le sien — ce que savait merveilleusement faire, par exemple, la pauvre Miss Churm. J'avais beau la disposer de telle ou telle façon et m'entourer de moult précautions, elle finissait toujours par être trop grande dans mes illustrations — et je me retrouvais face au problème insoluble d'avoir représenté une femme fascinante comme si elle mesurait deux mètres de haut, ce qui — en raison peut-être de mon gabarit très inférieur — ne correspondait en rien à l'idée que je me faisais d'un tel personnage.

C'était pis encore avec le commandant : rien de ce que je faisais ne parvenait à le rapetisser, si bien qu'il me servait uniquement à la représentation de géants musclés. J'adorais la variété et la diversité, je recherchais les particularités humaines, les idiosyncrasies ; je voulais donner un caractère précis à mes personnages, et redoutais plus que tout de me laisser enfermer dans un type. Je m'étais querellé avec certains amis à ce sujet — j'avais rompu avec eux lorsqu'ils soutenaient qu'on ne pouvait pas échapper au type, et que si ce type était beau (comme chez Raphaël et Léonard de Vinci), la contrainte n'en était que plus féconde. Je n'étais ni Raphaël ni Léonard ; je n'étais peut-être qu'un novice, moderne et présomptueux, mais j'affirmais qu'il valait mieux tout sacrifier plutôt que l'individualité du caractère. Lorsqu'ils affirmaient que le type en question — celui-là même qui hante le peintre — pouvait très bien incarner un caractère précis, je répliquais, non sans peut-être une certaine futilité : « Le caractère de qui ? » Il ne pouvait appartenir à tout le monde — et finirait peut-être par n'appartenir à personne.

Je compris plus nettement qu'auparavant, après avoir dessiné Mrs. Monarch une douzaine de fois, que la valeur d'un modèle comme Miss Churm résidait précisément dans le fait qu'elle n'avait aucun style précis, à quoi s'ajoutait bien entendu le fait qu'elle possédait, en revanche, un don curieux et inexplicable pour l'imitation. Son aspect ordinaire était comparable à celui d'un rideau prêt à se lever, sur demande, sur un spectacle magistral. Ce spectacle ne faisait que suggérer — il était joli et vivant –, mais cela suffisait pour les initiés. Parfois même, il me semblait que ce joli spectacle était, malgré l'absence de beauté de ma jeune personne, par trop insipide ; je lui reprochais le fait que tous les personnages dessinés d'après elle étaient uniformément (« *bêtement* », comme nous avions coutume de dire) gracieux. Rien ne la mettait plus en colère, tant elle mettait sa fierté à poser pour des personnages qui n'avaient rien de commun entre eux. Elle m'accusait alors d'entacher sa « réputâtion ».

Ce curieux je-ne-sais-quoi, justement, fut quelque peu mis à mal par les visites répétées de mes nouveaux amis. Miss Churm était très sollicitée, n'était jamais en manque de travail, aussi n'avais-je guère de scrupules à la décommander de temps à autre, afin de profiter d'eux à ma guise. Il était certes amusant, dans les premiers temps, de dessiner la vraie réalité — de dessiner le pantalon du commandant Monarch. Ce pantalon était sans conteste authentique, même s'il paraissait colossal dans le dessin définitif. Il était amusant de représenter la coiffure — d'une précision géométrique — de Mrs. Monarch, et l'allure très « chic » de son corset serré. Elle se prêtait singulièrement à des postures où le visage était quelque peu détourné ou indistinct ; elle posait souvent pour des vues de dos et autres *profils perdus* très distingués. Quand elle se tenait bien droite, elle adoptait spontanément une de ces postures dans lesquelles les peintres de cour représentent les princesses et les reines, tant et si bien qu'il m'arrivait de me demander si, pour rendre justice à ce talent, je ne devrais pas persuader le rédacteur en chef de *Cheapside* de publier une histoire vraiment consacrée à la famille royale, et qui s'intitulerait « Romance à Buckingham Palace ». Cependant, il arrivait que la vraie réalité et l'illusion entrent en contact ; j'entends par là que, lorsqu'elle venait poser ou prendre rendez-vous certains jours où j'avais fort à faire, Miss Churm rencontrait ses odieux rivaux. La rencontre ne les concernait guère, car ils ne la remarquaient pas plus que si elle avait été la bonne, non par snobisme délibéré, mais tout simplement parce qu'ils ne savaient pas encore fraterniser au sein de la confrérie comme ils auraient sans doute aimé le faire — du moins comme le commandant aurait aimé le faire. Ils ne pouvaient pas parler de l'omnibus — ils se déplaçaient toujours à pied ; et ils ne savaient pas quel autre sujet aborder, car elle ne se souciait guère des bonnes lignes de train ni du bordeaux à prix abordable. Ils devaient en outre avoir le sentiment diffus qu'elle les narguait, qu'elle se moquait secrètement de leur suffisance. Elle n'était pas du genre à cacher son scepticisme, si d'aventure elle avait l'occasion de l'exprimer. Mrs. Monarch, quant à elle, la trouvait négligée — sinon pour quelle autre raison aurait-elle pris la peine de me dire (en sortant de sa réserve coutumière) qu'elle n'aimait pas les femmes malpropres ?

Un jour où la jeune femme était présente en même temps que mes deux autres modèles (elle passait parfois à l'improviste, lorsqu'elle en avait l'occasion, pour faire un brin de conversation), je lui demandai d'avoir la bonté d'aider à préparer le thé — service auquel elle était habituée et que, en raison de ma modeste situation et de la rareté de ma domesticité, je priais souvent mes modèles de me rendre. Ils aimaient manipuler mes ustensiles, briser la monotonie des séances, et parfois même la vaisselle ! Grâce à moi, ils avaient l'impression de mener la vie de bohème. Lorsque je revis Miss Churm après cet incident, elle me fit toute une scène, à ma grande surprise, m'accusant d'avoir voulu l'humilier. Sur le coup, elle ne s'était pas offusquée de cet affront, mais s'était montrée obligeante et enjouée, savourant la comédie consistant à demander, avec force simagrées, à Mrs. Monarch — laquelle demeurait distante et silencieuse — si elle voulait de la crème et du sucre. Elle avait pris un ton affecté —

comme si elle souhaitait elle aussi passer pour la vraie réalité —, à tel point que je craignais que mes visiteurs ne s'en offusquassent. Oh, ils étaient bien décidés, pour leur part, à ne rien faire de tel ; et leur touchante patience donnait la mesure de leur grand dénuement. Ils attendaient des heures d'affilée, sans se plaindre, que je sois prêt à les employer ; ils revenaient à tout hasard, dans l'espoir que j'aurais besoin d'eux, et repartaient de bonne grâce si ce n'était pas le cas. Je les raccompagnais à la porte pour voir l'ordre magnifique dans lequel ils battaient en retraite. J'essayai de leur trouver du travail — je les présentai à plusieurs artistes. Mais ils ne « prenaient » pas, pour des raisons que je pouvais comprendre, et je m'aperçus, non sans anxiété, qu'après ces déconvenues ils se rabattaient d'autant plus pesamment sur moi. Ils me faisaient le grand honneur de juger que c'était moi qui convenais le mieux à leur « style ». Ils n'étaient pas assez pittoresques pour les peintres et, à cette époque, il n'y avait pas assez d'illustrateurs sérieux travaillant en noir et blanc. En outre, ils ne perdaient pas de vue le grand projet dont je leur avais parlé : ils s'étaient secrètement juré d'être ceux qui fourniraient l'apparence parfaite exigée par mon entreprise de réhabilitation esthétique de notre grand écrivain. Ils savaient que, pour cela, je ne voudrais pas d'effets vestimentaires, de falbalas des siècles passés — que tout serait, en l'occurrence, contemporain, satirique et, probablement, de bon ton. Si je pouvais les y faire figurer, leur avenir serait assuré, car la tâche serait évidemment de longue haleine, et l'emploi régulier. Un jour, Mrs. Monarch se présenta sans son mari — elle expliqua qu'il avait dû se rendre à la City. Tandis qu'elle posait avec sa raideur anxieuse habituelle, l'on entendit des coups frappés à la porte, dans lesquels je reconnus aussitôt l'appel timide d'un modèle en quête d'emploi. Ils furent suivis par l'entrée d'un jeune homme que j'identifiai aisément comme un étranger, et qui se révéla en fait être un Italien, ne connaissant d'autre mot d'anglais que mon nom, qu'il prononça d'une telle façon qu'il sembla y inclure tous les noms possibles et imaginables. À l'époque, je n'avais pas visité son pays, et ne maîtrisais sa langue que très imparfaitement ; toutefois, comme la nature n'avait pas été avare — est-ce jamais le cas chez les Italiens ? — au point de le rendre entièrement dépendant de cet organe pour s'exprimer, il me fit comprendre, avec des mimiques familières mais gracieuses, qu'il recherchait exactement le même travail que celui qu'accomplissait la dame assise en face de moi. Il ne me fit d'abord pas grande impression, et je continuai à dessiner, tout en émettant des sons rauques afin de le décourager et de le congédier. Néanmoins, il resta planté là, sans m'importuner, mais ses yeux avaient une expression de docilité muette, canine, qui suggérait une innocente impudence, tel un domestique dévoué — on eût dit qu'il était depuis des années à mon service —, injustement soupçonné. Je m'aperçus soudain que cette attitude et cette expression mêmes composaient un tableau : sur ce, je lui demandai de s'asseoir et d'attendre que je sois libre. La manière dont il m'obéit me fit entrevoir un autre tableau et, tandis que je dessinais, j'en discernai encore d'autres dans la façon qu'il avait de contempler avec émerveillement, la tête rejetée en arrière, le haut plafond de l'atelier — comme s'il faisait le signe de croix dans Saint-Pierre de Rome. Avant d'avoir terminé, je me dis : « Ce garçon est un vendeur d'oranges sans le sou, mais c'est un trésor ».

Lorsque Mrs. Monarch prit congé, il se précipita pour lui ouvrir la porte et se tint là, avec le regard émerveillé et pur du jeune Dante subjugué par la jeune Béatrice. Comme, dans ce genre de situations, je n'exigeais jamais l'impassibilité propre aux serviteurs britanniques, je me dis qu'il avait toutes les qualités nécessaires pour faire office de domestique (il m'en fallait un, mais je ne pouvais le payer à ne faire que cela), ainsi que de modèle ; bref, je résolus d'adopter mon sémillant aventurier à condition qu'il accepte de remplir ce double rôle. Il sauta sur mon offre et je n'eus pas, par la suite, à me repentir de mon inconscience (car je ne savais rien de lui). Il officia avec bonne volonté quoique de façon erratique, et possédait à un degré exceptionnel le *sentiment de la pose*. C'était chez lui un sentiment inné, spontané, relevant de cet heureux instinct qui l'avait conduit jusqu'à ma porte et l'avait aidé à déchiffrer mon nom sur la carte qui y était clouée. Son seul guide avait été d'avoir deviné, grâce à la forme de ma verrière orientée au nord, qu'il avait aperçue en passant, que cette demeure était un atelier, et que, de ce fait, elle abritait un artiste. Après bien des errances il avait gagné l'Angleterre, à la recherche de la fortune, comme d'autres vagabonds, et s'était lancé, avec un associé et pour tout équipement une petite charrette à bras verte, dans la vente de glaces à un penny. Les glaces avaient fondu et l'associé s'était dissous avec elles... Mon jeune homme portait un pantalon jaune très serré à rayures rouges et s'appelait Oronte. Il avait le teint olivâtre mais clair, et quand il eut enfilé quelques vieux vêtements à moi, il eut l'air parfaitement anglais. Il était tout aussi remarquable que Miss Churm qui pouvait, lorsqu'il le fallait, passer pour italienne.

IV

Il me sembla que le visage de Mrs. Monarch se crispa légèrement lorsque, revenant avec son mari, elle vit Oronte installé dans l'atelier. Il était bien étrange d'admettre que ce *lazzarone* en herbe pût être un rival pour son splendide commandant. Elle fut la première à flairer le danger, car le commandant semblait ne se douter de rien. Mais Oronte nous servit le thé avec empressement, ne cessant de se confondre en excuses (il n'avait jamais vu de rituel si étrange), et je crois que le fait d'avoir enfin « du personnel » me fit remonter dans l'estime de Mrs. Monarch. Ils virent deux ou trois dessins où figurait mon « personnel », et Mrs. Monarch insinua qu'elle n'aurait jamais deviné que c'était lui qui avait posé. « Alors que quand c'est nous qui posons, la ressemblance est frappante », me fit-elle remarquer, avec un sourire triomphant ; et je reconnus que tel était précisément leur défaut. Lorsque je dessinais les Monarch je ne parvenais pas, curieusement, à m'écarter d'eux — à visualiser le personnage que je voulais représenter —, alors que je ne tenais nullement à ce que mon modèle fût reconnaissable dans mon dessin. Ce n'était jamais le cas de Miss Churm, et Mrs. Monarch était persuadée que je la dissimulais par respect des convenances, à cause de sa vulgarité, alors qu'elle ne disparaissait qu'au sens où disparaissent les morts lorsqu'ils montent au Ciel — pour accroître le nombre des anges.

J'avais à cette époque bien entamé mon travail sur *Rutland Ramsay*, premier roman de la grande série projetée, c'est-à-dire que j'avais produit une douzaine de dessins, dont certains avec l'aide du commandant et de sa femme, et que je les avais envoyés aux éditeurs pour approbation. Mon accord avec ceux-ci, comme je l'ai déjà mentionné, stipulait que j'avais carte blanche pour illustrer ce volume, dont l'intégralité m'était confiée, mais que ma collaboration au reste de la série dépendrait de ma réussite. Le fait d'avoir sous la main la vraie réalité était parfois franchement réconfortant, car *Rutland Ramsay* était peuplé de personnages très semblables aux Monarch. Sans doute existait-il des hommes qui se tenaient aussi droits que le commandant, et des femmes aussi chic que son épouse. Beaucoup de scènes décrivaient la vie dans les manoirs à la campagne — rendue, il est vrai, de façon habile, fantaisiste, ironique et stylisée — laissant imaginer un foisonnement de knickerbockers et de kilts. Je devais d'emblée régler un certain nombre de points, tels que l'apparence précise du héros et le teint exact de l'héroïne. L'auteur, bien sûr, me fournissait de précieuses indications, mais laissait une certaine marge d'interprétation. Je mis les Monarch dans la confidence, leur exposai clairement mon projet, leur fis part de mes difficultés et de mes hésitations. « Oh, mais c'est lui qu'il faut prendre ! » susurra Mrs. Monarch, en regardant son mari, et « Qui pourriez-vous trouver de mieux que ma femme ? » s'enquit le commandant, avec la cordiale franchise qui prévalait désormais entre nous.

Rien ne m'obligeait à répondre à ces remarques — ma seule obligation était de placer mes modèles. Je n'avais pas la conscience tranquille et remettais à plus tard, peut-être par pusillanimité, la résolution de cette question. Le roman était une vaste fresque, comportant de nombreux autres personnages, et je commençai par me débarrasser de certains des épisodes où ne figuraient ni le héros ni l'héroïne. Une fois ceux-ci mis en place, il faudrait m'y tenir : le même jeune homme ne pouvait pas passer de deux mètres dix dans telle scène à un mètre quatre-vingts dans telle autre. Ma préférence allait plutôt à cette dernière taille, même si le commandant ne manquait pas de me rappeler qu'il paraissait aussi jeune que n'importe qui. De fait, il eût été tout à fait envisageable de mettre en valeur sa silhouette de telle sorte que son âge fût difficile à estimer. Après que le très extraverti Oronte eut passé un mois à mon service et que je lui eus fait comprendre, à maintes reprises, que son exubérance naturelle finirait bientôt par sonner le glas de notre relation, je pris soudain conscience de son potentiel héroïque. Il ne mesurait qu'un mètre soixante-quinze, mais on lui donnait virtuellement les centimètres manquants. Tout d'abord, je le mis à l'essai presque en cachette, car j'appréhendais un peu la façon dont mes autres modèles réagiraient à un tel choix. S'ils considéraient Miss Churm comme une sorte de traquenard, que penseraient-ils de l'emploi d'un marchand ambulant italien, sans aucun rapport avec la vraie réalité, pour incarner un protagoniste ayant fréquenté les bancs d'une *public school* ?
Ils m'inspiraient une certaine crainte, non point parce qu'ils me tyrannisaient ou qu'ils avaient sur moi une emprise étouffante, mais parce que, avec leur savoir-vivre réellement pathétique et leurs vêtements qui, mystérieusement, semblaient toujours flambant neufs, ils s'en remettaient avec tant de ferveur à moi. Je fus donc ravi lorsque Jack Hawley revint de voyage : il était toujours de bon conseil. Il n'était pas lui-même bon peintre, mais n'avait pas son pareil pour mettre le doigt sur le problème. Il avait quitté

l'Angleterre un an plus tôt ; il était allé quelque part, je ne sais où, pour se rafraîchir l'œil. Je redoutais passablement cet organe, mais nous étions de vieux amis ; il avait été absent pendant des mois, et un sentiment de vide envahissait mon existence : voilà un an qu'on ne m'avait pas jeté de pique.

Il revint avec l'œil rafraîchi, mais avec le même vieux paletot de velours noir et, le premier soir qu'il passa dans mon atelier, nous veillâmes jusque tard dans la nuit en fumant des cigarettes. Lui-même n'avait rien produit, ne songeant qu'à se rafraîchir l'œil ; il pouvait donc se concentrer tout à loisir sur mes modestes compositions. Il s'enquit de ce que j'avais fait pour *Cheapside*, mais fut déçu par ce que je lui montrai. C'est du moins ce que semblaient suggérer les deux ou trois grognements prolongés qui — alors que, étalé sur mon grand canapé, une jambe repliée sous lui, il examinait mes derniers dessins — s'échappèrent de ses lèvres avec la fumée de sa cigarette.

« Qu'est-ce qui te prend ? » demandai-je.

« Tu veux dire : qu'est-ce qui *te* prend ? »

« Rien, sinon que je suis dérouté. »

« Tu peux le dire. Tu as complètement perdu la tête ! Que signifie cette nouvelle manie ? » Et, avec un dédain évident, il me lança un dessin où j'avais justement représenté mes deux splendides modèles. Je lui demandai s'il ne le trouvait pas réussi, et il me répondit qu'il le jugeait exécrable, compte tenu des ambitions que j'avais toujours exprimées. Je ne relevai pas la remarque, tant je désirais comprendre où il voulait en venir. Dans ce dessin, les deux personnages semblaient gigantesques, mais je subodorais que ce n'était pas ce dont il parlait car, dans son esprit, cela aurait pu être l'effet recherché. Je lui certifiai que je travaillais exactement de la même manière qu'auparavant, à l'époque où il chantait mes louanges. « Eh bien, il doit y avoir un sacré hic quelque part », fit-il. « Attends un peu, je vais essayer de le trouver ». Je comptais sur lui pour m'éclairer : n'avait-il pas l'œil rafraîchi ? Mais il ne trouva rien de plus lumineux à dire que ceci : « Je ne sais pas... c'est à cause de tes personnages, je n'aime pas leur type ». C'était une remarque maladroite de la part d'un critique qui, avec moi, avait toujours refusé de discuter d'autre chose que de questions d'exécution, de l'orientation de la touche, et du mystère des valeurs.

« Dans ces dessins que tu viens de voir, je trouve que mes types de personnages ont beaucoup d'allure. »

« Mais non, ils ne conviennent pas du tout ! »

« Je viens de prendre deux nouveaux modèles. »

« C'est ce que je vois. Je te dis qu'ils ne conviennent pas. »

« En es-tu bien sûr ? »

« Absolument... ce sont des imbéciles. »

« Tu veux dire que c'est moi qui suis un imbécile... car je devrais savoir comment m'y prendre ! »

« Mais c'est impossible, avec de tels énergumènes ! Qui sont-ils ? »

Lorsque je lui eus expliqué, sans trop m'attarder, il s'exclama, d'un ton cruel : « Ce sont des gens qu'il faut mettre à la porte. »

« Tu ne les as jamais rencontrés ; ils sont épatants », objectai-je avec compassion.

« Je ne les ai jamais rencontrés ? Ma parole, ton talent, à cause d'eux, dans ces derniers dessins, se réduit comme peau de chagrin ! Je n'ai aucune envie de les rencontrer. »

« Personne n'a eu à se plaindre d'eux... les gens de *Cheapside* en sont satisfaits. »

« Les gens sont tous des ânes bâtés, *a fortiori* ceux de *Cheapside*. Allons, ne fais pas semblant, aujourd'hui, d'avoir de belles illusions sur le public, en particulier sur les éditeurs et les rédacteurs en chef ! Ce n'est pas pour des animaux pareils que tu travailles, c'est pour les connaisseurs, *coloro che sanno*. Reste dans le droit chemin : fais ça pour moi, si tu ne peux pas le faire pour toi-même. Dès le début, tu as tenté de faire quelque chose — quelque chose de très prometteur — mais il n'y a rien de tout ça dans ces fadaises. » Lorsque, plus tard, je m'entretins avec Hawley de *Rutland Ramsay* et de la suite éventuelle, il déclara que je devais reprendre le cap, sinon je sombrerais. Bref, ses paroles sonnaient comme un avertissement.

Je pris note de l'avertissement, sans pour autant congédier mes amis. Ils m'ennuyaient passablement, mais — s'ils devaient être d'une quelconque utilité — le fait même qu'ils m'ennuyassent m'exhortait à ne pas les sacrifier à un simple accès de mauvaise humeur. Lorsque je me remémore cette période, je mesure à quel point ils avaient envahi mon existence. Je les revois dans mon atelier, où ils passaient le plus clair de leur temps, assis contre le mur, sur une vieille banquette en velours, pour ne pas déranger, pareils à un couple de courtisans très patients dans l'antichambre d'un roi. Je suis convaincu qu'au plus froid de l'hiver ils continuèrent de venir afin d'économiser du feu. Leur aspect flambant neuf perdait de son lustre, et il était impossible de ne pas voir qu'on leur faisait la charité. À chaque fois que Miss Churm arrivait, ils s'en allaient, et à partir du moment où je fus bien lancé dans *Rutland Ramsay*, ses visites devinrent assez fréquentes. Ils supposaient, comme ils me le firent comprendre tacitement, que j'avais besoin d'elle pour représenter les classes populaires dans le roman, supposition que j'encourageais consciemment, car ils avaient tenté d'étudier l'œuvre — qui traînait dans l'atelier — sans s'apercevoir qu'il n'était question que de la haute société. Ils s'étaient plongés dans le plus brillant de nos romanciers sans comprendre grand-chose. De temps à autre, je les faisais encore poser pendant une heure, malgré l'avertissement de Jack Hawley : il serait encore temps de les congédier, si cela se révélait nécessaire, lorsque les grands froids seraient passés. Hawley avait fait leur connaissance — un jour où ils étaient au coin du feu — et les avait trouvés ridicules. Ayant appris qu'il était peintre, ils tentèrent de l'aborder, de lui montrer qu'ils étaient la vraie réalité ; mais il les observa, depuis l'extrémité opposée de la pièce, comme s'ils étaient à des lieues de distance. Ils incarnaient les pires travers du système social de son pays. Des gens comme eux, engoncés dans leurs conventions et dans leur cuir verni, n'avaient rien à faire dans un atelier. Un atelier était le lieu où l'on apprend à voir, mais qu'y avait-il à voir dans deux sacs de plumes ?

Le principal inconvénient de leur présence fut que je n'osai pas, dans les premiers temps, leur faire comprendre que mon ingénieux petit domestique avait commencé à poser pour *Rutland Ramsay*. Ils savaient que j'avais eu l'excentricité (ils s'étaient résignés à tolérer l'excentricité des artistes) de prendre à mon service un vagabond étranger, alors que j'aurais pu engager un homme possédant des favoris et des références ; mais il leur fallut un certain temps avant de comprendre à quel point j'estimais ses talents. Ils le trouvèrent plusieurs fois en train de poser, ne doutant pas que ce fût pour un joueur d'orgue de Barbarie. Bien souvent, ils n'y voyaient que du feu : il me vint par exemple à l'idée, pour une scène mémorable du roman où figurait brièvement un laquais, d'employer le commandant pour incarner le larbin. Je tergiversais, je répugnais à lui faire revêtir la livrée — l'autre difficulté étant d'en trouver une à sa taille. Finalement, à la fin de l'hiver, alors que je travaillais sur le très méprisé Oronte (lequel comprenait tout de suite ce qu'on attendait de lui), et que j'éprouvais l'exaltation d'être dans le droit chemin, ils entrèrent, le commandant et sa femme, en riant de choses et d'autres d'un air distingué (leurs occasions de rire se faisaient de plus en plus rares), comme des invités dans un manoir — auxquels ils me faisaient immanquablement penser — qui ont traversé le parc après l'office et se sont laissés convaincre de rester à déjeuner. Le déjeuner était passé, mais ils pouvaient rester prendre le thé — je savais qu'ils en avaient envie. Or j'étais en pleine inspiration et, comme la lumière déclinait, je ne pouvais laisser retomber mon ardeur ni interrompre mon travail, pendant que mon modèle le servirait. Aussi demandai-je à Mrs. Monarch si cela la dérangerait de s'en occuper — requête qui lui fit aussitôt monter le sang au visage. Elle fixa quelques instants son mari du regard et ils se comprirent par de muets truchements. Leur ébahissement ne dura que quelques secondes ; le commandant, avec son bon sens jovial, y mit fin. Je dois ajouter que, loin de m'apitoyer sur leur amour-propre meurtri, je tenais à ce que cela leur serve une fois pour toutes de leçon. Ils s'activèrent tous les deux, sortirent les tasses et les soucoupes pendant que la bouilloire chauffait. Je savais qu'ils avaient l'impression de servir mon domestique et, lorsque le thé fut prêt, je leur dis : « Pouvez-vous lui donner une tasse, s'il vous plaît ? Il est fatigué ». Mrs. Monarch servit une tasse à Oronte, qui la reçut d'elle comme l'aurait fait, le chapeau claque sous le bras, un gentleman dans une réception.

Alors il m'apparut qu'elle avait accompli pour moi un courageux effort — et ce avec une certaine noblesse — et que je lui devais une compensation. À chaque fois que je la revis par la suite, je me demandai en quoi celle-ci devait consister. Je ne pouvais pas continuer à me fourvoyer pour leur rendre service. Car je me fourvoyais bel et bien, à en juger par le style des dessins pour lesquels ils avaient posé — Hawley n'était plus le seul à le dire. J'avais envoyé un large échantillon de ceux que j'avais réalisés pour *Rutland Ramsay*, et reçus un avertissement plus explicite que celui de Hawley. Le conseiller artistique de l'éditeur pour lequel je travaillais était d'avis que beaucoup de mes illustrations n'étaient pas à la hauteur de leurs attentes. La plupart d'entre elles étaient celles pour lesquelles les Monarch avaient posé. Sans chercher à savoir quelles étaient vraiment leurs attentes, je compris qu'à ce train-là on ne me confierait pas les autres volumes. Je me rabattis par désespoir sur Miss Churm, et la poussai dans ses derniers retranchements. Non content d'adopter publiquement Oronte comme modèle pour mon héros, je déclarai au commandant — un matin qu'il venait me demander si je n'avais pas besoin de lui afin de finir une illustration pour *Cheapside*, pour laquelle il avait commencé à poser la semaine précédente — que j'avais changé d'avis : je ferais désormais poser

mon domestique. Sur ce, mon visiteur pâlit et resta planté là, à me dévisager. « Est-ce vraiment votre idée d'un gentleman anglais ? » demanda-t-il.
J'étais déçu, à bout de nerfs et je voulais avancer dans mon travail, aussi répondis-je, d'un ton agacé : « Oh, mon cher commandant… je ne vais quand même pas me ruiner à cause de vous ! »
Il resta encore un instant immobile puis, sans un mot, tourna les talons. Lorsqu'il eut disparu je poussai un grand soupir, pensant que je ne le reverrais plus. Je ne lui avais pas dit explicitement que mon travail risquait d'être rejeté, mais j'étais contrarié qu'il n'ait pas senti venir la catastrophe, qu'il n'ait pas saisi en même temps que moi la morale de notre infructueuse collaboration — à savoir que, dans l'atmosphère trompeuse de l'art, même des personnes éminemment respectables peuvent manquer de qualités plastiques.
Je ne devais pas d'argent à mes amis, mais je les revis néanmoins. Ils revinrent ensemble trois jours plus tard ce qui, en l'occurrence, avait quelque chose de tragique. J'y voyais la preuve qu'ils ne pouvaient rien trouver d'autre à faire dans la vie. Ils avaient débattu de cette question lors d'un sombre conciliabule, avaient digéré la mauvaise nouvelle qu'ils n'avaient pas été choisis pour la série. S'ils ne m'étaient d'aucune aide même pour *Cheapside*, leur utilité semblait difficile à établir, et je pensai tout d'abord qu'ils étaient venus sans rancune, par dignité, pour me dire un dernier adieu. Aussi me félicitai-je en secret, car je n'avais guère le temps d'essuyer une scène. En effet, j'avais mis en place mes deux autres modèles et travaillais d'arrache-pied sur une illustration qui, je l'espérais, me permettrait de connaître la gloire. Elle s'inspirait du passage où Rutland Ramsay, après avoir rapproché sa chaise du tabouret d'Artemisia, lui murmure des choses extraordinaires pendant qu'elle semble exécuter au piano un morceau difficile. J'avais déjà dessiné Miss Churm au piano — c'était une attitude dans laquelle elle savait se parer d'une grâce véritablement poétique. Je voulais que mes deux

modèles formassent, l'un et l'autre, une « composition » saisissante, comme l'avait parfaitement compris mon petit Italien. Ils posaient d'une manière vivante, le piano était bien en évidence. C'était un charmant tableau — la jeunesse unie à la jeunesse, les tendres mots murmurés — qu'il me suffisait de rendre et d'immortaliser. Mes visiteurs restèrent immobiles à le contempler pendant que je leur adressai, sans me retourner, des paroles amicales.

Ils ne réagirent pas, mais j'avais l'habitude d'être en compagnie de gens silencieux et je continuai à travailler, quelque peu déconcerté (même si j'étais exalté par le sentiment d'avoir enfin trouvé la réalité idéale) de ne pas avoir, après tout, réussi à me débarrasser d'eux. Tout à coup, j'entendis à côté de moi ou, plutôt, au-dessus de moi, la douce voix de Mrs. Monarch. « Quel dommage qu'elle ne soit pas un peu mieux coiffée ». Levant les yeux, je la vis, fixant étrangement du regard Miss Churm, qui lui tournait le dos. « Est-ce que cela vous dérangerait si je la recoiffais juste un peu » ? fit-elle. Sur ce, je me levai d'un bond, envahi par la peur instinctive qu'elle ne blesse la jeune femme. Mais elle me rassura d'un regard que je n'oublierai jamais — voilà un regard, je l'avoue, que j'aurais voulu savoir peindre — et se rapprocha quelques instants de mon modèle. Elle lui parla d'une voix douce, se penchant sur elle, la main sur son épaule. Lorsque la jeune femme, comprenant sa requête, eut acquiescé avec reconnaissance, elle réordonna ses grosses boucles de quelques gestes rapides, de telle sorte que la coiffure de Miss Churm parut deux fois plus charmante. Ce service personnel qu'elle lui rendit est l'un des plus héroïques qu'il m'ait jamais été donné de voir. Puis, Mrs. Monarch se détourna avec un petit soupir et, regardant autour d'elle comme pour chercher à se rendre utile, s'inclina vers le sol avec une noble humilité pour ramasser un vieux chiffon qui était tombé de ma boîte de couleurs.

Pendant ce temps, le commandant cherchait lui aussi quelque chose à faire et, en traversant l'atelier, il vit devant lui, en désordre, mes affaires du petit déjeuner, qui n'avaient pas été débarrassées. « Dites-moi, je peux sûrement vous donner un coup de main, par ici, n'est-ce pas ? » me demanda-t-il, avec un tremblement involontaire dans la voix. J'acquiesçai d'un petit rire, dont je crains qu'il parût forcé, et pendant les dix minutes qui suivirent j'entendis, tout en dessinant, un léger cliquetis de porcelaine, de cuillères et de verres. Mrs. Monarch assista son mari : ils lavèrent, puis rangèrent le tout. Ils se rendirent dans ma petite arrière-cuisine, et je constatai plus tard qu'ils avaient astiqué mes couteaux et que ma modeste réserve d'argenterie brillait d'un éclat inaccoutumé. Quand le sens profond de leurs actes et de leur éloquent silence m'apparut, je dois avouer que mon dessin se brouilla un instant — le tableau vacilla. Ils avaient accepté leur échec, mais non leur sort. Ils s'étaient inclinés, non sans perplexité, devant la loi perverse et cruelle en vertu de laquelle la vraie réalité peut se révéler bien moins précieuse que la réalité artificielle — mais ils ne voulaient pas mourir de faim. Puisque mes domestiques servaient de modèles, mes modèles pourraient servir de domestiques. Ils inverseraient les rôles — les autres prendraient la pose du gentleman et de la grande dame, et eux, pour leur part, feraient le ménage. Ainsi, ils demeureraient dans mon atelier : ils m'imploraient avec une intensité muette de ne pas les renvoyer. « Embauchez-nous, semblaient-ils dire, nous ferons *n'importe quoi* ». Quand tout cela se fit jour dans mon esprit, le souffle de l'inspiration se dissipa — le crayon me tomba des mains. Ma séance de pose était gâchée et je congédiai mes modèles qui, manifestement, étaient quelque peu décontenancés et abasourdis. Il s'ensuivit un moment fort embarrassant entre le commandant, sa femme et moi. Le commandant résuma leur supplique en une seule phrase. « Écoutez... voilà : est-ce que vous ne pourriez pas nous employer pour faire votre ménage ? » Je ne pouvais y consentir — il était insupportable de les imaginer vider mes eaux usées ; mais je fis semblant d'accepter, pour leur faire plaisir, pendant une semaine. Puis je leur versai une somme d'argent pour qu'ils s'en aillent ; je ne les revis jamais. J'obtins le contrat pour les autres volumes, mais mon ami Hawley ne cesse de répéter que le commandant et Mrs. Monarch m'ont causé un tort irréparable, qu'ils ont fait de moi un artiste de second ordre. Qu'à cela ne tienne, j'accepte d'avoir payé le prix — en souvenir d'eux.

Les amis de nos amis

Traduction de Pierre-Antoine Pellerin

Comme vous l'aviez prédit, je trouve qu'il y a là beaucoup de choses dignes d'intérêt, mais peu qui me permettent de répondre à cette question délicate : y a-t-il matière à publication ? Ses journaux intimes ne présentent pas le caractère systématique que j'espérais y trouver ; elle avait simplement la sainte habitude de tout écrire et de tout raconter. Elle prenait des notes qu'elle conservait ; elle semble n'avoir que rarement eu connaissance d'une bonne histoire sans s'en emparer au vol. Je ne fais évidemment pas tant allusion aux choses dont elle entendait parler qu'à ses observations et ses ressentis. Elle écrit parfois sur elle-même, parfois sur les autres, et parfois sur les deux à la fois. C'est dans ce dernier cas de figure qu'elle est la plus éloquente. Mais, vous le comprendrez, ce n'est pas lorsqu'elle est le plus éloquente qu'elle est le plus convaincante. À vrai dire, elle est profondément indiscrète, ou du moins elle fait tout pour qu'on le devienne. Prenez par exemple le fragment que je vous adresse ici, découpé en plusieurs petits chapitres afin de vous en faciliter la lecture. Il s'agit du contenu d'un mince cahier de papier blanc que j'ai recopié et qui a le mérite d'être quelque chose d'à peu près cohérent et de constituer un ensemble intelligible. Ces pages datent évidemment d'il y a quelques années. J'ai lu avec émerveillement et enthousiasme les observations détaillées qui y sont faites et j'ai fait de mon mieux pour rendre compte du génie qu'elles donnent à voir. Qui que soit le lecteur, on ne peut qu'être profondément fasciné par cette histoire, n'est-ce pas ? Mais bien qu'elle n'ait donné ni nom ni initiales à ses amis, comme si elle avait elle-même voulu que le monde entier en ait connaissance, pouvez-vous imaginer un seul instant que je puisse révéler ce document au monde entier ? Avez-vous une quelconque idée de leur identité ? Je lui laisse la parole.

I

Bien sûr, je sais parfaitement que je suis responsable de ce qui m'est arrivé, mais cela ne me console guère. Je fus la première à lui parler d'elle, il n'avait même pas ne serait-ce qu'entendu prononcer son nom. Même si je n'avais rien dit, quelqu'un d'autre aurait fini par le faire : cette réflexion m'a depuis permis de trouver quelque réconfort. Mais le réconfort que peut apporter une réflexion est mince : le seul réconfort qui compte dans la vie, c'est celui de n'avoir jamais agi bêtement. Il s'agit là d'un sentiment de béatitude que je ne connaîtrai certainement jamais. « Mais si, tu devrais la rencontrer et en discuter avec elle », dis-je immédiatement. « Qui se ressemble s'assemble ». Je lui dis qui elle était et qu'ils se ressemblaient car elle avait eu dans sa jeunesse une étrange expérience en tout point comparable à celle qu'il avait eue à la même période de sa vie. L'incident en question était bien connu de ses amis et on l'invitait constamment à en faire le récit. Elle était séduisante, intelligente, belle, malheureuse ; mais c'était néanmoins à cet événement qu'elle devait sa réputation à l'origine.

À l'âge de dix-huit ans, alors qu'elle se trouvait à l'étranger en compagnie de l'une de ses tantes, elle avait eu une vision de son père au moment de sa mort. Celui-ci était alors en Angleterre, à des centaines de kilomètres de là et, à sa connaissance, n'était ni mort ni mourant. Elle avait eu cette vision en pleine journée, alors qu'elle visitait le musée d'une grande ville située à l'étranger. Laissant ses compagnons derrière elle, elle s'était introduite dans une petite salle dans laquelle était exposée quelque grande œuvre d'art et où se trouvaient alors deux autres personnes. L'un était un surveillant du musée, assez âgé ; sans lui prêter tout d'abord attention, elle prit l'autre pour un étranger, un touriste. Elle avait simplement remarqué qu'il n'avait pas de chapeau et qu'il était assis sur un banc. Cependant, à l'instant même où ses yeux se posèrent sur lui, tel ne fut pas son étonnement lorsqu'elle reconnut son père qui, comme s'il l'avait longuement attendue, la contemplait d'un regard plein d'un profond désarroi, trahissant ainsi une impatience qui ressemblait fort à de la désapprobation.

Elle se rua vers lui en poussant un cri d'étonnement : « Papa, qu'est-ce qu'il y a ? » ; mais celui-ci afficha alors une expression encore plus sévère avant de disparaître tout à coup alors qu'elle s'approchait de lui. Le surveillant et ses proches, qui se trouvaient juste derrière, s'attroupèrent autour d'elle non sans stupéfaction. Ces personnes, l'employé du musée, sa tante, ses cousins et ses cousines furent ainsi témoins des faits en quelque sorte, ou du moins du fait qu'elle était bouleversée par ce qui venait d'arriver ; à quoi il faut ajouter le témoignage d'un médecin qui accompagnait l'un des membres du groupe et à qui on raconta immédiatement ce qui s'était passé. Il donna à la jeune femme un remède contre l'hystérie, mais glissa quelques mots en privée à la tante : « Attendez et voyez s'il se passe quelque chose une fois que vous serez de retour chez vous ». Il s'était passé quelque chose : son pauvre père, pris soudainement d'un mal violent, était mort le matin même. Dans la journée, sa tante, la sœur de sa mère, reçut un télégramme annonçant l'événement et demandant que l'on y préparât sa nièce. Celle-ci y était déjà préparée, et le choc provoqué par cette apparition la marqua de façon indélébile. Celles et ceux qui étaient ses amis en furent informés, et nous en parlâmes entre nous, non sans effroi. Douze années s'étaient écoulées depuis et, étant donné qu'elle était désormais séparée de son époux après avoir fait un mariage malheureux, elle suscitait l'intérêt pour d'autres raisons ; mais comme le nom qu'elle portait à présent était un nom assez courant, et comme sa séparation de corps était loin de faire figure d'exception au vu de l'évolution des mœurs, il était courant de la décrire comme « celle, tu sais, qui a vu le fantôme de son père ».

En ce qui le concerne, il avait vu le fantôme de sa mère. Je n'avais jamais entendu parler de cet incident jusqu'au jour où notre ami le plus proche et le plus cher l'amena à y faire allusion à l'occasion d'une digression dans notre conversation, ce qui me mena à relater l'histoire de mon amie afin de lui faire savoir qu'il avait une rivale en la matière et qu'il existait une personne avec qui il pourrait partager son expérience. Quelque temps plus tard, cette histoire en vint pour lui aussi à jouer la fonction de trait distinctif de sa personne, peut-être du fait que je l'avais répétée à l'envie ; mais ce n'était pas ainsi qu'on me l'avait présenté un an plus tôt. Il avait, tout comme cette pauvre femme, bien d'autres qualités ! En toute sincérité, je peux dire que j'eus conscience des siennes dès notre première rencontre et je les découvris bien avant qu'il ne découvrît les miennes. Je me souviens d'avoir été alors frappée par le fait que l'estime qu'il montra pour les miennes fut stimulée par la façon dont j'avais su évoquer une histoire faisant écho à sa curieuse anecdote, bien qu'elle n'émanât pas de ma propre expérience.

Cette anecdote remontait, tout comme celle de mon amie, à une douzaine d'années. Il était alors à Oxford où, pour quelque raison, il avait prolongé ses vacances d'été. En cet après-midi de mois d'août, il s'était promené le long de la rivière. De retour chez lui, alors qu'il faisait encore grand jour, il entra dans la chambre qu'il occupait et y découvrit sa mère, les yeux rivés sur la porte d'entrée. Le matin même, il avait reçu une lettre qu'elle avait envoyée du Pays de Galles où elle séjournait en compagnie de son père. En le voyant, elle afficha un sourire radieux et ouvrit grand les bras en sa direction et, alors qu'il s'élança gaiement vers elle, ouvrant grand les bras à son tour, elle disparut de la pièce. Il lui écrivit ce soir-là afin de lui conter ce qui s'était passé ; la lettre fut soigneusement conservée. Le lendemain matin, il apprit la nouvelle de son décès. Il fut extrêmement surpris de ce prodigieux événement que je vins à évoquer par hasard au cours d'une de nos conversations. Il n'avait jamais eu écho d'un cas similaire au sien. A n'en pas douter, il fallait que mes deux amis se rencontrent. A n'en pas douter, ils auraient des choses à se dire. Je me chargerais de tout cela, d'accord ? Si cela ne la dérangeait pas ; pour sa part, cela ne le dérangerait pas le moins du monde. Je lui avais promis d'en toucher deux mots à mon amie dans les meilleurs délais, ce qui se produisit un peu plus tard cette semaine-là. Cela ne la « dérangeait » pas plus que lui ; elle était entièrement d'accord pour le rencontrer. Et pourtant, leur rencontre n'eut jamais lieu, du moins au sens où on l'entend habituellement.

II

Il ne s'agit là que de la première partie de cette histoire, la façon assez extraordinaire dont leur rencontre ne put se faire. Ce fut la conséquence d'une série d'incidents malheureux ; mais ceux-ci perdurèrent pendant des années et devinrent, pour moi comme pour d'autres, un sujet d'hilarité avec les deux parties concernées. Tout cela était assez amusant au début, avant de tourner à la mauvaise farce par la suite. C'était d'autant plus étrange qu'ils étaient tous deux disposés à se rencontrer : cet état de fait n'était pas le résultat d'un sentiment d'indifférence, et encore moins d'une quelconque aversion. C'était le résultat d'un concours de circonstances, renforcé par des divergences de centres d'intérêt et de modes de vie. Il était obsédé par son travail d'inspecteur de police qui l'occupait continuellement, ne lui laissait que rarement l'occasion de se divertir un peu, et le menait constamment à être appelé en urgence et à faire faux bond. Il aimait la vie mondaine, mais il la trouvait partout où il allait, toujours au pas de course. Je ne savais jamais précisément où il était, et il m'arrivait parfois de ne pas le voir pendant des mois. Quant à elle, sa vie se cantonnait aux banlieues résidentielles : elle vivait à Richmond et ne « sortait » jamais. C'était une femme distinguée, mais elle ne recherchait pas les mondanités et était conscience de la délicatesse de sa situation, comme le disaient les gens. Profondément fière et animée d'un caractère capricieux, elle menait sa vie comme elle l'entendait. Il y avait certaines choses que l'on pouvait faire avec elle, mais il était impossible de la convaincre de venir à une fête que l'on organisait. On se rendait donc chez elle plus souvent qu'on ne l'aurait voulu et on se retrouvait alors face à sa cousine, à une tasse de thé et à la vue. Le thé était bon ; mais la vue n'avait rien d'extraordinaire, bien qu'elle ne fût cependant pas aussi horriblement désagréable que la cousine, une vieille fille qui faisait partie du groupe présent au musée. Cette présence d'un proche parent de rang inférieur était motivée en partie par des raisons pécuniaires, celle-ci étant, se plaisait-elle à dire, une excellente gestionnaire, et c'était là l'un des démérites qu'on lui pardonnait, au même titre que ce qu'elle estimait être socialement convenable suite à la séparation de son mari. Sa prudence prenait des proportions extrêmes, voire morbides selon certains. Elle ne faisait jamais aucune avance ; elle s'embarrassait toujours de scrupules ; elle redoutait, ou plutôt devrais-je dire, elle gardait en mémoire tout manquement à la bienséance : elle était l'une des rares femmes que cette épreuve particulière avait rendue plus modeste qu'elle ne l'avait enhardie. Pauvre femme ! C'était un être délicat, et elle avait fixé des limites très claires aux attentions qu'elle acceptait de recevoir de la part des hommes : elle avait toujours l'impression que son mari attendait la moindre occasion pour se jeter sur elle. Bien qu'elle ne les interdît pas, elle décourageait les visites des hommes qui n'étaient pas atteints de sénilité : elle disait qu'elle ne pouvait être trop prudente à cet égard.

Lorsque je lui annonçai pour la première fois qu'un autre de mes amis avait eu une étrange expérience qui n'était pas sans rappeler la sienne, elle aurait pu tout à fait me répondre : « Oh, amène-le, j'aimerais bien le voir ! » J'aurais probablement réussi à l'amener, et il s'en serait suivi une scène parfaitement inoffensive ou, du moins, relativement simple en comparaison. Mais telles ne furent pas ses paroles. « Il faut certainement que je le rencontre ; oui, je vais essayer de le voir ! » se contenta-t-elle de dire. C'est ce qui provoqua le premier retard et, entretemps, il se passa un certain nombre de choses. Tout d'abord, avec le temps, elle se faisait de plus en plus d'amis tant elle était charmante, et il arrivait régulièrement que ses amis soient également suffisamment amis avec lui pour qu'il soit fait mention de sa personne dans les conversations. Il était étrange que, bien que n'appartenant pourtant pas au même monde ou, pour reprendre cet horrible terme, à la même « bande », mes deux amis, quelque peu décontenancés, se trouvaient fréquenter les mêmes personnes, qui joignaient dès lors leurs voix à ce drôle de chœur. Elle avait des amis qui ne se connaissaient pas mais qui, régulièrement et inévitablement, le recommandaient. Il y avait en elle quelque chose d'original, d'intrinsèquement intéressant au point de constituer pour chacun d'entre nous un jardin intime que l'on cultivait jalousement, plus ou moins secrètement. C'était une de ces personnes que l'on ne voyait pas en société, quelqu'un qu'on ne laissait pas n'importe qui approcher, surtout pas les individus les plus ordinaires, quelqu'un dont il était particulièrement difficile et précieux de faire la connaissance. Nous la voyions séparément, sur rendez-vous et sous certaines conditions, sans se le dire, et nous trouvions que cela contribuait à l'harmonie générale de nos relations. Il y avait toujours quelqu'un ayant reçu un message de sa main plus récemment qu'un autre. Quelque idiote, du simple fait de s'être rendue trois fois à Richmond, eut pendant longtemps la réputation, parmi ceux qui n'avaient pas la chance de faire partie du cercle des privilégiés, d'être très proche de « toute une foule de gens terriblement intelligents et distingués ».

Chacun d'entre nous a des amis qu'il se réjouit de pouvoir un jour réunir, et chacun sait que les plus grands succès ne font pas les souvenirs les plus heureux ; mais je doute qu'il n'y ait jamais eu en la matière l'exemple d'un échec si directement proportionnel à la somme des attentes en jeu. C'est peut-être en fait la somme de ces attentes qui constitue ce qu'il y a là de plus remarquable. Mes deux amis déclarèrent à moi comme à d'autres que c'était une véritable farce. On perdit de vue la raison première pour laquelle leur rencontre s'imposait et cinquante autres encore meilleures furent invoquées. Ils étaient terriblement identiques : ils avaient les mêmes idées, le même humour, les mêmes goûts, les mêmes préjugés, les mêmes superstitions et le même rejet de certaines opinions communément admises ; ils aimaient ou détestaient les mêmes personnes, les mêmes lieux, les mêmes livres, les mêmes auteurs et les mêmes styles ; tout le monde leur trouvait une certaine ressemblance, que ce soit dans leurs traits de visage ou leurs expressions. Cela donna une certaine légitimité à l'idée qu'ils étaient, pour le dire simplement, aussi « charmants » et presque aussi beaux l'un que l'autre. Mais leur principal point commun, celui qui alimentait toutes les curiosités et toutes les conversations, était leur refus absolument catégorique d'être photographiés. C'étaient les seules personnes que l'on connaissait qui n'avaient jamais été « prises » et qui s'y opposaient avec tant d'ardeur. Ils s'y refusaient tout simplement, quels que soient les arguments que l'on pouvait avancer. Je m'en étais plainte haut et fort ; mais c'était en vain que j'avais longtemps désiré pouvoir montrer leurs portraits, le sien en particulier, en le plaçant sur le rebord de la cheminée de mon salon, dans un cadre acheté dans une échoppe de Bond Street.

Quoi qu'il en soit, c'était là la meilleure raison qu'ils avaient de se rencontrer. Mais toutes ces bonnes raisons étaient réduites à néant du fait de l'étrange loi qui les avait menés tant de fois à claquer la porte au nez de l'autre, tant et si bien que, à la façon du seau plein que l'on hisse hors du puits alors que descend celui qui est vide, des deux extrémités d'une balançoire à bascule ou de deux parties politiques qui se succèdent au pouvoir, lorsque l'un était en bas, l'autre était en haut, et lorsque l'un sortait, l'autre rentrait ; jamais l'un n'arrivait quelque part sans que l'autre en fût déjà parti, ou n'apprenait la présence de l'autre avant de quitter un lieu où tous deux se trouvaient. Ils n'arrivaient que lorsque l'on ne s'y attendait plus, ce qui se trouvait justement être le moment où l'autre s'en était allé. Pour le dire en un mot, ils étaient incompatibles et inconciliables ; ils se rataient de façon si systématique que l'on ne pouvait l'expliquer que par une forme de concertation préalable de leur part. C'était cependant si loin d'être le cas qu'ils avaient fini, bien des années plus tard, à en éprouver de la déception et de l'agacement. Je ne crois pas que leur curiosité fût véritablement piquée avant qu'elle ne s'avérât absolument vaine. Bien entendu, nous fîmes tout ce qui était en notre pouvoir pour les aider à se voir, mais cela nous mena qu'à mettre en place des stratagèmes dans lesquels ils se prenaient les pieds. J'aurais dû prendre des notes afin de pouvoir donner des exemples précis ; mais ce dont je me souviens, c'est que ni l'un ni l'autre ne sont parvenus à se rendre à un dîner au bon moment. Le bon moment pour l'un n'était pas le bon moment pour l'autre. Ils étaient particulièrement ponctuels lorsque ce n'était pas le bon moment, et ce ne fut jamais le bon moment. Les éléments eux-mêmes semblaient s'être ligués contre eux et la constitution humaine n'arrangeait rien. Un rhume, un mal de tête, un deuil, une tempête, une nappe de brouillard, un tremblement de terre, un cataclysme survenait immanquablement. Toute cette affaire tenait de la mauvaise plaisanterie.

C'était pourtant une plaisanterie dont on ne pouvait que rire, même si l'on ne pouvait s'empêcher de trouver qu'elle avait donné un tour assez grave à la situation, qu'elle avait produit dans l'esprit de chacun une gêne, un malaise, une véritable crainte de l'incident ultime, le seul qui aurait pu apporter un peu de fraîcheur, l'incident de leur rencontre en chair et en os. Finalement, l'effet des incidents précédents avait été de nourrir ces sentiments. Ils avaient assez honte d'eux-mêmes, et peut-être même honte l'un de l'autre. Tant de préparation, et autant de frustration : cela pouvait-il mener à quoi que ce soit de bon ? Un simple rendez-vous ne pouvait que tomber complétement à plat. Pouvais-je imaginer, me demandaient-ils, qu'ils pussent se retrouver, après tant d' années, être tout bêtement confrontés l'un à l'autre ? Ils avaient beau trouver cette plaisanterie pénible, il se pouvait que leur rencontre soit encore bien plus pénible. Ils faisaient exactement les mêmes réflexions, et ils étaient condamnés à avoir vent de celles de l'autre d'une façon ou d'une autre.

Je pense vraiment que c'est cette défiance particulière qui avait fini par régir leur relation. Je veux dire par là que s'ils ne pouvaient rien au fait de ne pas avoir réussi à se voir pendant les deux premières années, ils en avaient gardé l'habitude car, comment dirais-je, l'idée les avait rendus anxieux. Il fallait vraiment avoir une sacrée force de volonté pour imaginer que quelque chose d'aussi absurde pût arriver

III

Lorsque j'en vins finalement à accéder à ses demandes répétées en mariage, consacrant ainsi notre longue relation, les gens autour de nous se disaient, je le sais, que j'avais fixé comme condition qu'il me donnât une photographie de lui. C'était vrai dans la mesure où j'avais refusé de lui donner la mienne s'il n'en faisait pas de même en retour. Quoi qu'il en fût, j'avais enfin sur le rebord de ma cheminée son portrait dans une pose des plus distinguées le jour où elle vint me présenter ses félicitations et où elle le vit en quelque sorte pour la première fois. Il l'avait ainsi contrainte à suivre son exemple, ce que je l'invitai à faire ; il avait sacrifié son opiniâtreté, ne pouvait-elle en faire autant ? Puisqu'il fallait bien qu'elle me fît elle aussi un cadeau de fiançailles, ne pouvait-elle me donner une photographie d'elle que je pusse mettre à côté ? Elle rit et fit non de la tête ; ses mouvements de tête étaient impulsifs et paraissaient venir de très loin, à la façon d'un coup de vent chahutant une fleur. La photographie que je voulais placer à côté de celle du portrait de mon futur époux était celle de sa future épouse. Elle avait donné son opinion sur le sujet et ne voulait pas plus en changer que s'en expliquer. C'était un parti pris, un entêtement, un vœu : elle vivrait et mourrait sans avoir été photographiée. Aussi était-elle désormais seule dans cette situation : c'était ce qu'elle aimait ; cela faisait d'elle quelqu'un d'encore plus unique. Elle se réjouissait de l'abdication de son ancien comparse et, pendant un long moment, elle regarda son portrait sans faire une quelconque remarque notable, bien qu'elle le retournât malgré tout pour en voir le dos. Au sujet de nos fiançailles, elle se montra charmante, en tout point cordiale et sympathique. « Votre relation dure même depuis plus longtemps que notre rencontre manquée » remarqua-t-elle, « et j'ai l'impression que cela fait une éternité. » Elle comprenait que nous avions couru ensemble par monts et par vaux et qu'il était inévitable que nous finissions un jour ensemble. Je suis catégorique à ce sujet car ce qui suivit fut si étrange que cela me procure quelque soulagement que d'insister sur ce moment où nos relations étaient encore tout aussi normales qu'elles l'avaient toujours été. C'était moi et moi seule, par une soudaine et folle décision, qui en altéra le cours et en causa la ruine. Je me rends compte maintenant qu'elle ne m'avait fourni aucun prétexte et que j'en avais trouvé un dans la façon dont elle avait regardé ce beau visage dans son cadre acheté sur Bond Street. Pourquoi alors le lui avoir fait voir ? Ce que j'avais toujours voulu, c'est qu'elle s'intéresse à lui. Eh bien, c'est ce que je voulais encore à cet instant, jusqu'à ce moment où elle me promit de vraiment m'aider cette fois à mettre fin à ce mauvais sort ridicule qui ne leur avait jamais permis de faire connaissance. Je m'étais arrangée avec lui pour qu'il fît le nécessaire, à condition qu'elle en fasse de même. Ma situation était désormais différente : j'étais dans la position de rendre compte de ses allées et venues. Je m'assurerais vraiment qu'il serait à cet endroit à cinq heures le samedi suivant. Il avait quitté la ville afin de régler une affaire pressante ; mais il m'assura qu'il tiendrait sa promesse à la lettre et qu'il serait de retour en temps et en heure. « En es-tu tout à fait certaine ? » m'avait-elle demandé d'un air grave et songeur, je m'en rappelle ; j'avais eu l'impression qu'elle était devenue un peu pâle. Elle était fatiguée, elle était indisposée : il était dommage qu'après tout ce temps, il la vît en pareilles circonstances. Si seulement il avait pu la voir il y a cinq ans de cela ! Je répondis cependant que cette fois j'étais sûre de mon fait et que la réussite de la rencontre ne dépendait donc que d'elle. A cinq heures ce samedi, elle le trouverait assis dans un fauteuil que je pointai précisément du doigt, celui dans lequel il avait l'habitude de s'asseoir et dans lequel il était assis lorsque, la semaine précédente, il m'avait posé la question de notre avenir en des termes qui avaient achevé de me convaincre. Elle le regarda silencieusement, de la même façon qu'elle avait regardé son portrait, alors que je répétais pour la vingtième fois qu'il était incroyablement ridicule que l'on ne puisse parvenir à présenter son âme sœur à son amie la plus chère. « Suis-je vraiment ta plus chère amie ? », demanda-t-elle, esquissant le temps d'un instant un sourire qui raviva tout l'éclat de sa beauté. Je répondis en la serrant contre moi, à la suite de quoi elle déclara : « Eh bien, je viendrai. J'ai horriblement peur, mais tu peux compter sur moi ».

Après son départ, je me mis à me demander ce dont elle pouvait avoir peur, car elle avait dit cela comme si elle le pensait vraiment. Le jour suivant, en fin d'après-midi, je reçus un court message de trois lignes de sa part : de retour chez elle, elle avait appris la nouvelle de la mort de son mari. Elle ne l'avait pas vu depuis sept ans, mais elle tenait à ce que je l'apprenne de sa bouche avant que quelqu'un d'autre ne me l'apprenne. Aussi étrange et triste que cela fût, cet événement ne changeait si peu de choses à sa vie qu'elle honorerait scrupuleusement notre rendez-vous. Je me réjouis pour elle : cela allait au moins changer une chose, elle aurait un peu plus d'argent ; mais bien que cette pensée me divertît un instant, j'étais loin d'oublier le fait qu'elle avait exprimé sa peur et je crus entrevoir ce qui en était la cause. Au fur et à mesure de la soirée, sa peur devint contagieuse et cette contagion prit soudainement la forme d'un sentiment de panique. Elle n'était pas jalouse, mais elle redoutait de l'être. Je me dis que j'ai vraiment été sotte de ne pas m'être tue jusqu'à ce que nous soyons déclarés mari et femme. J'aurais pu alors me sentir hors de tout danger. Ce n'était qu'une question d'un mois de plus à attendre, autant dire presque rien du tout au vu de la longue attente qui avait été la nôtre.

Il était assez évident qu'elle était anxieuse et elle le serait tout autant maintenant qu'elle était libre de tout engagement. Se pouvait-il donc que son anxiété fût un pressentiment ? Jusque-là, elle avait été la victime du mauvais sort, mais il était fort probable qu'elle en devînt désormais l'instigatrice. La victime, en l'occurrence, serait nulle autre que moi. Le mauvais sort n'avait-il pas simplement été l'œuvre de la providence écartant un danger imminent ? Et, bien sûr, c'était malheureusement sur moi que ce danger allait s'abattre. J'en avais été préservée par une improbable série d'incidents ; mais le règne du hasard semblait désormais toucher à sa fin. J'étais intimement persuadée que les deux parties tiendraient leur promesse de rendez-vous. Il m'apparaissait de plus en plus clairement qu'ils s'approchaient l'un de l'autre, que leurs trajectoires convergeaient. Nous avions parlé de mettre fin à ce mauvais sort ; eh bien, celui-ci allait effectivement prendre fin, à moins bien sûr qu'il ne prît

simplement une autre forme et ne se montrât aussi zélé dans leur rencontre qu'il ne l'avait été dans l'échec de celle-ci.
Je n'arrivai guère à tenir en place et à réfléchir calmement ; ces considérations me gardèrent éveillée et, à minuit, j'étais encore tout agitée. Il m'apparut enfin qu'il n'y avait qu'une seule façon de conjurer le sort. Si le règne du hasard touchait à sa fin, il me fallait prendre le relais. Je m'assis et écrivis à la hâte un petit mot qu'il trouverait à son retour. Les domestiques étant couchés, je sortis prestement et, tête nue, marchai dans la rue vide où soufflait un vent violent afin de déposer la missive dans la boîte aux lettres la plus proche. Je lui disais que je ne pourrais être à la maison dans l'après-midi comme je l'espérais et qu'il lui fallait repousser sa visite à l'heure du dîner. Tout portait ainsi à penser qu'il m'y trouverait seule.

IV

Lorsqu'elle se présenta comme prévu à cinq heures, je me sentis naturellement perfide et mesquine. Cependant, j'avais beau avoir agi sur un coup de tête, il me fallait au moins mener mon plan à bien. Elle resta une heure ; lui, bien entendu, ne vint jamais ; je n'avais plus qu'à aller jusqu'au bout de mon entreprise machiavélique. J'avais pensé qu'il était préférable de la laisser venir ; aussi étrange que cela puisse paraître aujourd'hui, j'avais ainsi l'impression d'être moins coupable. Néanmoins, alors qu'elle était assise là, l'air las et le teint pâle, accablée par tout l'émoi que la mort de son mari avait suscité, je fus pris d'un sentiment de pitié et de remords qui devint presque insoutenable. Si je ne lui révélai pas sur le champ ce que j'avais fait, c'était que j'en ressentais trop de honte. Je feignis l'étonnement ; et je le feignis jusqu'au bout ; je me récriai en me disant que s'il fallait que j'eusse confiance en moi une seule fois dans ma vie, c'était bien le bon jour. Je rougis de raconter mon histoire ; c'est ma façon de faire acte de pénitence. Je ne mâchai pas mes mots pour le vouer aux gémonies ; j'échafaudai des hypothèses et des circonstances atténuantes ; alors que l'heure tournait sur le cadran de l'horloge, j'avouai ma stupéfaction face à ce nouveau coup du sort. Elle sourit lorsque j'évoquai leur « sort », mais elle paraissait anxieuse et ne semblait pas être dans son état normal : la seule chose qui me réconforta fut le fait qu'elle portait le deuil, tout aussi étrange que cela puisse paraître ; elle n'était pas enfouie sous d'épais voiles de crêpe, mais simplement et scrupuleusement de noir vêtue. Elle avait accroché trois petites plumes noires à sa coiffe. Elle portait un petit manchon en fourrure d'astrakan. Après une profonde réflexion, cela m'aida à y voir clair. Elle m'avait écrit que cette disparition soudaine la laissait indifférente, mais il en était apparemment tout autrement. Si elle était cependant encline à se conformer aux codes que les circonstances imposaient, pourquoi ne respectait-elle pas celui qui consistait à ne pas sortir de chez soi les jours suivants pour prendre le thé ? Il y avait une personne qu'elle voulait voir à tel point qu'elle ne pouvait attendre que son mari fût inhumé. Cet enthousiasme était si manifeste que j'en devins assez dure et cruelle pour mettre à exécution mon odieuse mystification, même si en même temps, alors que les secondes et les minutes filaient, j'en vins à déceler chez elle un sentiment encore plus profond et bien moins dissimulé que la simple déception. Je veux parler d'un soulagement à la fois sincère et suspect, d'une expiration légèrement étouffée qu'on laisse habituellement échapper une fois qu'un danger s'est éloigné. Après avoir passé ce moment de désœuvrement en ma compagnie, elle était enfin parvenue à tirer un trait sur lui. Elle s'en était libérée pour de bon. Elle en plaisanta avec une grâce que je n'avais jamais vu quiconque arborer à un quelconque sujet ; mais c'était pour cela qu'il s'agissait d'un grand jour dans sa vie. D'un ton vaguement gai, elle évoqua toutes ces occasions manquées, cette longue partie de cache-cache, l'étrangeté sans précédent d'une telle relation. Car cela était, ou avait été, une relation, n'est-ce pas ? Là résidait tout l'absurde de cette histoire. Lorsqu'elle se leva pour s'en aller, je lui dis que c'était plus que jamais une relation, mais que je n'osais point pour l'instant lui proposer une autre rencontre après ce qui venait de se passer. Il était clair que la seule autre occasion possible serait le jour de mon mariage. Elle serait évidemment là à mon mariage, n'est-ce pas ? On était même en droit d'espérer qu'il fût là lui aussi.

« Si je viens, il n'y sera pas ! » déclara-t-elle en riant. Je reconnus qu'il y avait peut-être là un fond de vérité. Il était donc plus prudent que l'on se mariât d'abord. « Cela nous ne sera d'aucun secours. Rien ne nous sera d'un quelconque secours ! » ajouta-t-elle en m'embrassant pour me dire au revoir. « Je ne le verrai vraiment jamais ! » Et sur ces mots, elle s'en alla.

Je pouvais souffrir ce que j'appelle sa déception ; mais lorsque, quelque deux heures plus tard, je le reçus à dîner, je me trouvai incapable de souffrir la sienne. Que mon stratagème ait pu l'affecter ne m'avait pas particulièrement effleuré l'esprit ; mais il en résulta le premier reproche qu'il ne m'avait jamais fait. Je parle de « reproche » car le mot est à peine trop fort au regard des termes qu'il employa pour exprimer le fait qu'il était surpris que je n'eusse pu trouver un quelconque moyen de ne pas le priver d'une telle occasion au vu de la nature extraordinaire de ce rendez-vous. J'aurais vraiment pu faire en sorte de ne pas être obligée de m'absenter ou de laisser leur entrevue se dérouler comme prévu. Ils auraient probablement passé une bonne soirée sans moi dans mon salon. Cette idée me fit fondre en larmes : je reconnus que j'avais été injuste et avouai la raison mesquine qui m'avait menée à agir de la sorte. Je n'avais pas annulé notre rendez-vous et je ne m'étais pas absentée ; elle était venue et, après l'avoir attendu pendant une heure, elle était repartie en pensant qu'il avait renoncé à venir et que la faute lui en incombait entièrement.

« Elle doit penser que je suis un grossier personnage, s'exclama-t-il. A-t-elle dit de moi… ce qu'elle était en droit de dire ? »

« Je t'assure qu'elle n'a pas eu le moindre mot qui laissait transparaître un tel sentiment. Elle a regardé ton portrait, elle l'a même retourné pour en voir le dos, sur lequel il s'avère que ton adresse est inscrite. Cela n'a provoqué aucune réaction chez elle. La chose ne lui tient pas tant à cœur que cela. »
« Alors pourquoi te méfies-tu d'elle ? »
« Ce n'est pas d'elle dont je me méfie ; c'est de toi. »
« Tu pensais que j'allais tomber amoureux d'elle ? Tu n'as jamais évoqué cette possibilité auparavant, poursuivit-il alors que je restais silencieuse. Tu me l'as décrite comme admirable, mais tu ne me l'as jamais présentée sous ce jour. »
« Est-ce que tu insinues que, si tel avait été le cas, tu te serais arrangé pour la voir depuis bien longtemps ? Je n'avais aucune crainte à avoir à ce moment-là, ajoutai-je. Je n'avais aucune raison d'en avoir. »
À ces mots, il m'embrassa, et lorsque je me souvins qu'elle en avait fait autant une ou deux heures plus tôt, j'eus l'impression qu'il sentit la pression de ses propres lèvres sur les miennes. Malgré ce geste d'affection, l'incident avait jeté un certain froid ; j'avais l'impression de m'être rendue coupable d'un acte de trahison à ses yeux et j'en souffris horriblement. Il ne l'avait su que de mon propre aveu, mais j'étais aussi malheureuse que si j'avais commis une faute qu'il me fallait expier. Je n'arrivais pas à oublier cette manière dont il m'avait regardée lorsque j'avais évoqué l'indifférence apparente qu'elle avait affichée devant son absence.
Pour la première fois depuis que l'on se connaissait, il me donna l'impression de douter de mes paroles. Avant que l'on se quitte, je lui dis que j'allais tout lui avouer et me rendre à Richmond tôt dans la matinée afin de lui faire savoir qu'il était innocent. A ces mots, il m'embrassa de nouveau. J'allais faire acte de pénitence, remarquai-je ; je ferais modestement amende honorable ; je me confesserais et demanderais pardon. À ces mots, il m'embrassa une nouvelle fois.

V

Le jour suivant, alors que j'étais assise dans le train, je me dis qu'il avait tiré bon parti de cette situation en acceptant ma proposition ; mais j'étais assez fermement déterminée à ne pas me détourner de la mission que je m'étais fixée. Je gravis la longue montée jusqu'à l'endroit où la vue se dégageait, et je frappai à la porte de mon amie. J'étais quelque peu intriguée par le fait que ses volets étaient toujours tirés, estimant que, si dans l'empressement provoqué par ma culpabilité, j'étais venue à une heure matinale, j'avais malgré tout amplement laissé le temps aux gens de se lever.

« À la maison, madame ? Elle a quitté la maison pour de bon. »

Je fus profondément stupéfaite par cette réponse de la vieille femme de chambre.

« Elle s'est absentée ? »

« Elle est morte, madame, je suis navrée. » Puis, alors que je restais sans voix face à cette effroyable nouvelle, elle ajouta : « elle est morte hier soir ».

Je laissai échapper un cri strident qui, même à mes propres oreilles, résonna comme une intolérable violation de la quiétude matinale. J'eus alors l'impression de l'avoir tuée ; je perdis connaissance et aperçus vaguement la femme de chambre m'attraper dans ses bras. Je n'ai aucun souvenir de ce qui s'est passé ensuite, rien si ce n'est les sanglots étouffés et accusateurs de sa pauvre idiote de cousine quelques instants plus tard. Il m'est difficile de dire le temps que cela m'a pris pour admettre, croire et enfin, après un effort considérable, refouler ce sentiment de culpabilité qui, telle une folle superstition, m'occupait entièrement l'esprit. Le médecin, avec le recul, avait été absolument clair et catégorique : il ne s'agissait selon lui d'autre chose que d'une insuffisance cardiaque qui n'avait jamais été diagnostiquée, probablement provoquée plusieurs années plus tôt par les tourments et les émois auxquels son mariage l'avait confrontée. Elle avait traversé des moments douloureux à cette période, elle avait craint pour sa propre vie. Par la suite, il lui avait fallu rigoureusement éviter toute forme d'émotion, tout sentiment d'anxiété ou d'inquiétude, elle le savait très bien, comme le montre la façon dont elle avait soigneusement cultivé un mode de vie calme et paisible ; mais comment pouvait-on croire que quelqu'un, tout particulièrement une « grande dame », puisse être à l'abri de la moindre contrariété ? Elle avait d'ailleurs éprouvé quelque chose de la sorte un jour ou deux plus tôt lorsqu'elle avait appris la mort de son mari ; car il y avait des chocs de toutes sortes, il n'y avait pas que ceux que peuvent provoquer le chagrin ou la surprise. À cet égard, elle n'avait jamais rêvé d'une libération si imminente ; assez étonnamment, tout semblait indiquer qu'il était parti pour vivre aussi longtemps qu'elle. Plus tard, dans la soirée, alors qu'elle se trouvait en ville, elle avait manifestement subi un autre choc : quelque chose avait dû se passer et il fallait impérativement tirer cela au clair. Elle était rentrée à une heure tardive : il était onze heures passées et, alors que sa cousine, qui était extrêmement inquiète, l'accueillait dans le hall d'entrée, elle avait déclaré qu'elle était fatiguée et qu'elle avait besoin de se reposer un moment avant de monter à l'étage. Elles étaient passées à la salle à manger et sa cousine, qui lui avait proposé un verre de vin, s'affairait au buffet pour le lui servir. Cela n'avait pris qu'un court instant, et lorsque mon informatrice s'était retournée, notre pauvre amie n'avait pas eu le temps de s'asseoir. Elle avait soudainement poussé un gémissement à peine audible et s'était effondrée sur le divan. Elle était morte. Quelle « petite contrariété » lui avait donné le coup de grâce ? Quel choc, au nom du ciel, avait-elle pu subir en ville ? Je mentionnai immédiatement le seul que je pouvais imaginer : le fait qu'elle n'avait pu rencontrer chez moi, où je l'avais invitée à cet effet à cinq heures de l'après-midi, l'homme que je devais épouser, qu'elle n'avait jamais rencontré et que le hasard avait retenu ailleurs. Cet événement n'avait évidemment guère d'importance ; mais quelque chose d'autre aurait facilement pu se passer ; à Londres, un accident est très vite arrivé, tout particulièrement un accident dans l'un de ces dangereux taxis. Nous nous rappelâmes toutes les deux que, lors de ses sorties en ville, elle avait l'habitude de passer une heure ou deux au « Gentlewomen », un petit *ladies' club* assez calme afin d'aller aux toilettes et d'y boire un verre, et je promis de m'y rendre dès que possible et d'y mener une enquête approfondie. Puis, nous entrâmes dans la pièce sombre et lugubre où était enfermée sa dépouille et où, à ma demande, je restai seule avec elle pendant une demi-heure. La mort lui allait si bien, elle n'avait rien perdu de sa beauté ; mais alors que j'étais agenouillée à son chevet, je me rendis surtout compte que la mort l'avait rendue muette, l'avait condamnée au silence. Sa mort renfermait un secret qu'il me fallait à tout prix découvrir.

À mon retour de Richmond, après avoir effectué une autre course qu'il me fallait faire, je me rendis chez lui. C'était la première fois, bien que j'eusse souvent eu envie de voir la chambre qu'il occupait. Alors que je montais l'escalier auquel on pouvait accéder sans avoir à s'annoncer, l'immeuble où il résidait comprenant une vingtaine de chambres, je fus accueilli par son domestique qui m'accompagna jusqu'à la porte de celle qu'il occupait. En m'entendant entrer, il apparut à la porte d'une autre pièce et, dès que nous fûmes seuls, je lui annonçai ce que je venais d'apprendre :

« Elle est morte ! »

« Morte ? »

Il fut profondément ébranlé par la nouvelle que je lui apportai, et je remarquai qu'il n'eut pas besoin de demander à qui je faisais référence par cette annonce abrupte.

Il me regarda avec la plus étrange des expressions, son regard cherchant le mien comme s'il redoutait un piège. « Hier soir, après t'avoir quittée ? » Il répéta stupéfait les mots que je venais de prononcer. Puis, ce fut à mon tour d'être stupéfaite lorsqu'il m'annonça :

« Impossible ! Je l'ai vue. »

« Tu l'as « vue » ? »
« Ici même, exactement à l'endroit où tu te tiens. »
Comme pour m'aider à prendre conscience de ce qu'il venait de m'annoncer, je me souvins alors de l'étrange événement prémonitoire dont il avait fait l'expérience dans sa jeunesse.
« Au moment de la mort, je vois, comme lorsque tu as vu ta mère si distinctement. »
« Non ! Pas comme cela, ça n'a rien à voir, ça n'a rien à voir ! »
Il était profondément bouleversé par la nouvelle que je venais de lui annoncer, bien plus, pensai-je, qu'il ne l'aurait été la veille, ce qui me convainquit qu'ils avaient effectivement eu une entrevue et qu'il s'était réellement retrouvé face à elle. S'il n'avait pas si fermement insisté sur le fait qu'il s'agissait là de tout autre chose, il aurait couru le risque de passer pour quelqu'un de profondément anormal puisque cela aurait signifié qu'il avait été par deux fois le sujet d'une expérience ô combien extraordinaire.
« Je l'ai vue vivante. Je l'ai vue et je lui ai parlé. Je l'ai vue comme je te vois maintenant ! »
Il est assez surprenant que, le temps d'un instant, mais un instant seulement, je trouvai un certain soulagement dans le plus intime, pour ainsi dire, mais aussi le moins surnaturel des deux phénomènes. Dès l'instant suivant, alors que je me représentai le fait qu'elle était venue le voir après m'avoir quittée et ce que cela signifiait dans la façon dont elle avait employé son temps, je lui demandai sur un ton sec dont j'étais bien consciente :
« Mais que diable est-elle venue faire ici ? »
Il avait alors eu une minute pour réfléchir, se remettre de ses émotions et se rendre compte de l'impression que tout cela pouvait donner, tant et si bien que, même si son regard trahissait encore une certaine agitation lorsqu'il prit la parole, il rougit de gêne et essaya de sourire comme pour minimiser la gravité des mots qu'il venait de prononcer.
« Elle est simplement venue me voir. Elle est venue, après ce qui s'était

passé chez toi, afin que nous puissions faire enfin connaissance, après tout ce qui s'était passé. L'intention était tout à fait louable, et c'est comme cela que je l'ai pris. »

Je contemplai cette pièce où elle était venue, cette même pièce où je n'étais jamais venue.

« Et la façon dont tu l'as pris, était-ce la façon dont elle a formulé la raison de sa venue ? »

« Elle ne l'a formulée que par sa présence ici même, en me laissant la contempler. C'était suffisant ! » s'exclama-t-il d'un rire étrange.

J'étais de plus en plus intriguée. « Tu veux dire qu'elle ne t'a pas parlé ? »

« Elle n'a rien dit. Elle m'a simplement regardé et je l'ai simplement regardée. »

« Et tu n'as rien dit non plus ? »

Il sourit de nouveau d'un air gêné. « Je pensais à toi. La situation était délicate à plus d'un titre. J'ai usé du plus grand tact. Mais elle voyait bien que cela me faisait plaisir ». Il renouvela son rire dissonant.

« Cela t'a fait plaisir de toute évidence ! » Je réfléchis ensuite un instant. « Combien de temps est-elle restée ? »

« Je ne saurais trop dire. J'ai l'impression que cela a duré vingt minutes, mais ça a certainement duré beaucoup moins longtemps. »

« Vingt minutes de silence ! » Je commençais à me faire une idée assez claire de la situation et à en mesurer toutes les implications. « Es-tu bien conscient que c'est absolument épouvantable, ce que tu es en train de me raconter ? »

Il était resté dos à la cheminée ; à ce moment-là, il vint vers moi, arborant un air suppliant. « Je t'en conjure, mon amour, ne le prends pas mal. »

Je pouvais ne pas le prendre mal, lui signifiais-je ; mais lorsqu'il ouvrit maladroitement les bras, je ne pus me résoudre à le laisser me serrer contre lui. Il s'installa alors entre nous un grand silence et un profond malaise qui durèrent une éternité.

VI

Il y mit fin en disant : « Sa mort ne fait absolument aucun doute ? »
« Malheureusement aucun. J'étais encore agenouillée il y a peu près du lit où ils l'ont installée. »
Il regardait fixement le plancher ; puis il leva les yeux et plongea son regard dans le mien : « De quoi a-t-elle l'air ? »
« Elle a l'air… d'être en paix. »
Alors que je l'observais, il détourna le regard une nouvelle fois ; mais après un court instant, il me demanda : « Quelle heure était-il, au moment où… ? »
« Il devait être près de minuit. Elle s'est effondrée alors qu'elle arrivait chez elle, un problème cardiaque dont elle était consciente et dont son médecin avait connaissance, mais dont, discrète et courageuse qu'elle était, elle ne m'avait jamais fait part. »
Il écouta avec attention et resta silencieux pendant une minute. Il prit finalement la parole et parla sur un ton dont l'assurance presque enfantine et l'extrême candeur résonnent encore à mes oreilles à l'heure où j'écris ces lignes : « N'était-elle pas merveilleuse ! » Bien que je ne m'attendisse pas à une telle déclaration, je ne restai cependant pas sans voix et lui fis remarquer que je le lui avais toujours dit ; mais la minute d'après, comme s'il avait senti ce que cette phrase avait pu déclencher chez moi une fois qu'il l'avait prononcée, il ajouta rapidement : « Tu vois bien que si elle n'est pas rentrée chez elle avant minuit… »
Je finis instantanément sa phrase : « tu as eu tout le temps qu'il fallait pour la voir ? Et comment cela serait-il possible, demandai-je, étant donné que tu es parti de chez moi à une heure tardive ? Je ne me souviens plus du moment exact tant j'étais alors soucieuse. Mais tu te souviens bien être resté assez longtemps après le dîner, et ce alors même que tu disais avoir beaucoup de choses à faire. Quant à elle, elle a passé toute la soirée au Gentlewoman. J'en viens tout droit, j'ai pu m'en assurer. Elle y a soupé et y est restée un très long moment. »

« Que pouvait-elle bien faire là-bas pendant tout ce temps ? » Je me rendis compte qu'il était déterminé à remettre en question chaque élément de mon récit ; et plus il faisait cela, plus j'étais résolue à insister sur ma version des faits et à préférer, non sans un malin plaisir, une explication qui ne faisait que renforcer le mystère énigmatique qui entourait l'événement, mais dont ma jalousie alors ravivée, à choisir entre deux prodiges, s'accommodait le plus facilement. Il se tint là et défendit son point de vue avec une sincérité qui me parut admirable en ce qu'elle trahissait le privilège qu'il ressentait de l'avoir connue, malgré ce dénouement tragique ; de mon côté, je ne pus simplement répondre, avec une fougue dont je m'étonne encore à ce jour bien qu'elle n'ait jamais cessé de couver sous la cendre, que le miracle dont il avait, tout comme elle, fait l'expérience dans sa jeunesse s'était reproduit grâce à un étrange don qu'elle partageait avec sa mère et qui lui avait également été transmis héréditairement. Elle était certes venue à lui, animée d'une attention aussi louable qu'il voulût bien le dire ; mais non ! Elle n'était pas venue en chair et en os. Il fallait se rendre à l'évidence des faits. J'avais obtenu, lui assurai-je, une description précise de la façon dont elle avait passé la plus grande partie de son temps au petit club. L'endroit était quasiment vide, mais les serveurs avaient remarqué sa présence. Elle était restée assise dans un grand fauteuil installé près du feu de cheminée, sans bouger ; elle avait reposé sa tête en arrière, elle avait fermé les yeux et avait semblé somnoler légèrement.

« Je comprends bien. Mais jusqu'à quelle heure ? »

« À ce sujet, fus-je obligée de répondre, les serveurs n'étaient pas tout à fait à même de me répondre. En particulier, l'hôtesse d'accueil n'est malheureusement pas très dégourdie, même si elle est elle-même membre du club à ce qu'il paraît. Manifestement, à ce moment de la soirée, elle s'était absentée pendant quelque temps de son poste de travail, elle ne s'était pas fait remplacer et ne surveillait donc plus les allées et venues comme elle est censée le faire, ce qui est contraire au règlement intérieur. Elle tient un discours confus et se perd en atermoiements en tous genres ; il m'est donc impossible d'établir avec certitude l'heure à laquelle elle a quitté les lieux à partir de son témoignage. On m'a cependant assuré qu'à vingt-deux heures trente, notre pauvre amie n'était plus au club. »

« Elle est venue ici directement ; et d'ici, elle est directement allée prendre le train. »

« Ce n'est pas possible qu'elle se soit dépêchée à ce point. Elle ne faisait jamais cela, jamais. »

« Elle n'avait pas besoin de se dépêcher, très chère, elle avait amplement le temps. Ta mémoire te fait défaut lorsque tu dis que je suis parti de chez toi à une heure tardive. Il s'avère que je suis parti bien plus tôt qu'à l'habitude. Je suis navré que le temps que nous avons passé ensemble t'ait semblé si long, car j'étais de retour ici avant vingt-deux heures. »

« À temps pour enfiler tes pantoufles, complétai-je, et t'endormir dans ton fauteuil. Tu as dormi jusqu'au lendemain matin, et tu l'as vue dans tes rêves ! » Il m'observa en silence, d'un regard sombre qui trahissait un énervement qu'il tentait de contenir. Je repris immédiatement la parole : « tu as reçu la visite d'une femme à une heure inhabituelle, soit : il n'y a là rien de tout à fait improbable. Mais des femmes, il y en a beaucoup. Puisqu'elle ne s'est pas présentée et qu'elle est restée muette et que, par-dessus le marché, tu n'avais jamais vu le moindre portrait d'elle, comment diable aurais-tu pu reconnaître la personne dont nous parlons ? »

« Ne me l'a-t-on pas décrite un nombre incalculable de fois ? Je peux te la décrire dans le moindre détail si tu le souhaites. »

« Non ! » m'empressai-je de m'exclamer, ce qui ne manqua pas de le faire rire une nouvelle fois. Je rougis de ma réaction, mais lui posai aussitôt une autre question :

« Est-ce que ton domestique a annoncé sa venue ? »

« Il n'était pas là, il n'est jamais là quand on a besoin de lui. Une des caractéristiques de cette grande maison, c'est que l'on a facilement accès aux différents étages depuis la porte d'entrée qui donne sur la rue. Mon domestique couche avec une jeune personne qui travaille dans les chambres situées à l'étage au-dessus, et ils ont eu de longs ébats hier soir. Lorsqu'il est de sortie pour s'adonner à ces plaisirs, il laisse entrouverte la porte d'entrée qui donne sur l'escalier afin de pouvoir se faufiler sans faire de bruit lorsqu'il rentre. Il lui faut alors simplement pousser la porte. Elle l'a poussée, ça ne lui a demandé qu'un peu de courage. »

« Un peu ? Ça lui demandé un courage incommensurable ! Et ça lui a demandé toutes sortes de calculs inconcevables. »

« Eh bien, elle a eu ce courage, elle a fait ces calculs. Entends-moi bien, je ne nie pas un seul instant, ajouta-t-il, que c'est tout à fait incroyable ! »

Quelque chose dans le ton de sa voix m'empêcha d'oser prendre la parole pendant un moment. Finalement, je dis : « comment a-t-elle réussi à savoir où tu habitais ? »

« En se souvenant de l'adresse écrite sur la petite étiquette que l'encadreur avait heureusement apposée au dos du cadre que j'avais fait faire pour mon portrait. »

« Et comment était-elle habillée ? »

« Elle portrait le deuil, très chère. Elle n'était pas enfouie sous d'épais voiles de crêpe, mais scrupuleusement et simplement de noir vêtue. Elle avait accroché trois petites plumes noires à sa coiffe. Elle portait un petit manchon en fourrure d'astrakan. Près de l'œil gauche, continua-t-il, elle avait une petite cicatrice verticale... »

Je l'interrompis. « La marque laissée par une caresse de son mari. » Puis j'ajoutai : « Tu as dû être bien proche de son visage ! » Il ne répondit pas, et j'eus l'impression qu'il rougissait, observant un silence que je rompis immédiatement. « Eh bien, au revoir. »

« Tu ne restes pas un peu ? » Il s'approcha à nouveau de moi tendrement et, cette fois, je ne le repoussai point. « Sa visite fut

charmante, murmura-t-il en me tenant dans ses bras, mais la tienne l'est encore bien plus. »
Je le laissai m'embrasser, mais je me souvins, comme je m'en étais souvenu la veille, que le dernier baiser qu'elle avait donné de son vivant avait été déposé sur les lèvres qu'il était en train d'embrasser.
« Je suis en vie, répondis-je. Ce que tu as vu hier, c'était une morte. »
« Elle était vivante, elle était vivante ! »
Il s'exprima d'une voix calme et obstinée et je me libérai de son étreinte. Nous restâmes là à nous regarder fixement.
« Tu décris cette scène, si l'on peut appeler cela une description, dans des termes qui sont incompréhensibles. Elle était dans la pièce avant que tu ne t'en rendes compte ? »
« J'étais en train d'écrire une lettre, à cette table, sous la lampe, j'étais entièrement absorbé par la tâche qui m'occupait. J'ai relevé la tête et elle était là devant moi. »
« Qu'as-tu fait à ce moment-là ? »
« Je me suis levé brusquement en criant et, tout en souriant, elle a mis son doigt sur ses lèvres, me mettant ainsi en garde avec une fermeté qui n'était pas dénuée de dignité et de délicatesse. Je savais que cela signifiait qu'il me fallait garder le silence, mais ce qui était étrange, c'est que cela semblait tout à coup expliquer et justifier sa présence. Quoi qu'il en soit, nous sommes restés là pendant un certain temps, je ne saurais dire combien de temps exactement, face à face, comme je te l'ai dit, exactement comme nous nous tenons l'un face à l'autre là maintenant. »
« Et vous vous êtes juste regardés fixement ? »
Il manifesta son agacement. « Ah ! Nous ne sommes pas en train de nous regarder fixement ! »
« Certes, mais nous parlons. »
« Eh bien, nous en faisions autant, d'une certaine façon. » Il se perdit dans ses souvenirs en cherchant à se remémorer ce qu'il avait vécu. « C'était aussi bon enfant que cela. » Il me tardait de lui demander

si cela était tout ce qu'il trouvait à dire pour sa défense mais, au lieu de cela, je fis remarquer que, de toute évidence, ce qu'ils avaient fait, c'était de s'admirer mutuellement. Je lui demandai s'il l'avait immédiatement reconnue. « Pas tout de suite, répondit-il, puisque je ne m'attendais pas à sa venue ; mais je savais qui elle était, qui elle ne pouvait qu'être, bien avant qu'elle ne s'en aille. »

Je réfléchis un peu. « Et comment est-elle partie ? »

« De la même façon qu'elle est arrivée. La porte était ouverte derrière elle, et elle s'en est allée. »

« Lentement ? Rapidement ? »

« Assez vite. Mais en regardant derrière elle, a-t-il ajouté en souriant. Je n'ai pas cherché à la retenir, car je savais pertinemment que je ne pouvais que me plier à ses désirs. »

Je laissai délibérément échapper un long et profond soupir. « Eh bien, tu dois te plier à mes désirs maintenant, tu dois me laisser partir. »

À ces mots, il s'approcha de nouveau de moi pour me retenir et me persuader de rester, déclarant avec toute la galanterie d'usage que j'étais une toute autre histoire. J'aurais donné n'importe quoi pour lui demander s'il l'avait touchée, mais je ne pus me résoudre à prononcer ces mots : je savais pertinemment qu'ils résonneraient de façon sordide et vulgaire. Je dis autre chose, je ne me souviens plus précisément les termes que j'employai ; c'était confus et tortueux, mon intention étant de le contraindre à répondre à la question sans la lui poser. Mais il ne dit rien ; il se contenta de réitérer peu ou prou ce qu'il avait déclaré quelques minutes plus tôt, comme s'il s'était soudainement rendu compte que la bienséance imposait de me réconforter et de me consoler : il m'assura qu'elle était en effet délicieuse, comme je l'avais toujours dit, mais que j'étais sa « véritable » amie, la seule, pour la vie. Sa remarque me mena à réaffirmer, dans l'esprit de ma précédente réplique, que j'avais au moins le mérite d'être en vie ; ce qui l'enjoignit en retour à se contredire soudainement comme je le redoutais. « Oh, mais elle était vivante ! Bien vivante, bel et bien vivante ! »

« Elle était morte ! Elle était morte ! » affirmai-je avec une énergie, une détermination qui signifiait qu'il ne pouvait en être autrement et qui me paraît presque grotesque aujourd'hui. Mais ce mot, lorsqu'il parvint à mes oreilles, me remplit d'effroi, et toutes les émotions que son sens aurait naturellement pu évoquer en d'autres circonstances affluèrent et éclatèrent en un déluge qui me submergea. J'étais dévastée à l'idée que toute l'affection que j'avais eue pour elle, tout l'amour que je lui avais porté et toute la confiance que j'avais placée en sa personne étaient réduits à néant. En même temps, j'étais frappée par la beauté solitaire de sa mort. « Elle est partie, nous l'avons perdue pour toujours ! » J'éclatai en sanglots.

« C'est exactement ce que je ressens », s'exclama-t-il. Il parla avec une extrême tendresse et me serra dans ses bras pour me réconforter. « Elle est partie ; nous l'avons perdue pour toujours : alors, quelle importance désormais ? » Il se pencha vers moi et lorsque son visage toucha le mien, je ne sus trop dire s'il était mouillé de ses larmes ou des miennes.

VII

Ma théorie était qu'ils ne s'étaient jamais « rencontrés », j'en avais la certitude et cela devint ma position sur le sujet, si je puis dire ; et ce fut pour cette seule raison que je me dis qu'il serait généreux de lui demander de se tenir à mes côtés lors de son enterrement. C'est ce qu'il fit, faisant montre d'une profonde pudeur et d'une affection marquée et, bien qu'il ne semblât aucunement redouter un quelconque danger en m'accompagnant, je partis du principe que le caractère solennel de l'événement, essentiellement composé de personnes qui les avait connus tous les deux et avaient conscience de la longue plaisanterie qui les liait, serait suffisante pour que sa présence ne suscite aucune forme d'association frivole. Quant à ce qui s'était passé le soir de sa mort, nous n'en parlâmes plus guère ; j'avais été profondément horrifiée par les preuves matérielles qui, quelle que soit l'hypothèse avancée, semblaient relever d'une indiscrétion que je trouvais profondément vulgaire. De son côté, il n'en avait aucune qui permettait d'étayer sa version des faits, aucune si ce n'est toutefois une déclaration de son concierge qui, comme il le reconnaissait lui-même, était un personnage tout à fait désinvolte et peu fiable. Selon ses dire, entre vingt-deux heures et minuit, pas moins de trois femmes toutes vêtues d'habits d'un noir profond étaient entrées et sorties de l'immeuble à la hâte. Cela faisait beaucoup trop ; ni lui ni moi n'avions besoin de trois femmes différentes. Il savait bien que je considérais avoir réussi à rendre compte de chaque minute de sa soirée, et nous nous abstînmes donc d'en parler ; l'affaire était désormais close.

Ce que je savais, en revanche, c'est que, s'il s'abstenait d'en parler, c'était pour me faire plaisir et non pas parce que j'étais parvenue à le convaincre. Il n'était pas convaincu ; il était simplement conciliant ; il s'en tenait à sa version des faits car c'était celle qu'il préférait. Il la préférait, selon moi, car c'était celle qui flattait le plus son orgueil. Bien que j'en eusse sans aucun doute tout autant que lui, je n'aurais pas eu la même réaction en pareilles circonstances ; mais cela est lié à la disposition de chacun, et on ne peut en préjuger. À mes yeux, il aurait été plus gratifiant d'être l'objet de l'une de ces manifestations mystérieuses que l'on narre dans les ouvrages à sensation et dont on débat à l'occasion de réunions mondaines ; de la part de quelqu'un qui venait tout juste d'être confronté à un sentiment d'infinitude et dont le cœur était encore vibrant d'émotions, je ne pouvais rien imaginer de plus beau et de plus pur, de plus élevé et de plus auguste, qu'un tel élan de repentance, d'admonestation ou même de curiosité. Voilà ce qui aurait été noble, si tant est qu'on le voulût et, à sa place, je me serais sentie grandie si l'on m'avait décerné pareil honneur. Il était de notoriété publique, et ce depuis longtemps, qu'il méritait tous les honneurs, et qu'était-ce là si c'en était en quelque sorte la preuve ? Chacune de ces étranges apparitions contribuait à établir la véracité de l'autre ; mais un tout autre sentiment l'habitait. Il me faut cependant aussitôt ajouter qu'il ne voulait pas non plus en faire une affaire personnelle, ou comme on le dit souvent, de ne pas en faire toute une histoire. Je pouvais bien penser ce que je voulais, d'autant plus que toute cette affaire était en quelque sorte un mystère dont j'étais seule responsable. C'était un événement de mon histoire personnelle, une énigme de ma seule conscience, pas de la sienne ; il adoptait en conséquence une attitude susceptible de me satisfaire. Quoi qu'il en soit, nous avions tous les deux une affaire plus pressante à régler : il fallait que l'on se dépêche de s'occuper des préparatifs de notre mariage.

Pour ma part, j'étais particulièrement en retard mais, les jours passant, je me rendis compte que croire ce qui me « plaisait » revenait à croire ce dont j'étais de plus en plus intimement convaincue. Je me rendis également compte que cela ne me plaisait pas tant que je voulais bien le croire, ou que ce plaisir, quel qu'il fût, était bien loin d'être la raison d'être de la certitude qui était la mienne. Mon obsession, telle que je m'en souviens et comme je commençais à m'en apercevoir, ne pouvait être dissipée comme je l'avais espéré par les obligations de première importance qui m'incombaient. J'avais beau avoir fort à faire, tout cela m'occupait constamment l'esprit, et vint alors le moment où mes occupations furent gravement menacées par mes préoccupations. Je comprends tout maintenant, je le ressens, je le revis. C'est terrible à dire, mais je ne ressentais plus aucune joie ; je ne ressentais plus en effet qu'une amertume débordante ; et pourtant, il me faut être juste avec moi-même : je suis comme je suis et je n'aurais pu réagir autrement. Les mêmes impressions, si j'étais menée à les ressentir à nouveau, produiraient le même sentiment d'angoisse profonde, les mêmes doutes effroyables, les mêmes certitudes encore plus effroyables. Oh ! Il est bien plus simple de se souvenir que d'écrire, mais même si je parvenais à retracer l'affaire heure par heure et à trouver les termes pour exprimer l'indicible, la laideur et la douleur que je ressens m'en empêcheraient. Je me contenterai donc de dire simplement et brièvement qu'une semaine avant le jour de notre mariage, soit trois semaines après sa mort, je devins pleinement consciente du fait que la situation était vraiment grave et qu'il me fallait regarder les choses en face ; et s'il me fallait prendre cette peine, il me fallait le faire sur le champ sans attendre une heure de plus. Mon inextinguible jalousie, voilà le visage de la Méduse. Ce sentiment n'avait pas disparu à sa mort, il avait survécu sans perdre de sa rage, nourri par les soupçons que j'avais tus. Ils seraient encore tus à l'heure qu'il est, si je n'avais alors ressenti le besoin irrésistible de les exprimer.

Ce besoin ne me quitta plus et m'épargna à l'évidence le destin qui m'attendait. Devant l'urgence de la situation, les heures qui filaient et le temps qui s'amenuisait, je ne vis alors qu'une seule issue : la franchise la plus absolue et la promptitude la plus extrême. Il me fallait au moins lui épargner l'injustice d'attendre un jour de plus ; il me fallait au moins considérer que mon problème était trop sérieux pour pouvoir y remédier par le biais d'un subterfuge. C'est ainsi qu'un certain soir, très calmement, mais non sans une effroyable brutalité néanmoins, je décidai de mettre sur la table le fait qu'il nous fallait reconsidérer la situation qui était la nôtre et reconnaître qu'elle avait radicalement changé.

Il me fixa du regard sans se démonter. « En quoi est-ce qu'elle a changé ? »

« Quelqu'un s'est immiscé entre nous. »

Il hésita un instant. « Je ne ferai pas semblant de ne pas comprendre ce que tu veux dire. » Il eut un sourire compatissant face à ce qu'il considérait comme une aberration, mais il ne cherchait pas à être désobligeant.

« Une femme morte et enterrée ! »

« Elle est enterrée, mais elle n'est pas morte. Elle est morte aux yeux des gens. Elle est morte à mes yeux. Mais elle n'est pas morte à tes yeux. »
« Tu ressasses encore cette histoire et notre désaccord sur ce qui s'est passé ce soir-là ? »
« Non, répondis-je, je ne ressasse rien. Je n'en ai aucunement besoin. Il me suffit de voir ce que j'ai sous les yeux. »
« Et dis-moi, s'il te plaît, que vois-tu ? »
« Tu as complétement changé. »
« À cause de cette ineptie ? » déclara-t-il en riant.
« Non pas tant à cause de cela qu'à cause des autres inepties qui ont suivi. »
« Et voudrais-tu bien me dire lesquelles ? »
Nous nous faisions face avec une honnêteté sans ambages, sans ciller des yeux ; mais les siens brillaient d'une lumière faible et étrange et ma conviction eut raison de la pâleur que je percevais dans son regard.
« Tu prétends vraiment ne pas savoir lesquelles ? » demandai-je.
« Ma chère, répondit-il, c'est que tu les dépeins bien trop vaguement ! »
Je réfléchis un instant. « C'est que l'on ne saurait être plus clair sans que cela devienne gênant ! Mais à ce titre, rien ne saurait être plus gênant que ce don particulier que tu as. »
« De quel don parles-tu ? » s'exclama-t-il d'un ton ouvertement dubitatif.
« Ton fameux pouvoir, ton étrange pouvoir. »
Il exprima son profond agacement d'un haussement des épaules et d'un grognement de dédain. « Ah oui, mon étrange pouvoir ! »
« Cette capacité que tu as à entrer en contact avec certaines formes de vie, continuai-je froidement, avec des impressions, des apparences, des perceptions auxquelles nous autres n'avons pas accès, que ce soit une chance ou une malédiction. C'était là l'une des raisons qui expliquent la profonde fascination que tu as suscitée chez moi à l'origine, l'une des raisons pour lesquelles je te trouvais

amusant et pour lesquelles j'étais véritablement fière de te connaître. C'était un don précieux ; c'est toujours un don précieux. Mais bien évidemment, je ne pouvais alors deviner la façon dont celui-ci se manifeste aujourd'hui ; et même si cela avait été le cas, je n'aurais pu deviner la façon si particulière dont ce don me touche aujourd'hui. »
« Bon sang, veux-tu bien me dire ce à quoi tu fais obscurément référence ? » me demanda-t-il d'un air implorant. Puis, alors que je gardai le silence afin de trouver le ton approprié pour formuler l'accusation que je m'apprêtais à porter, il ajouta : « Veux-tu bien me dire comment cela se manifeste concrètement ? Et en quoi est-ce que cela te touche ? »
« Tu l'as manquée cinq années durant, dis-je, mais tu ne lui manqueras plus jamais désormais. Tu mens ! »
« Je mens ? » Le teint de son visage était passé de rouge à blanc.
« Tu la vois, je le sais : tu la vois tous les soirs ! » Il poussa un petit cri moqueur, mais celui-ci sonnait faux. « Elle vient à toi comme elle l'a fait ce soir-là, affirmai-je ; elle y a goûté et elle y a pris goût ! » Je fus capable, avec l'aide de Dieu, de parler sans colère aveugle ni violence vulgaire ; mais voilà exactement les paroles qui furent les miennes, formulées en des termes qui me parurent alors tout sauf « vagues ». Il s'était retourné pour éclater de rire tout en joignant ses mains devant la folie qui m'agitait, mais en un instant, il se retourna à nouveau pour me regarder d'un air qui me parut résolument différent. « Oses-tu nier le fait que tu la vois régulièrement ? » dis-je.
Il avait jusque-là fait montre d'une certaine indulgence, essayant de trouver un terrain d'entente et de répondre par d'aimables plaisanteries. Quoi qu'il en fût, à mon grand étonnement, il déclara subitement : « Et si c'était effectivement le cas, très chère ? »
« C'est ton droit le plus naturel ; c'est le fait de ta constitution, ainsi que du sort, extraordinaire bien que peu enviable, qui est le tien. Mais tu comprendras aisément que cela implique que nous nous séparions. Je te libère sans condition. »

« Tu me libères ? »
« Tu dois choisir entre elle et moi. »
Il me regarda fixement. « Je vois. » Puis il s'éloigna un peu, comme s'il essayait de saisir le sens de ce que je venais de dire et de réfléchir à la meilleure façon d'y répondre. Il se tourna enfin vers moi, me regardant d'un œil neuf. « Comment diable sais-tu quelque chose d'aussi intime ? »
« Tu veux dire que tu as fait tout ton possible pour ne pas que je le sache ? C'est profondément intime en effet, et je ne trahirai jamais ton secret, tu peux me croire. Tu as fait de ton mieux, tu as joué ton rôle, tu t'es conduit loyalement et admirablement, mon pauvre ! Je t'ai donc regardé en silence, j'ai joué mon rôle moi aussi : j'ai prêté attention à chaque inflexion de ta voix, à chaque absence dans ton regard, à chaque effort de ta main indifférente ; j'ai attendu jusqu'à en être parfaitement certaine et entièrement malheureuse. Comment pourrais-tu cacher tes sentiments alors que tu éprouves pour elle un amour maladif, que tu es fou de bonheur en sa présence ? » Je coupai court à la vive indignation qu'il s'apprêtait à formuler par un geste encore plus vif. « Tu l'aimes comme tu n'as jamais aimé et elle t'aime en retour d'un amour aussi fort que le tien ! Elle est maître de ta personne, elle t'a envoûté, elle te tient ! Une femme, dans un cas comme le mien, devine les choses, elle les sent, elle les voit ; elle n'est pas bête, elle n'a pas besoin qu'on lui apporte des preuves formelles. Tu te comportes avec moi de façon mécanique et empruntée ; tu erres dans les décombres de ton affection d'antan et les vestiges de ta propre vie. Je peux me résoudre à vivre sans toi, non à partager ton amour ; elle jouit du meilleur de ce que tu as offrir ; je sais ce que c'est et j'y renonce à jamais ! »
Il protesta par galanterie, mais il n'y avait rien à dire ; il répéta ses démentis, il rétracta ses aveux, il se moqua de mes accusations dont je lui concédai de bonne grâce l'indéfendable grandiloquence. Je ne prétendis par un instant que nous parlions de choses ordinaires ; je

ne prétendis pas un instant que lui et elle étaient des gens ordinaires. Et, si tel avait été le cas, pensez-vous que je me serais si fortement attachée à l'un et à l'autre ? Ils avaient joui d'un rare prolongement de la vie humaine et ils m'avaient emportée avec eux dans leur élan ; mais je ne pouvais respirer dans cette atmosphère suffocante et je demandai aussitôt à ce qu'on me redéposât ici-bas. Tout était monstrueux dans cette histoire, tout particulièrement la lucidité avec laquelle je percevais ce qui s'y jouait ; hormis la façon dont j'agissais en me fiant à ma perception des choses, ce n'était que mensonges et artifices. Après m'être ainsi exprimée, je n'avais plus l'ombre d'un doute ; tout concourait à me convaincre, bien qu'il parvînt à dissimuler l'effet que mes paroles avaient sur lui. Il ne laissa effectivement rien transparaître, cachant ses émotions derrière une pluie de sarcasmes, cette diversion lui permettant de gagner du temps avant de battre en retraite. Il remit en cause ma sincérité, ma santé mentale, et même mon humanité ; cela ne fit qu'aggraver notre rupture et sceller notre séparation. En somme, il fit tout ce qu'il put sans parvenir à me convaincre que j'avais tort ou qu'il était malheureux ; nous nous séparâmes, et je l'abandonnai à cette inconcevable communion.

Il ne s'est jamais marié, pas plus que je ne l'ai fait. Lorsque, six années plus tard, j'appris sa mort dans un silence capitonné de solitude, je ne pus y voir qu'une preuve matérielle de la théorie qui était la mienne. Sa disparition fut soudaine et ne fut jamais véritablement expliquée. Elle survint dans des circonstances que j'analysai en détail et dans lesquelles je percevais distinctement une intention, la marque invisible de sa propre main. C'était le résultat d'un processus inéluctable, d'un désir inextinguible. Pour le dire tel que je le pense, c'était une réponse à un irrésistible appel.

Notices

La Figure dans le tapis
The Figure in the Carpet

« The Figure in the Carpet » a paru pour la première fois en janvier et février 1896 dans la revue *Cosmopolis*, puis en volume la même année.

Henry James en note l'automne précédent les grandes lignes (il n'en déviera pas) dans ses *Carnets* : le narrateur, un critique littéraire, se voit confier par un romancier, Vereker, l'existence, dans son œuvre, d'une intention générale qui en fait à ses yeux toute la beauté et la nécessité, mais que personne n'a jamais décelée. Devenue un secret sans qu'il l'ait voulu, par la seule incompétence de ses lecteurs, qu'ils soient ou non professionnels, cette intention fait l'objet d'une comparaison (elle est cette « figure in the carpet » que nous choisissons ici de traduire littéralement par *La Figure dans le tapis* : le terme de « figure » ne correspond pas au vocabulaire des tisserands qui, en anglais, utilisent le mot français de « motif », et il a le mérite de conserver dans les deux langues la même polysémie, la même indétermination).

Elle fait surtout l'objet d'une enquête infructueuse : le narrateur conte son propre échec, puis le succès de son meilleur ami, Corvick, lui aussi critique, qui parvient, à pénétrer ce mystère (triomphe validé par Vereker), avant de mourir sans avoir eu le temps de le révéler à personne d'autre qu'à la jeune romancière, Gwendolen, qui s'est elle aussi lancée dans cette chasse au trésor et qu'il a épousée avant de lui faire partager sa trouvaille. Les morts successives de Corvick, de Vereker, de Mrs. Vereker, puis de Gwendolen éloignent toujours davantage le narrateur de la solution d'une énigme qui est devenue l'obsession de sa vie. Sa dernière chance (interroger Drayton Deane, le second mari, veuf désormais, de Gwendolen, encore un critique, mais notoirement stupide) tourne au fiasco : Deane ne connaissait même pas l'existence d'un tel secret. Mais en l'incluant dans cette confrérie des ignorants condamnés à un aveuglement éternel, le narrateur admet tenir une sorte de revanche.

Souvent considérée comme une réaction amère de James (dont les récentes velléités d'écrire pour le théâtre se sont soldées par une complète déconfiture) à l'incompréhension du public, cette nouvelle a entretenu une confusion entre le romancier fictif (Vereker) et son auteur, et donc suscité à son tour d'innombrables tentatives de déchiffrement. Pour n'en mentionner que quelques-unes : Wolfgang Iser fonde sa théorie de l'effet esthétique sur une citation (« le sens a le caractère d'une image »), pourtant absente du récit jamesien ; Jean Perrot et Jean-Bernard Pontalis soulignent la profusion de termes ambivalents qui suggèrent un homoérotisme latent et confèrent à ce jeu littéraire une dimension sexuelle ; Todorov insiste sur la primauté de la quête sur sa résolution, dans des termes comparables à ceux qu'il emploie lorsqu'il étudie la littérature policière, etc.

Le fait que James ait choisi (dès l'ébauche des *Carnets*) d'adopter le point de vue du lecteur impuissant, non seulement favorise notre identification à ce narrateur, mais permet de mettre en doute l'adhésion de James à cette conception de la création comme processus absolument maîtrisé, et de l'œuvre comme énigme à décrypter, passible d'une élucidation univoque. L'ouverture et la suspension du sens, caractéristiques de l'ensemble de son œuvre, démentent l'existence supposée du trésor caché de Vereker (après tout, nous n'avons pour y croire, comme ce malheureux narrateur, lui-même enclin à en douter, que la parole de Corvick et de Gwendolen, susceptibles, pourquoi pas, d'avoir trempé dans une simple supercherie).

Comme le mot testamentaire du héros de *Citizen Kane*, ce « Rosebud » que l'enquête journalistique menée dans le film d'Orson Welles échoue à interpréter (même si son spectateur a le bénéfice exclusif d'une ultime information qui n'apporte qu'un sens réducteur et simpliste à la vie du héros), la figure dans le tapis pourrait n'être qu'un leurre, propre à dénoncer la vanité d'une quête impossible que Borges, à propos du personnage de Welles, formule ainsi : « Nous comprenons à la fin que les fragments ne sont pas régis par une secrète unité (nul homme ne sait, en effet, qui il est, nul homme ne peut être quelqu'un). » Pas plus, retenons cette hypothèse, qu'aucune œuvre artistique ne sait ce qu'elle est, ni ne peut être quelque chose (c'est-à-dire : n'être qu'une).

Julie Wolkenstein

UN JOUR DE RÊVE
A DAY OF DAYS

« A Days of Days » est publiée pour la première fois en 1866 dans le magazine *The Galaxy*, puis mise en recueil dans *Stories Revived* en 1885 par MacMillan and Co, une maison d'édition anglaise. Le texte de cette édition étant légèrement modifié. La nouvelle ne paraît en recueil aux États-Unis qu'en 1919, après la mort de James, dans *A Landscape Painter*, édition qui garde le texte d'origine.

Cette courte nouvelle raconte la romance avortée entre deux inconnus le temps d'une promenade dans la campagne. Adela Moore, jeune femme charmante et célibataire désabusée, vient habiter chez son frère Herbert, un scientifique réputé, pour s'occuper de ses affaires domestiques. Un jour que son frère est absent, elle reçoit la visite de Thomas Ludlow, un jeune New-Yorkais venu voir Herbert. Une attirance mutuelle naît presque immédiatement et Adela persuade le jeune homme de rester, puis d'aller se promener avec elle dans la campagne environnante. Dans le court temps qu'ils passent ensemble, chacun se retrouve à imaginer un futur avec l'autre, et Ludlow, dont on apprend qu'il est sur le point de partir pour l'Europe, hésite à rester. Lorsqu'Adela, pour des raisons inconnues, refuse l'injonction de Ludlow de lui demander qu'il reste, celui-ci la quitte, et la journée – ainsi que la nouvelle – s'achèvent.

Le texte est en grande partie porté par le dialogue et par des passages introspectifs dans la psyché d'Adela, la protagoniste et personnage focal, et, plus rarement, dans la psyché de Ludlow. Miss Moore est une héroïne dégourdie, perspicace et entreprenante. Comme souvent, James met en scène ici une femme moderne et complexe à une époque où les personnages féminins sont souvent réduits à des stéréotypes et à la passivité (James lui-même décrit quelquefois des demoiselles victoriennes joliment pâles et mourantes, comme dans « Les amis de mes amis »). La personnalité de Miss Moore ressort notamment à travers ses échanges avec Ludlow, où on la voit clairement prendre les devants dans le jeu de séduction.

Le cadre de « Un jour de rêve » mérite aussi qu'on s'y arrête. L'histoire se déroule en Nouvelle-Angleterre, la région la plus « ancienne » des États-Unis où l'on retrouve le charme de l'ancien monde (sujet cher à l'auteur). Hormis la mention explicite du lieu (intéressant, d'ailleurs, que James ait choisi le seul état américain qui porte l'Angleterre dans son nom), l'histoire pourrait tout aussi bien se dérouler dans la campagne anglaise, un cadre pastoral propice à l'idylle.

Le véritable ancien monde, cependant, l'Europe, est aussi présent en filigrane, si attirant qu'il est la raison pour laquelle Ludlow quitte Adela. Tout cela est brutalement opposé au New York bruyant et sale d'où vient Ludlow. Si deux mondes se rencontrent, deux classes sociales se font face, la classe supérieure et la classe ouvrière, représentées respectivement par Adela et Ludlow. Comme souvent chez James, l'onomastique nous en dit long sur les personnages. Adela est noble, edel en allemand, et Ludlow, lower class. Les plongées du narrateur dans l'intériorité de ce dernier trahissent, par ailleurs, une conscience de classe aiguë par rapport à Miss Moore :

« Il se savait capable d'apprécier, bien entendu, la compagnie d'une telle femme (à condition, bien sûr, qu'elle ne soit pas sotte) ; mais comme des soucis plus sérieux le préoccupaient, il ne lui était jamais venu à l'esprit qu'il puisse obtenir une telle chose. »

Adela est aussi consciente, non pas de son statut par rapport à Ludlow, mais plutôt de son statut à lui par rapport à elle. C'est peut-être cette supériorité de classe qui lui permet de surmonter la domination masculine. La nature assez rustre du jeune homme est mentionnée à maintes reprises, rappelant au lecteur le profond fossé social qui sépare les deux « amoureux ». Est-ce que ce fossé prépare la fin de la nouvelle – ils ne semblent pas pouvoir s'accorder et ne le pourront jamais – ou bien est-ce un joli pied de nez aux conventions sociales de la part de James de nous montrer une discussion aussi naturelle et pleine d'esprit entre deux individus si opposés socialement ?

Si la plupart des histoires de ce recueil se déroulent après un événement tragique, l'histoire d'« Un jour de rêve » se passe avant le bouleversement, c'est-à-dire avant le départ de Ludlow qui clôt le récit. C'est donc le lecteur, et non les personnages, qui se trouve affecté par cet événement final.

La différence de style et de sujet entre « Un jour de rêve » et la plupart des autres nouvelles de ce recueil s'explique par le temps qui les sépare. Selon plusieurs critiques, dont Annick Duperray, l'œuvre de James se sépare en trois périodes. La première s'étend entre 1864 et 1883 environ. Duperray l'appelle la « période internationale », car James y privilégie le thème de l'opposition entre les cultures américaine et britannique, entre l'ancien et le nouveau monde. C'est dans cette période que s'inscrit « Un jour de rêve ». La deuxième période s'étend entre 1884 et 1897. L'auteur y traverse des moments difficiles, et la mort de plusieurs de ses proches influence l'écriture de nouvelles spectrales et fantastiques. La troisième période, ou « période tardive », va du tournant du siècle à la mort de James en 1916. Le style d'écriture de James y atteint sa forme finale, d'une grande complexité, et l'auteur concentre son attention sur la vie intérieure de ses personnages. Malgré la distinction de ces trois périodes, il y a une certaine porosité entre elles. L'attention que James porte à la vie politique et sociale contemporaine se mêle souvent à des réflexions sur l'âme humaine, réflexions pour lesquelles le fantastique est un outil précieux.

Ariane Dudych

CE QUI EST VRAIMENT JUSTE
THE REAL RIGHT THING

Publié pour la première fois dans *Collier's Weekly* en 1899, « The Real Right Thing » paraît ensuite dans *The Soft Side*, recueil édité simultanément aux États-Unis et en Angleterre en 1900. James l'inclut dans ses œuvres complètes de 1909, aussi appelées l'édition de New York.

George Withermore, un jeune auteur, est chargé par Mrs. Doyne d'écrire la biographie de son défunt mari, Ashton Doyne. Encouragé par la veuve, Withermore s'installe dans le bureau du mort pour accomplir sa tâche. C'est là qu'il commence à ressentir une présence, celle d'Ashton. Ce sentiment est partagé par Mrs. Doyne, si bien qu'ils deviennent tous deux dépendants de cette présence bienveillante mais invisible. Avec elle surgit une question qui les hante de plus en plus, celle de savoir s'ils font « ce qui est vraiment juste », autrement dit ce que le défunt aurait voulu. Terrifié d'échouer et de voir l'esprit se révéler à lui, Withermore voit ses peurs se réaliser lorsqu'Ashton lui apparaît. Il abandonne ses projets de biographie sur le champ, et la nouvelle se clôt sur cet échec.

Parmi les nouvelles du recueil, « Ce qui est vraiment juste » est sans doute l'une de celles qui respecte le plus les codes habituels du fantastique. Elle est courte, percutante, et certains éléments (notamment l'apparition de Doyne dans la scène finale) se rapprochent de l'horreur. James refuse toutefois de nous montrer l'esprit, construisant sa présence en creux à travers les impressions des personnages, et notamment à travers celles de George Withermore, le personnage focal du récit. La hantise est toutefois bien réelle ; contrairement à ce qu'on ressent en lisant « Le coin charmant », par exemple. Par ailleurs, Ashton Doyne et George Withermore partagent un lien onomastique : « ash », la cendre, pour le premier, et « wither », se flétrir, pour le deuxième, deux mots aux consonances macabres.

Comme dans bien d'autres nouvelles de James, l'implicite est souvent plus important que l'explicite. Cette nouvelle se caractérise par une communication muette, presque télépathique, entre les vivants et les morts, mais aussi entre les vivants. Les dialogues, morcelés, reposent sur des choses auxquelles le lecteur n'a pas accès, construisant entre le texte et son lecteur un hermétisme semblable à l'incertitude auxquels les personnages (Mrs Doyne et Withermore) sont confrontés. Nous devons tenter de développer un « très subtil sixième sens », comme celui qui permet à Withermore de ressentir la présence de Mrs. Doyne.

« The Real Right Thing » est un titre énigmatique : il est question d'une « chose » que le lecteur ignore et qu'il suppose devoir découvrir au cours du récit.

Seulement, James, fidèle à lui-même, ne révèle pas de « chose » précise. Le non-dit, c'est donc ce que Doyne n'a pas eu le temps d'exprimer avant sa mort, ce qui ne peut « faire l'objet que de conjonctures et de suppositions ». Un motif revient à de nombreuses reprises au cours de la nouvelle, au point d'en devenir presque hypnotique : les yeux de Mrs. Doyne au-dessus de l'éventail noir. Cette image mystérieuse étend la question du secret à la veuve. En effet, elle est elle-même une figure énigmatique, qui dissimule ses intentions à Withermore (et au lecteur).

Bien que James étudie le plus souvent les mœurs à travers leurs zones d'incertitude, les protagonistes de « Ce qui est vraiment juste » sont particulièrement peu scrupuleux. En effet, toute l'intrigue est centrée autour de la volonté de Withermore et de la veuve Doyne de profiter de l'héritage culturel d'un proche en allant éventuellement contre sa volonté.

Mrs. Doyne notamment est un personnage manipulateur et vénal. James la dépeint comme une veuve intéressée, manipulant le jeune et ambitieux narrateur pour récolter les lauriers de son défunt mari et, au passage, démentir les rumeurs concernant les difficultés que le couple a rencontrées. La narration interne nous place du point de vue de Withermore, dont l'innocence sert ironiquement à faire ressortir les calculs de la veuve.

La dimension métalittéraire est omniprésente dans cette nouvelle. Les trois personnages principaux sont tous auteurs, ou essaient de l'être. À travers cette nouvelle, James semble poser la question de la valeur de l'écrit, et de ce que c'est qu'être auteur. Le rapport profond entre le secret et l'écriture est primordial chez James – ceux qui révèlent le secret ne sont jamais les vrais auteurs. Ici, Doyne protège sa mémoire et le secret qu'elle enferme, tandis que sa veuve et Withermore, dans leur soif de succès, essaient à tout prix de le percer à jour.

Lorsqu'elle mentionne la biographie de son mari, Mrs. Doyne parle surtout en termes de « quantité », nous dit Withermore ; elle incarne cet aspect bassement matérialiste de la société du tournant du siècle dénoncé si souvent par James, dans « Le coin charmant » par exemple.

Dans son essai *L'Énigmaticité de Henry James*, Jean Bessière explique que chez James, ce n'est pas tant la matière du secret qui compte que sa circulation. L'essentiel c'est la dynamique qui naît de son existence. C'est sans doute pour cette raison que Withermore et la veuve Doyne ne peuvent être auteurs. Concentrés sur la matière de la vie de Doyne, puis sur la matière du message qu'il veut leur transmettre, ils sont aveugles à « ce qui est vraiment juste ». Lorsqu'ils expriment leurs doutes, George demande à Mrs. Doyne « What *is* then the matter ? » Cette *matter* est à la fois obstacle et matière, l'obstacle étant justement leur obsession quant à la *matière* de l'héritage de Doyne. Ce faux départ rend impossible leur tentative de respecter les vœux du mort.

La scène finale de la nouvelle, nous transporte dans un territoire presque lovecraftien. Doyne se révèle à Withermore, « Immense. Mais flou. Sombre. Terrible », assez pour lui faire abandonner ses ambitions de reconnaissance. Contrairement à « La Figure dans le tapis », il y a bien ici révélation, mais elle est loin d'être complète. On pourrait même dire que cette révélation partielle n'en est que plus frustrante pour le lecteur. La scène est raportée par Withermore, on n'y assiste pas directement. Doyne n'est pas décrit : il n'est que « flou ». L'apparence de Doyne n'est pas le secret principal de la nouvelle, mais plutôt « ce qui est vraiment juste ». Si Doyne hante les protagonistes, c'est pour cette raison. Bien qu'en creux, il semble que « ce qui est vraiment juste » soit de laisser tranquille l'œuvre et la mémoire de Doyne. Mais l'incertitude demeure jusqu'au bout.

Une dernière question semble émerger de cette nouvelle : le rapport entre l'auteur, sa vie et son œuvre. Withermore étudie les correspondances et les manuscrits inachevés de Doyne afin de rédiger une sorte de biographie qui révélerait au public ce qu'il ignorait de l'auteur. Lorsque Doyne se révèle à lui pour lui faire abandonner son entreprise, il semble qu'il se montre afin d'éviter d'être montré contre son gré. Sa vie est décrite comme un roman inachevé : « Sa vie s'était brisée net – c'était ainsi ; et la fin était en lambeaux et avait besoin d'être reprisée », note le narrateur. Ce récit biographique – y compris dans les aspects les plus intimes – est souvent désigné par « Life » dans la nouvelle : Withermore est ainsi engagé « pour la prompte publication d'une Vie ».

Ce rapport entre auteur et œuvre reflète-t-il la volonté de James de protéger sa propre vie des regards indiscrets de ses futurs biographes ? La question reste ouverte.

Ariane Dudych et Christine Blanchard Rodrigues

MAUD-EVELYN

« Maud-Evelyn » paraît pour la première fois en 1900 dans l'*Atlantic Monthly*, magazine littéraire et culturel, créé en 1857, qui comptait parmi ses rangs certains des auteurs et penseurs majeurs de l'époque. La nouvelle est mise en recueil la même année, aux États-Unis et en Angleterre, dans *The Soft Side*. Dans cette nouvelle, Henry James fait parler Lady Emma, une femme qui revient sur une série d'événements étranges qui ont abouti à l'immense héritage de son amie Lavinia. Après que cette dernière a refusé la demande en mariage du jeune Marmaduke, celui-ci part en voyage en Europe et rencontre les Dedrick. Le vieux couple est hanté par la mort de leur jeune fille, Maud-Evelyn, au point de vivre dans la certitude qu'elle est encore parmi eux. Ils se prennent d'affection pour le jeune homme, qui partagera leur vénération pour Maud-Evelyn au point d'en abandonner sa vie précédente, y compris sa relation avec Lavinia. Engagé dans des noces funèbres avec la morte, Marmaduke finit par se laisser mourir, veuf mais heureux.

La figure fantomatique éponyme apparaît assez tardivement dans la nouvelle, après quelques chapitres qui laissent croire à une étude de mœurs assez classique. Le mystère se met en place progressivement jusqu'à englober l'ensemble des personnages.

En voulant redonner vie à leur fille, le couple Dervick enclenche une puissance mortifère – pour eux, mais aussi pour les autres. La figure spectrale de Maud-Evelyn a quelque chose en elle du vampire. Si James semble aimer voir ses personnages mourir, ce n'est jamais plus clair qu'ici : en quelques dizaines de pages, le lecteur a quatre morts sur les bras.

Contrairement au fantôme de « Sir Edmund Orme », Maud-Evelyn n'est pas un esprit qu'on voit et qu'on reconnaît. C'est une présence en creux, une influence. On ne sait rien de tangible sur elle. Figure sanctifiée, sa chambre nuptiale devient une sorte de *nous* auxquels les non-initiés n'ont pas le droit d'accès.

On y retrouve cependant la même introduction « imbriquée » qui permet à l'auteur d'introduire un narrateur tiers, Lady Emma, qui raconte cette histoire lors d'une discussion entre dames autour de la question de l'héritage de Lavinia. Le récit, qui est relaté par deux personnages diégétiques, semble perdre toute trace auctoriale, et James s'en efface ainsi presque totalement. Cette absence de l'auteur et de ses apartés pleins d'esprit nous montre à quel point « Maud-Evelyn » est, dans ses thèmes comme dans son style, un contre-exemple parfait du roman victorien. Le « marriage plot » typique, qui apporte sérénité aux protagonistes, prend ici une tournure macabre. Maud-Evelyn, femme idéale, figure d'innocence et de beauté éphémère, n'en est que plus dangereuse. James semble ainsi troubler la fascination victorienne pour les muses mortes en transformant la sienne en une sorte de femme fatale. Quant à la fortune de cette dernière – les « trésors extraordinaires » qui demeurent invisibles, eux aussi – elle porte également cette puissance mortifère. Au vu du regard critique porté par l'auteur sur le Gilded Age, peut-on y voir une critique de l'appât du gain qui fait marcher la société au tournant du siècle ? L'obsession généralisée pour le patrimoine de la jeune fille (y compris de la part de ses parents) donne un arrière-goût hypocrite à cette histoire de fantômes, porté par l'ironie très anglaise de James. Même dans une histoire de fantômes, c'est l'argent qui prévaut, puisque la nouvelle commence et s'achève sur la question de l'héritage de Lavinia.

Ariane Dudych

SIR EDMUND ORME

La nouvelle « Sir Edmund Orme » a tout d'abord paru en Angleterre le 25 novembre 1891 dans la revue *Black and White* (Vol. VIII), puis a été publiée en volume en 1892 chez Macmillan à Londres et New York (dans *The Lesson of the Master*) pour être finalement reprise dans l'édition de New York en 1909 sous une forme révisée.

C'est le 22 janvier 1879, dans ses *Carnets*, que Henry James note une idée qui lui est venue au sujet d'une histoire de revenant : « Une jeune fille est constamment suivie, à son insu, par une silhouette visible aux autres. Elle est parfaitement inconsciente, mais son entourage tremble que cette inconscience ne prenne fin. L'ombre est celle d'un jeune homme – et d'aucuns affirment que le jour où la jeune fille sera amoureuse, elle risquera soudain de l'apercevoir. Or, sa mère vient à mourir et le narrateur de l'histoire découvre, en retrouvant une vieille miniature parmi les lettres et papiers de la défunte, que la silhouette est celle d'un jeune homme qu'elle a repoussé dans sa jeunesse et qui, là-dessus, s'est suicidé. La jeune fille étant tombée effectivement amoureuse, tout à coup la silhouette se révèle à ses yeux, mais dès l'instant où elle agrée son amoureux, elle ne la revoit jamais plus ! » Il faudra douze ans pour que cette idée infuse et que l'écrivain lui donne forme. Entre-temps, il a rédigé de nombreuses autres nouvelles et s'est adonné au théâtre sans grand succès. Henry James est pourtant un auteur reconnu qui vit de sa plume.

Dans sa préface à l'édition de 1909, James avoue ne pas se souvenir de grand-chose de ce texte. Il mentionne sa première parution en 1891 dans *Black and White*, plus particulièrement la petitesse du texte qui, d'après lui, avait découragé la plupart des lecteurs. Il la présente donc dans ses œuvres complètes comme un texte oublié qu'il juge bon de remettre en lumière vingt ans après. Grâce à son article dédié aux récits de fantômes de Henry James que nous avons reproduit dans la présente édition, Virginia Woolf a beaucoup contribué à faire connaître cette nouvelle injustement délaissée par la critique au début.

Le narrateur et protagoniste (anonyme) de « Sir Edmund Orme » courtise la jeune et très courue Charlotte Marden, la coqueluche de la bonne société de Brighton. La mère de cette dernière, bien que charmante à son égard, a un comportement étrange et semble souffrir d'un mal mystérieux. Lors d'un office religieux, il découvre le secret qui la hante : la présence d'un esprit qui poursuit Charlotte mais que seuls elle et lui sont en mesure de voir. Cet esprit n'est autre que Sir Edmund Orme, un ancien prétendant rejeté par Mrs. Marden et mort de douleur. Il veille sur la fille de celle qu'il aime pour s'assurer que celle-ci ne brise le cœur de personne comme l'avait fait sa mère.

Mrs. Marden est persuadée que la capacité du narrateur à voir l'esprit témoigne de son véritable amour pour sa fille et qu'il disparaîtra si celle-ci l'aime en retour. Il finit par la demander en mariage, mais Charlotte refuse. Par la suite, il réitère sans succès ses demandes, fortement appuyé par Mrs Marden, tout en apprenant à vivre avec la présence d'Edmund Orme qui vient à le fasciner. Après une soirée où il lui semble que Charlotte a aperçu l'esprit, sa sympathie pour le fantôme se transforme en colère.

Lorsque Mrs. Marden apprend que Charlotte souhaite accepter la demande en mariage du narrateur, Orme apparaît à sa fille et la vieille femme meurt subitement, provoquant la disparition définitive du l'esprit · « conjuré », signale James. La culpabilité de la mère meurt avec elle, emportant l'esprit qui incarne sa faute et ses remords.

On est ici indéniablement dans le fantastique : le texte est parsemé d'événements inexplicables et inexpliqués, pas seulement le fantôme de Sir Edmund, cette « présence parfaite », mais aussi la communication muette, presque télépathique, entre Mrs. Marden et le narrateur. À cette histoire de fantômes classique s'ajoutent donc des éléments spectraux plus abstraits et métaphoriques. À la différence des contes fantastiques traditionnels l'esprit éponyme est ici bienveillant. Pas de morale manichéenne : si Edmund Orme hante celle qui l'a tourmenté, cette dernière montre de réels remords et éprouve une affection farouche pour sa fille. Loin d'un conte à la morale évidente, James fait de cette histoire un drame humain où le fantastique extériorise les tensions interpersonnelles.

Une partie de l'indétermination morale de « Sir Edmund Orme » vient des circonstances complexes qui mènent aux événements tragiques de l'intrigue. Au fil du texte, il est difficile pour nous d'ignorer la pression sociale exercée sur Charlotte pour que celle-ci épouse le narrateur, ce à quoi elle ne semble jamais vraiment être prête. Ce que le narrateur voit comme une poursuite amoureuse ne semble pas aussi simple. La malédiction d'Edmund Orme a aussi ses origines dans une situation complexe. Orme n'était pas aimé de Mrs. Marden, mais il avait un statut social élevé et de l'argent. Elle semble avoir été punie pour avoir transgressé les normes sociales en contractant un mariage d'amour. Si la situation est tragique, ce n'est pas forcément pour les raisons qu'on croit ; Mrs. Marden était-elle vraiment en tort lorsqu'elle avait refusé la main d'Edmund Orme ? Similairement, Orme est-il vraiment l'esprit bienveillant qu'on nous présente ou un tourmenteur qui poursuit sa victime depuis l'au-delà ? Orme, qui disparaît à la mort de Mrs. Marden, semble plus attaché à la faire souffrir qu'à protéger les prétendants de Charlotte.

James nous présente la nouvelle comme un document retrouvé parmi les papiers du défunt grâce à une courte introduction (semblable à celle de *Dr Jekyll et Mr Hyde*). Ce procédé, qui se retrouve souvent dans les contes fantastiques de l'époque (on pensera à *Dr Jekyll et Mr Hyde*, ou encore *Dracula*) et notamment dans les nouvelles de James (« Maud-Evelyn », « Ce qui est vraiment juste »), permet d'ancrer une histoire irréaliste dans un cadre réaliste, tangible.

L'introduction sert également à instaurer un aperçu de la fin tragique. Elle nous apprend rétrospectivement que la mort de Mrs. Marden n'est que le début d'une série de morts. Elle sera suivie, en effet, par celle de Charlotte, puis par celle du narrateur, dont nous lisons, nous dit-on, la correspondance privée. Quelques éléments sont d'ailleurs remarquables pour leur dimension métalittéraire. Le deuxième narrateur fait office de figure auctoriale, car il s'autoproclame découvreur et modificateur du texte. Une remarque de ce dernier retient tout particulièrement notre attention : « *il s'agit de garder à l'esprit que son auteur ne l'a écrite que pour lui-même.* » En soulignant la nature personnelle du récit, James donne à l'acte de lecture une dimension voyeuriste. Doit-on voir ici la trace d'un exercice d'écriture intime et vulnérable, assez inhabituel chez James, ou bien une plaidoirie, un *captatio benevolentiae* à l'intention du lecteur ? Il paraît difficile d'attribuer à l'auteur une humilité mal placée. Quoiqu'il en soit, cette annonce modifie les tenants et les aboutissants du pacte de lecture, en redessinant les rôles de l'auteur, du narrateur et du lecteur.

Autre élément intéressant : la mention que les noms des personnages ont été changés. Les noms sont un élément majeur en littérature, constituant un premier moyen de reconnaître les personnages et offrant souvent un aperçu de leur caractère ou de leur fonction (James lui-même a d'ailleurs recours à l'onomastique dans la plupart de ses écrits). Ici, le pacte de confiance entre narrateur et lecteur est brisé ; cette porte d'entrée dans la psyché des personnages qu'est le nom semble être un trompe-l'œil créé par la figure auctoriale de celui qui a « découvert » le texte.

Comme le signale James dans ses *Carnets*, « Sir Edmund Orme » réussit à créer « ce mélange d'étrange et de sinistre brodé sur la trame même du normal et du facile », en grande partie grâce au fossé entre l'histoire (histoire de fantômes, drame familial) et son cadre (Brighton, lieu de villégiature par excellence à l'époque victorienne). Les premiers paragraphes ne laissent, en effet, rien deviner du drame à venir, si ce n'est pour l'introduction imbriquée qui annonce l'étrangeté et la mort. Le narrateur s'épanche sur la beauté de la mer et des jeunes filles en promenade, et on se croit projeté dans une romance sociale à la Jane Austen. Il faut attendre l'apparition d'Edmund Orme pour que sa nature spectrale soit révélée. James retarde l'émergence du fantastique, jouant ainsi avec les conventions du genre et les attentes du lecteur.

Ce n'est pas la seule nouvelle où James incorpore l'étrange dans le banal (« Le coin charmant » fonctionne suivant le même principe). Cependant, il est intéressant de voir l'auteur exprimer sa fierté de faire redécouvrir cette histoire au monde, alors qu'elle était tombée dans l'oubli, et de la présenter comme un exemple de réussite.

Ariane Dudych et Jean-Marcel Morlat

Cornelia au crêpe
Crapy Cornelia

« Crapy Cornelia » paraît pour la première fois dans *Harper's Magazine* en 1909. La nouvelle est ensuite mise en recueil dans *The Finer Grain*, publié simultanément en 1910 au Royaume-Uni et aux États-Unis. Elle est également incluse dans l'édition de New York. C'est la nouvelle la plus tardive de James incluse dans ce recueil.

Mr. White-Mason, un New Yorkais vieillissant, fait la cour à Mrs. Worthingham, charmante jeune socialite membre de la nouvelle haute société. Il est interrompu dans sa demande en mariage par la présence d'une étrange femme en tenue de deuil. Méconnaissable au départ, il reconnaît assez vite son ancienne amie Cornelia Rasch, disparue pendant des années en Europe. Celle-ci semble porter en elle tout le passé dont son actuelle promise est dénuée. À force de côtoyer son amie, il se rend compte du profond fossé qui le sépare de sa fiancée et finit par la quitter pour Cornelia malgré le fait qu'il ne puisse jamais l'épouser.

Bien qu'elle date des dernières années de la vie de James, « Cornelia au crêpe » traite en profondeur du sujet-phare de sa première période, dite « internationale », à travers la question du nouveau et de l'ancien monde. Le cœur de l'intrigue y est la différence entre les deux femmes dans la perception de White-Mason. D'un côté, Cornelia, l'« énorme petit paquet d'information », disgracieuse mais pleine de complexités et, surtout, intrinsèquement liée au passé (celui du narrateur et celui du monde). De l'autre, Mrs. Worthingham,

« petite personne prospère et impeccable », incarnation des « nouveaux riches » du Gilded Age, dont la vacuité attire paradoxalement White-Mason. Cornelia est aussi reliée à l'Europe, le véritable ancien monde, où elle a passé de nombreuses années (comme l'auteur) et dont elle vante les mérites au protagoniste. Cependant, pour lui, son véritable lien au passé se trouve dans leurs souvenirs communs, et plus particulièrement dans la capacité qu'ils ont à évoquer le passé oublié que l'on voit reparaître au fil de leurs conversations. White-Mason, nous dit le narrateur, vit dans le passé sans rejeter le présent pour autant. Il est dépeint comme quelqu'un qui accepte les changements de la modernité comme un défi à relever. Ses fiançailles avec Mrs. Worthingham semblent incarner, dans la tradition du « marriage plot », l'union harmonieuse des deux mondes qu'ils représentent respectivement. Cependant, l'irruption de Cornelia dans sa vie le mène à abandonner cette union au profit d'une vie rattachée au passé. La perception de celle-ci par White-Mason (exprimée à travers la narration interne) est tout d'abord celle d'un obstacle déplaisant à sa demande en mariage. Elle n'est qu'une « étrangère oppressive », décrite comme un objet et non comme une personne : « Cet objet incongru était une tête de femme, couronnée d'un petit chapeau noir chichement agrémenté de plumes », signale James avec son habituelle ironie.

Bien qu'elle regagne son humanité au cours de leurs rencontres, cette réification initiale de sa personne nous colle à la peau au cours de la lecture de la nouvelle. Nous pouvons nous demander si Cornelia n'est qu'un des objets « qui manifestaient la tonalité du temps » dont White-Mason aime s'entourer. Ou bien est-elle une incarnation du passé tout entier qui vient resserrer son emprise sur le protagoniste une bonne fois pour toutes ?

Dans la réplique finale de la nouvelle, White-Mason se confesse à Cornelia en des termes qui semblent confirmer cette possibilité :

« Je ne peux renoncer à vous. C'est très curieux. Cela m'a traversé, exactement tout comme pour vous lorsque vous avez renoncé à Bognor. C'est cela, je le sais enfin et je comprends que l'on peut y trouver de l'agrément. Je suis 'faisandé'. Ne le niez point. C'est là ma conviction. Je suis vieux. »

Bien qu'il s'adresse directement à son amie, on croirait le voir s'avouer à lui-même qu'il est incapable de suivre la « foulée monstrueuse » de la modernité, modernité dont Mrs. Worthingham « gambade aux côtés comme sur une piste de danse ». Plutôt qu'un *happy end*, James écrit ici une nouvelle du renoncement, qui prend des tons assez sombres quand on sait que l'écrivain est mort quelques années plus tard.

De retour aux États-Unis pour la dernière fois de 1904 à 1905, James a peut-être écrit « Cornelia au crêpe » en réponse directe à sa redécouverte d'une société profondément changée. Ce changement se manifeste notamment à travers les rapports genrés. Mrs. Worthingham, bien que superficielle en apparence, fait partie des femmes qui dominent la vie sociale des classes supérieures new-yorkaises. White-Mason et Cornelia l'admettent : « Non, mais elle sait d'autres choses. » (...) « Trop de choses, vraiment trop de choses. » Quant à White-Mason, sa poursuite de Mrs. Worthingham semble au moins partiellement motivée par la fortune de cette dernière. On retrouve ici le regard critique et ironique posé sur le *Gilded Age* par James, ironie le plus souvent aux dépens des nouveaux riches américains – et de la gent féminine en particulier. Mrs. Worthingham est sans cesse comparée, voire confondue, avec les nombreux bibelots imitation rococo qui envahissent sa maison ; tout comme Cornelia ressemble aux vieux objets sentimentaux du protagoniste (leur réelle reconnexion a d'ailleurs lieu lors d'une discussion à propos d'une photographie).

Lors du dernier échange entre Cornelia et White-Mason, celle-ci avoue être rentrée d'Europe après s'être soudainement rendu compte qu'elle avait vieilli. Elle ajoute « Disons que, si cela m'a plu, ce fut peut-être sur le principe selon lequel les gens apprécient le gibier faisandé. »

Cette métaphore énigmatique est reprise par White-Mason. Que signifie ce « high game » (gibier faisandé) ? Il semble évoquer le vieux monde, un attachement aux anciennes mœurs. Dans ce « high » on retrouve la notion de « high society ». On peut donc voir dans cette identification au « high game » (gibier faisandé), une séparation au sein de la haute société entre nouveaux riches et ceux, plus pauvres peut-être, mais qui détiennent les codes de la « distinction ». Comme dans « La vraie réalité », d'ailleurs, cette distinction n'est pas nécessairement positive. Elle est rattachée à des personnages qui vivent dans le passé et sont incapables de s'adapter au présent.

L'écriture de James est ici labyrinthique et typique de sa période tardive, avec de longues phrases ponctuées d'incises complexes. Cette complexité vient servir le sens, et, souvent, l'ironie de l'écriture : ainsi, la profusion des noms et des adjectifs évoque la profusion des bibelots chez Mrs. Worthingham.

On y retrouve également une technique de narration assez différente des autres nouvelles de ce recueil ; le narrateur y est extra-diégétique et interventionniste. Le début in medias res de « Cornelia au crêpe » se rapproche plus de la nouvelle classique que des nouvelles « romanesques » de James. Cornelia est immédiatement présentée au lecteur comme une connaissance que l'on est censé reconnaître. La confusion du lecteur va de pair avec celle du protagoniste, et les flous de sa conscience viennent teinter la narration elle-même. Comme souvent, James cultive le flou dans son écriture, favorisant une connexion si naturelle qu'elle en devient surnaturelle entre personnages. On voit cela dans cette réplique de Cornelia :

« Vous me reliez à mes souvenirs. Vous les reliez à nous. » (...) « Il y a tant de souvenirs – et il y en aura tant d'autres. Je sens comment, avec vous, ils ne peuvent que ressurgir tous et me revenir : en réalité, vous les faites apparaître, déjà, au moment même où je vous regarde, aussi vite que vous en avez le pouvoir. »

Malgré un thème qui semble renvoyer à ses jeunes années d'écrivain, « Cornelia au crêpe » tient, dans la complexité de son écriture et dans l'ambivalence des rapports interpersonnels qui y sont développés, d'une œuvre tardive.

Ariane Dudych

La vraie réalité

The real thing

Cette nouvelle, originellement parue en 1892 dans *Collier's Weekly*, sera reprise en 1900 dans le recueil *The Soft Side*, avec « Maud-Evelyn », nouvelle qui figure également dans cet ouvrage.

Le protagoniste et narrateur, un artiste, emploie comme modèle un couple distingué mais désargenté, les Monarch. Il ne tarde pas à découvrir que leur distinction naturelle fait d'eux de mauvais modèles, mais continue à les employer par charité. La sympathie de l'artiste pour le couple se trouve rapidement remise en question. Tout d'abord, par comparaison aux « vrais » modèles que sont Miss Churm et Oronte, roturiers mais modelables à volonté, puis par l'irritation progressive causée par cette même « vraie réalité » que le couple avait utilisée comme argument pour se faire embaucher. Leur mission s'achève lorsqu'ils se voient obligés d'abandonner leur statut de modèles et de « s'abaisser » à un rôle de servitude totalement subalterne. Le narrateur vient clore le récit en mentionnant, en passant, qu'il a mis les Monarch à la porte sans sentimentalisme.

Cette nouvelle se distingue des autres récits du recueil par l'absence de tout élément fantastique. Publiée pour la première fois en 1892, elle s'inscrit dans la période intermédiaire de l'écriture de James. En effet, au cours de sa vie, le style de l'écrivain évolue et se complexifie pour atteindre sa forme la plus aboutie avec des œuvres comme *Les Ailes de la Colombe* que l'auteur déclarait ne pas vouloir faire publier dans un magazine.

On retrouve ici un style relativement simple agrémenté d'une bonne dose d'ironie. Si la nouvelle est drôle, elle n'en est pas moins tragique : le bien-nommé couple Monarch, à l'attitude princière et profondément *correcte*, est dépeint comme une relique de l'ancien temps qui tente désespérément de repousser sa disparition. S'il n'y a pas de véritables fantômes dans cette nouvelle, les Monarch n'en sont pas moins les spectres d'une Angleterre tournée vers le passé et des coutumes ancestrales qui n'ont plus leur place dans la société industrialisée du tournant du siècle. Ils ressemblent à la description faite par Virginia Woolf des fantômes jamesiens : « Les beaux esprits raffinés ne sont pas de ce monde seulement parce qu'ils sont trop délicats pour lui. » La « vraie réalité » devient ainsi la réalité mauvaise. Doit-on y voir la dénonciation d'un monde où le faux et le superficiel (représentés notamment par Miss Churm) sont devenus les attributs du vrai ?

Il semble bien, en effet, que cette nouvelle soit orientée vers la dénonciation, peu importe le sujet qu'elle traite. Prenons le sujet de la peinture auquel James a consacré bien des écrits. Les tableaux y sont des symboles puissants, capables de modifier la réalité pour leur ressembler. « La vraie réalité » traite le sujet d'une manière différente et pétrie de cynisme. Notre protagoniste et narrateur est un artiste, on pourrait donc s'attendre à ce qu'il soit porteur d'idéaux. Nos attentes semblent confirmées au début de la nouvelle, lorsque ce dernier voit dans les Monarch un sujet idéal de portraiture. Cependant, il déchante vite lorsqu'il doit les intégrer dans son activité gagne-pain d'illustration. Peintre, oui, mais surtout illustrateur, notre protagoniste anonyme doit se plier au fonctionnement d'un monde moderne où la noblesse et l'authenticité comptent moins que la richesse et l'argent. Les Monarch, en revanche, sont parfaitement inadaptés et inadaptables aux besoins de la nouvelle société capitaliste. Nobles mais désargentés, leur « valeur » sur le marché social a chuté en ce tournant de siècle pour laisser place à une nouvelle classe dominante, la bourgeoisie.

Le cynisme de James et sa tendance à opposer le nouveau et l'ancien monde, on les retrouve également dans d'autres nouvelles du recueil (« Les amis de nos amis » et « Cornélia au crêpe ») et plus généralement dans la période que certains critiques ont appelée « internationale ». Américain de sang, mais Anglais de cœur, l'auteur exprime son attachement pour les pays anciens et les mœurs passées à travers une ironique très britannique et une culture assez européenne. On peut y voir, sans doute, une tendance personnelle à vivre dans le passé, mais des nouvelles comme « La vraie réalité » témoignent également d'une conscience aiguë de l'évolution des mœurs.

Par ailleurs, le motif de la photo, présent dans bien d'autres nouvelles de ce recueil (notamment « Cornelia au crêpe » et « Les amis de nos amis ») est exploré ici discrètement. Les Monarch déclarent avoir été photographiés un bon nombre de fois. Leur talent de modèles photographiques devient, comme l'indique le narrateur, leur principal handicap en tant que modèles de dessin. À cette époque des débuts du médium, James semble exprimer l'idée que la photographie capture l'essence d'une personne, son être tout entier, tandis que le dessin permet à l'artiste de réinventer le modèle. Cette honnêteté du médium photographique est-elle un avantage ou un inconvénient ? Quoiqu'il en soit, James en parle comme empreinte du souvenir et de la personne ; et cette nouvelle, qui est empreinte d'une tristesse certaine devant la disparition de la « vraie réalité », semble vouloir en garder la trace.

Dans cette édition, l'expression « the real thing » (traduite dans les traductions précédentes par « la chose authentique ») a été rendue par « la vraie réalité ». L'avantage de cette équivalence (certes partielle) est multiple. « The real thing » fait partie de ces expressions idiomatiques qu'affectionne la langue. À chaque occurrence de la formule, le lecteur a l'impression d'entendre la langue authentique, ce qui contribue à l'illusion de réalité. L'expression devient même une sorte de refrain (on dénombre pas moins de treize occurrences), raison pour laquelle une variante possible, « la réalité même », n'a pas été retenue, son utilisation étant moins souple et ne permettant pas de jouer sur l'opposition « real/unreal », employée dans l'avant-dernier paragraphe de la nouvelle, et qui a été traduite par « vraie réalité/réalité artificielle ». Il fallait donc garder un sémantisme proche du texte-source, afin de rendre cette adéquation entre le fond et la forme, c'est-à-dire entre une nouvelle qui qui fait « entendre » le parler vrai et qui propose une réflexion sur la notion de réalité artistique. Sur le fond, en effet, l'expression du titre annonce le thème central de la nouvelle. Elle est utilisée pour la première fois par le commandant Monarch, qui s'en sert à la fois comme d'un argument esthétique et d'un argument de vente, en quelque sorte, puisque lui et sa femme en sont réduits à offrir leurs services en tant que modèles. L'expression est ensuite reprise une douzaine de fois par le narrateur, qui glose sur elle et lui donne un sens ironique : contrairement au commandant, qui part du présupposé naïf que, pour dessiner des personnages aristocratiques, un illustrateur a tout intérêt à avoir des modèles issus de l'aristocratie, l'artiste-narrateur se démarque d'une conception mimétique de la création, c'est-à-dire du réalisme « photographique » (le motif de la photographie est abordé dans la nouvelle). Le paradoxe jamesien, désormais bien connu, veut que l'artiste soit celui qui se revendique non pas de la « vraie » réalité, mais de la réalité artificielle. On ne parvient à la seconde qu'en se détachant de la première. Enfin, sur un plan métalittéraire, l'importance sémantique de « real » tient au fait que l'on peut voir dans cet adjectif une allusion au contexte littéraire des années 1870-1890, marquées par ce qu'on a appelé la bataille du réalisme. Cette période vit en effet l'émergence du mouvement réaliste états-unien : il s'agissait pour ces écrivains de se démarquer de la fiction romantique et sentimentale des décennies précédentes, et de s'intéresser à la réalité sociale ou psychologique de l'époque. Mais la réflexion sur le réel se situait aussi au sein du mouvement réaliste, qui regroupait des tendances très différentes : l'opposition entre le réalisme photographique, suggéré par les Monarch, et le paradoxe jamesien d'un réalisme non mimétique peut faire songer, par exemple, aux divergences entre W.D. Howells et James. Ces deux écrivains auraient eu une conception très différente de ce qui constituait « la vraie réalité ».

Une des caractéristiques de l'écriture jamesienne est son ambiguïté. Polysémie, expressions vagues, voire indéterminées : le texte se prête souvent à de nombreuses interprétations, semblant parfois même se dérober. Que signifie au juste l'expression « to knock down » dans la phrase suivante : « So earnest a desire to please was touching in a man who could so easily have knocked one down » (section III) ? Le verbe peut signifier « terrasser d'un coup de poing », comme le suggère la traduction de Jean Pavans (2008), mais en raison du contexte, la traduction de Pierre Fontaney (2011), « prendre de haut », c'est-à-dire critiquer, nous semble plus convaincante, puisque « to knock » peut signifier « to find fault with » ; aussi avons-nous gardé la même expression. Autre expression équivoque : « They gave small tips, but they were liked; they didn't do anything themselves, but they were welcome » (section II, nous soulignons). Ici, notre traduction reprend celle de Pavans (« ils ne recevaient jamais »), même si celle de Fontaney est tout aussi acceptable (« ils n'offraient rien en retour »). Enfin, James affectionne volontiers les images énigmatiques, comme dans la phrase suivante : « And indeed I could see the slipshod rearrangements of stale properties—the stories I tried to produce pictures for without the exasperation of reading them—whose sandy tracts the good lady might help to people » (section II, nous soulignons). Contrairement à Pavans et à Fontaney, qui sont restés près du texte (« sentiers sablonneux », « étendues sablonneuses »), nous avons eu recours à l'explicitation (« étendues de papier jaunâtre ») : ce sont des pages de texte que vont « peupler » les illustrations inspirées par Mrs Monarch, d'où l'importance de faire référence au « papier » ; quant à l'adjectif « jaunâtre », il met l'accent sur la couleur plus que la matière, et rappelle, par son suffixe péjoratif, la médiocrité des textes en question, qui ont la faculté d'exaspérer l'artiste. En somme, on voit que l'ambiguïté jamesienne se perd souvent dans la traduction : là où le texte original entend faire proliférer le sens, le traducteur doit inévitablement opérer des choix qui sont autant d'exclusions.

« The Real Thing » révèle enfin la fascination complexe de James pour les mœurs de l'aristocratie anglaise. Les Monarch sont souvent invités à séjourner dans des demeures décrites en anglais par le terme « country-house » (« country-house visiting », « country-house life »). Il convenait d'insister à la fois sur le lieu, la campagne, où l'aristocratie anglaise possède une partie de ses résidences, et sur l'édifice lui-même, puisque ce sont ces demeures, fréquentées assidûment par les Monarch, qui leur ont donné leurs élégantes manières. La traduction de Pavans mentionne uniquement « campagne », ainsi que l'idée de « visites mondaines à la campagne », mais sans référence à l'édifice même ; Fontaney traduit « country-house » par « château ». La présente traduction propose « manoir de campagne », puisque ces grandes demeures n'ont en général pas d'éléments défensifs. Enfin, ces manoirs sont le lieu de repas mondains auxquels James fait référence. La conversation avec le commandant est si agréable que l'artiste a le sentiment de participer lui-même à l'un de ces dîners aristocratiques. En fin de dîner, il était d'usage que les hommes se retrouvent ensemble, fument le cigare et savourent leur boisson (« sitting over our wine »). Or l'étiquette veut que la boisson servie en fin de repas soit non pas le vin, mais le porto (qui se dit en anglais « port », ou « port wine »), d'où la traduction retenue (« siroter un verre de porto »).

Ariane Dudych et Guillaume Tanguy

Les amis de nos amis
The Friends of the Friends

James publie « The Friends of the Friends » sous le titre de « The Way it Came » dans *Chapman's Magazine of Fiction* en 1896. La nouvelle sera republiée la même année dans le recueil *Embarrassments*, paru simultanément aux États-Unis et en Angleterre. Ce n'est qu'en 1909, lorsque James fait publier ses œuvres complètes dans « l'édition de New York », que la nouvelle prend le nom qu'elle porte aujourd'hui. Comme d'autres nouvelles de James, celle-ci est découpée en chapitres.

La base de l'intrigue est simple : la narratrice (anonyme, comme tous les personnages de la nouvelle) a deux amis, un homme et une femme qu'elle tente en vain de se faire rencontrer. Ils ont tous deux un même don surnaturel : ils voient les gens peu avant leur mort. La situation se complique lorsque la narratrice se fiance à son ami en même temps que son amie se retrouve veuve. La situation cocasse de ces amis incapables de se rencontrer devient alors une source de peur et de jalousie pour la narratrice, inquiète que son fiancé ne se prenne d'affection pour son amie. Lorsqu'un rendez-vous est enfin convenu, elle leur ment sur l'heure. C'est la dernière interaction qu'elle a avec son amie qui meurt le soir même d'une maladie cardiaque, dissimulée jusqu'à présent (topos assez typique pour les Romantiques dont James s'inspire).

Après la mort de cette dernière, la narratrice apprend que son fiancé a vu son amie peu avant sa mort, chez lui, dans un moment de communion muette. Cette rencontre, et l'idée qu'il est amoureux de la morte, finit par briser le couple, tandis que notre narratrice refuse de croire qu'il ait pu la voir vivante. Son fiancé meurt quelques années après, semblant rejoindre celle qui les a séparés.

Le surnaturel a assez peu d'importance dans cette nouvelle fantastique, sauf au moment clef de la mort de l'amie ; c'est l'incertitude de sa mort qui détruit le couple principal. Loin d'être le centre du récit, le surnaturel est un outil qui sert à l'étude des relations humaines ; une pierre de touche qui fait ressortir la jalousie dans toute sa complexité.

Ce qu'un auteur fantastique aurait utilisé comme élément principal de son intrigue n'est que secondaire pour James. Ainsi, les expériences surnaturelles des deux amis ne servent que de prétexte à les présenter l'un à l'autre, créant ainsi la base de l'intrigue. Le contexte et le déroulement de ces expériences sont d'ailleurs fort peu développés par l'auteur.

De même, on aurait pu penser que le récit s'arrêterait à la mort de l'amie, comme dans « Sir Edmund Orme » par exemple. Mais non, la mort n'est ici qu'un point de départ qui mène au véritable enjeu de la nouvelle qui, de simple récit sur des amis qui se croisent sans jamais se rencontrer, devient un drame humain.

On retrouve dans cette nouvelle la même narration imbriquée que dans « Maud-Evelyn » et « Sir Edmund Orme ». Cette fois-ci, quelqu'un a transmis à un éditeur le journal intime d'une femme, et ce dernier renvoie le journal à son expéditeur en faisant une critique du manuscrit. Comme dans « Sir Edmund Orme », James se sert d'un topos du genre fantastique pour développer sa propre réflexion métalittéraire. Il nous dit que le texte est vivide, indiscret, que l'écriture de la narratrice n'est pas systématique et semble être le résultat de sa tendance à tout noter. Lorsque James écrit que « ce qui est vivide n'est souvent pas le plus publiable », peut-on y voir une critique des éditeurs auxquels il avait affaire ? La dimension voyeuriste de la lecture d'un journal intime est mise en exergue lorsqu'il clôt son introduction par ces mots :

« Qui que soit le lecteur, on ne peut qu'être profondément fasciné par cette histoire, n'est-ce pas ? Mais bien qu'elle n'ait donné ni nom ni initiales à ses amis, comme si elle avait elle-même voulu que le monde entier en ait connaissance, pouvez-vous imaginer un seul instant que je puisse révéler ce document au monde entier ? »

Mots qui, de plus, mettent en abyme la figure de l'auteur ; James semble jouer avec nous, feignant le choc que pourraient créer ses écrits.

L'anonymat des personnages est également attribué à la narratrice elle-même, ce qui pose la question de la nature du document. Est-il réellement intime ou bien pensé pour la lecture ? Et puisque l'expérience de lecture et d'édition est imbriquée, dédoublée, que peut-on penser des intentions de James par rapport à tout cela ?

Le dernier dialogue de la nouvelle, un échange violent et puissant, nous montre le talent de James en la matière. Connu pour ses passages introspectifs, l'écrivain est également un maître du dialogue (ce qu'on peut expliquer par sa courte carrière de dramaturge, bien que ses pièces n'aient pas connu le même succès que ses livres).

James mentionne dans la préface à l'édition de 1909 avoir changé le titre, car il jugeait l'original « colourless », fade. Le nouveau titre, « The Friends of the Friends », est bien plus simple et évoque l'intrigue sans rien révéler de sa dimension surnaturelle. On y retrouve la structure en N1 + of + N2 reprise par James pour nommer un grand nombre des œuvres (on peut citer, entre autres, *The Turn of the Screw*, *The Lesson of the Master* et *The Wings of the Dove*). Pourquoi faire ce choix si tardif après plus d'une décennie du titre original ? Il semblerait que lorsqu'il se lance dans la réalisation de l'édition de 1909, James redécouvre certains de ses écrits. Il documente cette redécouverte dans sa préface, où il admet, par exemple, ne pas se rappeler de la phase d'écriture de « Sir Edmund Orme ».

On peut toutefois se poser bien des questions au sujet du titre original, « The Way It Came », plus énigmatique et plus typique, sans doute, du genre fantastique. Celui-ci imprime un mouvement rétrograde à la nouvelle en attirant l'attention du lecteur vers le passé, vers l'origine de quelque chose – « d'où vint la chose », « comment la chose arriva » ou « ce qui arriva », selon le sens que l'on donne à « way » et à « it ».

Quelle est la « chose » en question ? On pensera immédiatement à la mort de l'amie qui semble être la tragédie centrale de la nouvelle. Mais comme nous l'avons signalé, cette tragédie n'est qu'un début – elle est peut-être même l'origine de « la chose » elle-même, si la chose est la rupture du couple central.

Pourquoi alors changer ce titre, si secret, par le plus simple « The Friends of the Friends » ? James ne nous donne pas d'explication, outre l'expression de son aversion pour l'original. On ne peut qu'émettre l'hypothèse que la simplicité de ce titre le rend paradoxalement plus énigmatique, puisqu'il supprime toute référence à un mystère ou à un événement tragique. Nommer le mystère, c'est déjà le révéler, et la préservation du secret est primordiale dans l'œuvre de James.

La traduction la plus évidente du titre serait « Les amis des amis ». C'est d'ailleurs celle choisie par André-Charles Cohen dans sa traduction de 1979. Cette traduction a toutefois été écartée dans la présente édition pour deux raisons. Tout d'abord, la consonance produite par les liaisons est assez peu heureuse en français ; par ailleurs la syntaxe du français ne permet pas de distinguer entre l'article indéfini « des » et la contraction entre la préposition « de » et l'article défini « les ». Nous avons préféré traduire le titre par « Les Amis de nos amis ». Ce choix permet, en effet, d'éviter ces deux écueils, mais il constitue aussi un clin d'œil plus affirmé à l'expression idiomatique « les amis de mes amis sont mes amis », la première personne du pluriel permettant en même temps un tour plus impersonnel et universel que la formulation à la première personne.

Ariane Dudych et Pierre-Antoine Pellerin

TABLE DE MATIÈRES

Éditions Rue Saint Ambroise
3, rue Cassini 75014 Paris

editionsruesaintambroise@orange.fr
https://www.ruesaintambroise.com

COLLECTION
Les meilleures nouvelles

DIRECTEUR DE LA COLLECTION
Bernardo Toro

ÉDITRICE
Florence Didier-Lambert

CORRECTION D'ÉPREUVES
Françoise Quillier et Martine Sombrun

CRÉATION ET MAQUETTE
C.A. Savage
couverture : ©axp photography/unsplash.com

Prix : 16,50 euros
Dépôt légal : novembre 2023
ISBN : 978-2-9556487-9-7

numérique
Impression & brochage - France
Numéro d'impression : N18082230940 - Achevé d'imprimer : septembre 2023
Dépôt légal : septembre 2023
IMPRIM'VERT®
PEFC 10-31-3532 / Certifié PEFC / Ce produit est issu de forêts gérées durablement et de sources contrôlées. / pefc-france.org